花になるらん

明治おんな繁盛記

玉岡かおる著

新 潮 社 版

11273

目次

第一章　古来まれなる　7

第二章　がが御寮人　38

第三章　どんどん焼け　56

第四章　東京御幸　96

第五章　京の残り香　158

第六章　青嵐の丘　185

第七章　神戸からの風　233

第八章　不平等条約　284

第九章　帯を解く夜に　334

第十章　羽衣の女　365

第十一章　ロンドンに問う　384

第十二章　月季花　462

絢爛豪華な一代絵巻　久坂部羊

花になるらん

明治おんな繁盛記

第一章 古来まれなる

「おめでとうさん」

「ほんに、お家はん、このたびはおめでとうさん」

先日来、何十回と受けた祝いの言葉に、勢田雅はもうずいぶんと馴れ、誰に対しても均等な笑顔を作って返せるようになっていた。

「おおきに、ありがとうさんでおます」

長く生きたことがそれほどめでたいのかどうか、満で数えるなら七十にはまだ二年も先というのにと、みやびは皆の祝福が手放しで嬉しいわけではない。だが少なくとも息子である現当主四代目義市にとっては、母の長寿は、新しく完成させた別荘に客を招くための口実として、おおいに役立っていると思われた。

このたび古稀を迎えます母・みやびの長寿を祝い、日頃親しくさせていただいております皆々様とささやかながら祝宴を開きたいと思います。
京都伏見街道の茅屋にて、お越しをお待ち申し上げます。
明治三十五年十月吉日
高倉屋　四代目・勢田義市

そんな招待状を手に勢田家別荘に集まる客は実に多士済々。日頃高倉屋と親しい取引先はもちろん、近隣の知己や地元の財界人、政治家たち、また、名のある文人、画家など、それ自体、貿易商高倉屋の交友の広さを表していた。

「しかしまあ、さすが美術工芸で世界に名を挙げはった高倉屋はんのお屋敷でおますな。どこもかしこもみごとなまでにお趣味のええ」

別荘を建てるに当たっては街道から少しそれた里の一角をあらたに買い求めた。そこに茅葺きの数寄屋造りで母屋を建て、離れには茶室がひそやかにたたずんで、間を庭園が埋めているという構成だ。客たちは母屋に入ってくるなり、敷居、壁、建具など、一つ一つを眺め回しては感心続きでいる。それというのも玄関と正面座敷は大徳寺の孤篷庵を模した風格のある作りで、頭上に嵌め込まれた透かし彫りの板一枚にも当主の好みが反映されていた。単に贅を尽くすというのとは異なるこだわりが随所にうかがえた。

「勢田のお家はんの屋敷やさかい、ががはん屋敷。いやはや、さすが優雅でおますな」

「何でございますん、その〝ががはん〟とは」

「この、みやびさまのことですがな。お小さい頃はそう呼ばれてはった」

父親の代からつきあいがある烏丸（からすま）通りの商人仲間大川屋が、得意そうに言う。

「がが様、と？」

「やめとくなはれ、大川屋はん。その名前でうちを呼ぶ人なんぞ、もういてはらへん」

読み書きを習い始めた頃の、ほんの幼い時代のことだ。自分の名前をどういう文字で書くのか父親に訊（き）いたら雅楽の〝雅〟だと言った。それで皆にも、

「うちの名前のみやびの漢字は、〝ガガッ〟のガ、なんや」

そう答えたらみんな大爆笑となり、以来、ががはん、で通ってしまった。

「失礼ながら、今となっては並外れた功績のおありのお家はんや。ガガッと力みなぎるそのお名前のほうが似つかわしゅうおますな」

智恵（ちえ）も回るし手も早い、そのかわり大胆で危なっかしい。そんな生来の性格が合致

して、いくら優雅の〝雅〟だと訂正してもおもしろがられ、結局その名で定着してしまった。

もとより、どの身分でも本名は大事にされ、たとえば商家なら屋号で呼ぶとか住んでいる町で呼ぶとか、同じ家の子供であっても長男や次男といった順番で区別して呼ぶのが世間のならわしだったから、勢田のがが嬢はん、というのは、おとなしい妹きぬと区別するにはわかりやすかった。濁音の連なりは確かに粗野に響くが、長じて彼女が高倉屋の身代を担うようになると、力強くまっすぐな響きがかえって相手に印象を残すことになった。

「いえまあ、もう今となってはどないに呼んでくださろうとかまいまへんが」

昔は、ががやあらへん、と強硬に反論し、それでも相手が折れないと、両手の人差し指を相手の口角の両方へ突っ込み、イイーだ、と思いきり広げる必殺技に出て、相手を泣かしたものだった。勢田のががはん、という通り名は、この負けん気な「イイーだ」も含んでのことだ。それほど、ががと呼ばれるのがいやだった。

だがどのみち、その名で呼んだ者たちが一人二人と亡くなっていけば、最後にこの年まで生き残った自分しか知る者はなくなる。大川屋の当代も、父親から聞かされていたものだろうが、今や高倉屋のお家はんで通じる存在には名などいるまい。

「さ、どうぞ中へ、中へ。——佐恵さん、ご案内して」

「へえ。さ、みなさま、どうぞ」

みやびの指図の先に立つのは、当主の妻、佐恵である。二人の、色違いの小紋はどちらも、さすが呉服の高倉屋と目を惹きつけられる趣味のいい染め帯と合わせてあり、その高倉屋の頂点に座す大奥様と若奥様、二人の女主人にふさわしい着こなしと言えた。

「おお、ようこそいらっしゃい。皆はん、お待ちしとりましたで」

縁側で待ち受けていたのはこの宴の主催者である四代目義市——息子の智次郎だった。

「どないだす、自分で言うのも何やけど、この庭、よろしやろ」

気取らない結城紬が恰幅のいい体によく添っており、四十を過ぎてますます、死んだ父のおもかげを漂わせるようになったとみやびは思う。

「高倉屋はんも、初代から数えて四代目。ほんま、ますますの繁盛でおますなあ」

客の一人が持ち上げた。初代義市を名乗ったみやびの父信兵衛が、母のヒデとともに京都の町なかで始めた呉服古着屋「高倉屋」は、当初、間口二間の小さな店だったのだ。さらにその先代、祖父の代には手堅い米屋であったのを、入り婿となった父が、自分の得意な呉服に商売替えし、一から懸命に努めて大きくしたのである。

「初代はんは、呉服の店を創業なさっただけやなく、町年寄りに選ばれはったり、同業仲間の頭に推薦されはったり、世間からも大いに信望のあるお方やったと聞いとります」

これもまた父親からの受け売りだろう、さきほどの大川屋が話を継ぐ。

「ほんでまた、ががはんが婿養子をお取りになって、旦那(だん)はんとともにお父はんの商売を引き継いで二代目を名乗らせはった。そこからはわてもよう知っとりますけど、一段、お気ばりなはって、江戸時代から先行する老舗(しにせ)からも一目置かれる大店(おおだな)となはったのや」

「ほんま二代目も、あないに早(はよ)うお亡くなりにならんかったらなあ」

そう、夫はまだこれからという五十代のかかりに急逝したのだ。みやびの胸が暗く陰る。

「そやけど、旦那はんがいてはらへんようになった後を、ようまあ女子(おなご)の身で、お一人、おきばりなさったことや。そらもうご苦労でしたやろに」

「さいな。わてら昔なじみの者は、ががはんの気ばり、ゆうて、そら感心したもんや」

世間は本当に感心したのか呆れたのか知るところでないが、ともかく夫亡き後の店を守って、息子らの代に引き継ぐためになりふりかまわず働いた。あの時は、よくへこたれなかったものと自分を褒めたくなる。

「もっとも、ががはんが女手一つでがむしゃらにお気張りなはったとはいえ、息子はんらもまたえらかった。子供ながらに、よう努力なさって」

大川屋の言葉がお世辞とは響かず、みやびは心底うれしかった。そういう大川屋はん、あんたもようできた息子はんや、と褒め返したくなるが、それを言えば必ず、そのかわりあんたのお父はんはいけすかんかったけどな、と付け加えることになるので、やめておく。

「なんせ当代は、ご病身の礼太郎兄さまの代わりを務めて当主になられ、弟の仁三郎はんらとともに仲よう店を守って、こないに大きくなさったのやからな」

「失礼ながら、なさぬ仲の息子はんも分けへだてのうお育てになり、ちゃんと役職にお就けになるなど、そうそうできることやおませんで」

「他所はんでは兄弟が一つの暖簾のために骨肉の争いしとられることもありますゆうのにな」

くすぐったそうに智次郎もほほえみながら聞いている。

ありがたいことだ。母が女一人で心許ないから、支えるために息子らがしっかり育ってくれたのだ。人はそれを、みやびの育て方がよかったと褒めてもくれる。

「ほんまにねえ。あの頃は、あんたのお祖父はん、初代義市が商売を成功させたゆうても、せいぜい京の町屋の商い。店と家とが一緒で、今と比べれば掌に収まる規模やった」

その上みやびは子宝に恵まれ次々三人も産んだ。おかげで家の中はたえず賑やかで、そうでなくても家々が密集する市街地のこと、夏ともなれば京の暑さはただごとでなく、ヒデは言葉少なに団扇を使っていたものだ。

おばあちゃんっ子の智次郎は、幼な心にそれを今まで覚えていたらしい。

「お祖母はんに建ててあげるべき別荘を、うちがもらうことになったのやな」

生きていればヒデはどれだけ喜んだことか。だからこそこの別荘は、みやびが隠居所として独占するのではなく、高倉屋の迎賓館として大勢の客を迎えるために使うべきだった。

「お母はんには、お祖母様の法事も五十回忌のしまいまで、きっちり手伝おていただかんとな」

照れたように智次郎は言うが、いくら何でもそれは言い過ぎというものだった。ヒデが亡くなってから、三十七、八年。なのに五十回忌を見届けるとなると、喜寿も追い越し、みやびはいったいいくつまで生きていなければならないのか。

思えば、父が亡くなってやがて三十年、そして、婿養子であった夫の二代目義市が突然死んでからも二十四年。供養すべき肉親の数と、別れてからの歳月だけが増えていく。それが生き残り、長生きするということなのであろう。

「旦那様、大奥様、山縣有朋公のお出ましでございます」

一同が庭を眺めているその場へ、上女中の菊が来客を知らせに来た。

一昨年に内閣総理大臣を辞したとはいえ、二度もこの国の最高権力者の地位に就いた政府の要人の到来である。客たちも色めきたって、急ぎ立ちあがって出迎える。

「山縣さま。お出ましいただき、光栄にございます」

「おお、これは四代目。それに、おっ母様も。お招きいただき、飛んでまいりましたぞ」

陸軍軍人でもある山縣は古武士のように姿勢がよく、彼がそこに立つだけで玄関の空気が冴える。なのに智次郎にもみやびにも親しく両手で握手を求める無邪気さだ。

「古稀とはまことにめでたい。しかもそのようにお変わりものう、お達者で」

山縣と智次郎が初めて出会ったのは十三年前だ。パリ万博に合わせて欧米視察に出かけた時、現地のパーティに国家の大臣として出向いていた山縣に引き合わせられたのである。

万博には高倉屋もたびたび出品し入賞を果たしていたが、商人の身で世界を視野に入れた活躍に山縣は大いに感心し、また激励もしてくれ、それ以来、彼が京都に滞在する時には必ず立ち寄るほど懇意となっている。みやびのことをおっ母様おっ母様と親しく呼んでくれるのも、その智次郎が折につけ母を尊重してくれるからだった。

「それにしてもみごとな普請じゃのう。まずはひととおり、屋敷の内を拝見したく思うが」

国政を担う多忙な政治家でありながらどこにそんな時間があるというのか、茶人としても知られる山縣は、庭園にも造詣が深い。智次郎もそれは承知で、すぐに案内に立つ。

山縣の背後には祇園から二人舞妓が連れられてきており、どうだこの床柱の木目のさまは、などと尋ねられるたび、だらりの帯や花簪が可憐に揺れた。

「立派なもんだ。茶室は藪内流か」

「はい、燕庵写しでございます」

随所で山縣が立ち止まって質問する。そのつど智次郎は堂々と返す。ここは彼個人の美的世界の集大成であると同時に、高倉屋の芸術観の象徴でもあるのだった。

「この静けさに交通の便のよさ。わしも東山に固執せず、こっちに作ればよかったのう」

伏見へは、京都から日本初の市電が走っていた。その動力は琵琶湖疎水の水力による発電で、この別荘への客たちも、多くはその文明の利器を利用してやってきたことだろう。

「何をおっしゃいますことやら。閣下の別荘のある南禅寺界隈は、立派な方々ばかりの別荘地。やはり閣下はあちらの区域の価値を高めてさしあげるべきで」

慌てて智次郎が追従する。日清戦争の際には五十六歳という年齢も顧みず第一軍司令官として戦場に赴き、それを案じた天皇に呼び戻されるまでは前線の将兵と行動をともにした武人の気骨。山縣の存在は、元老となった今もなお政界に大きな力を放っている。そんな山縣の別荘ともなると、単に休養のためだけに使われるものではないだろう。

「実はうっとこも、京都のお役人から、東山を薦められたんどっせ。けど、まさか閣下のお隣さんにはなれまへんしなあ」

のどやかに、みやびが言った。山縣の別邸は、隣に家がないのを銘にし『無鄰菴』

というのである。

「これはやられたな。わが隣に建てられるより、ここにある方が、お互いにいい」

そう言って破顔した山縣につられ、一同が笑った。

「それで、この別荘の〝銘〟はもうおきまりか、四代目」

「いえ、建物や庭はできましたが門や外構はこれからという未完の状態ですので」

「それは残念。銘が決まっておれば、吾輩(わがはい)が揮毫(きごう)いたすに」

おお、それはすばらしい、と皆がどよめいたのももっともで、山縣は、京の近代化の象徴ともいえる琵琶湖疏水にも、第一トンネルの扁額(へんがく)に揮毫している。「廓其有容」、かくとしてそれいるることあり。悠然と流れる疏水を受け入れるこのトンネルのごとく、器大きく奥深くあれ。——彼らしい豪壮な言葉であった。

「それでしたら、閣下、お気持ちに甘えとうございます」

機を逃さないのは商人の常。智次郎はすぐさま食い下がった。

「別荘の銘は、雅楽山荘にいたしたく存じます」

またしても皆が沸く。雅楽はみやびが〝がが〟と呼ばれる原因になった文字だ。そこまで息子がこの邸(やしき)を母に、と思う心が伝わり、みやびは胸が熱くなる。

「承知。後日、落款(らっかん)を押して、お届けしようぞ」

「ありがたき幸せ。それでは今宵は『雅楽山荘』を、存分に味わってくださいませ」

そんな返答が酒宴の皮切りとなった。智次郎の方でも賑やかしに宮川町から贔屓の芸妓を呼んでおり、襖が開くと、裾捌きもあざやかに四、五人が入ってくる。一気に座がなごやかに緩んだ。

「思い出すのう、四代目。欧州で紹介された頃は、ちょうどこの国に初めての憲法を作った時だ。それまで、政府要人は皆が皆、欧州詣でをしておってな。フランスに学ぶにしろドイツに学ぶにしろ、それまで存在しなかった最高のものを作ると燃えた余熱の時期というものだ」

それはみやびにとっても燃えて生きた時代であった。開国まもないこの国が欧米列強からは憲法すら持たない後進国と侮られ、諍いが起きても外国の法律で裁かれるしかなく、無念の思いを飲んだ日本の男を身近に知っていた。

「憲法の起草は国家火急の事業だった。だが商人たちも、貿易で国益をもたらそうと、懸命に戦っておったのだな」

そう、吹きすさぶ海外からの風と、皆が戦い、のたうち、みずから流す涙で歴史を積み上げた。それが近代化という見えざる使命をなしとげた明治という時代であろう。

「一商人が海外視察とは、と驚いたものだったが、そもそも渡航はおっ母様の薦めであったとか」

受けて、智次郎がその通りですと微笑むので、みやびは慌てて言い訳する。

「お恥ずかしいことでございます。守る商売は女にもでけますけど、息子を攻めの〝男〟にするなら、現場に出すんは商人の習わしどす。とゆうて跡取りを近江や船場に修行に出す時代やおまへんしな。うちは次の当主になる者は、世界に出さなあかんと思うたんどす」

それで、まず織物業の先進地欧州へ。みやびが男だったなら、自分が飛び出していただろう。

「なんせ、そもそもお母はんは、おなごのくせに〝蘭癖〟のお人でしたゆえ」

茶化すように言って、智次郎が笑う。蘭癖とは幕末に欧米の先進文明に傾いて、その文物を進んで取り入れた薩摩藩や肥前藩の大名などの西洋かぶれをさす。

「何ゆうてますん。文明開化が当たり前となった今、皆が皆、蘭癖やおまへんか」

「はいはい、返す言葉もございまへん。お母はんの先進性には脱帽しとります」

親子の言い合いに皆が笑う。事実、神戸やロンドン、パリの現場を見るまでは井の中の蛙であったと当時を振り返る智次郎なのだった。

「女の身で、海のない京都から海外へ雄飛する志を立て、本当に外国と貿易する会社を作り上げてしまったのだから、たいしたおっ母様じゃ」

いえいえとみやびは手を振る。自分は素地を作ったまで。その志を現実のものに変えていったのは息子たちの仕事であった。その意味で、自分はやはり〝母〟だったのだと思う。

「ご苦労やったろのう。不平等な条約の下、この国の者は皆ようがんばった」

それはたった一言ではあるが、幕末に外国との間で結ばれた不平等条約を負の遺産として引き継がねばならなかった明治の元勲山縣だからこそ言えるねぎらいだった。

「関税率を諸外国に牛耳られている点では商人たちも取引の場で悔しい思いをしただろうが、国家にとっても大きな損失だ。条約の改正は、国を挙げての悲願だった」

「いや、もうあと少しですよ、閣下。日本が一等国であることは、誰も否定できない」

維新以来のねばり強い交渉で、すでに治外法権は撤廃されている。だが、関税率では、諸外国の既得権が大きいためなかなか自主権の回復にこぎつけられないのが現状だ。

「そうだな。ここまできたら焦ってもしかたない」

自分に言い聞かせるように山縣は言う。これまで岩倉具視、井上馨、大隈重信に陸奥宗光と、何人もの外務官が身を賭してきた。山縣の内閣でも、青木周蔵が外相となってこれを引き継ぎ、部分的には不平等の改正が進んでいる。

「条約改正は政治家の仕事。だが高倉屋の功績は、貿易の額や儲けで計れぬ領域にある。いかに日本がすぐれた芸術の国であるかを世界に知らしめたのだからな」

なんとありがたい評価であろうか。みやびは身が震える思いがした。

「ほんま、快挙でおましたなあ。高倉屋はんがパリ万博でついに金牌を受賞したという知らせが届いた時には、京の者も一同、誇らしゅうて舞い上がったもんどす」

大川屋ら商人仲間までもが手放しで賞賛するとおり、東洋の果ての未開の島国、と侮られていたこの国が、その美的感覚、工芸技術で世界に冠たる地位に就いたのだ。快挙であろう。

たしかにこの国は近代文明からは立ち後れていたかも知れないが、絵画、陶芸、刺繡、染め、金細工に漆細工と、あらゆる工芸分野で神業のような精緻で美しい創作世界をきわめていた。世界がそれを目にして驚き、圧倒されたのだ。自分たちの商いが国家のために役に立てたのだとしたら、それを世界に知らしめたことだと自負する。

「今も思い出すのぉ。高倉屋が出品した天鵞絨友禅のあのタペストリー。西洋人どもが、感心して見とれておった」

天鵞絨友禅。それは日本が外貨獲得のため輸出用に生産した高級織物で、おそらく他の国には真似のできない精緻な染めと織りの超絶技巧が駆使されていた。

「今上陛下に献上の衝立を拝見したが、言葉を失うみごとさよのう。今度、わしもドイツの知己への贈り物にしようと思うとる。どうだ、おっ母様、見立ててもらえようか」

「ありがたいことでございます。古来稀なる長生きをしたからこそ聞けるお褒め」

本当に、こんな日が来るとは思ってもみなかった。あの頃はただ京工芸の意地を示したくて、そこまでしなくてもと言われるほどの技術の極みをめざしたのだ。みやびは深々と頭を下げた。

「古来稀なる――。古稀とは杜甫の『曲江』からの成語だが、おまえたち、知っておるか？」

山縣は傍らの舞妓たちに訊くが、二人とも、いいえ知らしまへん、と愛らしく首を振る。

「ならば吟じてみようかの」

客たちが口々に、それは聞きたいものだと山縣を持ち上げた。

朝より回りて日日、春衣を典し、毎日 江頭に酔を尽くして帰る
酒債は尋常、行くところに有り。人生七十、古来稀なり

花を穿つ蛺蝶は深深として見え、水に点ずる蜻蜓は款款として飛ぶ
伝語す、風光、共に流転して、暫時相い賞して相い違うこと莫かれ

思いがけなくも重厚な声、朗々とした節回しであった。座敷じゅうに響き渡る声に、皆はしんとして聞き入った。

詩の意味はこうだ。

――勤め先の朝廷から戻ってくると、オレは毎日のように春着を質に入れ、いつも、曲江のほとりで泥酔して帰る。酒好きのオレには、行く先々に酒代のツケがあるなど当たり前。この人生、七十まで長生きするなどまれなのだから、今のうちにせいぜい楽しんでおこう。花芯深く蜜を吸うアゲハチョウ、水面を飛ぶトンボ。それら美しき自然に言伝しよう、風も光も、ともに流れて行くのだから、ほんの暫くの間でも、お互い愛で合い、そむくことのないようにしようではないか、と。

杜甫の、豪快な生き方があざやかに浮かんだ。あるいは山縣も、公職から解き放たれて、好きなだけ飲みふけりたいと思うことがあるのだろうか。いや、それはかなわぬことであろう。日清戦争の勝利の後に日本が有利になった朝鮮半島の支配権をめぐり、列強国の干渉は大きく、とくに朝鮮半島を狙っていたロシアとは、危ういほどに敵対感情が高まっている。軍人である彼には、まだまだ働きどころが待っているはず

だ。

「ああ閣下、なんとありがたきご祝儀でひょか。明日に死んでも悔いなどあらしまへん」

「いやいやお粗末。さ、さ、おっ母様にも一献さしあげようぞ」

上機嫌の山縣が、舞妓から徳利を奪い、みやびに勧める。

「おおきに。ほんならうちも、江頭に酔を尽くすことにいたしまひょ」

これだけ長く生きたが、自分には酒代の借金どころか、酒を飲む習慣も、それに代わる道楽もないのだ。女の身ゆえ、ただ一心に子供の成長を楽しみに、懸命に家を守り、減らず細らず、大きくなることだけを喜びとしてきた。そんな自分の、まだ続いていく人生。

「ほれ、ががっと、一気にいかれよ」

言われなくても、みやびは一気に杯を空けた。おお、と歓声が湧く。

「それでは閣下へのお返しに、歌を一首、さしあげてもよろしおすか。こう見えてもうち、昔は一條さんに習とったんどっせ」

「お母はん、やめときなはれ。もう酔うたんどすかいな」

智次郎が慌ててみやびを止めにかかるが、払いのけるように杯を返す。

「閣下が疎水のトンネルの扁額に揮毫なさった文字は『廓として』どしたけど、うちはそれをもじって、『峨々(がが)として』でいかせてもらいます」

酒の座が沸いた。上方(かみかた)の人間はこういう機知が好きである。

「よろしおすか。——峨々として」

フム、と一同が続きを待って身を乗り出す。

「峨々として　古来まれなる道を生き、……」

上の句はよどみなく出た。普通の女がたどらぬような人生を歩いて、そしてこの山荘の喜びに行きついた。だから歌は、「この山荘につどう幸せ」とでも、もうこれ以上望むべくもない感謝と喜びをまとめればいい。

なのにその歌を締める段になって、みやびはためらう。

空を睨(にら)んだ。もうこれで終わりなのか。何か忘れてはいないのか。古来まれなる道を生きて、後に残すものはこれで全部か。みやびはふっと頰を緩ませ、皆に笑顔を向けた。

「あはは。続きはまた後でご披露しまひょ。さあ、佐恵さん、お酒、どんどん運んで」

なんだそれは、と皆は拍子抜けし、これが〝ががはん〟やとどっと笑った。胸の中で何かが解き放たれて、さあもう一杯、と山縣が注ぎ足す酒を、みやびはこれまた一気にあおった。

あ痛、た……。

頭痛を覚えながら目覚めると、障子の外から上女中の菊が声をかけた。

「大奥様、ご気分はどないどすか？　氷でもお持ちいたしまひょか？」

返事はできない。ずうんと頭が重かった。

昨夜は調子に乗って馴れない酒にすぐに酔い、最後は佐恵にまかせて座を退いてしまった。そつなく山縣を帰したか、智次郎に洩れはないはずだが、見送れなかったことを猛省する。その上ふがいなくも日が高くなるこんな時刻まで寝込んでしまっていたとは。

枕元には、雄渾な筆致で書かれた短冊。昨日みやびが詠んだ和歌の上の句だけがある。

峨々として　古来まれなる道を生き――。

「それは奥様がお休みになられた後、閣下がお書きになったんやそうどす」

菊が、尋ねるより先に言う。

「芸妓はんらに持ち上げられて、閣下が筆を持ってこいと仰せになって」

宴の主のための置き土産。ありがたいことだ。みやびは短冊に向かって頭を垂れた。

「下の句ができたら、いつでも続きをしたためようとのご伝言どす」

国家の元勲からここまでの気遣いを得ようとは。願った以上の息子の成長に、みやびは胸がいっぱいになる。この家はもう大丈夫、この先も大丈夫。安堵とともにそう思えた。

「ほんで、お客は総計、いったい何人ぐらい来てもろたことになるんかいなあ」

菊は手際よくみやびの布団を片付け、身繕いの助けを始めながら淡々と答える。

「へえ、来客簿をざっと数えましたところ百十人の皆様がおいでになられましたんやろか」

そうか、百十人も。これもまた、智次郎が維持する人の輪。信頼の縁であろう。

「いいえ、お母はん。今そこに来てはったお客さんで、百十一人やわ」

そう言いながら廊下に姿を現したのは一人娘の孝子だった。人妻らしい丸髷に、紫と柿渋の大胆な縞柄の羽織姿は、高倉屋の春の新作展を飾った柄だ。

兄二人の下に生まれた初めての女の子だけに、亡き夫も自分も、どれだけかわいがって育てたことか。一身に集めた身内の愛は、驕慢ともとれるまなざしに表れていた。

「たった今、これを届けに来たお客さんがおましたえ。上がっとくれやすて言うたんやけど、これをお渡し下さいと言うばかりで、帰らはった」

そうなん、軽く受けながら、鏡の中の孝子を見る。何しに来たん、と訊かないのは母と娘の省略だった。理由がなくてもしじゅうこの家に入り浸るのがあたりまえの娘であった。

「市電や。恵三が乗りたい、言うから」

まだ小学生の恵三は、この別荘ができて以来、もう七、八回はここを訪ねてきている。

「そうやったんかいな。そら日本初の市電やさかいな。恵三、どないやった、市電は」

理由が何であれ孫が訪ねてくれるのは嬉しく、みやびは何度も訊いたことをまた訊いた。

「うん、でっかいでぇ。動き出す時チンチン、ゆうて揺れるねん」

少年には、ここでしか見ることのできない文明の乗り物が、心底、驚異であるらしい。

「ありがたいことやな。天子様は、いまだに京のことを気に掛けてくださっているのやな」

朝廷が東京に移って以来、火が消えたようにさびれた京都をそのように、何かにつけ日本最初の文明開化事業で気遣って下さるのは、今も故郷の京に帰りたいとおぼしめされる天皇のお気持ちの表れなのだとみやびは思う。

だが、すでに天皇不在の明治の京で育った孝子はそっけない。

「まだそんなこと言うてはる。あのな、東京の発展はもっとすごいらしいで。お上は京のことなんか、もうとっくにお忘れになってはるんや」

どうしてまたこの子は身も蓋(ふた)もないことしか言わないのだろう。女どうし馴れ合いのせいとはいえ、ちくちくと母親を責めんばかりに、こんなことを言うのもいつものことだ。

「お母はんゆうたら、また佐恵さんを〝はみ子(ご)〟にしたらしいやん」

何のこっちゃ、と訊き返すまでもなく思い当たるのは、昨日、客をもてなす場では、佐恵が座敷の端に座って一言も口をきかず、みやびに命じられているばかりだったことだ。

「西洋では台所を預かる女主人が座をもてなすんが当たり前やいうのに、もうちょっと義姉(ねえ)さんを立ててあげたらええのに。お兄ちゃんの孝行は義姉さんも夫婦で一心同体なんやし」

孝子は兄嫁たちとも折り合いがよく、そこから、みやびの知りえない嫁たちの情報が入ってくることが多々あった。しかし今の口ぶりは、母親に対して手厳しい。

「あんたが口出しすることやあらへんし」

嫁の佐恵とは決して不仲というわけではない。だが嫁には嫁の持ち場があって、親への孝養、祖先への供養は、誰に感謝などされることもない嫁の義務であると思わせておくのが肝要であろう。その微妙な心理は、家の中の政治的配慮と信じている。

「そやけどお母はん、今回の宴会、義姉さんも、たいがいしんどかった思うで」

言われなくてもわかっている。この二月ばかりの準備から差配は並の気苦労ではなかったろう。嫁にとっては姑の長寿など、本心のところでは決してめでたくはないはずだ。

しかしそれも順送りだ。今は御寮人さんと呼ばれる佐恵もいつかは自分同様、お家はんに格上げされて、今度は次の御寮人さんである息子の嫁に、同じ奉仕を受けて報われる日がくる。それが公平な人生というものだ。今の目先がよかったとしても何にもならない。

養子娘のあんたはそんな苦労は知らんですむやろし。――そう言いたかったが、あえて、みやびは話をそらす。

「それで？　百十一人目のそのお客、何をことづけて来はったんや」

髪をなでつけ終えてふりかえる。明治になってお歯黒の手間がなくなったことは、少なくとも女のみだしなみの文明開化であろう。朝の支度が簡便になった。

「ああ、これやわ」

孝子は畳の上に、ちりめんの風呂敷（ふろしき）にくるまれたものをそっと押し出す。

「お客さんゆうても、来たんは使いの若い女中はんやったけどな。はきはきと、そらまあしっかりした挨拶（あいさつ）していかはった」

開いて、みやびは目が釘付（くぎづ）けになった。そこには画集が収まっていた。『月季花（げっきか）』とある。めくると、一頁（ページ）ごとに、あざやかな水彩で、花の絵が描かれていた。

日本画であるのに、なんと華やかで、そして魅力的な色だろう。赤でもなく桃色でもなく、もっと燃え立つように華やいだその色。みやびにはその色を何色と表現できずにいた。

「いやあ、きれいな薔薇色（ばらいろ）！　洋画かと思た」

うまく色を言い当てたのは孝子だった。そう、これこそが薔薇色、美しき花の色。

「月季花って、何なん？」

無邪気に恵三が覗き込んで尋ねる。

「薔薇のことや。季節なしに毎月咲くから、そない言うそうや」

数寄屋造りの座敷にはどうにも似合いそうにない洋風の花。だが屈託もなく明るく華やぐ。画集の最後には、おそらく書き手の名であろう、碧龍、と落款が押されていた。

「碧龍、なあ。……聞かん名前や。怖そうな男の画家のようやな。いったい、誰がこれを？」

名は知らない。だが図案室を設けて多数の画家を抱えている高倉屋だけに、みやびにもそれなりに絵を見る目はある。そして一見して、この絵の主は並々ならぬ描き手と思われた。

「伏見へお引っ越しのお祝いですと言うてはった」

誰だろう。どこから来たのだろう。頭が、記憶が、〝碧龍〟なる人物を探してぐるぐると回る。だが、やっぱりわからない。なのに何か、予感のようなものがした。これを置いて、そっと踵を返していく若い女の後ろ姿。そのむこうに控える百十一人目の客は。誰だ、誰だ、それは、誰だ――。

「お菊、その女中はん、まだそのへんにいてはるはずや、市電の停車場まで、追いかけてんか」

思わず声を上げたのは、そうしなければならないという心の急(せ)きのせいだった。孝子も、菊も、思いがけないみやびの緊迫した声に驚いている。へえ、と菊が片膝(かたひざ)を立てたが、それより早く動いたのは恵三だった。

「僕、行ってくる！」

身軽な少年だけに、機敏に縁側で下駄をつっかけ、一刻を惜しむように駆け出していく。

「待ち、恵三」

驚いて孝子が声を上げるが、少年は振り向きもしない。

「いったい何やのん、お母はん。……恵三、道、わかるやろか」

「大丈夫や、市電道まで、人の往来もあるし。お菊、伝助(でんすけ)に言うて、ついて行かして」

命じながら、相手がお使いの者なら子供の恵三に行かせる方がいいと思った。追いつければそれは縁。見失えば、それまた縁なき人というもの。誰なのか知りたい思いをひとまずおさえる。

「恵ちゃんが帰るまで、まあ、お茶でも飲んでゆっくり待ちまひょか」

「もう、お母はんゆうたら、何やようわからんことばっかり」

そう言いながらも腰を落ち着けている孝子である。息子を市電に乗せるだけなら誰か家の者に供をさせればすんだだろうし、嫁の不満を告げ口に来たというにもそれっきりだし。また亭主とうまくいっていないのかもしれない。ふとそんな気がした。

「あんた、誠一郎はんは、出張か」

訊くと、ぎくりとしたような表情を浮かべたものの、孝子は平静を装う口調で答える。

「先週から、ずっと東京へ、行ったはる」

孝子の夫の誠一郎は婿養子である。高倉屋に奉公に来ていた遠縁の息子で、その性質の真面目なところを見込んで、孝子の婿とした。

次男、三男と、立派な息子が複数いるのに一人娘の孝子をどうして嫁に出さずに手元に置いて、養子までとったのか。よく訊かれる。それはもちろん、娘を手元に置いて幸せであるのを見守りたいからだ。ゆえに誠一郎にはそれなりの役職を与え、皇居造営御用の受注が増えたのを機に進出した東京店にもたびたび派遣し、重要な仕事を任せてある。また、それのできる男でもあった。だが――。

東京に、女がいてはるんやな。――いや、単に、みやびの勘にすぎないが。浮かない表情、憂いに沈んだ目。娘のことであるから、みやびにはわかる。しかし、娘を苦しめているのが彼の不実であるとしても、男の場合、それは罪にならないのだ。むしろ高倉屋の創業者一族の旦那ともなれば、外に女があることは甲斐性とされ、誰も非難するどころか、世間も容認してしまう。そうなのだ、不公平きわまりないことではあったが、男だけが大目に見られ世間でも許されるのに、女が同じことをすれば大罪となる。男がどんな無体なことをしようとも、耐えることだけが女のなすべき道であり、そのために命を脅かされ人生を狂わされても、文句も言えないのが女の立場なのだった。

今、自分が何をどうしてやれるだろう。いくらこの家の繁栄の礎を築いた女当主であっても、婿を呼びつけ叱りつけるなどありえない。娘とその悲しみを分かち合ってやるどころか、しかつめらしく、辛抱するのどっせ、くらいしか、かける言葉もないのである。

「なあ、孝子。これ見とおみやす。山縣卿が書いてくれはった」

せめて気を晴らしてやろうと話を変える。上の句だけの短冊を見せた。

峨々として　古来まれなる道を生き――。今、孝子を前に浮かぶ下の句はまた昨日とは違う。あらかたのものを譲り渡したというのになお有り余るこの幸せこそを謳いたい。

峨々として　古来まれなる道を生き　すべて渡せど満ちる杯

ががという、どこか落ち着かぬこの響きはもう返上せねばと思った。それには自分が歩いた道が雅びで楽しかったと納得するよう、思い出を塗り替えなければならないだろう。

ふう、と深呼吸した。そして、あのな、と娘を相手に、話し出す。

「うちも、あんたとおんなじような思いをしたことがおますわ」

え、と孝子が驚きの目を向ける。

「あんたのお父はんも、婿養子やったさかいな」

言うと、孝子はふたたび目を伏せる。母にはお見通しなのだという諦めの表情で。

恵三はしばらくもどるまい。菊が、茶を淹れて戻ってきて、二人の間に置いていく。

「退屈やろけど、ちょっとつきおうて、聞いてえな」

みやびはそう言って、画集の扉を閉じた。幕末から明治、自分が動乱の京で生きてきた時間が逆流していく。月季花の墨の文字が、まぶたの裏にくっきり残ってゆらめいた。

第二章　ががご寮人

あんたのお父はんを初めて見たんは祝言のその当日どす。

幕末の嘉永六年、あのペリーはんが黒船を率いて浦賀へやってきた年やった。

良人になる人はどんな人やろ、と気にならんはずはおまへなんだけど、女には衣装やら所帯道具やらいろいろ拵えも要ることで、そっちの準備の方に追われ、はっきり言うて、周りがええいう人なんやからええんやないかと、どこか人任せやったのどす。

それは、同じ婿取りのあんたにはわかってもらえますやろ。

ここまで言うのもなんやけど、うちら養子娘の結婚は、好きやの嫌いやのは関係おへん。婿とゆうもんは、家の中に取り込む大きな家具と同格、ないと困るさかいに入れるもん、とゆうほどの感覚やった。竈か風呂か焚き口か、そういうもんと同じで世帯に不可欠なもんだけに、性能がようて長持ちするもんやったら、これにこしたことはあらへん。世の中には、ぐうたらで働かず、資産つぶす婿養子やったってようさんいてはるさかいにな。

小さい頃から勢田の〝大嬢（おおいと）はん〟として、婿をとって家を継ぐんがあたりまえと思い込まされて大きゅうなった娘には、男ゆうのはそんなもん。大事なんは、男前であることでもなく優しいことでもなく、まあ、まじめで、邪魔にならんというほどが条件やった。

なんせ自分の家やから今まで通り気ままにできるわけやし、なんで婿に気苦労させられてまでおらなあかんの、というとこや。第一、自由に男はんと知り合（お）うて好きになって、それが条件にかなう人やった、なんて、ありえへんことやったしな。お父はんの眼鏡に叶（かの）て、ほんでうちとこへ来はるんやから、問題はないはずと信じてもおったわ。

ところが、あんたのお父はんは、その条件以上の男はんやった。

外見的には、そない大男でもなく女をとろかす言葉が使える男前というわけでもない。けど、肝の据わり方やすっぱりとした気性は、男気ゆうもんを感じさせて、誰もが一度会（お）うたら忘れんほどの印象を残したもんや。そのうえ頭が切れて、口数は少ないものの義に篤（あつ）い、ときたら、そら、誰やったって惚（ほ）れますやろ。

それが二代目義市、うちの旦那（だんな）どす。そうや、うちも、あっというまに惚れましたわな。

それまでゆうたら、幼なじみや親戚(しんせき)に男はぎょうさん見とったけど、どれもこれもたよりのうて。喧嘩(けんか)になって、うちが得意の「イイーだ」をやったら誰もよう仕返さへん。けど、あの人は、うちが負けん気を起こす余地もないほど、始めから勝(まさ)った人やった。

もとは哲太郎(てつたろう)とゆうて、寺社の祭礼や縁日となると参道や境内に露店を出す香具師(やし)の息子やったお人どす。貧しい育ちながらも骨身にしみて礼儀をたたきこまれた人やったから、入り婿としての謙虚さは忘れず、とゆうて、卑屈でもない。急に店(たな)持ちの旦那になったからゆうても贅沢(ぜいたく)はせず、驕(おご)ることなく、そら裏表(うらおもて)のない働きぶりや。

それとゆうんも、父親の商売を手伝う中で、自分を厳しく律するほかはなかったんやな。

そもそも商売ゆうても、父親が大八車で仕入れてくる売り物は、参詣客(さんけいきゃく)の小遣いでまかなえる程度の少額の品。子供向けの風車や虫籠(むしかご)の時もあったし、縁起物の根付けやら、便利を謳(うた)う真田紐(さなだひも)や伊達締(だてじ)めやったりしたこともあるらしい。

売れるか売れへんかは、もちろん商売の口上の巧みさにかかっとったそやけど、ええ場所に露店を出せるかどうかにもよるそうで、あの人は幼い頃から父親を手伝い、冷たく凍えた参道の石畳に寝て場所取りをしたこともあったらしい。けど、せっかくええ場所を取っても、町を仕切るごろつきに因縁をつけられて移動させられたり、丹念に並べた商品をだいなしにされることもあったとか。父親が腰をかがめて媚びながら渡す上納金の、身を切るような惜しさもじゅうぶん知ってはったようや。

うちは、そんな話を聞いて、あの人が不憫でならんかった。

「その頃に知り合おてたら、うちがそんなん、やっつけたったのに」

思わず言うと、あの人は驚いてうちを見たもんや。もちろん、高倉屋の奥で育った跡取り娘と露天商の息子がしぜんに出会うはずもない。そやけどうちは、想像の中で幼い頃にもどり、悔しさに震えるあの人のそばで、一緒に座っていてあげたかった。あの人の左手の甲の小指の付け根には青黒いしみがあってな。寒い朝に神社の場所取りをしてはった頃、しもやけから壊疽を起こして、今は何も感覚がないのやそうや。うちはそれさえいとおしゅうて、思わずあの人の手を取ったわ。そして今頃そんなことしてもどないもならへんゆうのに、いつまでもさすっていてあげとうなった。

けど、誰もそばにおらんかて、あの人は強かった。

たいていの人間は分をわきまえ、ひたすら長い物に巻かれて頭を下げ、その日その日を生き抜くことに終始するんがあたりまえ。現にあの人の父親も兄はんもそうやったらしい。そやのにあの人だけは、それをおかしいと感じる感性を持ってはった。理不尽に扱われるたび拳を握りしめ、いつか這い上がってやる、いつかあいつらの方こそ頭を下げて買いに来るような大店の主になってやる、と歯を食いしばったそうや。そないせんと、自分の誇りを見失うとこやったんでひょな。

あの人の父親は、そんな息子の気骨を見抜いてなはったそうや。ほんで、なけなしの金を包んでつてをたより、十二歳のあの人を、三条新町のへんにある呉服商・近江屋に奉公に出したのやと。もちろん住み込みの労働で、親子の今生の別れを意味したことやろ。もしもふたたび会えるなら、それは父も子も元気でいて、そしてあの人が成功した時だけや。

商人にとっての成功ゆうんは、それは誰でも、同じ商いするなら定位置に店をかまえ、暖簾を掲げたお店持ちになることや。我が家にしても、うちのお祖父はん——あんたらのひいじいさんが、米屋という堅い商売する店を持ってはったから発展できたのどす。何もないとこから土地買うて店買うて売るもん買うて、……どれだけえらいことか。

そやけど夢や。難しいからこそ誰もが見る夢なんや。

夢想するんは、なんも参道の地べたで生計を立てる者たちだけに限らへん。京に何百軒とひしめく商店の、その内側に勤める無数の奉公人も、まったく同じ思いで生きとるのどす。あの人は住み込みの奉公に出て初めて、自分と似たような境遇の少年がごまんといることに目を見張ったことでっしゃろな。

もっとも、朝から晩まで身を粉にして働き、生涯を店に捧げて勤めおおしても、〝暖簾分け〟として分店がかなう番頭は一握りもあらへんのが現実どした。店をまかせられる番頭となっても、店からの給金だけをもろて一生を終え、老齢になってから生まれ育った里へ帰っていく、というのがおおかたの男たちの人生どす。

ところが二十八歳になったあの人に、一気に夢を駆け上れる梯子が降りてきたんどす。烏丸松原に二間間口の店を構え、人を七人も使てる高倉屋の娘との縁談や。そう、うちの婿になって商売をするという話どす。

うちは二十一歳という年頃になってました。ええ配偶者をみつけ、店と娘の人生の安泰をはかりたい、ゆうんがお父はんの考えやった。そのためあちこちの仲人にもたのんで、ええ相手はおらへんかと目を配ってもろてる中、同じ近江出身の呉服屋はんから、まじめに働く男やからと折り紙付けて紹介してもろたんがあの人やったのどす。

「ただ真面目なだけの男では、おたくの嬢はんのお気にいらんかもしれへん。その点、この哲太郎はなかなか骨もあるし、人を使う才もあると見える。何にせよ、ただの番頭でおさまらぬ玉やと思いましてな」

並々ならぬ入れ込みようなんを聞いて、うちは照れもあって、ふん、過大宣伝やとうそぶいてましたけどな。だいたい、うちがどんな容貌でどんな気性の娘か知らんまま、資産に釣られて入り婿にくるような男、たいしたことないと思てましたんや。

事実、奉公先でどれだけ働こうとも先が見えている中、いきなり店持ちの主人になれるゆうんは願ってもない話でしたやろしな。けどあの人は、うちに入り婿するんが〝上がり〟やなく、ここをふりだしにもう一つ大きくなる場と考えてはったんどす。

みやびと哲太郎の縁談はとんとんと進み、近江屋主人が親代わりとなって、高倉屋の奥座敷で祝言を挙げた。庭のこぶしの花がぽっかり夢のような白い花を咲かせる春先だった。

哲太郎がみやびを見たのはその時が初めてだったが、周囲からやっかみ半分に聞かされていた〝イイーだのがはん〟という渾名のようながさつさはみじんも見えなかった、と後に語った。それというのも花嫁が、店でもめったと見られぬ上物の綸子の裾模様をまとっていたからで、さすが呉服屋の大店、と唸らずにはいられなかったせいでもあろう。

勢田家としては、これは単に娘の結婚ではなく、家が発展するための祝い事であったから、招いた親族や商売仲間に披露するためにもここぞと奮発してみせた着物だった。

それにこの家では、花嫁衣装はひと財産、という考えもある。みやびの母ヒデも、婿である夫の義市が商売替えして呉服屋を始めた時、この店が呉服屋だとわかるよう、店先に自分の花嫁衣装を飾って商売の援護をしたことがある。

けれどもやっぱり衣装は着てこそ映える。みやびの花嫁姿は婿殿以上の存在感を放っていたが、一歩下がって彼を立てる気遣いくらいは持ち合わせており、想像していたような尊大な養子娘ではないと、哲太郎がほっと胸をなで下ろすこととなったのであろう。

だから彼にとっての課題は、高倉屋の身代を築き上げたみやびの父、初代義市が、どれだけ自分を信用してくれるかということに絞られたようだ。

「お舅はん、これはどないしたらよろしいやろ」「お舅はん、――」

何事においても舅のやり方に学び踏襲しようとする哲太郎の働きぶりは、同じ婿養子だった舅のそれより謙虚でいながら熟練されており、経営者という視線もすぐ身に備わった。

思えば丁稚から叩き上げた哲太郎にとって信頼を勝ち取ることなど難しくはなかった。参道の石畳で父の商売を手伝った子供の頃は、金もない物もない、店もない信用もない、何もない中でわずかな儲けをはねるために身を粉にした。だがすべてそろったここでの商売は実にたやすく、他人の家の婿養子であることなど何の負い目にもならなかったはずだ。

だが、予想外だったのは、妻となったみやびの存在であろう。

呉服という女性向けの商売をしてきた哲太郎だけに、客の女を大勢見てきた。しかし、みやびは今まで見てきたどんな女の型にも嵌まらない。家付きの娘なのだからもっとぼんやりおっとりしていてもよさそうなのに、好奇心にあふれ、たえずきらきらと目を輝かせながら哲太郎の周囲を見ている。と思ったら、じっとしてはいられないようで、哲太郎の代わりに手を出している。

「あんさん、仕入れに行かはるんどすか？　うちもついていってよろしいか」

「あんさん、帳簿を習いはるんでっか？　うちも一緒に聞いてよろしいか」

哲太郎が舅から手ほどきを受ける場に、どこでも居合わせようとするのにまず面食らう。

「そんなもん、おまえが習(なろ)てどないするのや」

父親も父親で、いったんはそのように制止しようとするが、うれしそうに婿を眺める娘の顔を見ているとはねのけるわけにもいかず、新婚なのだし婿についてきたとしても先様も挨拶(あいさつ)ととらえてとやかく言うまい、とついつい許してしまうのだった。

なにしろ普通の男が相手であれば、たとえば幼なじみの大川屋の息子の繁治(しげじ)など、見下し徹底的にやりこめてしまうような勝ち気な娘が、この婿だけには女の恥じらいを見せ、従順でいる。女が惚れてこそ夫婦も成り立つのだから、ありがたい良縁だと、父親はついつい甘くなるのだ。

舅がだめと言わないものを自分が言うわけにもいかず、気まずさを飲み下しながら同行させると、みやびは弾むようにうれしそうで、哲太郎は苦笑いするしかない。こんなふうに感情をおおっぴらにできるのは、おそらくしっぽを振る子犬くらいなものだろう。

「おまえとは、なんや昔に会うてた気がする」

「まあ。うちに似た娘さんと、ええ仲やったんどすのか？ 憎らしいわあ」

いいや、境内で場所取りをしていた少年時代、妙になついてすり寄ってきた捨て犬や、とは言えず、哲太郎はまた苦笑する。自分がいることだけを喜び、無邪気にしっぽを振ってついてきた、つぶらな瞳の白い犬。あの頃はそいつだけが彼の理解者だった。

ところが妻はあの忠実な白犬と同じではない証拠に、時折、帳面を見ている傍から、

「あんさん、ここの計算はこれと一緒にせなあかんのと違いますん」

「あんさん、先だってのこちらの掛け取りはここまででしたで」

などと意見を挟む。うるさくもあるが、よくよく見ると指摘の通りで、番頭や自分がうっかり見逃していたことをあわやのところで気づかせてくれることも少なくなかった。

「おまえには商売のことなんぞ教えもせなんだに、案外、向いとるのかもしれんなあ」

そのたび父親も感心し、みやびは、得意げに言い込める。

「そうどっしゃろ?　そやのにお父はんは、うちに、歌や踊りばっかり習わせなはった」

年頃になると、うちにはこんな娘がいますとの宣伝も兼ね、妹のきぬと一緒にいろんな稽古に行かされたものだが、だいたいみやびはしくじっている。大きな声で唸っては笑われ、扇を振り回しては驚かれ、茶道具をぞんざいに扱っては慌てられ、師匠

たちは青くなった。そもそも彼女にしとやかさを身につけさせようというのが間違いだったのだ。

「こらやっぱりみやびやのうて、〝がが〟やったな」

ついそう言ってしまい、例の「イイーだ」で返されるかと、父は首をすくめる。

「婿殿、代わりにあんたが習たらええかもしれん。今日び、大店の旦那ゆうもんは風流のひとつも身につけんと」

「ほな、あんさん、一緒に習いに行きまひょうな。夫婦で謡に仕舞いというなら楽しそう」

またしっぽでも振りそうにうれしそうな顔をする。しかし哲太郎は笑えず、居心地悪そうに二人を見ているというあんばいだった。

「まあええ。店に柱が二つある、ゆうんは安心なこっちゃ。だいたい昔の神さんも、男と女、ふた柱そろって国作りをなさったんやしな」

隠居の楽しみで学び始めた国学の『古事記』からの引用で、父はいつも寛大になる。

普通、どこの店も、音と言えばそろばんをはじく音が響くぐらいで、丁稚から手代までみんな神妙に働いており、客がいる時以外は話し声もないほど静かだが、みやびがいると妙に明るく賑やかになる。しかもいつのまにか、みやびが店にいるのは当然となり、折につけ店頭のできごとを学び取って、店にとってまたとない補佐能力を発揮していく。

そんな様子に父も安心したのか、五年もたつと、婿としての器を試す期間もじゅうぶんとして、早々と義市の名を譲り、隠居の身となってしまった。

「これまでずーっと働きづめやったさかいな。やっと、好きなことさせてもらおか」

以後は信兵衛と名乗るという父に、みやびは不安げに訊いたものだ。

「お父はん、好きなこと、て何をなさるおつもり」

すると彼は満面の笑みをたたえて答えたものだ。

「勉強や。ずっと勉強がしたかったんや。今まで、あほなままで来たさかいな」

そう言って、すでに夢中になっている国学について、日がな書物を読みふけって店にはまったく来なくなる。そんな彼を訪ねてやってくる町衆の相談を受けたり、孫たちと京のあちこちを散歩に出かけたりと、絵に描いたような晴耕雨読の日々の始まりだった。

「おめでとさんどす。いよいよ、旦那はんの時代どすな」

世間の人たちは、婿養子である哲太郎――二代目義市の襲名を言祝いだ。

哲太郎もまんざらではなかっただろう。少年の頃から夢に描いた自分の店が現実のものとなったのだ。もうごろつきや、力をふりかざすあらゆる者たちに脅(おびや)かされることはない。それどころか、貨幣という最強の力をもって、どんな者にも正々堂々と向き合える立場についたのだ。地位が人を作るというが、当主となった彼にはすでに風格も備わってきた。

「あんさん、気張りまひょな」

しかし哲太郎にとっての最大の厄介は、屈託なくそうほほえみかける妻だった。

いよいよ自分の力で進み出そうという時に、この女は、あまりにも商売をわかりすぎている。家の資産(しんしょ)についても、商売のやり方についても、信用の持つ意味についても。

だから、彼が勢いづいて何か新しいことをやろうとすると、

「あんさん、ちょっと待っとくなはれや」

と制動をかけるし、いちいち理由や目的を聞きたがる。女がしゃしゃり出るな、とはねのけたいが、もともとこの家は彼女のものなのだからそうも言えない。第一、彼女がしじゅう自分のそばにいて商売を習い覚えてしまったのも、婿養子を監督するというような動機ではなく、純粋に自分のことが好きで離れたくないということだから悪意はないのだ。

「おまえなあ、店のことはわしがやるさかい、どないぞ子供らをたのむで」

しっぽを振り回してまとわりつく子犬を嫌う者はいない。哲太郎のみやびに対する感情もそれに似て、二人が一緒になった翌年には長男の礼太郎を授かっていた。名付けたのは哲太郎で、舅からやがて自分の名前は婿に譲って隠居名を「信兵衛」にでもしようと伝えられていたため、生まれた子にも同じ孔子の教えから一字を取ったのだ。以後、五年おいて生まれた次男にも、仁義礼智信忠孝悌(てい)のうちから「智」をとって智次郎、女の子にも「孝」をとって孝子とした。貧しくて寺子屋にも行けなかった彼だが、露店での商(あきない)の暇な時間に、同じ香具師が売る古本をタダで読みふけったことがこのような教養を身につけさせたのである。

「あんさん、子供のことならまかしとくなはれ」

商売よりもまず母であることを要求する夫に、みやびがあっけらかんと答えるのももっともで、裕福な商家では母親みずからが子を育てるという風習はない。子守女がいたし、京にはさまざまな習い事で優秀な師匠があふれている。

しかし彼は渋面でこう言った。

「みやびよ。ええか、わしが二代目義市となったからには、あんさんは御寮(ごりょん)人さんや」

「へえ、……？　御寮人さん、どすか」

耳慣れぬ言葉にとまどい、みやびはきょとんと訊き返した。

「そや。人を十人も使う店ともなれば、おかみさん、とは違う。一段上の、呼び方や」

それは彼が奉公していた近江屋でのならわしだったのだろう。使用人が二人ほどの小さな商売では御寮人さんとは言わず、おかみさんと呼ばれて、主人とともに働くのである。だが御寮人さんは、すべて使用人にまかせてみずから働くことはなく、奥できれいに身ごしらえして優雅でいる存在。それにより店の経営が順調であるとの証明にもなる。

「それが男の甲斐性や。店の格やったって高うなる。そやから、おまえは何もせんでええ。家の中で、息子や両親と一緒に、そやな、何か習い事にでも行ったらええんやで」

「へえ、そやけど、……」

みやびは口ごもった。結婚までは、みやびは母ヒデとともに幼い丁稚どんや、すんまと呼ばれる若い手代たちの衣類の準備や洗い物など、率先して働いてきた。それは今も変わらない。下働きの女を一人雇っていたが、監督しなければ能率にも大きな差が出る。それを、もうしなくていい、と取りあげられるのは、なんだかとまどう。

「奥のことやったら、女中を増やしたる。そやから、店のことは、わしに任せとき。きっと今より大きくしてみせたるから」

彼には彼の、次なる夢や抱負があったのだ。

「習い事、なあ……」

ががはんと笑われた少女時代の記憶がよみがえる。しとやかなことは性に合わない。だが夫の望みは、自分に優雅な御寮人さんになれということなのだ。

「なんも、遊んどれとは言うてへん。ええか、外でお得意さんになってくれはる人との結びつきを深めるんも商売のうちや。高級な習い事ほど、上得意さんがつくかもしれん」

なるほど、彼の言には一理ある。もはや高倉屋は祖父の代の小商いではない。世間で大店（おおだな）と評される境目にあるといえるだろう。となると、女が表に出て男並に働くのは下層のようでみっともないが、男の働きを助けることは内助の功と讃（たた）えられる。もとよりみやびは、惚れた弱みで、どのようにしても夫の力となり助けたいと願うのだった。

「ほしたらお茶やお花もよろしいけど、和歌でも習いに行きまひょか」

五摂家（ごせっけ）の一つである一條家の遠縁の出で、御所へ女官として上がられていた方が、母親を看取（みと）りに実家へ下がられそのまま仏光寺（ぶっこうじ）近くにひっそりお住まいされて、和歌の手ほどきをなさっていると聞いた。どういう役職でいらしたかは、やんごとない方々の私生活にかかわることゆえ詳しくは伝わっていなかったが、中務省（なかつかさしょう）の内蔵寮（くらりょう）に属する女官であったことだけは確かなので、皆から「お内蔵（くら）さん」と呼ばれ敬われているとか。

公家（くげ）の師匠ではまた生来のがさつさが目立つばかりとは思ったけれど、これまで交わったことのない階層の方々が習いに来ているのなら好奇心もわく。女が出かけるとなると着ていくものに悩むのが常だが、そこは呉服屋だけに困らないし、せいぜい着物を取っ替え引っ替え、お稽古仲間に店の商品を印象づけるとしようか。そう思った。

第三章　どんどん焼け

＊

そこまで話して、みやびは茶のおかわりを菊に命じた。恵三がもどらないところを見れば、客人には追いつけず、伝助と一緒にどこかで遊んでいるのだろう。

「ほんまにあんたのお父はんは偉かった。言葉どおり、夢を実現してみせはった」

ここまで話してきたことが、ついこないだのように思われ、みやびは感慨を洩らす。

「お祖父はんの代には、呉服商とゆうても古着とせいぜい木綿を扱う店やったんを、あの人が婿となってから、絹や太物も扱う一流の呉服商へと、一段、成長させなはったんや」

それだけではない。番頭も、京の本店勤務だけでなく地方を回る江戸詰めを増やし、取り扱う品の量は格段に増加していった。

「けどなあ、男ゆうもんは、うまいことといってる時はつい気が緩んで、大きゅう大きゅう打ってでようとしなはる。そやけど、屛風は広げれば広げるほど倒れやすうなるもんどす。倒れんよう支えて、万一の場合に備えるんは女の仕事どす」

まさにがかとしてそのことには徹した。今、あの和歌の下の句を詠むならこうだろうか。

峨々として　古来まれなる道を生き　わが礎に立たす男気

すると、それまで黙って聞いていた孝子が不服そうにつぶやいた。

「お母はんが偉いことは言われんでも知ってます。けど皆が皆、お母はんにはなられへん」

思いのほか冷たい声に、みやびは我に返る。

「そやない。――そやないのや。あんたらにはどっしりとして見えるこのうちでも、ひよひよ怯え、ふらふら騒いだ時代はようさんあるのどす。そらもう、数え切れんくらい」

そしてふたたび、みやびは語り始める。

＊

勢田家の最大の危機とゆうたら、それはやっぱり、店も家も全焼して、何もかも失うなってしもた時のことや。

あんたが生まれる前やから家族は六人。店には番頭はん、手代はんに丁稚どんを合わせて十一人。それだけ養っていく生活の財、商売の財、ぜーんぶ、焼かれてしもたんや。

けど、燃えたんはうちとこだけやない。千年栄えた京の町のほとんど全部、またたくまに燃えて失うなって、灰と瓦礫になったんや。

元治元年、京で〝どんどん焼け〟と言われてる蛤御門の変のことどす。

そのときにはまだ生まれてもおらんかったあんたには、遠い昔話に聞こえるやろけどな。

江戸時代も終わりの、幕末のことや。浦賀にやってきた黒船に驚いて、幕府は天皇さんのお許しもなく、国を開いて外国を招き入れるという条約を結んでしもた。もちろん天皇さんは猛反対や。この国は二千年以上、どこの国にも侵されることなく独立を保ってきた国どすねんで。それを、不平等な条約で風下に立たされたあげく夷狄がずかずか踏み込んでくるやなんて、先祖が聞いたら地の底で哭かはります。

浦賀に近い江戸にしてみたら、早う返事せんと外国のどえらい軍事力で攻められたらひとたまりもないゆうんが言い分やけど、それを蹴散らすんがさむらいの仕事やおまへんか。何のために長い二本差しで威張ってますねん。攘夷が天皇さんのご意志なら、国全体の意志でもあるゆうことや。さっさと条約を破って夷狄を追い払いなはれ、いいますねん。

けど、そこが天皇さんのえらいとこどす。二つに割れたままでは国としてたちゆかへん。この国は一つ、天皇さんの下に武家も公家も一体や、とお示しになるため、幕府から提案された公武合体策をしぶしぶにもお受け入れになった。その代わり、攘夷を断行し、不平等な条約のすべてを破棄させる、ゆうんが条件や。こうして皇妹和宮さんが架け橋となって、はるばる江戸の将軍家へとご降嫁あそばしたんどす。

京を遠く離れて、野蛮な夷狄が蹂躙する東国へ下られる和宮さんのご心中、いかばかりやったことですやろ。すでに婚約者の有栖川宮さんというお方もいてはったゆうのになあ。天皇家はこないな犠牲を払っても、国の危機を乗り越え、民の不安を静めるため何千年と存在してくれはったのやということを、民の下々までが痛み入ったことやった。

その結果、条件どおり長州が中心となって攘夷を実行したんやけど、あまりに過激で、これまた天皇さんのお好みにはそぐわへん。天皇さんは、なんも異人を斬れなぞとはおっしゃってない。ただ日本に益のないことをさせとうないご一心のはずや。そやのに刀を振り回して殺し合うさむらいは、加減ゆうもんを知らはらへんからかなわんわ。案の定、文久三年の八月十八日の政変で追い払われ、急進派のお公家はんも七人、長州へと都落ちしていかはった。

その後の京は会津や桑名が守護することになったんやけど、幕府はいっこうに、約束した攘夷をやろうとはしやはらへん。さあ長州はそのまま黙っとらしまへんな。一日も早う攘夷が成るよう、京のあちこちに潜伏して罪を解かれる機会を狙とったようどす。

そしていよいよ、勢力を取り戻そうと、長州勢が兵を率いて京都に入ってきはったんは、京の町が残暑にうだる暑い七月下旬のことやった。お母はんが、萎えたように膝を崩し、

「風鈴も、鳴らんなあ、……」

団扇を使うて、ため息とともにつぶやいてはった。

十一歳になっとった礼太郎はおじいはんの隠居所へ遊びに行ったきり。智次郎はまだ六歳で、金太郎みたいに肥えとったせいで全身にあせもができて、坪庭に盥を出して日に二度も三度も行水させなあかんかった。

いつもどおりの晩夏。いつもどおりの一日。けど、それがどないに貴重なもんか、奪われてみんことにはわからへんのやなあ。

その日、御所の蛤御門の付近で、宮中警護の会津さんと長州藩の一軍が接触。たちまち戦闘になったんや。けど、後から加勢した薩摩がえろう強うて、長州をうち負かした。

敗れた長州は、悔し紛れに藩邸に火をつけ、逃げ込んだ鷹司さんの邸に、これまた会津やら新撰組やらが火を放って。――そうなったら火事の張本人が誰やなんてもう関係ない。火は折からの北風にあおられて南へ広がり、京都の町はたちまち火の海になってしもた。

遠くで半鐘の音が聞こえた時は、空耳かと思ったわ。盥で水を跳ねてはしゃぐ智次郎の明るい声で、まったく現実的な気がせんかったんや。

けど、お母はんが団扇をぱたりと止めて、聞き耳をたててはる。

「みやび、あれ、半鐘やないか」

確かに、カンカンカンカン、……と息継ぐ間もない早鐘の音や。うちは慌てて智次郎を盥の水から上げて浴衣を着せた。もうそのときには、なんやただごとでないことが起きてるんが直感的にわかったんや。

「火事や、火事やでえっ――」

やがて人々の叫ぶ声とともに、生暖かい熱風にまじり、煤けたような焦げ臭い臭いが漂ってきたわ。

「お母はん、火事ですて」

うちらは取るものもとりあえず、外へ走り出たんや。店では番頭はん以下、みんな通りへ出て、どこの火事か、何事なんか、情報をつかむために殺気立ってた。

「御寮人さん、お家はん、ともかく逃げておくなはれ」

「うちの人は」

「へえ、火事の状況を知るために、さっき飛び出して行かはった」

なんと、こないな時に、家族をほって、外へ、ですかいな。あきれたものの、大店の旦那はんともなればそういうもんや、まして、うちは家付きの養子娘、夫がおらんでもなんとか身を守るすべは知ってます。

「火は、御所の方らしいです。都合の悪いことに風は南向いて吹いとります、御寮人さん、ここは、本覚寺の方へ、避難してください」

手代の五助が、そない言うてせかすんで、うちは智次郎の手を引き、お父はんの隠居所を回って礼太郎を連れ出すと、生きた心地もせんままに走って逃げた。御所からやなんて、そんなことがありますんか。天皇さんがお住まいの御所は、京都火消役ゆうて、膳所藩ほか畿内近隣の大名がお守りして火消しに当たることになっとりますのんに。

けど喋ってる余裕もあらへん。逃げても逃げても火は鎮まるどころかどんどん広がり、うちらを追いかけてくるかのようやった。ほんま、どんどん焼けとはよう言うたもんや。

そらもう町は大混乱。大八車に布団や鍋釜まで積んで逃げる人らを見て、うちは、しもた、あれを持ち出したらよかった、と頭の中で大事な持ち物のあれこれを考えたもんや。

「おきぬは、「大丈夫やろか」

お母はんが重苦しい顔で言わはった。きぬは七つ離れた妹で、今出川にある呉服商に嫁いでたさかい、御所から出火ということなら、まっさきに延焼してるかもしれまへん。

「大丈夫や。おきぬにはちゃあんと旦那はんがついてはるさかい」

そない言う他にどんな慰めがおましたやろ。うちやったって妹のことは心配どす。けど今はうちら家族の無事が第一や。何としても子供らを安全なところに逃がしてやらんと。

人波の間を泳ぐように、うちらは西本願寺近くの親戚の家をめざすことにしたのどす。

戦？　はん、わずか一日で終わりましたわ。

長州は、火を付けただけやのうて、禁裏に向けて発砲したため朝敵にならはった。しかたおへんな、天は、こないなことして許すはずもない。その後の長州ゆうたら四国艦隊には砲撃されはるわ、幕府の長州征伐では大負けしはるわ、こてんぱんにやられはって、ようやく目が覚めなはるんや。

そうは言うもんの、評判の悪い会津やら新撰組やらに比べたら、行儀よう京の町にお金を落としてきはった長州のことを、うちらはそないに悪うは言わへんのどす。長州出の山縣さんと親しゅうさせてもろとるんもそういうわけで。あのお方はどんどん焼けの後になって台頭してきはった下級武士の一派やよって、火付けの罪はおへんのやし。

けど、なんぼ長州が懲りたと言わはっても、こっちの身にもなってほしいもんどす。焼けてのうなったもんは元にはもどらしまへん。千年続いた王城で、ただ実直にやってきた町人が、なんでこないな目に遭わされるんや。夜露をしのぐためにたよったた親戚の家も、いつか近くに火が回って来て、また皆で手を引き、一緒に逃げるというあんばい。

ほんま、今でも時々、夢に見るくらいどす。

業火（ごうか）は三日にわたって燃え続け、堀川と鴨川の間――一条通と七条通の間の、町の三分の二が焼き尽くされてしまうことになるのどす。そらもう地獄絵図さながらやった。

うちらも、家族みんな、互いにいたわりながら、命からがら本覚寺の本堂にたどりつき、焼け出された大勢の人と一緒に不安な夜を過ごしましたんや。家のあるあたりの空が真っ赤で、いつまでたっても真昼のように明るかったんがなお不気味で。

ひしめくような避難先やったけど、お寺のお堂ゆうんはそもそもお籠（こ）もりする民のために広う大きゅう作ってあったから、何十世帯も収容できた。ご本尊の阿弥陀（あみだ）さんを見上げてうずくまっとったら、なんや自分らがちっぽけな虫けらにも思え、ほろほろ涙がこぼれて阿弥陀さんにおすがりしとうなったんがふしぎやった。

それでもともかく居場所ができたんで、うちは単身、家を見にもどることにしたんどす。持ち出せんかった品のあれやこれやを、今取り出せるんならと思い出されて。

けどうや、火はすでに烏丸のあたりにまで及んでた。勢いが強うて、とても近寄れるようなもんやない。家も店も、もう手をほどこすべもあらへんかった。ほんなら、店から離れた鴨川の向こう岸にある土蔵はどうや、あっこはどないやろ。そう気づいて駆けつけてみると、風向きによっては視界を覆い尽くすほどの煙を透かして、なんやきびきび動く人の群れが見えてきたんどす。

はじめ、まぼろしやろかと思て、目をこすりましたわ。けどまぼろしやなかった。番頭はん、手代はん、それに丁稚どんまで、十一人がそろて、みんなで川から汲んでくる水桶を手から手へ、後ろから前へ、順々に渡して、かけ声かけて、蔵にぶっかけていたんどす。

そうやねん、店も家もすっかり屋根は焼け落ち、柱だけが黒焦げになって影のように立っているだけやったのに、ここの土蔵だけは、まだ姿をとどめとったんや。

もう店はあかん。ここだけしか残っとらん。そやからなんとしてでもこれだけは守らなあかん。絶対に火を寄せつけまいという切迫感で、皆は一つになってはった。その最前線に立ち、皆を激励する一人の男の姿を見て、うちは言葉を失いました。

「さあどんどん持ってこい、運ばんかい。絶対、火には食わさんぞ」

皆を励ます声の強さ。下帯一つになった体の背にも肩にも汗か水のしずくがぎらぎら濡れて、草紙本の挿絵で見た渡辺綱の奮闘そのまま。そう、うちの人や。義市やった。

鬼気迫るその形相を見たら、真っ赤に燃えさかる火の手も、やがて切り落とされる鬼の腕のように、あの人に屈服するほかないやろと信じられましたわ。

そうどすな、惚れ直す、ゆうんはこのことどすな。うちもじっとしとられんようになり、思わず井戸端で汲んだ水を頭からかぶって、襷をかけて、その中に割って入っとりました。

「御寮人さん、こんなとこへ来なさったら危ないやおまへんか」

番頭はんらが騒いだけど、猫の手も借りたい火事場や。うちは大きな声で、

「かまへん、今は一人でも手がいりますやろ」

そない言うて、渡されてきた水桶をどんどん運んだわ。火の真ん前で戦うあの人の勇猛さには及ばんまでも、ずっと後方でささえる一人にはなれるはずや。皆が心を一つにして蔵を守ろういう時に、女やいうだけで指をくわえて見とられますかいな。うちは、がが御寮人はんや。こんな時に気ばらんでどないしますねん。

そらもう、一生懸命。何回、桶が行き来したやろか。

明け方になって、うちは列を抜けた。幼い丁稚どんが、もうあかん、とばかりにその場にくずおれそうになるんを、一緒に寺の避難所まで連れていくためや。そう言う

うちも、もうへとへとやった。

その途上やねん。焼け出され、煤だらけの顔の女が倒れそうになってるんをみつけたんは。

振り乱れた髪、袖やら裾やら黒焦げになった着物で、もうふらふらのくせに、泣きながら、まだ燃え続ける町へ寄りつこうとしてる。始めは見知らぬ女、気の狂うた女、そない思ったわ。まさかそれが自分の妹のおきぬやなんて、誰が信じられたやろ。

「おきぬ、――おきぬやあらへんの？」

「姉ちゃん、……」

狂ってはおらん証拠に、おきぬはうちやとわかると大声を上げて泣きついてきた。

御所にいっとう近いおきぬの家では、すぐに火が燃え移り、家財道具を持ち出すまもなく焼け落ちたんやそうな。おきぬは息子の良太を連れ、取るものも取りあえず逃げ出したんやけど、夫の儀兵衛さんが、途中、大事なもんを忘れてきたと思い出し、家に引き返していかはるのにはぐれてしもたんやと。そのうえ、避難してくる町民の人波に割かれて、息子の手を放してしまい、それからずっと気が狂ったように子供を探して逆行し、もみくちゃにされぼろぼろになって、それでもこのあたりが火に巻かれるのも気に止めんと、呼び続けとったんやという。――なんとまあ、むごいことやろ。

胸が詰まります。母親にとって、子供の手を放したことは一生の不覚。自分を責めて責めて、おきぬは火に巻かれても熱くも痛くもなかったんどっしゃろなあ。

「大丈夫や、きっとどっかで無事に、助けてもろてる。それよりあんたがしっかりせな、良太が帰ってきたとき、そんななりではあかんやないの――」

小さい頃から出しゃばりで気の強いうちと違って、従順な妹やった。無事でいるなら会いたい気持ちもひとしおやったと思う。素直に頷くんをそっと抱えるみたいにして、一緒にお寺まで連れ帰ったわ。

寺ではお母はんやお父はんと涙の再会や。よう生きてたな、よう無事やったな、て。そういう光景は、避難所の寺の中では珍しいことやなかった。みなが互いの生存や安否を確かめて抱き合うんやけど、その後にはすぐ、これからどないしていこうと泣き崩れるばかり。民のこんな姿を見ても、きっとおさむらいらはどないも感じひんのやろ。

その夜は、家族みんなで寄りそって眠ったことや。

後で聞いたらこの火事は、幕府と朝廷、支配層の中の対立やら、薩摩や長州、天下を支配しようという欲にかられたさむらいのぶつかりあいやら、我の張り合いが引き起こしたんやそうな。我を通すためならそこに暮らす民などどうなってもええゆうんどっしゃろか。

うちら町民は虫やない。うちらがどんだけ日々の暮らしの場を大切にして、火の用心に気をつけて過ごしてきたことか。

江戸では火事と喧嘩が花やそうな。そのため自治組織的な町火消しがあるそうどす。けど京では、燃えてからでは遅いという考えやった。まず火を出さんことが肝心で、晩のしまいの挨拶には「おやすみやす」の代わりに「火の用心」と唱えるほどや。厳しい戸締まり、火の用心に日々努め、まめに愛宕神社さんにお参りして、どこの家の竈にも、墨で「火廼要慎」と書かれたお札を貼っとるんが防火の証やったんどす。

なんせ、京はいっぺん先の戦争で燃やされてまっさかいな。そうや、先の戦争とゆうたら、応仁の乱や。戦と火事がどんだけ暮らしをめちゃくちゃにするか、身にしみて覚えとるご先祖が、口づてに子から孫へと伝えた戒めどす。京は、そないして四百年間、戦のむなしさ、火の恐ろしさを伝えて受け継いできた町なんや。ものを生み出すことをせえへんおさむらいにはわからへんのどっしゃろ。こんだけの大惨事、そら町民は恨みます。

いや、何回言うてもせんないことやとわかってますけどな。

うちの人が帰ってきはったんは次の日になってからのことどす。

「みんな無事か。よかったよかった」

精根尽き果てたような疲れた顔で、お父はんには黙って頭を下げてはった。お父はんにしてみたら、勢田の家に養子に入って一から自分がその手で大きくした店やもん、そら、灰になって、誰より惜しいやろとわかりました。そしてうちの人にとっても、婿になって受け継ぎ、その手で守りぬくべきものやった。無念やったことでっしゃろ。

それでも蔵には、鷹司さんのお屋敷で火が上がった時、万が一にと、うちの人が番頭はんらに命じ、売り物を目に付くままに大八車で運んで移しといたんやそうどす。そして猛火の中を、あないして店の者総出で夜通し水をかけ続けたおかげで、火の粉が飛んできたとゆうてもどないもなかったんどした。

「そうか、それは、ようやってくれた」

絶望の中にも、ほっと、一筋の希望がお父はんの顔に走った瞬間やった。

その間ぁに、うちの人が黙ってうちを睨みつけた。番頭はんから、女だてらに手桶の列に加わったんを聞いたんでひょ。また出しゃばりおって。そう言いたかったんやと思う。

そして、そこに煤だらけのおきぬがおるんを不審顔で認めたんで、うちは訊きました。

「あんさん、おきぬの家はどないなったか、知らはらしませんか」

すがるようにおきぬがうちの人を見上げたけど、これにもやっぱり、黙って首を振っただけ。あんだけ八面六臂の活躍のうちの人やったって、自分の店のことでせいいっぱい。被害の状況が伝わってくるには、まだもう少し時間がかかるのどす。

この時のうちらはまだ知らんかったけど、なんせ二万八千軒もの家が焼けてしもた。東本願寺や嵯峨の天竜寺というような大寺院やったって同じこと。お公家はんも庶民もわけへだてなく焼け出され、その夜から寝るとこも、仕事するとこも奪われてしもたのや。

和歌のお師匠さんのお内蔵さんも、着の身着のまま焼け出され、東寺の本堂で町民と一緒に震えて夜を過ごされなはったんやと。後で知って、自分らの暮らしもままならんゆうのにお見舞いに出かけたけどな。ほんま、おいたわしいけど、命がおありやったんはまだましやとお慰めしましたわ。ほんま、いったい何人の死者や生き別れが出たことか。

その時、おきぬがううっと呻いて体を屈めてうずくまったからびっくりしました。どないしたんやと覗き込むと、裾の方が血に染まってる。

「あんた、逃げる途中で怪我したんか。それにしてもこの血——」

言いかけて、うちはハッとお母はんを見たわ。そうや、おきぬは、どうやらみごもっていたらしいのや。そやのに、この騒ぎで、衝撃と、急激で無茶な動きが災いして、腹の子が耐えかねたんか、降りてきかけたんやな。

「おきぬ、あんた、やや子がいてたんか」

聞けば、次の戌の日には月読神社に詣でて腹帯をもらいに行く予定を、お母はんには知らせてたそうや。そんな嬉しいさなかに、まさかこんなこと。

痛いのやろう、おきぬの顔は脂汗が滲んでまっ青やった。えらいこっちゃ、ともかくありったけの衣類でおきぬをくるんで暖め、うちは医者を探しに走ったわ。

「どこかにお医者様は、いてはらしませんか」

幼い礼太郎も一緒に回ってくれた。そらもう、一生懸命に。そないして動いていればあの子も不安を忘れることができたんや。

けどそんなもん、避難してきた者でごったがえす本堂の中で、どこに医者がみつかりますかいな。うちも大声で、泣き声で、呼んで回ったけど、燃えさかる火で火傷を負った人やら転んだり挟まったりして怪我をしている人やらさまざまで、医者がいてはったとしても、流産しかけた妊婦のとこに来るんは後回しやったやろ。

その時声をかけてくれはったんが産婆のお寅はんやった。もう七十過ぎたおばあさんで、うちの家の子はもちろん、烏丸一帯の子供らはほとんどこの人が取り上げたと言うてもええくらい、経験豊富で聞こえた人や。

「御寮人さん、どないしなさった」

こんな時こそたよれる人。うちがかきつくようにわけを話すと、お寅はんは、

「そらまだうちの出番やなさそうやな」

言いながらも一緒に来てくれ、おきぬの容態を見てくれた。その真剣な目。人の命の分かれ目に何度も立ち会い、幸と不幸を見極めてきた人や。うちとお母はんは、祈るようにお寅はんをみつめたことや。

そして、お寅はんはおきぬに言うた。

「大事ない。子ぉはまだ自分の命を諦めてやしまへんで。しっかり、生きようとしてはります。これぐらいの血、たいしたことあらしまへん」

その力強い言葉。うちも、お母はんも、ほっとして顔を見合わせたわ。けど、お寅はんの言葉には続きがあった。

「けどな、容れ物のあんさんがたよりのうては、居心地悪うて、出て来たがりまっせ」

お寅はんの言うとおりや。おきぬは絶望のあまり、自分自身が生きる気力を失いか

けてた。なんでお寅はんにはそれがわかるんやろ。うちは思わずおきぬを揺さぶり、叫んどったわ。

「しっかりしい。おきぬ、ガガガッと、がむしゃらに生きるのや。そしたら、やや子もガガッと元気になるのやで」

　笑わそと思て言うた言葉を、おきぬがどれほどわかってくれたことやら。苦痛に歪む表情は、見とってもかわいそうやった。

けど、おきぬはうなずき、唇をかみしめながら耐えとった。うちらはかわるがわるにおきぬの腹やら背中をさすって夜を明かしたわ。

　その腹の子が、うちらに、この先どないすべきか、すべてを教えてくれたのや。あきらめれば、いつでも流れて終わってしまえる。けど、踏みとどまって生き残った者は、黙って涙を流してばっかりおられまへんやんか。何もかもが灰になったその日でも、うちらは生きていかなならんのやもの。

「店も家も、何もかも燃えたけど、蔵だけが焼け残ったんは、幸せと思わなならん」

　そうや、うちらにとっては、その土蔵こそがたった一つ残った〝腹の中の子〟も同じじゃった。今すぐには何にもならへん、かえって手間がかかるだけやけど、きっとこの先、うちらに生きる希望となる宝になってくれる。

おきぬ、あんたもな、たった一つ残されたものがあるなら、それをなくさんよう、どんなことをしても守り抜かなあかんで。——そんなうちらの願いが届いたんか、出血はおさまり、なんとか持ちこたえたようやった。お寅はんの見立てのとおりに。

四日目、おきぬをお母はんにまかせて、方々で煙がくすぶる中を、家はどないなったか、子供らの手を引いて見に行った。あたり一面の焼け野原。目印は何一つなく、うちの家があったとこがどこやったかすらも見分けるんが大変やった。たしかここや、とたどり着けたんは、焼け焦げたお地蔵さんが倒れてはったからで、そこの角がうちとこどす。

焼け焦げて、消し炭みたいになった柱や梁。子供らが灰の中をほじくって、こんなんあった、これみつけた、と、これだけの悲惨な場所やいうのに賑やかな声を上げて、焼け残った壺のかけらやら、埋まっていた反物の切れ端をみつけてきては見せに来た。これは店と奥の間に掛けてた暖簾の棒、それはおくどさん（竈）に置いたままの鍋らしきもの。——元の姿を想像したら、なんや涙がこぼれて、子供らに何も返事してやることもできんかった。

そんな時にこそ、人のなさけ深さも、また薄情さも、わかるもんどっせ。うちらの前を通りかかったんが、幼なじみの大川屋の繁治でな。運よく、つい先頃大坂の船場に拠点を移したばっかりで、もとの店は出張所程度になっとった。もちろん全焼やったけど、損害は小さいというとこやったんやろ。呆然と焼け跡に立ってるうちらに見舞いも言わんと、

「おお、よう焼けた焼けた。焼けたのう」

まるで焚き火でもしとったみたいに楽しそうに言うて通るんや。自分とこの運の強さがうれしかったんやろか。焼け出されて家ものうて困ってる隣人に、大坂へしばらくおいでなはれと声かけるどころか、どないやと言わんばかりの勝ち誇った顔。さすがのうちも、イイーだ、をやる気もないほどうちのめされて、悠々と帰って行く繁治に背を向けたわ。

そういえば繁治に最後にやり返したんは、婿取りする前も前、だいぶ大きゅうなってたとはいえまだ子供の頃や。そもそも繁治があんまりうちのこと「がが、がが」てしつこいんは、大川屋が寛永というような昔から町内に店を構えとったという自慢のせいや。祖父から数えて三代しかたたへんうちの家のことを新参者と見下してるんやわ。京の町では長く住んでる者こそ偉いとゆうような風潮がありますさかいな。けどそんなん、うちにはどうもならへんやないの。そやから、「イイーだ」ではすまんで、それがどうしたとそのまま橋の欄干に押しつけて、勢いで川に突き落としたろか

思ったことがあるねんよ。

いや、実行してたらえらいことになってたな。とんでもないじゃじゃ馬やと噂になって、婿も来んかったかもしれん。けどその時、通りかかったおさむらいが、こらこら喧嘩はいかん、女が勝ったらいかん、そない言うて割って入らはって、おさまったのや。

京は町人の町やけど、朝廷の守護やら諸藩からの遊学やらで、おさむらいの姿は珍しゅうはなかった。うちは大胆にもそのおさむらいに、

「なんで女が勝ったらあかんの」

そない訊いて食ってかかったわ。ほんまに悔しかったんや。

若いおさむらいやったけど、そんなこと訊かれるとは思いも寄らんかったんやろな、それでも懸命に考えて、うちに、女はもともと勝ってるからや、と笑いはった。

「そうであろう、男はみんな、女であるおふくろ様がいなければ生まれても来れん」

なんでかしらん、ほんまそうやな、と納得できたんが不思議やった。

火事場を勝ち誇って去って行く繁治を見てたら、今度もまた、もともと勝ってるうちが、あんな奴を相手にせんでええゆう気がしてきたんどす。それより、戦う相手は自分自身やった。しょげたり、うちひしがれたり、そういう弱った自分と戦わなあか

ん時なんや。

そのおさむらいとはずっと後になってまた出会うことになるのやけど、うちの方ではこの時思い出したきり、すっかり忘れてしまうのどす。なんせ目先のことで頭がいっぱい。うちは、自分を励ましながら、あの夜みんなで消火した土蔵へと足を向けてみたのどす。

そしたらな、一面の焼け跡の中に、うちとこの蔵だけ、奇跡のように建ってはるんや。

防火の水を八方から浴びて、なんやくたびれたような、薄汚れたたたずまいになってたけど。それでも、燃えんと、そこに建ってはった。

家族みんなが生きて、無事で、それに商売の元手が残ったいうんは、そらもう、丸儲けや。なんたかて〝無〟やない、こんだけのもんがあるんやから。

すべて焼かれてなんもかも失くした人にくらべたら、天と地の差、というか。日頃神仏をおたのみしていた甲斐あって、としか言いようのない幸運やと思わなならん。

「あんさん、さっそくここのもんを売りまひょ」

うちがぼそっと言うと、お父はんも旦那はんも、びっくりしてはった。

「みやび、そない急いだって、店もあらへんのに」

この四日、顔は煤けたままで髪もほつれ、女やいうのにどないもならん具合の姿どす。みんな、きっとうちが気でも触れたと思いはったやろか。そやけどうちは言うた。

「店はのうても商売はできます」

現にお父はんはうちとこへ婿に入らはる前の若い頃、お店勤務やのうて行商が長く、天秤棒を担いで品物を西へ東へ運んでは、路上や他家の軒先で売りさばいてはったやおまへんか。

「品物さえあれば、商売はできるやおまへんか」

それはうちの確信やった。

妙なことや、うち自身はそういう商売をしたことはあらへん。自分で言うんもおかしいけど、店の奥の座敷で育った嬢はんやもの。けど、うちの血ぃの中には、お父はんが巡って歩かはった東西の道の記憶がしっかりと刻み込まれてる、そんな気がしたのや。

うちが揺るぎない声で言うもんやから、誰も何もよう言い返さんかった。

いつものことや。うちが顔色も変えんときっぱり言う時は、梃子でも考えを動かさへんのは、みな、よう知ってはった。ががはんの本領発揮というとこやな。

「何より、なんもかも焼かれて困ってはるお客さんがぎょうさんいてはるのに」

そう、なんも私利私欲のために無理して商売するのやない。物がのうて難儀しているお客さんの声が聞こえるんなら、商売人は、どないしてでも品物を用立て、店を開けるべきでっしゃろ。

うちはさっそく子供らを両親に預け、おきぬのこともようたのみ置いて、襷掛けで、蔵の前に立ちました。

死者もかなり出とりました。そやのに、弔いをするにも掛けてやる衣もなければ遺族に喪服もあらへんのどす。み－んな焼かれてしもたのや。夏のことで、腐敗も早いことやし、弔いもせんとそうそう置いとくこともでけへんといいますのんに。

蔵には、何にでも重宝する生成り（きなり）の生地や晒木綿（さらしもめん）がぎょうさんあったし、季節外れとはいえ、呉服もたんとおました。そやから、あるだけ、それを売ればええのどす。たしかに店は焼けてのうなってしもたけど、蔵の前の露店でよろしいやんか。

商売再開。忘れまへん、あの晴れ晴れとした朝のこと。

高倉屋に行けば、なんなと売ってはる。――そんな噂が人を呼んで、そらぎょうさんのお客が押しかけて来はりました。着の身着のまま焼け出され、夜は焼け跡で震えて眠らなならん町民は、想像以上にいてはったんどす。

えらいもんどっせ。あれだけの災難に遭（お）うて困窮しても、盗みも強奪もあらへんのえ。どん底に落ちても、京の民は礼節ゆうもんまではなくさなんだ。そんな人らに、どないしてあこぎな商売なんぞできまっしゃろ。こっちも、伸(の)るかそるかのたたき売りや。

「払いは、立ち直ってからでよろしいでぇ」

「しっかり気張って、立ち直りまひょなあ」

そんなかけ声で品物を渡していくと、みんな涙ぐんで手を合わせてくれはった。品物は、飛ぶように売れましたわ。

けど、喜んでばっかりはおられへん。そのままでは売り尽くして、蔵は空になってしまう。

「あんさん、仕入れは」

在庫全部を吐き出す覚悟やけど、その先のことも考えなならん。この災難は、町民一人一人が元の暮らしをとりもどす復興の日まで、まだまだ先長く続くのやさかいにな。

「ほんまや。ぼうっとしててもしょうがない。五助、亀三(かめぞう)、近江へ行きや」

うちの人も、夢から覚めたみたいに、次にどないしたらええか、動き出してくれはった。あのすざまじい炎から蔵を守ったことで、自身が燃え尽きたみたいになってはったんどす。

京は焼けてしもた。けど、製造元も近江の問屋も焼けなんだ。そやから番頭はんらを仕入れに走らせ、できるかぎりの品を補充にかかることが急務どした。

「ほんならこの手紙を持って行き」

お父はんが、親戚同然ゆうほど長いつきあいの宮野屋(みやのや)はん宛(あ)てに手紙を書いてくれはってな。そう、うちとこはもともとお父はんが近江の出や。それで出身地の字(あざ)の名前、近江高倉を屋号にしたくらいや。他にも親戚縁者がいてはって、濃いつきあいもしてきてる。

ありがたいことに、近江では京の大火を知って、優先的に高倉屋へと品物を回してくれはった。もちろん、支払いは信用で後払い。ほんま、人の情けを思い知ったことやった。

「これで商売ができますやないの」

みんなの顔に、やる気がみなぎった瞬間どした。

番頭はんらが続々、背中に大荷物を背負って近江からもどってくると、翌日は土蔵から板屋根をつないで掘っ立て小屋を建て、商売を再開や。少なくとも屋根があるから露天やあらへん。

「正札より値を引き下げます」

こんな時や、儲けは度外視。まず動くことが生きてる証や。墨で大きく書いて貼り出すと、なんもない焼け跡ではよう目立ったもんや。離れた各町の辻まで貼りに行かせたわ。

晒木綿や何の変哲もない手ぬぐい、麻地に腰紐。衣食住は人が生きていく基本やけど、その筆頭に上がる〝衣〟を求めて、お客が押し寄せた。そらもう、ちまちま儲けを数えてる場合やない。ぼろぼろに煤けた着物でやってくるお客を見てたら、商売とは金儲けやない、人助けなんや、と思えてきてな。これもいりまっしゃろ、それもつけときますと、義捐のつもりでお金もとらんとあげてしもた品もようさんあった。

掛け帳に書いたとしても、支払いに来てくれるかどうかわからん、そんな人もあったけど、人は、苦しい時に受けた恩義は忘れんもんや。この時のお客が、後になって、生涯、高倉屋の客になってくれはったんは、うれしいことやった。

やがてうちの仮店の周辺に、焼けなんだ九条や遠く桂の方から、野菜やら米やら、売りに来る人らの市が立ってな。高倉屋を訪ねたら近辺でほぼ何でもそろう、という評判がたったもんや。呉服の高倉屋ではのうて、まるで百の品がそろうよろず屋、てとこやな。

これには、主婦であるうちも助かった。一家は寺の避難所を出て、八条のへんに小さい借家を借りることができたんやけど、そこで待ってる子供らや年老いた両親に食べさせるんも主婦たるうちの務めどす。店でとことん働きながら、手の空いた時に周辺の露店で晩ご飯の用意を買い込めるんは、たいそう便利やった。まだ錦の市場は再開してへんかったし、遠くからでも瓦礫を越えて、皆が買い物にやってきたわ。

思えばうちもよう働いたもんや。これこそ火事場の馬鹿力、いうんやな。平時なら、女が表に出るんはようないけど、こういう非常時は、同じ焼け出された者どうし、被害はどうやった、これからどうすると、同じ基準で励まし合えるんが買い物の妙というもんでな。

「御寮人さん、みずから店頭にお立ちですかいな」

「へえ。こんな時や。おるとこがのうなってはただのおっ母はんどす」

「御寮人さん自身もえらい目に遭うてはりまっしゃろに」

「いえいえ、お互いさまどす」

そんなところから連帯感は生まれるもんや。上品な御寮人さんになってほしいと願とったうちの人はいややったやろけど、うちがどこかに隠れ、男たちの働きに守られて暮らしてたら、あそこまで町のお客さんらと親しくはなれなんだやろ。

おきぬの家族の消息がわかったんも、お客さんとの会話の中でのことやった。身元不明の焼死体が、河原町に並べられているんやと。

おそるおそるに出かけていけば、四条の河原は焼け出された人らが屋根もないとこにひしめいてはった。その川縁にござを敷いて、死者が並べられてはりました。どうかそこにおきぬの夫や子供がいませんように。祈りながら、遺体に掛けられた筵を一つ一つめくっていくんやが、一日目は何の手がかりも得られなんだ。また次の日、出かけて行くんやけど、そんなむごい作業、身重のおきぬ一人にさせられへんやんか。そやのに、行く、言うてきかへん。

そして、案じたとおり、そこで、変わり果てた姿の夫と息子に対面したのやけど、おきぬはそのまま気を失のうてしもた。

燃える家に飛び込んで簞笥から何かを取りだそうとしてはったおきぬの旦那はんは、燃え落ちてきた梁に押しつぶされて、動けんままに焼死。息子の良太は、迷子になったあげく、避難する町民の群れに揉まれて圧死。まだ五歳やった。

目覚めて、おきぬは自分がまだ生きてると知り、どんだけ泣いたやろ。一緒に死にたい、そない言うて身もだえした。どないしてやったらええんか、うちらも泣くしかなかった。母親である自分が手を放してしもたばかりに、どんだけ痛い、不安な思いをさせてしもたことやろ。そう自分を責めて、その悲しみは増すばかりや。いっとき、良太が三途(さんず)の川を渡れんと待ってるからと、井戸にでも飛び込みそうな、異様な様子で。

けど、それを止めたんは、うちら家族ばかりやない。あの子の腹の中で元気に動く、新しい命が、生きたい生きたいと訴えてきてたからや。

身勝手なさむらいたちが起こした火事で命を落とした者の悲惨さに甲乙はあらへん。死んだ人も地獄、一人生き残った者も地獄。けど同じ地獄やったら、ががっと生きる方が、うだうだ言うて泣いてるよりはましですやんか。

おきぬの家は、まだ代替わりしてへんかったため、舅(しゅうと)、姑(しゅうとめ)はんが身代を牛耳ってはった。幸いなことにどっちも無事に逃げはったそうで、お舅はんがおきぬを探して来はったんは何日もたってからや。息子と孫が死んだと知り、姑はんは避難先で寝付いてしまいはったとか。

家財道具は何もかも燃えたけど、おきぬの花嫁衣装だけは別な所にしまってあったとかで、無事に返されてきた。どうやらおきぬの旦那はんはそれを取りに戻ろうとしてはったらしいのや。なんせ呉服屋の娘の嫁入り支度にふさわしい、ひと財産と言えるほどの豪華な衣装やったし。

「あの人、祝言の日に、この衣装を着たうちをきれいやゆうて、うちのこと、大事にするで、と何度も何度も言うてくれはったんや」

ほろり、おきぬの目から大粒の涙がこぼれるんを、まともに見てられなんだ。旦那はんは、それだけはおきぬのために持ち出してやりたいと、燃えさかる火も恐れなんだのやろ。

お舅はんいわく、こんなことになるんやったらもっと早く自分が預かってると言うとけばよかった、て。遅いわ。そもそも、なんでおきぬら夫婦に黙って持ち出してたんや。

理由はいろいろ言い訳しはったそうやけど、真相は、お姑はんが姪の婚礼に借りようと、桐箱に入ったんをこっそり持ち出し山科の実家に渡してはったらしいのやな。そやのに今になって掌を返すように、息子の命を奪った不吉な着物やゆうて放り出しに来はったのや。

息子が命に換えて持ち出そうとした花嫁衣装、そのまま横取りするんは寝覚めも悪かったんとちゃいますやろか。そらそうや、そんなもん着せて姪を嫁入らせたら、うちが祟って取り憑いたりますわ。

結局、後になって生まれた赤子が女やとわかった瞬間、おきぬは実家のわが家に捨て置かれ、そのまま離縁ということになったんや。跡は、弟はんがとることになったんでな。おきぬに良縁があればもう一度それを着てほしい、と言わはったそうやけど、そんだけや。はなばなしい仕度で嫁入ったおきぬやのに、身一つ、衣装一枚で返されてきたんや。

むごい仕打ちやけど、嫁ちゅうもんはそんぐらいの扱いどした。家を守るためには、いらんもんはいらんと切り捨てられる。それぐらいのことはこっちもわきまえてます。そやからお父はんも、文句も言わんと向こうさんの言い状を承るばかりやった。

うちは、おきぬに慰めの言葉もかけられへんかった。同じ姉妹で、こうも明暗が分かれるとは。お母はんが生きてはったら、ますます嘆きが深うなるとこやった。

今、娘を持つ身になって、うちもあの時のお母はんの気持ちがわかる。母親には、嫁に出した娘にはもう何もしてやれんから、せめて娘が泣かずに、夫と子供、新しい家族みんなで幸せにやってくれるんが一番うれしいことなんや。そやから、逆に、娘がひとりぼっちになってしもて、毎日、泣いて暮らしてるんを見るんがいちばんつらい。

そのせいで、秋から冬に移る頃には、今度はお母はんがすっかり弱ってしまいはった。コホコホと、妙な空咳をしはるんが気にはなってたんやけど、まさか皆の知らん間に、夜な夜な、寒さも省みんとお百度参りをしてはったとは、誰が想像したやろ。いや、そもそも、誰かに知られては願いの叶わん深夜の願掛け。親心のありがたさなんて、後になってわかるもんやな。

お父はんも思いは同じじゃ。そやからあんな話を蒸し返してうちにこぼしはった。

「今やから言うが、大川屋から、おきぬを繁治の嫁に、という話もあったのや。あの時、受けといたら、おきぬもこないな不幸に遭わんですんだのやろか」

初耳やった。あの繁治と、きぬが――。へええ、と驚くと、

「何を言うとる。おまえが反対したんやないか」

そやったやろか。初耳のような気がしましたけど。うそ、と聞き返すと、お父はんは、

「あんな自慢たれの豆狸におきぬはやれんと、鼻にもかけん様子で言い捨てたやないか」

と言わはる。そらそやな、すっかり忘れとったくらいやから、うちの中では常識の線や。今同じ話が来たとしてもきっと同じことを言うて反対しますやろな。

「お父はん、あかんかったって。嫁にやってたら、どんだけええように使われたか」

もう一回、吐き捨てるように言うと、お父はんは力なく、

「わしもそない思た。おきぬの持参金をあてにしとるんが見え見えやったからな」

焼け跡で、なんで繁治があないに勝ち誇って通っていったか、わけがわかった。その頃の大川屋はさるお大名に借金を踏み倒されて相当弱ってて、迎えた嫁の実家の大坂へ店を移転せん限り倒れてしまうほどやったんやて。そやからまあ、ほとんど入り婿やな。

その点きぬやったら家も近いし、店が傾いたなら町年寄りのお父はんがほっとかへん。ええ話やと、勝手にひとりよがりな再生の構図を考えとったんが、もののみごとに断られて、それで繁治、恨んでたんや。なんもそこまで京にしがみつかんでもええやろに。

しょぼい男やで。きっと船場の嫁の家でも肩身が狭うて、幸せやないはずや。そんな男と生き残るより、妻のために大事な花嫁衣装を持ち出してやろうとぎりぎりまで努力しはった旦那はんの方が、うちはやっぱりええと思う。そのぎりぎりが報われんと命を落とさはったんは、どうしようもなく不幸ではあるけどな。しょうがない、京全体がそんな不幸であふれてたんや。

そうは言いつつ、人はいつまでもうちひしがれてじっとしてたりはせえへんもんや。町ではあちこちで復興の兆しが目につくようになってきた。大坂から淀川をさかのぼり、材木やら大工やら、次々と大量に入ってくるようになったのや。物価は高騰しとったけど、それでもみんな、生き抜いた。うちらも、ようやく店を建て直すことに決めました。立ち上がるにも誰も助けてはくれへん、ましてお上などあてにはでけへん。自力復興や。

店ができれば、ともかく、みなを仮住まいの避難所から呼び戻してやれる。自前の家に住むのは番頭はん以上で、焼け出されてからは仮設の店で家族もろとも団子のように丸く寄り添い合って暮らしてるけど、それもしばらくは住まわせてやれる。

「あんさん、うちらの家は、後にしまひょな」

建て直す店には、うちら家族が住むようにはせんとこ、と提案しました。きっと周辺で、気の毒やけど戻ってこれん人らの土地が売りに出る。それを買うて、住居は住居だけ、店とは別な、家族だけが住む家を建てたらええと思たんどす。

「そんなん、すぐにはよう建てんで」

さすがにあの人がすまなさそうに言いました。

「今は店だけで手ぇいっぱいや。家はずっと後回しになるけど、ええのか」

あたりまえどす。寝るだけ食べるだけならどんなとこでもよろし。今は店が優先。店ができれば人が動く、金を生む。店には、仕事の都合で遅うなった時あの人とうちが泊まれる座敷が一つあったらじゅうぶんや。

ほんでも、内心の期待をこめて、こない言うだけ言わせてもらいました。

「かましまへんで。あんさん、うちがお婆になるほどまでは待たせまへんやろし」

言うと、あの人はまた、あほか、とつぶやくのどす。負けず嫌いをよう隠さん人やった。うちはその顔が、少年の頃の顔に見えて、なんや好ましゅうて。

黙って背中を向けたあの人の背後で、うちは思ぉたもんどす。家は丸焼けにされてもたけど、それはお母はんのために、風の通る広い家を建ててあげるええきっかけやったんやないかと。損したことばっかり数えるより、これから得することを数える方が、そろばんもパチパチと弾むもんやしな。

棟上げの祝いは、よう晴れた日で、梁に取り付けた日の丸の扇がゆらめいて見えたんが誇らしおました。あたりはまだようやく焼け焦げの跡が撤去されただけの野っ原で、うちとこの店の骨組みが建っとるだけ。材木も、大工の手間賃も高騰してましたけど、それを嘆くより、なんとか払える体力があったことこそを喜ばなあかんと思たもんや。

そやから、上棟式の祝儀は奮発しましたで。尾頭付きの鯛やったって、踊る勢いどす。こんな間ぁにも、店は、あいかわらず青空の下で営業しとりましたしな。

蔵の前の仮店舗からいよいよ新店舗への移転が始まった時は、さあこれからやるで、と、どの顔にも気力が満ちてました。人も増やし、店は総勢十五人の大所帯どす。高倉屋の再開は、特別に幸運な例やったんでひょな。なんでって、多くの町民はまだ生活の立て直しもままならず、大寺院の境内に設けられたお助け小屋は炊き出しを待つ者たちであふれとりました。それでも食糧は足りず、何の手立てもできん幕府への不満は爆発寸前やった。人災が京の町に落とした影は、遠い江戸にいてはる偉い方々の想像を絶するほどに、深刻やったのどす。

運よう丸焼けにならんですんだおかげで、白木の柱の匂いも香ばしく新店舗が骨組みをしだいに現していくさなか、仮住まいの狭うて暑い一間で、ある日、お母はんは息を引き取らはった。

その朝まで、店の開店がいつになるやろとか普通に話してたんに、ずっと体調が悪いんをうちらに悟られんようにしてはったこと、気づきもせんかったんどす。

思えば、店と家とうちら娘のためだけに生きた人どした。お母はんがいてはらへんかったら、なんぼ働き者でもお父はんだけでは今日はなかった。寿命を縮めたんはどんどん焼けの恐怖と衝撃、疲労、そして身を削るばかりの娘への慈愛やいうことは、誰も打ち消しようもないことどす。お母はんも間違いなく、あのどんどん焼けの、被災者の一人やった。

けど、さむらいの起こした大火で命も財産も奪われた人を数えたらきりがない。うちらはその悲しみを越え、焼け野が原の京の町で力を合わせて生き抜くほかにあらへんのどす。

命ゆうんは、一つ消えてはまた生まれる。地上全体では命の総量は一定で、不滅のもんなんやろか。月満ちて、おきぬは女の子を産み落とします。赤ん坊やいうのに整った顔立ちの、そら美しい子やった。死んだお母はんの生まれ変わりにも思えて涙が出ました。

「おきぬ、ようやったなあ。きっと旦那はんも良太もこの子の後ろにいてくれてはるで」

体力を使い果たして、おきぬは言葉もなく涙を流すばかりやったけど、産褥(さんじょく)の床に横たわりながら、赤子を抱く横顔は、そら神々(こうごう)しいほどやった。

富美(ふみ)、と名付けられたその子には、うちも妹と一緒に母親になったる気で、立派に育てたろと思いました。悲しいもんどす、家付きの養子娘いうんは、誰に命じられたわけでもないのに、家族に対してそういう義務みたいなもんを背負うようにでけとるのどすなあ。

第四章　東京御幸

禁門から始まり京の市街地を焼き尽くした〝どんどん焼け〟は、歴史に残る大災害となって京を灰にした。それでも時は偉大で、粛々と町を癒やし、再生させていく。

みやびが、念願の自宅を河原町に建てたのは、新店開業に遅れること一年の後だった。

「あんさん、やっと、でけましたな」

鰻の寝床のような京独特の町屋づくりで、通り庭から奥までよく風の通る家だった。

「これで文句はあらへんやろ」

どや、と言わんばかりに、義市は妻を流し見た。

「へえ。文句なんぞ、なーんもあらしまへん」

みやびは心から満足し夫に微笑む。家の新築はお婆になるまでに、と願ったけれど、みやびはまだ三十を超えたばかり。夫は世間が思う以上にできた婿養子だった。

思えば彼は婿養子で勢田家に入ったが、その時に得たものすべてを焼かれてなくしたどんどん焼けこそ、彼が一から自分の力で出直す出発点となったのではないか。そうとも言える。たいしたがんばりだった。競合店が全焼し復興が遅れたことも幸いした。

「先んずれば人を制す。——まさにそれを地で行く高倉屋やったな」

目を細めたのは舅である。京では町内の組織が復興や支援のために動き出したが、長が務まるのは余力がある者だけに、早々とその役目が高倉屋に回ってきたのだ。

「町年寄り」である。父もかつて務めたその役職に、婿である二代目もまた就任する。それは高倉屋が継続して栄えている証といえた。

「あんさんはお父はんよりだいぶ若う就任しはったことになるんちゃいますか。お父はんが年寄りに選ばれはった時は、五十を超えてはったんやから」

名誉ではあるが、町民の信望があり実力もなければ務まらない役職だ。

「これやったら大丈夫やな。わしが留守をしても」

「お父はんゆうたら、何を言わはるのどす。いったいどこへ行かはる言うん」

みやびは慌てた。姪を入れて三人の子供に、床に伏しがちなきぬ、皆のことはふだんから自分が引き受けているとはいえ、父がいるといないとでは気分が大違いだ。

「ヒデが元気なうちに連れて行ってやれなんだが、今となってはヒデの供養に、善光寺詣でをしようと思ってな」

なるほど、つねづね母に、落ちついたら二人で参詣の旅に出ようと励ましていた父だ。

「お舅はん、くれぐれも気をつけて行っとくなはれや。世間はまだまだ物騒でっさかいな」

義市は余裕でそう言い、じゅうぶんすぎる路銀を用意した。父に義理を尽くしてくれる夫の姿が、みやびにもうれしかった。

だがそれももっともなことで、なにしろ江戸に近い神奈川には外国人が上陸し、父祖伝来の国土の上に住居を構え、さかんに商売を始めているという。その元凶を作った大老井伊直弼は数年前に桜田門外で暗殺されたが、彼が勅許なしに外国との間で結んだ条約は残り、日本に不利な条項をめぐっていまだ国の意見が二分したままだ。

京でも、開国か攘夷か、倒幕か佐幕か、何らかの主義主張を掲げたさむらいが地方から上ってきては刀を振り回し、敵対する者たちを夜陰に襲うということが頻発していた。近所でも、朝起きて丁稚どんが店の戸を開けたら誰かおさむらいが倒れて死んでいる、そんなことが珍しくもない。みやび自身、母の菩提を弔って早朝のお参りをすませた帰り、寺の山門脇にうつぶせになっている死体の背中を目撃したこともあった。腰を抜かしそうになったが、一緒にいた下女の悲鳴で人々が三々五々と集まり、やがて人だかりを割ってやってきた奉行所の役人の取り調べで、開国を唱えていた土佐のさむらいとわかった。

思想はどうあれ、こんなかたちでしか決着をつけられないのはなんと愚かなことだろう。ともかく人殺しはたくさんだ。庶民はただ平安に暮らしていくことを願うのみなのに。

「善光寺さんでお籠もりした後は、江戸へ足を伸ばして、黒船来航以来の神奈川の町の様子でも見てこようか」

「そないな危ないこと」

善光寺も江戸も、どれだけの道のりであるのか想像できないだけに心配だったが、病床からそっと抜け出してきたきぬの思いはまた別だった。

「お父はん。善光寺さんでは、ぜひこの人らのことも拝んでやって」

病でなければ一緒についていきたいものを、と嘆きながら、きぬが父に手渡したのは、亡き夫と長男の戒名が書かれた紙の塔婆だった。思いは伝わり、父はやせこけた娘の肩をそっと叩いてやるのだった。

いくら時が流れても、拭えはしない別れのつらさが今なお、きぬをさいなんでいる。一日のうち起きていられる時間はごくわずか。ほとんどを寝たままますごす彼女の枕辺を、二歳になった富美がしきりと寄りつきたがるのを、療養にさわるからと引き離すのも不憫なことであった。

「ほな、あとはたのんだで」

娘ら夫婦は無言でうなずき、まかしといとくれやす、と目で答えた。

この時代、旅はまだまだ、生きてふたたび会えるか保証されない質のものだった。しかし行く先々の宿は決めてあったから、みやびもきぬも、父に宛てて何度も手紙を出した。宿に到着した信兵衛は、それを読んではこまめに無事のたよりを京へ返した。

店に届いた手紙をいちばん心待ちにしているのは子供たちで、読み上げてやると、ふだんあれほど腕白な男の子が、きちんと正座し黙って聞くのである。

もう一回もう一回とせがまれるのを、みやびは、自分でお読みなはれと突き放すが、そのうち本当に礼太郎も智次郎も自分で懸命に読むようになっていったのは、祖父によるよき教育効果であろう。

しかしその内容は驚くべきものだった。

「きのう横浜へ行きしが、日本の国土でありながら、見たことのない外国の文字の看板が並ぶ異国になりおりて候。その活気たるや、尋常ならず」

まずその一文を、みやびは何度も読み返してしまった。父は現地で買った錦絵も添えていたが、ただ目を見張るばかり。それは今までどんな前知識もない世界だったからだ。

異人たちの顔かたちはたしかに恐ろしい。だが彼らの着ているこの衣装は何だ、見たことのない様式の洋館や尋常でない波止場の活気は何だ。見ているだけでぞくぞくした。

「あんさん、横浜では絹が、どんどん外国に向けて売れとるのやそうどす」

夫にも、商売にかかわりのある話は興味深く伝えた。

「らしいな。相場がえらいことになっとるそうや。寄り合いでも、その話で持ちきりや」

新しい商売相手ができ、大きな好機ととらえて横浜をめざす商人たちは少なくないが、何が当たるか損するか、生き馬の目を抜くような状況に、京の商人たちも無関心ではいられない。とりわけ、絹物を扱う呉服商である高倉屋では、国内に出回る絹の相場がこれだけ高騰しては知らぬ顔もしていられないのだった。

「お父はんも素人やない、そのへんは、よう見てきてくれはりまっしゃろ」

みやびは、できるものなら自分も行きたい、行ってこの目で外国の勢いを見てみたい、そう思う。だがそんなことはできないものとわかっているから、焦れて飢える思いになる。

「異人さんらは、いったいどんな商売を持ち込んできてるのやろ」

錦絵を食い入るように眺めて何度も何度も父の手紙を読み返しては、みやびは想像が尽きなかった。だが夫はそれほどでもなく、そやな、とうなずく程度であるのが物足りない。

「うちとこの店が長年取引してる綾部の絹の問屋はんも連れて行ったげたらよかったなあ」

父の手紙をしみじみ読めば、外国の立場もわかってくる。彼らは横浜に来るまでにインドや清国にも寄港するのだから、取引相手は日本にかぎらない。とすれば、インドも清国も競合相手。かの国ではどんな品をもって売れ筋とするのか。飛ぶように売れるという日本の絹は、清国のそれに比べてどういう品質の評価であろうか。

まさかみやびがそんな広大な視野で考えているとは思わないのであろう、まだまだ話したいのを打ち切るように、夫はまたしてもそやなあと生返事をして、おもむろに家の中を見回した。何が変わったわけでない。けれども、舅の信兵衛が不在というだけで、家の中がどこかゆるりと広く感じるのはみやびも同じだ。

「どないしはったんどす?」

さっきから、夫がしげしげと自分を見るので訊いてみる。

「いや、おまえ、戌年やったかいなと思って」

「違います、みいはんや。巳年どす。――何ですのん、急に」

その先は、夫は言わない。おかしそうに目をそむけたのが、まさか、みやびが犬に似ているからだとは思いもよらない。そういえば夫婦でこうして差し向かいで互いを見るのもなにやら久しぶりのような気がして、夫のそばをついて回っているだけだ。

「まあええ。こっち来ぃや、ワンツクはん」

「何ですのん、ワンツクて、うち、犬ちゃいまっせ」

襖ひとつへだてた隣で眠っている子供たちを気に掛け、恥じらいながらも、みやびはそのままさからうことなく夫の手に引かれた。

「なあみやび。お父はんには、別棟の隠居所をお建てしようかの」

夫の腕の中で、みやびは夢見心地でうなずいた。たよれる夫、かわいい息子たち。そして新しい店に新しい家。どんどん焼けの疵は、みやびの中からはもう薄れようとしていた。

お父はんが戻られたんは二月後のことやった。よう日に焼けて、それでも元気で帰らはったんを、皆が喜んでお迎えしたんが昨日のことのようや。

まず息子たち。わあっと出迎えに走り、それにつられてふだんおとなしい富美もばあやに手を引かれ、後を走るというあんばい。

子供たちが祖父(じい)さまの手を引いて、早く早くと家に招き入れると、湯を使って旅の埃(ほこり)を落とす間も待てない様子で、江戸の話を訊きたがる気持ちはうちも同じやった。

「はいはい、ほんならこれが礼太郎へのみやげ、横浜で買(こ)おた外国語の絵本ゆうもんや。智次郎にはこれ。西洋の独楽(こま)。みやびときぬには、西洋の傘。富美には人形さん。どないや」

「これ、横浜に行ったら全部、西洋人が売ってますんか」

竹を使い繊細な細工で作られた傘を開いたり閉じたりしながらうちは訊いたもんどす。

「いや。――西洋人が持ってるもんを見て、日本人の職人が作って売ってるんや。これには外国人が、ようできたあると感心して、みやげに、ようさん買(こ)うていくそうや」

へえー、とまた傘を開いたり閉じたりしましたわ。そう言われてみれば、張ってある布は変哲もない木綿やし、そこに描かれた絵柄は富士山の絵やった。

「なんでかしらん、外国人はこの富士山が好みやそうな」

それも、へえー、どした。うちら上方(かみがた)の者からしたら、神さんも仏さんも全部上方のもんを分社したり遷(うつ)してあって、東(あずま)にあるもんはたいてい何でも上方にはおます。けど、たしかに富士山だけは上方にはあらへんのどす。

「西欧ではな、こういう日本趣味のもんが、えろう人気なんやて」

そのことはうちも、あとになってわかるのどすけど、横浜開港以来、どっと海外に流れた日本の錦絵や浮世絵が、欧州の人らの度肝を抜き、ジャポニズムという大流行が起きとったんどすて。うちはもう、胸がとどろくばかりに浮き立って、何度も話を聞きました。

「あんな恐ろしい姿して、ええもん美しいもんがわかりはるんやなあ」

案外、異人さんというんも、怖いもんやあらへんのかしらと思たことやった。

「それで、江戸はどんなとこ?」

みんな、京の町を出たことがないから興味津々(しんしん)。むろん店には江戸方面での商いをもっぱらにする番頭もおりますさかい、連中が長い旅から帰った時には、商売上の報告が終わると丁稚どんやうちの子供らまで集まっていって、目を輝かせて話を聞くのどすけどな。

「武蔵野ゆうて、広い広い雑木林があちこちに残る鄙の地やが、さすが江戸城の威光は訪れる者を圧するばかり。御所よりも、二条城よりも大きいのやで」

へえー、と感心の声がそろう。

「城下には大名屋敷、武家屋敷がどっしりと門をかまえ、町民の家もひしめくばかり」

話を聞くだけで家康公以来の町作りの壮大さがうかがえる気がしたもんや。そらそうでないと、大坂からあんだけの量の物資を積んだ下り船が頻繁に出ていくわけがおまへん。

なにしろ江戸には将軍さん以下、各藩のお大名やご家来衆がたんとたんとお住まいになり、それを取り巻くように町人が暮らし、その数、百万とも言われとります。けど、ものを作るお人らやないさかい、食料にしても衣類にしても、上方からどんと送らんと暮らしが成り立たんのどす。その意味では、うちら上方の商人にとっての上得意さんやったわけや。高倉屋でも、京の商売と同じくらい、江戸へ下る品の売り上げが大きかったほどどす。

けど、江戸について知っているんはそれぐらい。見たことのない江戸の町を思い浮かべて、うちは思たもんや。どうぞ、そんだけ大きな都会が、戦で焼けたりせんように、て。

そう願たんも、そうこうしてるうちに京の風雲は油断ならず動いとったからどす。なんと、孝明天皇さんが崩御なさったゆうんは、京の民には衝撃的やった。あまりにも急なことゆえ、どなたかが毒殺したんと違うか、そんな恐ろしい噂も聞こえてきました。なんせ天皇さんは、攘夷を条件に妹の和宮さんまでご降嫁させはったのに、幕府ときたら何の打つ手もあらへんのどす。ご辛抱も相当でしたやろ。とはいえどんな時も国の安寧を願われるのが天皇さんどす。みずからしゃしゃり出ることはなさらず、なお幕府を信頼してまかせるおつもりでいらしたそうな。これは、手荒に幕府を倒して実権を握ろうと考える急進派にはじれったかったことでっしゃろ。そしておそれおおくも、佐幕派の天皇さんがおらんようにならはったことで、一挙にやりようなったんどすからな。

こうして、ともかくまだ子供の祐宮さんが新しい天皇におなりあそばしたんどす。そう、今上天皇さんや。

幕府は二度目の長州征伐で力ものうなり、威信も地に落ちてしもとりましたが、京にはこの国が始まって以来二千年続く天皇さんがいらっしゃる。お稚いながらも天皇は天皇、このお方を奉じ、倒幕の気運が高まっていくんが、うちら町民にもようわかりました。

まずは慶応二年、京都で、薩摩と長州の間で不戦のための密約が成ったんどす。どんどん焼けの後、長州はさんざんな目に遭おて、やっと薩摩と考えが同じになったんどすな。

うち、商家の嫁の分際で、よう世情のこと知っとるなあと思いますやろ。それはな、どんどん焼けで中断しとったお稽古を再開したばかりやったからどす。中でも和歌の師匠のお内蔵さんのとこでは、さすがお公家はんや、朝廷のことがようわかりました。うちは憚りものう、それはどういうことどすと質問を重ね、いっぱい教えてもろたもんどす。

「長州がまた京に戻ってきて禁門に弓を引いたらどないなります」

「さようなことは起きませぬ。長州とて勤王。どんどん焼けで朝敵となったのは末代までの不運と思うておじゃりますやろ」

なるほど、主導権を巡っていがみ合おてる長州と会津ですら、天皇さんを守護し奉る〝勤王〟という根本の姿勢は、まったく同じなんどすな。

「その通り。この国がどないな危機にさらされようと、天皇さんがあらしゃります限り、日本はばらばらにはならぬ、ゆうことでおじゃります」

事実、外国の脅威にどよめいとったこの国が、天皇さんを持ち出したとたん一枚岩のようにがしっとまとまってしまうんどすから、内乱に乗じて日本を植民地にしたろと狙っていた外国も、えらいあてがはずれはったことどっしゃろな。

「それにしても高倉屋の御寮人さんは、世間の事情に熱心であらしゃりますなあ」

いや、それはお公家さん独特の言い回しで、褒めてるんやあらへん、あんたは何も知らんのやなと見下してなはるのや。そんなことは承知、うちは気にも留めんと訊き返します。

「いえ、妙なことや思いまして。それやったらなんも幕府に指図して政治をさせはるようなまだるっこしいことせんと、始めから天皇さんがご自分でなさったらよろしいのんに」

つ、と答えに詰まらはったんは、お内蔵さんもまた、そんな過激なことはお考えやなかったからどっしゃろな。けど、こういう素直な疑問が、やがて幕府不要論から倒幕論へと熟していくんは自然のなりゆきやったんどす。

「さあ、そろそろお稽古に入らねば」

おもむろにお内蔵さんは硯箱を引き寄せ、今日のお題をしたためはる。

ここでのお稽古ゆうんは、基本、古歌を学んで、その様式を写し取る、ゆうもんどす。新しい視点や個性はいらん、ひたすら古典を是として、倣うんどす。

たとえば徳川時代の始めに京の島原にいてはった吉野太夫さんの「ここにさへ　さぞな吉野は　花ざかり」の句がお題になったことがおました。

「島原の名花なんぞと騒がれ、近衛の関白さんと豪商とで身請けを争うたとか、関白さんが負けたとか、えろう名高うあらしゃりますが、こちらは俳句におじゃりますからなあ」——

和歌というものは三十一文字あってこそ、とおっしゃる口ぶりには、どこか遊女や商人への侮りがないとも思えへんのどすけど、歴史が評価してきた句そのものへの敬意は伝わります。たいしたもんや、遊女やゆうんに太夫ともなると、身分に関係ない秀句を残さはるんどす。

そして今回は、古典やなしに、まったく今の時代のお方の歌がお題に挙げられました。

国民も心一つに仰ぐらし　かしこき御代の敷島の道

ちょうどこの時期、一條さんのご本邸から天皇さんのお后が立たはることになったのどす。その姫さんの、女御御治定に際しての御歌やとか。そう、後の美子皇后（昭憲皇太后）さんどす。

「十九にならしゃったばかりというに、もう国母とならしゃるご覚悟がしのばれる。なんとご立派な歌におじゃりますることか」

心から喜ばしく誇らしく、全身で褒め上げてまだ足りなさそうなお内蔵さんのお顔。歌は近衛忠熙公にお習いにならはるとかで、ほんま、立派な勤王の歌どす。そらそうや、勤王も勤王、姫さんにとっては良人にならはる方を敬わんでどないしますねんな、なあ。

一條さんのご本邸は御所を取り囲む公家町の一角、一条烏丸通りを東に入ったところにあらはるんやけど、道一つへだてただけの近さでは、蛤御門からの出火を免れようもおませんでしたやろ。お屋敷は全焼し、その姫さんも洛北へ避難なさった体験をお持ちやそうどす。あの大火では公家の屋敷も数十軒焼けたさかいに。

そない考えると、お内蔵さんがお褒めになるんも道理。この姫さんは、町民と同じ痛みをご存じなんや。うちはなんとか入内のお手伝いをしてさしあげとうなりました。この国に女子と生まれて最上の位に就かはるお方のおいでたち、というのんはどんなもんか、そら食らいつくように聞きましたわ。

「さよう、まずは初お目見えでのご参内には、白羽二重に唐鳥、桜、菊、桐、竹の刺繡の縫い取り模様のあるお召し物に、濃紫の袴であらしゃいます」

聞いてるだけでも、色や模様があざやかに浮かび、衣擦れの音まで聞こえるようでした。

「そしてご休憩の折のお着替えは赤ちりめんのお着物にあらしゃりました」

お内蔵さんは、まるで見てきたように話してくれはる。網代輿に乗らはる時も、胸に抱えて行かはった稚児人形を、ご休憩時には同じ着物にお着替えなさったとか。そんな可愛らしい人形のこしらえの一つでも、うちがかかわることができたならどない幸せか。呉服商人たる者、雲の上のお方を羽衣で装わせてさしあげることは、これも勤王がかなう夢どすなあ。

「お目見えのおみやげの品も、目を見張るばかりでおじゃりましたそうな。大典侍やお局以下、天皇さんにお仕えする方々への配り物は、役職に応じ、九献のお酒や扇子、緞子の帯を一条ずつ、もれなくゆきわたるようにお気遣いなさったそうでおじゃります」

どこから伝わるんか、こういう吉事の折のお着物への庶民の憧れは強く、ほんのちょっともじったもんがたちまち流行になるのどす。うちの店でも、姫さん好みの、とさえ言えばよう売れましたもんや。けど、うちの望みはその姫さんご自身がお召しになるお着物や。

「そんなん一部でも、ご用命いただけたなら商人冥利に尽きますなあ。お姫さんのお衣装は無理でも、せめて上臈さんか諸大夫さんのお着物、いや、おみやげの品でも」

熱がこもるあまり、墨のしずくを畳にとばしてしまい、お稽古仲間がひゃあと避けはって、またどすかいな、と笑いが広がったけど、お内蔵さんは聞き逃さはらへんかった。白塗りのお顔に丸い置き眉二つ。汗もかかはらへんし皺もおへん。能面のように年齢不詳のお顔をうちに向け、こう言わはった。

「訊いてみても、苦しゅうおじゃりませぬが」

持って回った言い方には苦労しますけど、単刀直入に言えば、仲介してやろうか、というほどの意味どす。なんでも、今でも宮中には御服所の女官とつながりがあるそうで。

御服所ゆうたらやんごとない方々のお衣装をそろえる部署。そらもう願てもないことどす。そのかわり、このお内蔵さんにはどんだけ賄を付け届けしたことですやろか。すでに古くから出入りしてる御用達がおありやろうに、そこへ割り込もうゆうんどすさかい、そら気は遣わななりまへん。品物を担がせて行く手代はんかて、いっとう育ちのええ行儀のできた者を選んだほどどす。

けど、これだけは言うときたいんどす。うちは決してやんごとなき筋から儲(もう)けよ思たんやおまへん。ひたすらお仕えしたい、その思いだけやった。京の者なら思いは同じどす。

ところで、ここで聞いてくる話の中で、うちがもう一つ、気になったんは、その年パリで開かれた万国博覧会に、日本が初めて参加する、という話のことやった。

「かような蘭癖(らんぺき)の者が増えては、いったい日の本はどうなることにおじゃりましょうや」

海の外を知らへんお公家さんといえば根っからの攘夷派。お内蔵さんもその典型どした。

けど、万国博覧会やなんて、聞くだけでなんや胸が躍るやおまへんか。日本の外には、万国と言われるさまざまな国があって、それぞれ独自の文化や歴史を営んではる。それらの国が一堂の下に集まるという、言わば世界をまたにかける大規模な催しどす。いったいそこでは何が陳列されるんやろ。そら、国と国が、それぞれ誇れるもんを出してくるのやから、すごいもんが見られるに決まってます。

日本からも、幕府や、薩摩藩、佐賀藩のお殿様と並んで、日本館ゆうんが出展されるそうやけど、そこには江戸の商人が一軒、参加するのやとか。いったい誰やと調べたら、横浜で稼いでる商人やそうな。欧州では日本ブームが巻き起こってるそうで、外国で儲けるなら絶好の機会かもしれまへん。うちは、なんや、じりじりしました。

「高倉屋の御寮人さんは、女だてらにえろう蘭癖のようであらしゃりますな」

横目でそない言われてしまいましたけど、うち程度で蘭癖やなんて滅相もない。けどほんまに、日本人の外国を見る目が変わろうとしとりました。

「長州も薩摩も、あれほど攘夷とゆうておったのに、下関や鹿児島をこてんぱんに砲撃されて、ころっと開国に変わったとか。八洲（やしま）の地面を夷狄（いてき）が徘徊（はいかい）できる居留地に盗（と）られたなんて恥ずかしいこと、誰が追い払うというのでおじゃりましょうなあ」

苦々しくお内蔵さんがおっしゃるとおりどす。外国人がやってきて始まった貿易で、金（きん）の相場がおかしゅうなって、物価は暴騰。米や大豆は高（たこ）うなりすぎ手が届かへんゆうのに、木綿を始め国産品より安い輸入品がなだれをうって入ってきたため、お百姓が汗水たらして作ったもんは値段で負けて売れんようになった。収入がないのに日々の食料が買えへんのやから、もう首をくくるほかありませんやろ。

「ほんま、行き着くとこまで行き着いてしもたゆうのに、いったい幕府は何をしとるのどっしゃろなあ。偉そうな刀は、何のために差しとるゆうんどっしゃろか」

「そうやそうや、さむらいどうし、卑怯な闇討ちをやっとるどころやおませんやろに」

たかが女ばかりの稽古の集まりやゆうのに、そんな話で盛り上がりました。

「そやからこそ、天皇さんの時代におじゃります」

お内蔵さんが力説するまでもなく、皆は気づき始めとるのどす。この国は昔から、刀という武力ではのうて、徳で治めてくださる天皇さんがいてはったことに。

「なんや尾張のほうで、皇大神宮のお札が空から降ってきたのやそうどっせ」

稽古仲間の足袋屋の福屋さんの御寮人さんが言うのもまた説得力のある話やった。なすすべもないおさむらいたちより、伊勢におわす神さんが、この混乱をなんとかしてくださるのではないやろか。そう思って民衆は、「ええじゃないか、ええじゃないか」と口々に謳いながら、東海道筋を江戸、大坂、伊勢へと踊り狂ってるんやそうどす。

こんな気運が、だんだん倒幕の動きを固めていくのどっしゃろな。そのうち、薩長二藩に倒幕の密勅が下されたんどすて。

お稽古に通うたびに新しい話題が入り、そのたび、すわ、国を二分する戦が始まるんかと、庶民にも緊張がみしみしと伝わってきてたんを思い出します。

ところがすぐに十五代将軍の徳川慶喜（よしのぶ）はんは、争いを回避するかのように、みずから大政奉還をし、政権を天皇さんにお返しになってしもた。

「なんとまあ。二百六十年あまりも続いた武家政権をそないにあっさりと」

それはほんまに驚天動地、前代未聞（みもん）のことどした。徳川を徹底的に叩いたろと構えとった薩長ら倒幕派はもちろん、幕府を応援して外交の主導権を握ろうとしとったフランスも、みんな、肩すかしをくろうたゆうことやから、やっぱり将軍さんはたいしたお方どすな。

「そうどすかあ？　さむらいのくせに、戦いもせんと、腰抜けちゃいますん」

「そないゆうたかて、おかげで戦もなしにこれで終わることになりましたやおまへんか」

「たしかに、二百六十年の恨みがつのった薩長にしたら、こてんぱんに徳川を潰（つぶ）したろと思うてたんに、大政を奉還したんなら徳川に挙兵する理由がのうなりましたわな」

お稽古の場に限らず、京雀（きょうすずめ）が寄るとさわると賑（にぎ）やかになる大変なできごとどした。

なんでも徳川さんは、天皇さんの下に各藩諸侯をずらりと並べ、その代表として徳川が立ち、合議で政治をなさろうと思い描いてなはったそうどすやんか。けど、そんなん、薩長が許すはずはおまへんやろ。なんせ自分らが力ずくでも取って代わりたいのやから。

案の定、徹底的に徳川から領地も地位も取り上げ、腹を立てさせて戦いになるよう追い詰めはった。うちら庶民から見ても、そんな無体な、というほどの仕打ちどすわな。

それでも将軍さんは恭順の姿勢を取らはったそうや。えらいお方やおまへんか。うちのような者でも、民を泣かすだけの戦を防いでくれはったゆうだけで、普通のさむらいにはでけんことやと思いましたえ。

まあそんな話ばっかりしてたら一首の歌もできんとお稽古にもなりまへんな。

「さあさあ、歌はできたのでおじゃりまするか。まず勢田さんから」

「へえ。できました。……ご披講いたします。一條様お姫さんのお作に倣い、……」

けど、うちは読み上げる声が突拍子ものう大きいらしゅうて、いつも皆さんに笑われるんどす。自分ではなかなか風情ある声や思うんやけど、まあ皆さんがなごむんやったらそれはそれで値打ちはありますな。

さて政情はそれで収まるはずもおまへん。

「えらいことどす。会津と桑名の藩兵が淀川べりに上陸して京に攻めてくるそうな」

「なんですて。戦になりますんか」

「わからしまへん。ともかく、お稽古はしばらくなしどすな」

不戦の姿勢を取る徳川さんを、そこまで屈辱的に追い詰めてしもたら、今度は、永年徳川さんに忠義を尽くした藩が黙っとらしまへん。都におる薩長を狙おうというのどす。

これを阻止しようと倒幕派の薩長も防戦。こうしてうちらの足下も足下、京のはずれの鳥羽伏見で戦が始まったんどす。慶応四年正月どした。

「みやび、万一に備えて大事なもんだけ、まとめとけよ」

にこりともせず言う夫の顔に、京が置かれたただならぬ状況が窺える気がしました。どないなるか思て、言われたとおり大事なもんまとめて、いつでも家族を連れて逃げられる覚悟だけはしましたけど、戦力、気力の差は歴然。あっというまに倒幕派の勝利どした。

「あんさん、よかった。京がまた焼かれるんか思いました」

ほっとしたんか、うちの人は、町年寄りとして皆の様子を見に出て行きました。戦にならなんだことを喜んで、通りを人が賑やかに駆けていきます。いや、そうやない、どこかから笛の音が聞こえてきますで。ピーヒャラピッピピ、ピーヒャラピッピピ……何の音やと、店の前を走る人に尋ねたら、敗走する徳川軍を追って、有栖川の宮さんが、錦の御旗を立ててご出征なさるというんです。皆はそれを一目見ようと走ってはるんどすて。

狭い路地の奥からも小さな長屋からも、まるで祭りでも観に行くように人がわらわらと飛び出してきました。うちもじっとしとられんで、子供らを連れて走りました。

御所を出て行く官軍の、なんときらきらしいこと。これから朝敵を討ちに東へお下りにならはるのどす。群衆の頭越しに、見慣れぬ西洋の軍服に身を包みお馬に乗って先頭を行く宮さんのお姿が見えました。鉄砲を肩に担いでいく徒のおさむらいの緊張した顔、顔。

胸が躍りました。有栖川宮さんといえば、かつて公武合体策とやらで、婚約してはった和宮さんを十四代将軍さんの家茂公に奪われるかたちになって、顔をつぶされたお方どす。そやけどこれでみごとに挽回や。皆、快哉を叫びながら五条の橋のところまで見送ったもんどす。

その人混みの中に、お忍び姿のお内蔵さんをみつけました。この日は貴賤を問わず京にいる者すべてが野次馬どす。そら誰やったって見たいもんは見たいもんなあ。

こんなことが続いて、いったんはお休みになった和歌のお稽古どすけど、再開されるや、お内蔵さん特有の情報網で、新しい続報をどんどん聞くことができました。

「宮さんのご威光におじゃりますな。戦わずとも、幕府側の勝海舟さんと官軍側の西郷さんとの間で江戸城無血開城が約束されたということでおじゃりまする」

よかった、これで江戸百万の民がうちら京の者と同じ憂き目を見ることは避けられたんや。そない思たらうれしゅうて。思いはお稽古仲間もみな同じで、この日はうちが着けていった刺繡の半衿が皆の目に留まり、それ欲しいわぁと商売繁盛。どんな事情であれ、女が装うことすらでけへんような世の中はあかん、やっぱり戦はいりまへん。

その後はもう、めまぐるしゅうて、転げるように時代が変わっていくんがわかりました。

「これでやっと、京に、天皇さんに、国の中心がもどってまいりましたなあ」

ふだんは能面みたいに無表情で、あんまり口数もようけないすけんどなお内蔵さんも、このたびばかりは笑いが止まらんようで可愛らしおました。

宮中では、先帝の服喪もあって延び延びになっていた数え年十七の天皇さんがご元服。続いて即位の大礼もすまされ、東京と名を改めた江戸へと御幸なさいました。戦地御巡覧、海軍御点検のため、と伝えられてきましたわ。

「天皇さんがじきじきに東へ行かしゃって御命を四方にお下しにならしゃる。追討の功をお聞きあそばし、万民塗炭の苦しみをご救済なさるのでもおじゃりましょう」

ありがたさに、誰もが天皇さんのご任務の尊さを思たもんどす。

「関東の人らは天皇さんから遠かったから、そのご威光を知らはらへん。これで西も東もない一つの国や、ということがわかりますやろな」

天皇さんは東京市民すべてにお祝い酒をご下賜なさったそうどす。民は、江戸で天子さまを仰げるという僥倖に、涙を流して喜んだとか。まさに民心もこれで一安心どすな。

「さあこれで、お上が京におもどりになられたら、一條のお姫さんのご入内や」

ご親戚筋にならはるんやから、お内蔵さんのお喜びもひとかたならず。一條家では公家の妻女や娘らがひっきりなしにお祝いに訪れ、一足先に春が来たような賑わいやとか。

「ほんで、ご入内の折のお装束ゆうんは、どないなもんどっしゃろか」

うちの興味はそればっかりどした。お内蔵さんいわく、そらもう、この世のお方とは思えぬ美しさやそうな。

「さよう、枇榔毛の牛車の前駆の随身も華やかに飾り立て、小舎人童まで装わせての行列で、都大路を練り進むのでおじゃります。まさに王朝絵巻のようであらしゃりますなあ」

もちろん今回も御用達の商人が一手に引き受けてはることどす。けど、そこは前回のお目見えの時に学んで、早くからお内蔵さんを介してうちとこも入り込ませていただきました。

「おかげさまで高倉屋も、若年寄以下八十人もいらっしゃるお付きの女官の方々のうち、御膳衆のお衣装をお揃いで仕度させていただくことになりました」

「それは祝着至極」

お目元がゆっくりたわんで、嬉しそうなお顔を扇でお隠しになるお内蔵さん。うちの仕事がはかどったことを喜ぶよりも、その結果うちとこから届くお礼に期待なさってはるんやとうかがえました。この仕事を取ってきた時、うちの旦那はんはえろう褒めてくれはったけど、後のお礼の話をしたら、てきめん不機嫌になったんはうちには頭の痛いことどした。

けどその後も続々、新しい情報が入ってきました。

「宮中でお正月を迎えられ、三月、また天皇さんは東京へ行かれるそうにおじゃります」

今度は暗く曇ったお顔どす。

「なんでまた？　まさか、東京への遷都やないどっしゃろな」

「ほんまや、東の〝京〟ゆうんも妙どすな。都は二つはいりませんやろに」

京雀らは、寄るとさわるとこの話でしたけど、お稽古仲間の福屋の御寮人さんほか、皆、もっとよう物知りやった。

「今度は東京で、いろいろまつりごとをなさるのやとか。どえらい規模になるそうや」

「前の東幸の大行列以上に、天皇さんのご威光を東に示すのどっしゃろな」

そんな会話から、天皇さんに付き従うご家来が足らへんという話を聞きました。うちはすぐにとびつきましたわ。

「うちにも元服前の息子がおりますけど、あきまへんやろか」

父も夫も、新嘗祭やら行幸の際に天皇さんの輿を担ぐ駕輿丁ゆうお役に就きました。そやからとうに我が家は立派な朝廷の家来やという自負がおます。ただ今回はみやこの内での移動ではのうて、はるばる東京まで行くんでっさかい、晴れがましさが違いますな。

「願書をお書きなさいませ。お口添えいたしましょうぞ」

白塗りのお顔がにっこりほころびました。お内蔵さんへのお礼はたいそうなものになりますやろけど、けちるつもりはおへん。京は、天皇さんと、二千年以上も天皇さんのそばにあって天皇さんの益になることだけに徹してお守りしてきはったお公家さんの町どす。うちら京の町人は、お公家さんを通して天皇さんにお仕えするんが当たり前のことどした。

こうして、ありがたいことに長男の礼太郎も、晴れて駕輿丁の役に就くという栄光に浴しました。駕輿丁といえば帯刀を許され諸役も免除されるだけに、なりたいと願う人が大勢いてはります。けど、うっとこはそんな特権ほしさやないゆうんを示すために、今まで通り諸役も果たすし、むやみに帯刀したりしまへんと誓詞を出しました。礼太郎は数え十六歳。このたびの栄誉に合わせ、急ぎ元服もすませました。勢田家の跡取りであることは、本人にも世間にも、賑々しくお披露目せんとあきまへんしな。

晴れて当日、白い仕丁装束に身を包んだ姿は、そらもう立派な、朝廷の家来どす。もちろん、このお衣装についても、他の仕丁の方々からぎょうさん注文をいただきました。〝衣〟は人にとって第一番目の必需品どすさかいな。

忘れもしません。その晴れやかな日。明治二年三月七日のことどす。淡く明けゆく春の空に、まだ星がまたたき残る早朝のこと。京の町は、馬のいななきと車の軋(きし)む音、そして人々が別れを交わすざわめきとに満たされようとしとりました。

やがて天皇さんのお乗りあそばす葱華輦(そうかれん)を十二人の八瀬童子が担ぎ上げ、建礼門をご出立。奉じておられるのは八咫鏡(やたのかがみ)やそうどす。

太鼓が打ち鳴らされ、葱華輦が進み出すと、てっぺんで擬宝珠(ぎぼし)が金色に輝き、まぶしいことゆうたら限りなしどす。供奉(ぐぶ)の者は、うちの礼太郎を含め総勢三千五百人。もうどこに息子がおるんやら、みつけるんも難しい大行列どした。

街道には、それにも増しての大群衆。京の町民だけやなく、はるばる丹波(たんば)や摂津(せっつ)から、夜を通して山を越えて来た人々も合わさって、観衆は道にひざまずき、延々と続く天皇さんの行列をお見送りしたもんどす。うちらはやっぱり天皇さんを仰ぐ民。天皇さんこそがこの国をしろしめす太陽やと、いまさらながらにありがたく思うたことどした。

けど、今回のことはあくまで東幸、天皇さんはちょっと都をお離れになるだけや。伊勢神宮をお参りなさった後に、ご一新をとげた江戸の町へご威光をお示しに出かけられるだけと知らされとりました。まあそれにしては、お公家さんも、家族やご家来衆こぞってのご随行なんが気になりましたんやけどな。おかげで、行列の最後尾がすべて都を出た後の寂しさゆうたら、そらもうたとえる言葉もあらしまへんでした。

「行っておしまいになられましたなあ」

なにやら萎んでしまわれたお内蔵さんのご様子は、京の者たちみんなと同じどした。それでも皆は信じとりました。すぐに天皇さんはおもどりになる。すぐに京はまた賑やかになる。何とゆうたかて、二百六十年余も続いた関東政権が終わったのやから、と。

その年のことや、あんたを——孝子を生んだんは。そやからあんたは、京の申し子や。

跡取りに困らんだけの息子を二人も産んで、男腹やと言われとったうちやったけど、やっぱり娘がおるんはうれしい。それこそきれいに着飾らせて、蝶よ花よと育てられる。思えばあの頃が、うちの盛りの頃やったんと違うやろか。うちは三十七歳になっとりました。

だが、東京と名を改めた江戸に入った天皇は、その後、二度と京に居を戻すことはなかった。

礼太郎たち俄か仕立ての行列要員はほどなく京に帰されてきたが、千年来の家来である公家衆は、東京城の周囲に屋敷をかまえ腰をおちつけてしまったのだ。

民の間にはうすうす、これは遷都ではないのかとの疑念が広がるようになっていた。

そして、みやびと義市、夫婦の間に微妙なほころびが生じ始めたのもまたこの頃だった。

「おまえ、なんぼほどお内蔵さんには貢いだのや」

意外にも、使った金のことで義市がみやびを責めたのはこれが初めてだった。

「駕輿丁の願書なんぞ、わしもお舅はんも、真実を書けばそれで通ったんやぞ」

「よろしおすやん、お口添えがあれば、途上、なにかと目をかけてもらえたはず」

「そんなもん、口添えがあろうとなかろうと、本人の働きぶりで評価されるもんや」

夫の言うことは正論で、みやびは黙る。たしかに、ふだんはつましく暮らしているのに、お内蔵さんを通してどこへ収めるのかわからぬ金を、紹介料と称しては湯水のごとく使ってきた。いくら使おうと家の金は自分の家の金、という認識がみやびにあるからだ。

「そない言わはるけど、いずれ三代目を継ぐ礼太郎には、またとない箔付けどすやんか」

だが義市が文句をつけたのは金の問題ではなかった。

「何を甘いことを言うとる。商人が格好ばかりつけとったら儲けも上がらん」

息子をめぐって、二人の意見が食い違い始めていた。

「けど、……繋がりがあればそのうち朝廷の御用達になれたら、どないに名誉なことか」

息子の晴れ姿に驚喜した母としてはお祭り気分で、現実的な夫の意見に返す声はどうにも歯切れが悪い。夫は、あほか、と吐き捨て、さらに言う。

「このたびの東幸のために、京の商人がどんだけ上納させられたと思とんのや」

長く幕府の政権の下で抑圧されてきた朝廷に、旅費はもとより威厳を保つだけの仕度をまかなう資金があるわけもなく、その費用は強制的ともとれるやり方で京や大坂の商人たちから徴収されたのだった。そうでなくとも幕末に、倒幕方、佐幕方、両方から莫大な軍資金を巻き上げられ、結果、踏み倒されて潰れていった豪商は後をたたない。

同業者の呉服屋も、たちの悪い新撰組や大名家に押し借りされた分が焦げ付いて、夜逃げをした店が何軒もある。みやびが通う稽古の同門にも、会津に貸したばかりに貸し倒れとなり、二度と優雅な稽古に顔を出せなくなった者もいた。

その点、後発の高倉屋は目をつけられる規模ではなかったため難を逃れていたのだ。

「版籍奉還で、大名もさむらいも年貢という実入りを失い、これまでの借金を返すに返せん。新政府は徳政令で借金を棒引きにして救済すると言うが、わしら商人はたまったもんやないわ。お公家はんが、そんな大名やさむらいやらとは違う保証はどこにもあらへんぞ」

夫に言われ、みやびは一瞬、寒くなる。たしかにそうだ。御一新前も長州や薩摩の支払いは悪くなかったし、それと結びついた朝廷の時代到来と見越して、みやびは公家の家々にかなりの量の商品を売り込んでいた。これまで公家といえば幕府に監視されつつ乏しい収入からぎりぎりの衣装代で品位を維持してきたが、もうそんな遠慮はいらなくなったからだ。和歌の他にも書や茶道と習い事をしているが、それらすべてを商機とした。しかしすべて掛け売りで、集金に回るのは手代以下の仕事だった。もしもあれが踏み倒されて回収できないとなれば、みやびは店にとんでもない損失を押しつけたことになってしまう。

お内蔵さんの白いお顔が目に浮かんだ。じゅうぶんな付け届けはしているというのに、他にもあれこれご自分自身の衣装や小物を注文なさり、親戚の公家も何軒も紹介してはくれたが、お買い上げと喜んだのもつかのま、支払いは最初の一度きりで、その後は滞ったまま催促もできずにいるのが現状だった。

「ええか。おまえには御寮人さんとしてふるまえとは言うたが、無駄なばらまきをせえと言うたおぼえはない。分不相応なお公家づきあいはやめとくこっちゃ」

珍しく強硬な弁だった。しかし、いちいちもっともなことで、言い返す言葉もない。だがそこで引き下がれず、つい、駄々っ子の言い訳のようにつぶやくのが〝がが〟だった。

「そやかて他にどう商売を広げますん？　うちは絹物商どっせ？　お公家はんがあかんからゆうて、まさか色町へ芸者や太夫の衣装の注文、取りには行けまへんやろし」

京で豪華な衣装の需要と言えば、公家を否定されてしまえば色町ぐらいだ。いつの時代も賑わいは衰えることもないのだから。

だが夫がいつものようにすぐさまあほか、と返さないので、かえってみやびはいぶかしんだ。中の間でそろばんをはじいていた五助の指先がふいに止まったことも妙な具合だ。

みやびは、二人の顔をしげしげと見比べた。五助は家の賄い分の帳簿も預かる堅実な手代である。まさか色町通いは関係なかろうが……。

そして、はたと思い当たる。先だって、島原で太夫に昇格した新造のお披露目道中があったのだ。その後ろ盾となったのは千本通で炭問屋を営む老舗の主と聞いた。義市も寄り合いで顔見知りだったため、何か注文が取れないものかと五助を遣わしたと言っていた。むろん、太夫道行きのあの豪華な衣装を注文されたところで用意できる力はまだないが、きっかけとなる半衿一枚、帯一本、男子衆の仕着せ一揃い、というだけでもありがたい。

そうした外交に出るのは男の仕事で、みやびが口を挟むことではないため、どうなりましたん、とも訊かずに来た。だが、二人のその表情では、おそらく炭問屋の旦那はまるごと贔屓の呉服屋一軒に用命し、高倉屋が食い込む隙もなかったというところだろう。

それはそうだ、娘の嫁入り仕度ならあちこちの呉服屋に競わせて名品を箪笥に収めるのが価値を高めることになるが、太夫を着飾らせるのに分割していたのでは豪気とは言えず、誰も褒めないだろう。そういう意味で、色町に販路を広げるというのは後発の高倉屋にとっては難しいのだ。公家に食い込むのと同様に。

「ともかく、……」

やっと義市が言葉を継いだ。

「勤王もええが、商人が分を忘れて本筋を忘れたんでは困る。礼太郎にもようないことや」

長男の名が出たことで、みやびは改めて夫に向き直った。販路の話などより、夫婦の間でもっとまじめに話し合うべき話題である。

だが彼は、重大なその一言を一方的に告げたのだ。

「あいつは、来年、修行のために近江へ見習いに出すからな」

えっ、とみやびは声を飲み込むのがせいいっぱいだった。

これまで、礼太郎を手元から離すなど考えもしなかった。もとより自分は家付き店付きの養子娘で、一歩も外に出ることなく、商売は使用人任せでよかった。男に生まれたからといって同じことで、生まれながらの当主なら、それでよいではないか。

「いや、そうはいかん。業界の実情や店の現場も知らんで、当主は務まらん」

丁稚から積み上げてきた彼の言葉は重い。

「苦労知らずのおまえにはわからんやろが、打たれてこそ学ぶことは多いのや」

それもまったくの正論だった。今度こそ、みやびは何も言い返せない。

泣きつく先は父だった。自分で駄目なら、当主を止められるのは先代の父だけだ。

「お父はん、礼太郎をどないかして京に置いとけまへんやろか」

しかし父は腕組みをして考えこんだ後、みやびの期待していたのとは違う答えを告げた。

「ええのやないか？　どこの店でもするこっちゃ。あの大川屋はんもな、船場で羽振りようやっとりながら、息子はやっぱり近江に預けてなはる」

あの自慢しいの大川屋か。みやびは、むっと身構える。よそはよそ、うちはうちだ。

「けどな、みやび。礼太郎は男やさかいな。婿殿も、息子を男にしたいのやろ」

さらにむっとして、みやびは胸をそらした。

男とは何どす？　わけもなく反抗心が頭をもたげる。男とは、なるものではない、生まれるものだ。女だって、生まれたその瞬間から女となって生きる人生を決められている。途中で男になれるなら、みやびだってなりたい。

「そうやない、男になるというのは、何の援けもなしに独力で立つことや」

礼太郎には誰の援けがなくとも自分で立てる高倉屋という土台があるではないか。

「お父はん。うちは反対どす。修行なら、この家でもじゅうぶんできるやおまへんか」

息子はもう立派に勢田家の〝男〟だ。みやびは息子を守らねばならないと痛感した。

「立派に天皇さんのお供を務めおおせたとはいえ、あの子はまだ元服したばかり。そないに急には近江へやりまへんで」

ともかく絶対に同意はしないつもりだった。決して甘いのではない。礼太郎には幼い頃から私塾に通わせ、高名な師匠を家に呼んで算学も学ばせている。書も謡も、旦那衆の教養としては最高水準の師匠につけているつもりだ。他の世界を知るというなら義太夫や仕舞いを習わせてもいいし骨董や美術をたしなんでもいい。ここまで大きくなった高倉屋なら、御寮人さんと同じで旦那が汗水たらして働かなくとも、交際だけをもっぱらとする雲の上の人であってよいはずではないか。

夫との初めての衝突は、ががはんと呼ばれただけにみやびも強硬で、なかなか譲らない。しばらく夫婦の間で口もきかない時期が続いた。

店の中で居合わせても、しらじらしく目をそらし、わざと背を向ける、そんな子供じみた態度をとるのはみやびの方で、そのつど義市は、はーっ、とわざとらしいため息をつく。そしておもむろに外出していくのだが、それをみやびも引き留めなかった。どうせ行き先は祇園か先斗町か、顔も知られていることで、悪いことなどできようはずがない。店の者たちも心得たもので、そうとわかりながらそっとしておき、両方に用があってもわざとそれぞれに分けて訊ねに行くという気の使いようだった。

すでに礼太郎は東幸からもどって以来、店にも出し、掛け売りの帳簿や仕入れ台帳を見させてもいる。まだ十六歳の若い跡取りが結界の中に座っている図はなんともたのもしいもので、店の者もあれこれ教えてやったり助けたり、そのつど謙虚にうなずく礼太郎に、皆がもり立てようとの忠誠心もめばえていた。おかげで店の中にも活気が出ているのだ。

組合の寄り合いなどには、義市とともに顔を出すよう、積極的に送り出してもいる。早くから顔を覚えてもらうだけでなく、礼太郎にも、業界の先人たちのやりかたを学んでもらうためだった。それでじゅうぶん修行ではないか。現に自分は他の店に行かずともこの店の内にいるだけで商売を覚えたし、そもそも旦那とは、商売の現場でのいろはより、世間のつきあいや新しい社会の情報を得てくるという外の仕事こそが大事なはずだ。

父から夫と二代で繋いできた高倉屋は、三代目で違う形で発展するべきなのだ。もはや単身で大きくなる時代は過ぎ、これからは町の先導者の一人となって、京をまるごともりたてていく時ではないか、そう考える。だから礼太郎は、むしろ遊べばいい、道楽を極めればいいと思っているほどだ。そこにこそ最良の販路は拓けるのではないか。

「口はばったいことですけど、京が〝京都府〟と改められて、やっと天皇さんの時代がもどったのどす。今こそ京都がもっと気ばって日本の中心やと全国に示す時やないですやろか」

しかし何かのついでにみやびがそんな意見を言うと、義市は、

「三井はんや熊谷はんやあるまいし、うちとこごときが大それたこと言うもんやない」

と不機嫌になる。それでもみやびが黙らず、

「卑屈になったらあきまへんやないの。目指すもんは高くせな」

自分ならそうしまっせ、と言わんばかりに意気込むと、義市は今度は本気で怒る。

「黙っとれ。女のおまえにはわからんこっちゃ」

取り付く島もなくなるのだ。

だがその瞬間に腑に落ちたことがあった。そうだった、父も夫も婿養子。生まれながらの当主ではない。舅に遠慮し妻に気兼ねし、独力で何もかもを采配できるようになるには相当な実績が必要だった。受け継いだ家を守ることが何より優先される使命でもある。だから夫にしても、競う相手は舅であって、舅の時代より減らすことなく衰えることなく、どれだけ増やすことができたかが自分の評価であった。人格と信頼を認められて町年寄りにまでなったとはいえ、それは単に町内を平和に穏やかに保つための役職。何かを発展させ大きく勝負に出るというものではない。

だが息子の礼太郎は違う。祖父や父の築いたものを地盤として、京都を導くリーダーともなれる。そしてそのためには、旧弊な商家の見習いなど、何の意味もない。い

っそ横浜の外人商館にでも見習いにやるというなら話は別だが。

　こうしたみやびの考えは新しすぎるのか。飛躍しすぎる、と呆れられ、これだから女の浅知恵は困る、などと却下されてしまうのが落ちだった。

　無念なことだ。この家も店も、自分に付属しているものでありながら、女というだけでままにはならぬ。ではせめて、自分が開拓した販売先から長期にわたる掛けを回収してくれれば見直してくれるだろうか。

　みやびは、思い詰めて、お内蔵さんの家を訪ねることにした。

「おや。今日は稽古の日ではありませぬが」

　おっとりと出迎えてくれるお内蔵さんは、稽古に通い出した当初は洗い晒して折り目にけばのたったお召し物だったが、みやびが世話した甲斐あって色目も新しい衣装に変わっている。お届けした日のうれしそうな顔、これを探していたのでおじゃりますと満足げにうなずかれるさまなど、商売をしていてよかったと心から思える瞬間でもあった。だが、――商人としての喜びは何度も味わわせてはもらったが、代価はまだ収めてもらっていない。

「申し訳ござりまへん。本日は、いつもの佐吉に代わってわたくしが高倉屋としてまかり越しましてございます」

とたんに険しくなる相手の顔。集金、とは言っていないのに身構えるのがわかる。

普通なら、商家の女将（おかみ）がみずから商用で訪れただけでも相手は恐縮し、長く滞っている支払いについて詫（わ）びたり言い訳したり、会話が生まれるものだ。だが、この人には、そんな空気がまったくない。まばたき一つせず、まるで石にでも変身したかのようだ。

そしてみやびも、自身で集金に出かけることなどめったにないだけに、この先、どう話を持っていってよいのかわからずにいる。怯（ひる）みそうになるが、自分を励まし、連れてきた手代の文太（ぶんた）に大福帳を開かせ、玄関の上がり框（かまち）に置いて過去の購入履歴を確認させた。

「ほんま恐縮でございますが、まあ、このような額になっておりますようで」

それでも相手はぴくりとも動かず大福帳の数字を見下ろしているだけだ。

「本日は節季ですよって、このうちいくばくか、お収めいただくことができればうちも店の者に顔が立ちますし、嬉しゅうおますのやけど」

言いながら、全身から汗が吹いた。なんだか自分がとても申し訳ないことをしているような気がしてくる。だから相手を見ることもできずにいるが、ただ沈黙が流れる。

「お師匠さんにこないなことゆうて申し訳おませんのやけど、うちも商売どすさかい」

玄関先に立ったまま、重ねて頭を下げた。いつもならみやびの賑やかさに巻き込まれる人なのに、この反応のなさはどうだろう。それが珍しくみやびを卑屈にする。とはいえ、買った物に支払ってもらう、それは当たり前のことだ、そう自分を励ます。

やっと相手が口を開いた。

「おたからがおじゃりませぬ」

は？と耳を疑った。おたからとは、宮中の言葉でお金のことだとは知っている。お金がない。そう言っているわけだ。みやびはようやく相手を見た。不動のまま大福帳を見ているその顔には、恥じらいもなければ怖じる様子もない。あいかわらずの白塗りの無表情。

「あの、そうはおっしゃられても、……うちの人にも、お稽古に行くんはええけど商売は商売、ゆうて叱られてしまいますのやけどなあ」

自分を鼓舞するように言った。決して強い語調ではない。むしろ卑屈で弱々しい言い方だった。なのに、お内蔵さんはひい、と声を上げて袂で顔を覆い、身を傾けた。

「当家は代々、宮中のかしこきおん方のおそばに仕え、お守りするのを務めとしてまいった家系におじゃる。それが、このような情けない仕打ちを受けたとは、面目が立ちませぬ」

言いながら、袖（そで）を顔に当てて隠した。みやびは仰天した。なぜそうなる。

「いえいえ、そのことはよう存じ上げており、ご尊敬申し上げております。けど、節季にはどの家も掛けを払って一新するというのはしきたりどすよって、……」

「民の間でそのようなしきたりがおじゃるなど知り申さぬこと」

後の言葉が続かない。雲の上ではものを買っても金を払うしきたりはないというのか。としたら売り手は一人もいなくなるだろう。見れば手代の文太も固まっている。やんごとない身分の人であり自分の師匠であるからと、懸命に良品をそろえ、値段の方も夫にたのんでぎりぎりまで安くしてもらった。それを喜んでくれているとばかり信じていたが、まさかこんなことになるとは。

「あな恥ずかしや、このような侮辱を受けるなら、お上とともに東（あずま）へ下るべきものを」

言って、相手はすすり泣き始める。泣きたいのはみやびのほうだ。

この人が天皇ご一行に随行せず京に残ることを選んだのは周知の事実だ。宮中から下がって久しいから、というのが理由だったが、悪く言う者は、同行できるほど必要とされていないのだろうと囁（ささや）いてもいる。今のみやびにはその方に共鳴できた。だいたい一條家の遠縁という触れ込みだが、そんなご立派な家格のお方がこのようなことをなさるだろうか。いや、人の品格というものは家柄では計れないということの一例であるのかもしれない。

「ではまたご都合をお伺いいたしますよって」

それ以外にどう言えただろう。結局、みやびは逃げ出したのだ。門を出た時は主従とも、へとへとだった。

売った品に当然備わる代価を求めるのに、ここまで大変な労力を要さねばならないとは。

今まで彼女からしか知り得ない公家社会の情報に目を輝かせ胸を弾ませていた自分が急に色褪(いろあ)せて見えた。雲の上の人だからといって、地上に暮らす自分たちより、人として守るべき道をないがしろにして通れるはずはない。

稽古をどうしよう、と考える。集金は引き続き佐吉にやらせるとして、自分はもうあの人に会いたくない、気が重い。

だがこちらが悪いことをしたわけではないのである。むしろ、今までどおりにふるまうことが、相手に反省を促すことになろう。自分を励まし、奮い立たせて稽古には出かけることにした。

するといつも通りの時間にたどりついたというのに稽古はすでに始まっている。他の仲間は先に揃って歌を詠み上げていた。どうやら時間が早まったことをみやびには知らせてくれなかったらしい。いや、むしろわざと時間を早めてみやびを疎外したものか。

「おや、お早いお着きでおじゃりますなあ。ご商売熱心で繁盛、繁盛、よろしいこと」

なんという単純ないやみであろうか。かっとしたが、言い返さずに耐える。

「お歌の披講に移ります。ああ、勢田さんは結構。どうせ大きいお声で聞くに堪えません」

庭に突き落とされた気がした。それが師匠ともあろう人の態度なのか。他の仲間が凍り付いたようにうなだれる。いつものようにみやびを茶化して笑う雰囲気すらもないのは、今までとっぷりとお内蔵さんが、みやびを悪しざまにこきおろし続けていた余韻であろう。

自分がどんな悪いことをしたかも納得できないまま、頭の上を通り過ぎる無視という名のつぶて。耐え続けるだけしか手段がないのは、文字通り針の筵に座るごとくであった。

やっと苦痛の時間が果てて帰路に就くとき、福屋の御寮人さんをつかまえて訊いた。

「なあ、教えて。師匠はなんであないご機嫌が悪いんや？　うち、めげそうやった」

すると彼女はさげすみの目で言うのである。

「あんさん、お内蔵さんを商売に利用しとってからに、ようまあお稽古に顔を出せましたもんやな」

何のことだ？　みやびは驚き、それはどういうことかとさらに尋ねた。

「まあそんな、しらばっくれはる。あんさん、お内蔵さんに取り入ってお公家さんの筋をいろいろ紹介してもらいはったくせに、結局、どこの家にも押し売り同然に商品を収めて、ほんで法外な請求してはるんやて？　おお怖(こわ)や」

なぜそうなる？　心を砕かれ、みやびは即座に弁明の言葉も浮かんでこない。

「ご恩ある師匠に、主人に稽古をやめろと言われるからと、おたから出せ、ゆうて迫るなんぞ、強請(ゆすり)やおませんか」

言うだけ言うと背を向け、汚い物から逃げ去るように遠ざかっていく。

呆然(ぼうぜん)とした。白塗りの無表情なあの顔がぼんやり浮かんだ。

欲しいというものを売った。多少高価ではあったが、公家の身分にふさわしい品質となればあれぐらいにはなる。お金がないなら買わなければいいのだ。だが欲しいから買ったのであろう。ならば代価は支払うべきだ。自分は何も間違ってはいない。正しいことが通らない。ほしいものに代価を払うというのは原始以来当然の決まりなのに、これほどのことになろうとは。それも公私混同、稽古と商売は別の物だというのに。

いや、と気づいた。みやびが稽古の場でさまざまな情報を得、商売に活(い)かしたことは事実である。公家と関われることに舞い上がり、支払ってもらえるかどうかの確信もなく、相手を着せ替え人形に見立てて楽しむように高価で美しい品を用意したのは自分だった。決して押し売りではないが、購買能力のない者に買わせたことについては責任がある。

それに気づくと、怒りは自責の念に変わっていった。諍(いさか)いごとにおいて、どちらか一方が全部悪いということはない。もう一方にも何分かの非があるものだ。お内蔵さんはみやびの非を膨らませすぎにしても、元になる小さな事実はある。あんなに浮かれて品を勧めたこと。ご実家筋を紹介してもらうのに積極的だったこと。半ばはみやびのあけすけな性格によるものだったとしても、小さな事実があるから稽古仲間も信じるに至ったのだろう。

その夜は父が、孫の礼太郎に引かれて夕食の場に来ていたのに、珍しくしょんぼり元気のないみやびに気づいた。

「どないしたのや。ががはんに元気がないと、調子狂うで」

父はそれで元気づけようとしたのだろうが、みやびは逆にほろりと涙をこぼした。

「あんさん、すんまへん。うちがあほでした」

父の前、子供の前だが、みやびは両手をついて頭を下げた。お内蔵さんのあの様子では、もう稽古にも行けないし、どうにも回収のしようがない。すべての事情をぶちまけた。

「あないに喜んでくださるし、またようお似合いになる方々やさかい、次から次に持って行っては買うてもらいましたんや。まさか払てもらえんなんて思わんと」

箸の動きを止め、夫はじっと聞いている。父の前でなければ、そやから言うたやろ、と怒鳴りつけられてもしかたのないところだった。だが彼は吐き出すように言うだけだった。

「世の中、そういう客ばっかりや」

人の心の欲望とはそういうものだ。打ち勝つことができずに手を出して、そして支払う能力がないばかりにすべてを壊す。それが金のもたらす不幸の全容だ。

「見とぉみ。店で働く手代らは、そういう客を相手に、身を削って集金に回るんが仕事や。買った物に払う、それが当たり前やゆうのに、請求してはさげすまれて」

売るより、払ってもらうことのほうが大変な仕事なのだ。みやびは、うなだれる。

「後の集金は、佐吉にやらす。おまえはもうええ」

悔しい。なのに、何もできない。

「ええ勉強になったやろ」

父が傍から口をはさんだ。みやびは何度もうなずいた。御殿に上がる方々が着る衣装はどのようなもの、と憧れ、描き、夢を見た。それはそれで本当によき勉強となった。

「月謝や思とき」

この話を切り上げるために父が言ったが、夫は捨て台詞のように一言、足した。

「高い月謝やけどな」

言い返すこともできなかった。

しょげたままに過ごすうち、京では、また大きな動きがおました。

十月五日、護王神社を通りかかると、どうも人出が流れ、騒がしいのどす。

「どないしはったん、この騒ぎ」

通りかかる人に尋ねてみんとおれまへん。

「知らんのか。皇后さんが、東京へ行かはるそうや。それでみんなが止めに走ってるのや」

なんとしたこと、東京と京に離れてお暮らしやった皇后さんが、ついに天皇さんのもとへ呼び寄せられはったのどす。

うちら京都の者は、天皇さんは一時的に東京に御幸なさっただけやと信じてきたけど、それは大嘘やったとわかったのどす。皇后さんまで関東に行ってしまえば、それは天皇さんの家庭が東京に移転するということで、すなわち遷都を意味するやおまへんか。この国では、天皇さんの居所こそが〝都〟なんどす。そしてそれが京の民の誇りやったんに。

「そんなん、あきませんわ、……」

皇后さんやったって、行きとうないはずや、なんぼ聖上が東京においでやからとはいえ、生まれてこの方、一歩たりとも出たことのない京を後にするなんて。お気持ちを想像したらお気の毒でならんかった。きっと嫌で嫌で何日も泣かはったやろ。けど、国のため聖上のため、行かなならん。その悲壮なご決意がいたましいくらいや。

そういえば、師匠とこないなことになる前に、一條家の女官の皆様の一年先の袷の装束を早々と注文いただいたことがおました。あれは、今回の東京行啓のための仕度やったんどっしゃろか。

人の流れに従い、うちも小走りに御所の門前へと行ってみました。せめて皇后さんだけでも京に居残ってほしい、民の願いは一つどす。その素朴な願いが猛々しくまとまり、門の前では出立しようとする行列を阻止しようと人々が騒いどりました。

「うちらは騙されたんか。天皇さんが東京へ行かはったんは、御幸やのうて遷都やったんか」

深い失望が、悲痛な叫びとなって町を覆い尽くしていきました。

「下がれ下がれ」

前衛の熊本藩と姫路藩の兵が、群衆を押し返します。その中に、お内蔵さんの姿が見えました。ご親戚やゆうんに、こんな人混みに紛れて。けど、どんな事情にせよじっとしてはおられまへんやろ。会いとうない人やったけど、お気持ちは痛いほどわかりました。

そのとき、行列の先頭で太鼓が打ち鳴らされました。大きな音は町中に響き渡り、群衆のざわめきが一瞬にして静まりました。

うちは、そのとき見たんどす。群衆の頭で埋まった道のはるか先、御殿のきざはしにお姿を現した皇后さんの、目も覚めるようなお召し物を。

いや、そんなはずはない、見えるはずがない。それは、皇后さんへの切実な思いが見せた幻やったに違いない。けど今でも、あのときの青い綾絹の唐衣のお姿が見えるのどす。

群衆が、息を飲む。それも一瞬どした。

御輿の中に姿が消え、紫の覆いがおろされてしまうと、今見たものは、舞い降りた天女であったんやろかと、目をこすりとうなりました。とうとう出立なさるんどす。もう誰も、それを止めようとは思いまへん。あの高貴なお方が乗った輿に、なんでさからえたりできましょう。

女官たちを載せた網代輿が次々と続いて動きます。色とりどりの旅装束が華やかに、そしてみやびに、うちら群衆の視界をよぎっていきました。

とうとう、皇后さんまでもが京を捨てて行かはる——。誰にも止められへん。輿は、新しい時代そのもののようどした。千年の栄華を誇った王城の地、京は、行き過ぎる新時代を見送るしかないのどす。これからどうなるんやろか。うちは予期せず、目頭が熱うなるんを感じとりました。

家の内にも外にも鬱屈を抱えたまま年が明け、礼太郎のことはついにあきらめたかと思うほど時間がたって、もう夫婦の間にこの話が出なくなった頃、義市が言った。

「礼太郎を預かってもらうことになったさかいな。持たせてやる手土産も、もうそろえた」

唐突に切り出された時、みやびは思わず持っていた反物を取り落としたほどだった。

「あんさん、そないに急な話、……」

声がうわずる。店の帳場の内だけに、周囲には何人もの使用人がいる。店先には客も二、三おり、迂闊には感情的な声も出せない。みやびは拳を握りしめた。

「近江の宮野屋はんゆうたら、どんどん焼けの時にも信用貸しで商品を回してくれはった恩義あるお店や。きっと礼太郎をよう仕込んでくれなはる」

「そらわかっとります、そらありがたいことどす、……」

「ほなええやないか」

そこだけ声の調子を大きくし、押さえつけるように言った後、義市は淡々と続ける。

「三月の初めには手代の喜助を連れて一緒に出立させるさかい、よう仕度したれ」

そしてもう話はすんだと言わんばかりに帳簿へと目を落とす。

「待っとくれやす、……」

もっと話し合わねばならない、そう詰め寄ろうとしたとき、背後から声がした。

「お母はん、僕は行きますで」

立っていたのは礼太郎本人だった。天皇の東幸の折、全身を真っ白な仕丁の衣装でかためたまぶしい姿がよみがえる。すらりと細身で、背丈もみやびを追い越し、もう立派に一人前の若者であった。

「心配ないさかい。店の者の苦労を知らんまま、お店を継いだりできまへんやろ」

そう言ってにっこり微笑むのは、すでに父から命じられて覚悟を決めているからだろう。

「あんた、そない言うけど、……」

いい年をして公家の不払いという失敗をしでかしたばかりだけに、現場の修行を否定する資格はない。だが、他家での奉公がどれほどつらいものか。

そう言いそうになって、思わず口をつぐんだ。

ここでは言えない。親元を離れ、心細く過ごす丁稚どんが聞いている。いつ果てるともわからぬ労働に追い立てられ、上からの命令や叱責(しっせき)に押しつぶされそうな手代たちも聞いている。跡取り息子というだけで、彼らの舐(な)める辛酸を回避させたいと願う自分はいかにも自分勝手に映るだろう。商売とはかように、なまやさしいものでないのは重々承知だ。

それでもなお思う。人にはそれぞれの定位置があるではないかと。鯰と獅子では決して同じ場所で生きないように、丁稚には丁稚の、旦那には旦那の、通っていくべき道がある。ゆえに旦那業というものだけを効率的に息子に与えてやりたいだけだ。

「僕のおらん後は、ちゃんと智次郎にもたのんでおいた」

そう言って振り返る礼太郎の背後には、まだ数え年十二の次男、智次郎が立っている。兄に名前を呼ばれてぎくりとしているが、こちらはみやびに似て肩幅の広い、どっしりとした体つきだ。それでも、愛嬌のある丸顔をほころばせ、こう言うのだ。

「お母はん、僕も今日から店に出て修行します」

なんとけなげな。みやびは毒気を抜かれて、言葉をなくす。二人とも、失敗をしでかし発言権を失った母からの庇護をあてにせず、みずから前進しようというのである。

「みやび、わかったやろ。本人も決めとることや。跡取りやからこそ、現場を見なあかん。わしも、丁稚から叩き上げて体験したからこそ、商売を知った。店の仕組みがどうなっとるんか、人をどう動かしたらええのか、物も人も、流れがわかるようになったんや」

すでに息子たちを言いくるめ、根回しずみであったようだ。

みやびの目から、はらはらと涙がこぼれた。

「泣くとは不吉な。喜んでやらんかいな。立派な当主になるための修行や。いつもどおり明るい顔して、送り出してやらんかい」

なぜか心が進まぬ、弾まない。みやびにしっぽがあるなら、このときはすっかりしょげてしおれて、垂れてしまっただろう。わかりました、そう答えた声は声にはならなかった。

「心配ない。宮野屋はんは、ようしてくれはる」

言って、義市は目で息子にも何か言えと促す。礼太郎は、困ったように、母に言う。

「お母はん、心配せんとき。三年と期限も決まってる。しっかり勤めてくるさかい、楽しみに待っててや」

父にも母にも従順な子なのである。だがたのもしいほどに明るい息子の声は、母には、新しい涙をそそるだけだった。

その夜、礼太郎が弟の智次郎に、お母はんをたのむ、と言い置いて別れの時を持ったことを、みやびは知らない。

「兄ちゃん、近江って、遠いんか」

「知らん。僕も初めて行く」

ふだん転げるように遊んで育ってきた兄弟にも、別れはしんみり寂しいものだった。

「僕のおらん分、おまえ、ようたのむで、智次郎」

「うん」

会話はそれだけだった。

兄弟は、いつもそこにいると叱られる二階の大屋根に出て、並んで空を見上げ続けた。上弦の月が、家々の甍（いらか）の波をぬらぬらと照らしていた。大きな湖がある近江では、この波はどこまでも続くのだろうと、二人は思った。

そのようにして、礼太郎は、春になるのを待って大きな荷を背負った喜助を伴い、近江へ旅立っていきましたわ。

白木蓮（はくもくれん）の花がほころぶ三月の初めやった。うちは店先で火打ち石を鳴らして旅装束の礼太郎の門出を祝いました。

暖簾（のれん）が子別れのための結界どす。そっからはついていってはやれまへん。代わりにお父はんが、粟田口（あわたぐち）まで見送ってくれました。近江へは先に、入り用なものすべて多めに見越して送ってありましたけど、なんぼか小遣いも渡してくれましたやろ。

うちは虚脱したように、店先に座り込んだままどした。やがて気を取り直したように立ち上がり、足を向ける先は、妹のおきぬの部屋の他にありますやろか。

「どないしたんや、姉ちゃんらしゅうもない」

うちらしい、とはどういう様子を言うのどっしゃろ。聞き返す気力もあらへんかった。

おきぬの部屋は、新築の折、坪庭の奥、離れ座敷を充てとりました。障子を開ければ寝たまま庭の木々が見えるようにしたのどす。ちょうど白木蓮の花が短い開花の期間を惜しむように咲きこぼれる日どした。寒うないよう、うちは雪見障子だけを上げて、明るい外の光を取り込みました。

「あのな、姉ちゃん」

背後で、おきぬが語りかけます。

「きのう、礼ちゃんが挨拶に来てくれて、お母はんをたのみますと、そこで頭を下げて言うて行ったえ」

ずっと寝込んだままのおきぬどす。顔だけうちに向けるんがせいいっぱい。それが、にっこり、うれしそうにほほえむのやから、こっちまでうれしゅうなります。

「こんな病人のうちに、姉ちゃんのことたのんでいくやなんて、――あの子もよっぽど困ってはるんやな」

そう言って、おかしそうに笑うきぬ。年中、病床にいるせいで、抜けるように色が白く、細い腕には青い静脈までが透けて見えました。

「ほんま、うちの人ゆうたら、礼太郎は外に出さへん、ゆうてきたのに」

うちは憤懣やるかたなく言い散らしました。もう忘れたかというほどに長く黙っていながら着々と準備を進めとったんは、やっぱりあの人の方が上手やった、と。

思えば、うちが愚痴をこぼせるんは、妹のおきぬだけどした。

「姉ちゃん。心配せんでも、礼ちゃんは自分の立場をわかりすぎるほどようわかってる。近江への奉公は、三代目義市となるための避けられん通過儀礼やと自覚してるのや」

うちと違うて静かなおきぬに言われれば、どっちが姉か、わからんようになります。

「そやな。うちの負けや。すっきり認めて、あとは礼太郎にまかせるしかないわ」

言葉にして口にだせば、やっと心の整理もつくというもんどす。時代は変わる。人も移る。わかってはいても、都ではのうなった京の街にもうちの心にも、春やいうのになんや冷たい風がしみるんどした。

第五章　京の残り香

京は目に見えて寂れた。

当然だった、今まで人口の中心を占めていた宮中の人々はもちろん、御所を取り囲んでいた公家たちが、使用人ごと、根こそぎいなくなったのだ。ごそっと人の減った京の町は、家々から灯が消え、真実、暗かった。どんどん焼けで市街地にはまだ更地のところや焼けたまま雨ざらしになっている家が残っているありさまは、月のない夜には廃墟に見えた。

こんな京では、政権が新しくなったというのに首都が務まらぬとの判断だったのか。京雀たちはつぶやいた。せめて大阪に都を遷すという意見のほうに落ち着いていたなら、ここまでの寂しさはなかったかも知れない、と。東京は、ともかく京から遠すぎた。

幸い高倉屋は東京回りの番頭を常住で置いたばかりだったので、逆に人がふえた東京からの需要にこたえる商売でなんとかなった。公家の東行に際して商った売り上げも東京で集金することができ、みやびはほっとしたものだ。皇后の東上には政府からかなりの支度金が用意されていたのだ。おかげでみやびが危うく貸し倒れと諦めるところであった代金も、お内蔵さんの分を除いてはだいたい回収することができた。

もっとも、朝廷が東京へ移ってしまったのでは、御用達商人の夢も遠いかなたへ去ってしまった。こんなことならいっそ東京へついて行った方がましだったろうかと思わない日もなくはなかった。実際、新政府に早くから多額の献金をしていた豪商は、本拠地を東京に移し政府と命運をともにすることにしていたのである。

京を後にするについて、天皇は十万両の産業基立金を置いていった。ありがたいおぼしめしだと京の者はひれ伏す思いだった。それをもとでに、なんとか京に賑わいをとりもどさねばならない。それが、以後の京商人たちの課題になった。経済復興、産業振興。官も民も、同じ課題で智恵を絞ることになる。

人がたくさん集まる。人で賑わう。それには何をどうしたらいいか。義市も、組合に顔を出すたび皆が頭をひねっていることを、みやびには洩らした。そんなとき、

「なあなあ、あんさん、今度寄り合いで、博覧会しよか、て提案するんはどないどす？」

無邪気なまでの提案をする。それはずっとみやびの頭にひっかかっていた情報だった。

博覧会は、一つの会場にさまざまな物品を集めて展示すると聞いた。特に人々の関心が集まるのは新しい工業製品であるという。確かにそうだ、人は、見たこともないもの、知らないものに興味を惹(ひ)かれる。博覧会には、きっと先進の文明を極めた珍しい品が並ぶことだろう。そして展示だけでなく、さまざまな娯楽的要素も加わって、家族連れが楽しく過ごせる催しもあるらしい。さらにみやびはこうも聞いた。今やパリ、ロンドンと回を重ねるごとに博覧会の中身も濃くなり、人気もうなぎ上りに高まっているらしい、と。

見たことはない。行けるわけもない。だが、見たい、行きたい。京都でも、やればいいのだ、博覧会を。みやびは熱く語った。だが、義市の返事はいつも通りだった。

「あほか、そんな浮かれたことに大事な基立金を使えるかいな」

しかし京にふたたび活気を呼び戻す妙案は、結局、民間から出たのである。みやびが夢想した京都博覧会なるものが実際に開催されることになったのだ。明治四年のことだった。

京都府御用達の三井家の三井八郎(はちろう)右衛(え)門(もん)、金融業の小野組の小野善助、それに、薫(くん)

香商の鳩居堂の熊谷久右衛門の三人が主催者となって、西本願寺の書院で一ヶ月という期間で催されたのがそれである。

——古今東西の珍しい物品を展示するので、大人も子供も見に来なさい。

そんな博覧会の宣伝高札は、京都はもちろん大阪・神戸・横浜など十四カ所に立った。

「なあなあ、どんなことやりますんやろ。あんさん、うっとこも参加できまへんのか？」

わくわくしながら訊くみやびに、義市は渋い顔で、様子見を決め込む。

「どういうもんかわからんうちは組合の出品でじゅうぶんやろ」

事実、西洋の博覧会では「新しく発明された機械」が展示の目玉であるのに、京都では、ふたを開けてみれば展示品は日本の鎧兜に古銭や古陶器、中国清朝の古銭や書画といった顔ぶれで、わずかにヨーロッパから運んで来た汽車の模型や拳銃といった品々が添えられた程度。いわば骨董品展示会の様相だった。

「そやけど、えらい人気らしいどっせ。うち、子供ら連れて観に行ってきます」

みやびがじっとしていられなかったのも当然で、庶民の多くが、世界の広さや歴史の重みといった知識を売り物にする触れ込みに知的好奇心をそそられ、物珍しさから、会場には一万人を超える客が押しかけた。日本初の博覧会は、大成功をおさめたのだ。

「高倉屋も参加しといてよろしおましたな」

組合のつきあいで、高倉屋も呉服をいくらか出展していたのだが、これだけの人出が目にするのだから、宣伝には格好の場であった。義市もさすがにまんざらでもない。

ましてや主催者たちはすっかり気をよくし、その後、京都府にも諮って規模を拡大し、博覧会は毎年一回行われることになるのである。

「えらい盛況や。おかげでまだこの上『附博覧会』をやるんやとか。ヨーロッパの博覧会では、アトラクションゆうて、客寄せのための娯楽があるんどすて」

店の者たちが聞いてきたところによると、知恩院の山門上で煎茶席、建仁寺で抹茶席と、ふだんと違う場所でお茶席が提供されたり、安井神社で能楽を催したり、町中がいわば会場になるらしい。目玉は鴨川べりでの花火大会で、終わってみれば東京遷都ですっかり活気を失っていた京の町は、ひさびさに華やかな賑わいを取り戻していた。

「ほんま、京の持ってる伝統が、そのまま力になって発揮されたんどすなあ」

とりわけ誇らしかったのは、祇園新橋の「松の屋」で行われた舞踊公演だった。何代も京に住んでいても、みやびたち女には、祇園や宮川町といった花街の芸妓の舞は見ることができない。男であっても、お座敷に上がる余裕のある者でなければかなわないのだ。それを、芸妓たちを広い舞台に立たせ集団で舞わせるのである。常識破りもいいところだが、庶民は大喜びだ。舞台にも工夫がこらされ、歌舞伎や文楽のようには幕を降ろさず、背景だけ変えて場面を転換するといった斬新さが話題を呼んだ。振り付けは三世井上八千代。この成功は「都をどり」となって続いていくことになる。

「なんとまああでやかで、舞妓ちゃんの可愛らしいこと」

うっとり見とれるみやびの隣で、義市は商人らしい思案を広げる。

「これやったら芸妓も衣装で競い合いやろ。まる抱えの旦那でもおらん限り衣装も自腹やそうやが、着古しを着て舞台には出られんやろし、こらよう売れるか知れん」

「何ゆうてますん、そんなちんまいこと考えんでも、鼻の下伸ばしたご贔屓さんに、芸妓に着物を新調するんが甲斐性でっせと、どかんと買うてもろたらよろしいねん」

みやびの商法にやりこめられた格好で、義市は苦笑いする。

「ともかく、成果が見えたからには、うっとこも協力せならん」

町年寄りとして、今や京の町全体を視野にも入れる立場の義市であった。

「ほな、祇園に提灯でも点けてあげたらどないでっしゃろ」

通りが明るくなれば夜も安全で、文字通り賑わいになる。京の町を知り尽くしているみやびには、商の力で何をすれば賑わいになるかがよく見えた。附博覧会では狭い会場に連日の大入りであったため、二回目からは、建仁寺の塔頭の清住院を改造して歌舞練場にしたほどなのだが、廃仏毀釈で、その一帯の荒れようは目も当てられなかった。四条近くまであった建仁寺の広大な寺域は、安井通りから北はおおかた廃寺になって空っぽになっていたのである。これをなんとかしようと、京都府参事の槇村正直がそこの小路に桜を植えたのがせめてもの対策だった。花見小路である。

「夜は暗ぉて物騒や。あっこに提灯ともしたら明るうなりますで」

赤い胴体に白抜きで、丸に高倉屋の梯子高の一文字。高まる、というシャレでもあった。

今度ばかりは、あほか、と義市がはねのけないのは、今回の出品で、京に数十軒もある呉服屋で、高倉屋の存在を初めて知ってもらえた意義を実感したからだった。附博覧会の成果で、一面の茶畑だった一力亭の東側にも、その後、八坂女紅場ができたり、万花園や祇園座などができ、拓けていく。高倉屋のたかまる印の提灯はそんな新しい町並みに灯りを灯した。それで覚えて客が増えたのだから、京にも店にも大いなる収穫であった。

こうして二回目以後の博覧会は規模も大きくなり、かさむ費用を市民に割り振ることになる。そのかわり各店々からも出品するようになり、やっとみやびの思いは叶うのだ。

博覧会のいいところは、店頭を訪ねる場合はどうも買わねば帰れないような雰囲気になるところ、大会場ならぶらっと見に来て品物が見られる、比べられるという点だった。これはお客にも気楽であろう。しぜん、みやびは博覧会には力を入れるようになっていく。

「博覧会ゆうぐらいやから、店の中味を全部見せるようなもんどす。ええ品を揃えんとあかん」

夫や大番頭だけに品物選びを任すのではなく、みやびは仕入れにもついて行って、これがいい、あんなのはないかと積極的に口を出した。夫と好みが合う時もあれば、まったく趣味が異なる場合もある。番頭たちにも好き嫌いを言わせ、品物選びの方向性はだんだん店の色として固まっていくようになった。

「決まりやな。うちとこが売る着物は、よきもの、すばらしきもの。はは、これ、シャレでっせ」

それは店の誰もが願うことだったから、多少の意見の違いも乗り越えて行けた。

「おまえも言うとおり、他の店にはない高倉屋好みにぶれがなければ、お客さんはどこまでも好んでくれはる。ほなまたお客さんの喜ぶええもんを用意する。これが、切磋琢磨や」

つまるところでは義市の考えもみやびと同じなのだった。神社の参道であっても大店の畳の上であっても、商売というのはそのようにして、生身の客と商人と品物と、三者が掛け合いながら作り上げていくものだとみやびは学んだ。

京都博覧会は、当初の目標のように新しい産業を何らか創り出す、という結果には至らなかったものの、永年の都であった地に備わる気品と洗練を思い出させたことにおいては、大きな役割をはたしたことになる。何より、高倉屋にとっては、自分たちのめざす品質がかたちになって見え、手応えのある通過点となったことは間違いなかった。

夏が来て、みやびはまた一つ、焼けた京の復活を感じていた。

それは祇園祭の宵山に、コンチキチン、とのどかな鉦や太鼓、笛の囃子が連れてくる山鉾巡行の確かな音だ。

「ほんま、これこそ優雅な音やのう。なあ、みやびはん」

ほんまにねえ、と父親の皮肉も聞き流せるのは、どんどん焼けで各町が焼失した祭りの主役の山や鉾がまた一つ、復活したからだった。

なにしろ前の年までは、唐櫃に神号を奉じての巡行を余儀なくされてきたのである。疫病の猖獗を鎮めるため何百年と続けられてきたこの祭りは、応仁の乱で都が焼け野が原になった時を除いて、欠かすことなく続いてきた。たとえ山鉾を焼失しても、そう簡単には神への祈りをやめられない。

こうして順次、祭りがもとの姿を現すようになったのは、とりもなおさず人が祈りを絶やさず生きているということであり、京がよみがえりつつある証であろう。大船鉾など、まだすべての山鉾とはいかないが、あと数年、どんどん焼けから十年もたてば、すっかりもとの数だけ出そろうのではないか。みやびにはそう信じることができた。

「おお、あれ、見とぉみなはれ。なんとみごとな懸想品やないか」

懸想品とは、山や鉾の四面を飾る絢爛豪華な幕地のことをいう。いずれも染織の粋を凝らした作品で、かつては海外からの渡来品であったらしい。みやびも、中国やインドという馴染みの国名以外では、ペルシャやベルギーなど異国の名前はすべてこの懸想品で覚えた。絹の道から運ばれてきた絨毯や南蛮渡りのタペストリーが飾られていたからだ。そういう意味では、京は織物を通じての国際都市であったともいえる。

だが、今年新調された山鉾は、地元京都の織り屋が作ったものをまとっていた。綴織りや綾錦、金襴に唐織。人が手で織り、何ヶ月もかかる大作。高度な技術を駆使し、尾形光琳の原画を織り上げた華やかなものだった。

「絵そのままや。――こんなもんが織れるて、ほんま、すごいわ」

それは心からの賞賛で、まるで御殿の中の障壁画が町を巡っていくかのようだ。

「たしか〝いと松〟はんが織ったはずや。先代からのつきあいやが、今の当主は、おんな治兵衛。たいしたもんや」

父のそんな言葉にふと惹かれる。

「おんな治兵衛？」

「そうや、先代が急に亡くならはって、一人娘が跡を取って商売してなさる」

西陣は、すでに江戸時代から千軒の織り屋があるといわれる一大製造地だった。織り屋では仲ケ間という組合を作り、自分たちの業種の保護と発展に努めてきた。古くからそうした組織に参加した家の実績が、今、おんな当主をささえているのだろう。

「お父はん、うち、いっぺん、織りの現場を見てみたいわ」

これほどの技、これほどの美。今までは完成品である帯や着物地といった商品にしか目が行かなかったが、制作の現場はいったいどんな様子であろうか。

「そやなあ、跡取り娘どうし会うてみるんもええかもしれん。もう二十七になると聞いとるが、嫁にも行かんと、よう気ばってはるで」

そんなことから、いと松の現場を見せてもらうことになったのは祭りの後である。お澄という小柄な女だが、婿も取らず、まだ十五歳の弟が成人するまで、なんとしても店を守るという心意気だ。しかしお澄への興味は、すぐに織りの現場への注目に変わった。

「御寮人さんにこんなとこ見てもろてええのどっしゃろか」

気遣いながら案内してくれた作業場は、町屋の一間を二階までぶち抜いたような作りで、そこに木製の織機が四台も入っている。梁から織り上げたばかりの長い帯を何本も垂れ下げるため、天井からの高さが必要なのだろう。人と気合いと糸との密度に、トントン、パッタン、たえまない音があいまって、みやびは圧迫されるような錯覚をする。

「昔は地機ゆうて、職人は畳の上にぺたんと座って頭の高さまでしかない機具を動かして織ったんどす。今でも丹後あたりの田舎に行ったら、普通の家ではまだ使うてます。その土地土地の大工が改良を加えて作るんで、形はまちまちですけど」

お澄は町娘らしい髷を結っていながら長半纏に股引という男のなりをし、現場にも出て、指図をしたり交渉もするなどしているからだろう、女ながらによく知っていた。どの家でも、男がいなければこのようにして、娘であれ妻であれ、代わって働くのが上方の習いだ。女は家の奥に控えているもの、という武家とは、そこが違う。年でいえば自分が一回りも上になるが、みやびはすっかり、昔からお澄を知っていたような気安さを覚えた。

「地機やと、姿勢も悪いし膝(ひざ)や脚を痛める職人も少のうなかったんどす。それが、こないして高機(たかはた)がでけた。椅子(いす)に座って作業できる分、背が高うなったから高機ゆうのどす」

なるほどとみやびは感心して見入った。椅子式になったことで足も操作に使える。

「おかげで、そやな、職人は一日に一反の木綿を織り上げますな」

縦糸、横糸、トントンと織り込まれ、こうして見ている間に数寸の糸が繊維の姿に変わっていく。たいしたもんや、とみやびは思った。

「けど、西洋では、もっとええもんが織られとるのどすて」

それは聞いていた。幕末から多くの留学生を西洋に送り出した薩摩藩では、ご一新前に西洋式の紡績工場を作っている。藩主がかなりの〝蘭癖(らんぺき)〟だったことによるらしい。

天皇がいなくなった京都でも、従来どおりのやり方では産業が奮わないということで、勧業課が号令をかけて国産の養蚕絹を奨励し始める一方、京の職工を三人、フランスのリヨンに派遣してもいる。世はすでに蘭癖こそを是とし始めているのだ。

「こっちは、織り上がった帯地に刺繍をしていくとこどす」

長屋一棟を作業場にして、狭い一間に職人が四人ずつ、膝前に帯を置き、寡黙な作業が続けられていた。みやびが息を呑んだのは、そこはあらゆる色があふれていたからだ。色とりどりの帯地。その上にまた百の色の糸で一針一針、丁寧に丁寧に糸を運んでこまかい図案を埋めていく。なんという根気の作業、熟練のわざ。

「そうやったんどすなあ、こないして作られた品やったんや」

今まではどんな美しい帯を見ても、目の前の品しか目に入らず、それがどういう材料でどういう工程を経て作られたかなど考えもしなかった。できあがった商品だけがすべてだったのだ。しかしこの現場を知った以上、どの商品にもそれが生まれた背景があるのがわかった。こうやって職人が作り上げるために費やされた時間を思えば、どの商品も尊い。

思えばみやびはものを作る人間ではなかったのだ。できあがった品だけを見て、右から左に流して利鞘を取れば仕事は終わった。だがそれでは金だけ扱う強欲な職だと侮られてもしかたあるまい。新しい明治の世、商人はそれで終わってよいはずはない。

「うちも、作りたいもんや。心に描く図柄を、こないにすごい技を使ぉて」

そう、商人には、新しい事業を興すための資金がある。新しい物づくりもいいが、今まであったすぐれた事業を支援し、拡大していくことも可能だろう。

つややかに光沢を放って乱れ咲く糸の妙技に、目も心も奪われながら、みやびはうっとり、思い浮かべた。本当に見たのか見なかったのか、区別もつかない幻のような、皇后の、あのお召し物。自分は、あれを、作らせてみたいのだ。

殿上人の証である緋袴の上に、檜垣文を織り出した白小袖。さらに、紅綾絹の単の上に、表は白で裏は紅の梅がさねを着せかけて、さらに、五衣は花食い鳥の地模様で、紗綾形文の内着に重ねた表衣は紅梅模様だ。それから、宝相華の文様を錦で織り出した唐衣の上に長く引く裳は、白綾地に桐竹鳳凰を紺青で描いて。——ああ、職人が刺していく色糸の輝きの中に、あふれる色と意匠を思い重ねれば、ため息ばかり。だがここでの技術を使えば、頭の中で具体性を帯びて浮かび上がる皇后のお着物の詳細は、すべて可能だ。

「御寮人さんにそないに感心していただけるやなんて、見ていただいて本望どす」

これほどみごとな技術を駆使しながら平然としているお澄が、みやびには不可解なくらいだった。もっと誇っていい、もっと得意であっていいはずではないか。

「いえいえ自慢にもなりまへん。これは代々のうっとこの家業どすさかい」

なおも地味に静かなお澄に、ついみやびは言った。

「なあ、治兵衛はん。うっとこのために、特別な品、織ってもらえまへんやろか」

へえ、とお澄はいぶかしむようにみやびを見る。

「あんたとこやったら、どんなもんでも織れる気がします。天女の衣でも、な」

そう、このいと松の技術があれば、きっとまた皇后さんを京へ引き戻せる。なぜなら、あのお方がまとう衣を織り上げることができるのは、ここ、京の技術だけなのだから。

「うちな、この国最高の女性が身にまとい、天に還る時にだけ着る〝羽衣〟にも匹敵するお召し物を、自分の店でご用意し献上するんが夢どすねん」

支払いはどないやねん？　夫の苦々しい顔が浮かんだが、相手は道徳に欠けた落ちぶれ公家の女ではない、国家そのものともいえる頂点のお方だ。そのお方を、この国最長の伝統が蓄えた最高の技術で織り上げた衣で包んで差し上げるのは、これこそが京の民が培った勤王、やんごとなきお方への忠誠ではないか。金を心配していて果たせるか、と言い放ちたかった。

お澄は当惑し、へえ、とみやびの正気を窺う目つきだ。かまわずにみやびは言う。

「絶品を作りまひょいな。うっとこはそれを売ります。お互い、商人冥利ゆうんは、世の人みなが憧れる品を、自分だけが商える、ゆうことやないでっしゃろか」

そのためには、このいと松を、おんな治兵衛を、同志としてどこまでも支援しよう。そうどすなあ、それでも一歩を後ずさりしながら、お澄は思ったことだろう。これが噂に聞く高倉屋の〝ががはん〟か、と。お澄が、長半纏の襟に白地で染め抜いた「いと松治兵衛」の文字のあたりをぐっと摑んで思案するのを、みやびはにこやかに見守った。


商売にも家の中のことにも精を出したが、ふと気が緩むとき、近江へ修行に出ている礼太郎のことを思わないことはなかった。

夫が三年と決めたなら、もうしかたない。動き出した車輪を止めるよりも、それが軽快に回り、役目が早く終わることを願うばかりだ。暮らしに必要な品や、宮野屋への歳暮に中元、届け物には心を砕き、むろん手紙は山のように書き送った。

ところが、それに返す礼太郎からの手紙は、母の三通に対してようやく一通、それも短い決まり文句の繰り返し。

――日々、達者に励みおり候。父さま母さま、祖父さまつつがなきや。智次郎、孝子も稽古進みおるや。きぬ叔母さま、富美も、変わりなきや。

加えて数行、先般送った食料や衣料への礼が添えられている、という程度だ。

「どないよ、おきぬ、このおもしろうない文面」

それでもみやびは家族みんなに礼太郎の手紙を見せて、ひとしきり彼のことを語り合う。

その日も、店でひととおり披露したものを手に、きぬの病室へやってきた。

「姉ちゃん、そないして返事をちゃんと寄越すだけでも礼ちゃんはえらいで。修行先では忙しゅうて、ゆっくり墨を磨る間もないやろうに」

たしかに、文は短いが、これを書くために費やした手間暇を思うといとおしい。

「わかってるて。けどな、おきぬ。あの子は人の気持ちを読みすぎる。繊細な子やし、体もそない丈夫やない。これが下の智次郎やったらこないに心配せんのやけど」

「智ちゃんも、礼ちゃんも、ええ子らや。心配せんでも、姉ちゃんは、幸せ者や」

丁稚どんとたいして年の変わらぬ智次郎が店に出るようになって久しいが、店に出る前は必ず仏間で線香を上げた後、きぬのところに来て挨拶をしていくのが習慣になっていた。

「富美にも優しゅうしてくれて、智ちゃんにはようなついてる」

きぬと話していると、みやびもだんだん気持ちが落ち着いて、息子らはきっとそれぞれの優しさ、しなやかさで、置かれた苦境を乗り越える。そう思えてくるのだった。

「うちは礼ちゃんにも姉ちゃんにも、何もしてやれんで、ごめんなあ」

なのに、そんなことまでこの病弱な妹に言わせてしまっては。

「何を言うてんねん。あかんあかん、うちが妙に湿った顔しとるからやな」

自分に言い聞かせ、胸を張る。そして何か気晴らしはないかと考え、思いついた。

「なあ。あんたもずっとここで寝てたんでは気も晴れんやろ。今日は、外に行こ」

「外、て……。姉ちゃん、そんなん、どこ行くゆうんよ」

みやびはぺろりと舌を出した。聞いたら驚く。誰でも驚く。夫も、番頭も驚くだろう。だから皆には、壬生の方へ寺参りとしか言わなかった。二人、柄違いで鼓と笙の染め帯を締め、半衿は刺繡の色違いにすれば、何の苦労も知らずに着飾っていた娘時代にもどった気がした。そして駕籠を呼んで、着いた先できぬは度肝を抜かれることだろう。そこはこの世の竜宮、一晩中灯りの絶えない島原の郭だ。今日は紋日。必ず太夫がお客に呼ばれ、お茶屋までの道中を格式にのっとり練り歩く。

ふだんは男にしか楽しめぬ領域ではあるが、今日なら通りがかりに目にできる。咎められたら、店から太夫に着物を売り込みに来たとでも言ってやろう。

はたして、寺参りの後、二人が駕籠を回させ大門に運ばれてくると、早や柳の木立の灯りの先に、数人の引き舟を従えた太夫の一行が見えてきた。通行人が足を止め、ざわめきながら一行を待ち、道沿いには人垣もできていた。みやびは、きぬが疲れないよう脇から抱え、丁稚に持ってこさせた小さな床几に腰掛けさせた。

「姉ちゃん、ここは」

きぬはただただ驚き、目を見張っている。

「来たことないやろ、島原や。うちも、あんたと一緒でないと、来られんかったわ」

これまで機会がなかったみやび自身も嬉しいのだ。きぬは驚きのあまり、まだ何も言えないでいる。

後ろから奴に傘をさしかけられて、太夫がゆっくり進んでくる。断髪令でほとんどの男がざんぎり頭になった今も、大時代を背負ったまま変わらぬ世界がそこにある。

きぬは、みやびを見上げて、微笑んだ。

「誰もが考えへんことをやって度肝を抜く。姉ちゃんは、ほんま、ががはんやなあ」

久々に笑う妹を見て、みやびもうれしくなった。まるで姉妹二人で親の目を盗み、いけないことでもしているような楽しさだ。実際には二人とも親の言いつけを守るよい娘たちで、そんないたずらな思い出などないというのに。

やがて太夫が二人の前を通りかかる。禿（かむろ）といわれる紅（あか）い着物の少女が二人、神妙な顔で先に立つ。その前面には、太夫の名前を金の刺繍で縫い取らせた肩衣（かたぎぬ）を垂らしている。「浦風太夫」と読めた。

しきたりにのっとって、太夫は裸の足を三枚歯下駄の上に置き、からり、ころりと、それが音曲でもあるかのように、内八文字を描いて進む。目力のある双眸（そうぼう）が印象的な太夫だった。

豪奢（ごうしゃ）な打掛は錦の糸で縫い取った大きな御所車の模様。帯は「心」の字に結ばれた鳳凰（ほうおう）の柄だ。みやびはやはり商売柄、その衣装にばかり目を奪われる。みごとなものだった。

「なあ、どこの呉服屋が調達したんやろ。きっと出入りの店があるんやろな」

「姉ちゃんゆうたら、そんなこと考えて見てるんかいな」

これほどの刺繍の打掛、さすが太夫といえば御所にも呼ばれ皇族や公家の相手をするだけのことはある。

もう一度、虚空（こくう）をみつめ一歩、また一歩と進んでいく太夫を見た。

聞くところでは、京の太夫は江戸吉原の花魁（おいらん）とは違い、ただ色香で客を楽しませるばかりの売り物ではないという。音曲はもちろん和歌や書、茶道にも通じ、まず教養で客に会話を楽しませ、常とは違う気分を味わわせるというが、それにはどれほどの修練を積まねばならないことか。

太夫が前を行き過ぎる。みやびは、彼女が舐めた辛酸と、それを乗り越えてきた不屈の努力を思い、縁もゆかりもないというのに会釈せずにはいられなかった。

「浦風太夫はんや。きれいやなあ」

「さすが、新撰組と薩摩のおさむらいとの間で、奪い合いになっただけある」

下唇だけに紅をさし、何にも動じぬ視線で進む姿に、見物の客のささやきが聞こえる。すっきり結い上げた立兵庫の黒髪には松葉より鋭い形の鼈甲のかんざしが左右に数本挿してあり、前挿しから垂れ下がる細かい珊瑚の細工がちろちろと揺れた。

幕末の動乱期を彩って咲き、今、文明の波に押され傾いていく京の夕暮れを、傍の見物客など一瞥もせず、まるで能楽の仕手のように格調高くゆっくりゆっくり進んでいく。やはり京の文化は一朝一夕では沈まない。王城の地が長い時間をかけて醸成してきた太夫も、京の宝の一つであろう。

浦風太夫が通り過ぎると、すぐまた別の太夫の行列が現れた。さすが紋日、島原の上客だった朝廷や公家がいなくなって寂れたといえど、この華やかさだ。

だが次の太夫を見送ることはできなかった。きぬが、急に咳こみ始めたからだ。

「おきぬ、大丈夫か。さ、帰ろ帰ろ」

鼻の下を伸ばして見とれている駕籠屋を慌ててせかして、きぬを乗せた。

「どうもないか。悪かったな、こんなとこ連れ出して」

「いいや、姉ちゃん、極楽への見納めや。おおきにな。ほんま、きれいやったなあ」

夜風が病身には悪かったのか。愚かなことをしてしまった。みやびはもう、後ろの駕籠には乗ってはいられず、きぬの駕籠のそばをただおろおろと併走した。

帰るなり、夫の義市には大声で叱られた。

「病人を連れ出して、どこ行っとったんや」

叱られなくても、もう自分で自分を責めている。涙がにじんで、答えられないみやびに代わり、丁稚の丑松が答えた。

「御寮人さんは島原へ、太夫の道中を見物に行かはったんどす」

あほかっ。すぐに義市の怒声が降り注ぐものと思って身構えた。だが義市は目を剝いたまま立ち尽くしている。呆れすぎたか、具体的な言葉で叱られないことがなお辛かった。

確かに、女の身で島原見物とは、人にも言えない。しかも、妹は顔色を真っ青にして、倒れ込むように寝間に体を横たえるなり激しい咳が止まらないのだ。

　結局、その日を境に、きぬは起き上がれなくなってしまった。

「姉ちゃんのせいやないからな、けっして姉ちゃんのせいやない……」

　自分を責め続けるみやびを、そう言って慰めたが、きぬの容態は目に見えて悪化していった。みやびは懸命な看病で、夜もつきそい枕元（まくらもと）を離れなかった。そんな姉に、きぬは微笑み、

「うちなあ、礼ちゃんが出立の挨拶に来てくれたとき、逆に、よおぅたのんでおいたわ」

　唐突に喋（しゃべ）り出す。もうすぐ夜明けという時刻のことだ。

「何を、や」

　みやびは妹の手を取った。熱っぽい。また涙がこみ上げてきた。どうして妹だけがこんな目に。病気でさえなければ、もう一度どこかに縁づいて幸せになってほしいと願ってきたが、ずっとかかっている医者にも、はっきりとした病名も言われないままの長患（ながわずら）いだ。

「あのな。礼ちゃんに、富美を、妹やと思て、よろしゅうたのむ、て」

　またまたそんなことを言う。出産を終えて消えてなくなりそうだった身が、今日ま

でこうして生きながらえたではないか。みやびは自分を励まし、声を張る。

「富美のことは、うちにまかしとき。この家からあんじょう嫁に出します」

くすっ、声を出してきぬが笑うのを、いい傾向と思った。彼女が明るいと、娘の富美にもいい影響が出る気がする。早いもので、春には八歳になるのだから、そろそろ習い事の一つもさせねばならないと思っていた。

「さて習い事は、何がよろしいやろなあ」

いつもそこで思考は止まってしまうのだ。何に向いているかを云々するのはいいが、富美ときたら、いくら女の子はおとなしいのがいいといっても陰気すぎる。喋り始めるのも遅かったし、だいたい、笑った顔をめったと見たことがないのである。

それはこうして母親が、生まれた時から病床にあり、出戻りとして実家の厄介になっているという肩身の狭さもあるかもしれない。だから気にしないよう、できるだけ声をかけ外へ連れ出し、子守の女もおおらかな気質の者を選んだ。息子たちともわけへだてなく遊ばせてきた。おかげで実の兄妹のように育ち、逆に、いちばん小さい孝子がほっておかれて泣かされてばかりというぐらいだ。

「礼太郎がおらんようになって、智次郎がよう面倒みてくれてるやろ。そやから今度は富美に、孝子とよう遊んだってなとたのまななららん」

女の子どうし、二人を仲良くさせるためにも、お稽古に通わせるのはいいかもしれない。

「なあ、習い事は何がええと思います？　二人一緒に、踊りを習うんはどないやろなあ。着物(べべ)はなんぼでもええのん着せたりまっせ。おさらい会にも二人で見に行きまひょなあ」

うん、と小さくうなずくと、きぬの頬を涙がひとすじ、伝い流れた。

「うちは苦手な音曲や踊りに難儀したよって、よう考えて師匠をみつけなあきまへんな」

どない思う、と問いかけた。きぬにも娘に対する夢や希望もあるだろう。なのに返事がない。まだ富美を、日がな一日、一歩も家から出さず自分のそばに置いておきたいのであろうか。

「お客さんに聞いた話では、山村流が流行(はや)ってるそうやけど、うちは、附博覧会で見たかぎり井上流もええと思うんやけどな」

姉妹で娘らの教育方針を語るにはよい機会だった。なのにやはり、きぬの返事がない。

なあ、と返事を求めて覗(のぞ)き込んだ瞬間だった。庭のさざんかの花が、はらりとこぼれた。

「おきぬ、……」

よくよく妹の寝顔を見た。きぬは目を閉じ、微笑んだまま頭を傾けている。

「あんた、何や。笑(わろ)とるだけかいな」

返事がほしくて声を荒らげて催促したのに、やはり、きぬは微笑んだままだった。

「なあ、おきぬ、……」

そうして気がつく。きぬがもう動かないことに。

「ちょっと、おきぬ、あんた、返事してえな」

覆(おお)いかぶさるようにして体を揺すった。きぬの目尻(めじり)に溜(た)まった涙が、つ、と滑り落ちる。みやびは声を高めて名前を呼んだ。今、魂がどこかに飛び立つところなら、それを揺り戻そうと。

だが、妹はすでに息絶えていた。姉との短い会話の中に穏やかな未来を見、満ち足りたようにほほえみながら。早春の曙光(しょこう)に染まりながら、まるで人形のように動かぬ人になっていた。

第六章 青嵐の丘

話を区切り、みやびはふたたび茶をすする。

「きぬ叔母さんのことは、覚えてないわ。――富美ちゃんは、もちろん記憶にあるけど」

孝子のつぶやきに、みやびはそっと目頭を押さえる。あれは、自分が死に追いやったのか。島原なんかへ行きさえしなければ、きぬはもっと生きたのか。長い間、そうやって自分を責めた。違う、孝子が言ってくれたらせめても慰めになるだろう。だがその時、

「お母はん、ただいま！」

元気な声が響いて、出て行った時と同じく庭の上がり石から、恵三が駆け上がってきた。

「恵ちゃん、あんた、今までどないしとったん。とっくにお昼ごはんやで」

みやびの話も相当長い時間になっている。客人はどうした、その後どこにいた。恵三に尋ねたいことが押し寄せるが、何しろ子供。要領を得ない。

「伝助、今まで恵三はどこにおったん」

こうなったら爺やに聞くほかはない。庭先にしゃがみこんで、伝助は言った。

「へえ。お客さんには追いつきましてんけど、坊ちゃんが、そのおうちに呼ばれまして」

「ほんで、これ描いてん」

伝助をだしぬくように恵三が声を上げ、差し出したのは、丸められた何枚かの画仙紙だ。孝子が広げると、そこには墨で、市電の絵が描いてあった。

「上手や、て言うてもろた。またおいで、やて。僕、また行ってもええ?」

「その人の家――絵のお師匠はんやったんか」

「へえ、家はふつうの百姓家でしたけどな。近くのお寺で絵を教えてはるそうで、坊ちゃんもおいでと連れていってくれはった。坊ちゃんぐらいな子供が、ようさんおいでででした」

みやびは娘と顔を見合わせる。

なるほど、画塾に入り込んだなら楽しいはずで、こんなに長く帰らないのもうなずける。だが、その寺子屋画塾の主が、なぜまたこの画集を届けに来た？ 疑問はまだ解けない。

「なあ、また行ってもええ？」

孝子は、はいはい、と適当にいなしながら、みやびを振り返る。名も言わず訪ねてきた客の足取りは、恵三がじゅうぶんつかんだであろう、と問う顔だ。

「そやな。また後で、伝助によう聞いて訪ねてみますわ」

「おなかすいた」

屈託のない恵三の声。

「菊、ほんなら昼餉、たのみます」

命じると、孝子は恵三を連れて居間の方へと行ってしまう。残ったみやびは、ぼんやりと恵三が描いた何枚もの絵を眺めた。もう頭痛は去って、なおも追憶は胸に押し寄せていた。

＊

きぬの葬儀を済ませた後、座敷では富美だけがいつまでもそこから動こうとしなかった。

母の死を、まだ受け入れられないのだ。不憫だったが、食事だからと呼んでも暗い部屋から出てこなかったり、外に行こうと連れ出そうにもうつむいたまま顔を上げない。

——これを富美に

きぬの死後、座敷の押し入れから出てきた桐箱には、短く記された紙が貼ってあった。どんどん焼けの時、婚家から返されてきた唯一の嫁入り道具、白無垢の花嫁衣装だ。

娘にこれを、と願う母心のせつなさに、みやびはもう一度泣いた。きぬの思いが娘に残っているかぎり、自分は必ずそれを果たすつもりでいる。

だがみやび自身の悲しみも癒えないというのに、富美の頑なすぎるありさまにはほとほと困りはてた。さまざまな玩具も買い与えてはみたがどれにも興味を示さない。

ある日、何の企みもなく、得意先からもらったきれいな漆箱入りの画材道具を見せてみた。

「これ見とぉみ。絵の具やて。水で溶いたら、こうして筆で、好きなものが描けるんやで」

すると、じめじめと泣いてばかりいた子の目が、筆を持つ伯母の指先に惹きつけられた。

「何でも？ 描けるん？」

「そうや。あんたが思いさえすれば、ここにないものも、会いたい人でも」

みやびの手から、富美は黙って筆を取った。そしてその時から富美は一日中でも絵を描くようになった。みやびは、救われたように、絵を描く富美のそばにへたりこんだものだ。

紙もたくさん買ってやった。富美はそれのすべてに、母のきぬだと言って花の絵を描いていた。笑うように開く花、眠る蕾(つぼみ)、横顔のようにしおれた花、輝くように優しい花。きぬの病室にたえず花があったからだろう。みやびは富美の豊かな才能に驚かされた。

「……なんとまあ上手やこと。この絵なんか、おきぬにそっくりや」

たかが子供の描く絵であった、稚拙さは免れないのに、みやびにはいとおしさがしみた。褒めると富美は、はにかみながらも初めて笑い、また紙に向かう。

「智次郎、あんた、どない思う、あの子の絵」

専門に手ほどきを受けさせるべきか。相談したのは、富美がなついている智次郎である。

「ええんちゃうん。三条実美さんが、遷都の後の京都の画壇の衰微を嘆かはったそうやけど、それをいちばんわかってはるんは当の画家の先生方で、円山派も四条派も、この際、優秀やったら女の弟子もとるそうや」

まさか、女の絵かきとは。さすがのみやびも怯む気持ちはあったが、もう明治の世となれば、女だからという理由でその才能を封じ込めるのはしのびない。

「わかりました。ほな、千本通の、酒井雨龍はんに、たのんでみまひょ」

それは、みやびが前々から名前だけ知っていた画家だ。美人画を得意とし、門人も多いと聞く。だが何より、その人の描く牡丹の絵の繊細さに、目を奪われたことがあるのだった。もしもこの画家に刺繍の下絵を描いてもらえたなら。そう、きっとこの上もなく優雅な、一幅の絵のような帯ができるのではないか。そんなことを考えながら、帯屋の刺繡職人の仕事を、じっと眺めていたこともある。

姪の富美を習いに行かせるのは、むろんこの子の教養のため、いつか嫁に出す日の付加価値にするためだ。みやびはまず父に相談し、次いで夫にも承諾を得て、画家のところに入門させせた。

酒井は父よりわずかに年下と言うほどの老域に入った男で、すでに名のある画家ゆえ、高邁な老爺を想像していたのに、富美を連れて挨拶に行った時、みやびを頭のてっぺんからつま先まで凝視した不躾さには閉口した。美に敏い画家であるのだから、呉服屋の御寮人さんのいでたちを観察するのは彼の職業柄、と割り切るしかない。弟子の多くは住み込みで、師匠の家の家事を手伝いながらの修行である。むろん富美は家から通わせる。送り迎えは子守時代からの女中に務めさせることにした。

「ほな、お気張りやっしゃ」

念押しするかのように富美に言ったのは、母を亡くして泣いてばかりの姪に、ひとまず道をつけたという安堵のせいでもある。おきぬ、あんたの娘にはこうして好きなことさせて習わせ、そのうち年頃になれば良縁をみつけて嫁がせるからな。仏前への報告には、そうつぶやいた。

とはいえ、この時期のみやびは、富美だけのことにかかわってはいられなかった。毎日一通、というような勢いで書いている礼太郎への手紙には、少ないとはいえ必ず返事が来ていたのに、それがとだえて、十日になろうとしていた。

「おかしいなあ、どないしてるんやろ」

「商売が忙しいのや、家が恋しゅうて手紙を書いとる暇なんかないのやろ」

礼太郎のことでは、夫婦で意見が合うことがない。みやびが話題に乗せるたびそらぞらしい空気が流れるので、それ以上進む話でもなかった。

ところが、やっと近江（おうみ）から届いた手紙は、宮野屋の主人からだった。

「どない言うてきましたん」

夫が広げていく巻紙を、頭の上から覗（のぞ）き込むように、みやびも読む。

そこには丁重な文字で季節の挨拶があり、さて、と切り替えた後には、まことに監督不行き届きで申し訳ないことなれど、と詫（わ）びの文章が始まっていた。

「なんですて、なんですて」

夫から手紙を奪いかねない勢いで文字をたどった。すると、そこに綴（つづ）られていたのは、礼太郎が、病の床に就いたという思いも寄らない知らせであった。

「うそや、うそですやろ」

手紙はもう、みやびの手に渡っている。そして何度読み返しても、最初に読んだ事実がみやびの望む平穏な内容へと変わることはなかった。

「礼太郎が、病……」

ほれ見なはれ、体を壊したら修行どころやあらへん、とすぐさまなじられ責められるかと義市は身構えたようだが、みやびはその場にすわりこんで泣くばかりだった。

長く病床にいたきぬを見送ってからまだ日は浅い。病魔の恐ろしさは、逃れようもなく恐ろしい。

「早う、眞鍋先生を近江に送るさかい。……いや、それより、こっちへ連れ戻そか」

大事な息子の健康を思う気持ちは男親も同じだった。義市は動転し、指図が決まらない。

「いや、慌てるんやない。宮野屋はんも手を尽くしてくれてはる。こっちがしゃしゃり出るべきやないかもしれん」

その時になって、みやびは涙に濡れた顔を上げた。

「うちが迎えに行きます」

預けた預かったと、なおも体面を慮る夫には従いかねた。みやびにとってはどんな環境にあろうが息子は自分の息子だ。

「やめとけ、みっともない。礼太郎の男を下げる気か」

「命を損ねたら、上がるも下がるも、男ではおられませんやないの」

今回は店の者たちの前でもはばからなかった。

しかしこの諍いは、みやびに軍配が上がった。宮野屋では、医者を呼び薬も飲ませて療養させてはみたが、どうにも埒があかず、宮野屋の旦那本人が付き添って、礼太郎を駕籠に乗せ、はるばる近江から送り届けてきたのである。

「これは宮野屋はん。ご自身が付き添って送ってくださるなんぞ申し訳ないことで」

「いやいや、大事な跡取りはんがこないなことになり、面目もあらしまへん」

店先で交わされる男たちの会話を尻目に、みやびは抱き取るように礼太郎を迎え入れた。部屋は、南向きの仏間に布団を敷いて、すでに準備は整っている。

「礼太郎、大丈夫か。さあ、早う運んで。そろーっとな」

番頭たちを指図するみやびの声は涙でくぐもっている。礼太郎は熱のせいで頬が火照り、けだるげに体を番頭たちに預け、物体のように運び込まれていく。それでもうっすら目を開け、

「すんまへん、ふがいないことで、……」

皆に詫びるのがいたましいほどだ。

冬の近江は雪も積もり、夏も湖から吹く湿った風でじっとり重苦しいと聞く。馴れない他所の水も合わず、さまざまなことが災いして礼太郎をむしばんだのだろう。

「礼太郎、どないや、大事ないか、……」

抑えていても、駆けつけてきた父だけには、みやびはとげとげしい声を出してしまう。

「体をやられてしもうては、いったい何の修行やったといいますねん」

しかし老いた父を責めるのは無体なことであった。彼とて、ただもう、おろおろす

るばかりなのである。

夫とは言葉も交わさなかった。もちろん、誰が悪いのでもない。だから、彼が謝らないのは当然だとわきまえている。それでも、みやびは、夫が憎かった。あれほど、修行に出すのを反対したのに。

健康を損ねたのはおそらく気候や食べ物のせいだけではなかろう。他人ばかりの環境の中、特別扱いしてもらえずに使用人の中にほうりこまれれば、京の大店の三代目へのねたみややっかみが陰湿ないじめになったことも想像がつく。

やっと帰宅できたものの、熱のある体で旅をさせたのが悪かったのか、礼太郎は、帰り着くや高熱を発し、意識も朦朧とする日が続いた。

信兵衛と義市がそれぞれの交友関係を伝って名医と噂の高い医者を呼び寄せ、その数は延べ八人にもおよんだ。みやびは、かつて母のヒデが我が子のためにそうしたように、夜中、家を抜け出し、因幡薬師でお百度を踏むのである。夜気は厳しく、裸足の足に石畳の冷たさがしみいったが、自分は華奢なヒデとは違う、頑丈で強い〝がが〟なんやと言い聞かせつつ、満願に挑んだ。

十日目にやっと熱が下がり、やせ細った礼太郎が口をきいた。

「すんまへん。――皆を、えらい目に遭わせて」

こんな時にも自分より人を気遣う長男なのである。みやびは目頭を押さえ、夫に言った。

「あんさん、礼太郎は立派に男になって帰りましたで」

体を壊すまで耐えて、そうして他人を誰も恨まない。これこそ、何より尊い男の資質ではないか。どうや、とみやびは言いたかった。義市は黙って腕組みをしたままだった。

医者には、胸の病で、長患いになると告げられた。目の前が真っ暗になった。治る見込みはあるのか問いただすと、滋養をとって、よく休ませることが肝要だと指示されるばかり。

しかし、きっと治してみせる。みやびは、つきっきりの看病をやめなかった。

「みやび。――無理するなよ。おまえまで倒れたら、それこそ元も子もない」

時折、父の信兵衛が覗きに来ては、みやびをねぎらう。

「うちやったら大丈夫どす。お父はんとお母はんに、こんだけ丈夫に生んでもろたおかげで、少々のことではびくともしまへん」

そうか、と力なく父はほほえみ、信兵衛は少し離れて腰を下ろす。

「どうや、礼太郎が眠ってる間に、こんなん、読むか。京で出版された本や」

　そう言って手渡してくれた本の表紙には『万国往来』とある。長崎から日本を出発、おもだった国を巡りながら世界を一周して帰ってくるというものだ。

「おおきに。なんや元気が出ますな。礼太郎に読んでやります。そやな、智次郎の分も写本しますわ」

　やがてみやび自身が夢中になるこの本が、海の向こうへと心を飛ばす原動力を培(つちか)っていくことにもなるのだ。

「ほんまにおまえは〝ががはん〟やなあ」

　何をするでもない、ただ一緒にいてくれる父。何か礼太郎に話してやって、と望むが、信兵衛にとってはいくら孫がかわいくても、やはり子であるみやびの健康が優先するのだ。

　どの親にも、我が子。この世に命を与えたからには、最後までその命が無事であるのを見届けたい。

　しかし信兵衛は、みやびを最後まで見届けることなく、薄氷の張った寒い朝、縁側の手水鉢(ちょうずばち)のそばで倒れて帰らぬ人となった。脳卒中だった。

　ようやく礼太郎の熱も下がり、布団の上に起き上がれるようになったのに、それと引き替えのように、みやびは大事な肉親をなくしたのだ。

＊

チーン、と仏壇の前のりんを鳴らす。

新しい別荘には広々とした仏間があり、先祖たちも皆、一緒にここへ引っ越せたことになる。みやびは一人、線香を上げ、手を合わせた。

「お姑はん、ここでしたか。はい、山縣閣下からのお届けものどすえ」

嫁の佐恵が入ってきた。あの日、孝子はあのまま恵三を連れて帰ってしまい、結局、長きにわたった宴の後片付けは、こうして佐恵が手伝いに来てくれたのだ。

抱えてきた風呂敷包みには、落款を押されて完成した書がくるまれていた。雅楽山荘、と墨色も深い雄渾な文字に朱印が入ると、もう扁額が完成したようなものだ。

「お忙しいことやろうに、ずっと気に掛けてくださり、ありがたいことや」

「はい、なにやら閣下のところには重鎮の皆様がお集まりやそうで、お忙しそうどした」

山縣の別荘「無鄰菴」のある東山山麓の南禅寺下河原一帯は、実は智次郎がこの別荘を建てる際にも、京都市の役人からずいぶんと勧誘されたのだった。その背景には、この地域を別荘地として発展させようという行政的なおもわくがあった。朝廷を東京に移して以来、一気にさびれた感のある京都を復興させるために考え出された策である。

「やっぱり、閣下のお邸は賑やかすぎる。隣を避けて、伏見にしてよろしおしたな」

今だからこそ出る本音だった。

南禅寺といえば、かつて広大な境内にいくつもの塔頭が立ち並ぶ大名刹であったのだ。それを、明治初期の廃仏毀釈で、寺領の上知を命ぜられた寺では境内を縮小するには塔頭の統廃合しかなく、いくつもの寺坊が廃寺になり、また数え切れない第一級の仏教芸術品が捨てられたりタダ同然で海外に流出したりした。

だがそのようにして国家が召し上げた寺の土地は、やがて民間に払い下げられ、無計画に民家が食い込むありさまとなった。さらに、空き地となった元の寺域には、琵琶湖から京に至る琵琶湖疏水が計画され、第一期工事は明治二十三年に竣工していた。疏水を流す西洋式の石造りの高架が、古くからの寺域に突如出現したというわけだ。

――なんちゅうことをしなはる。あっこは神域、聖地でっせ。ようそんなこと。

みやびは憤慨したものだ。神仏習合は長く日本人の精神世界の骨格であった。なのにそれをいきなり国策で、神仏分離令とかいう法律の力で切り離すとは。仏も神も、聖なる地に宿り、人はそれを侵すことなく暮らしてきたのに、それを無にする乱開発は世紀の景観破壊にしか思えない。智次郎に伏見を選ばせた理由には、そうしたことへの反発もあった。

今、その無鄰菴で、歴史が動こうとしている。

みやびたちが知らないことであったが、山縣のもとに伊藤博文や桂太郎、小村寿太郎ら重鎮がうち揃(そろ)い、ロシアとの戦争を決議するのはこの翌年、明治三十六年の春なのだった。

「あんたもいろいろご苦労はんやったな」

孝子から責められたこともあって、みやびは佐恵をねぎらった。

「何をおっしゃいますん、あたりまえのことどす」

驚いたように言うのは、やはりふだん佐恵にそのような気配りをしてこなかったからであろうか。あえて言葉をかけずとも、嫁と自分は一家の主婦としての苦労を連帯するものと思ってきたが。

「それよりお姑はん、明日は仁三郎さんがお祝いにいらっしゃるそうどす」

みやびの顔が曇る。三十を超えていまだ独身を通す三男坊。今日、ロンドン出張から戻ってくるはずだ。仕事ばかりにかまけて、いったいいつになったら身を固めるのやら。

「困ったことや。あの人が片付かんことには、うちもまだまだ死ねまへんのや」

「まあ、死ぬやなんて。古稀をお祝いしたばかりどっせ、お姑はん」

そう言って佐恵は取り合わず、途中になっていた仏間の掛け軸を桐箱へしまっていく。

「そうやな、後のことは、もうあんたにたのんで行くしかなさそうや」

これだけ長く生きたというのに、家族の幸せを見届けるには時間が足りない。みやびはため息をつく。先に旅立っていった人たちも、後の世にこんな気持ちを残したのだろうか。

ヒデ、きぬ、信兵衛。なつかしく、いとおしい肉親たちが昔のままに頭をよぎる。あんさんたちから一人はぐれて、うちは〝がが〟と気ばりましたやろ？　――仏壇の中にそう問いかければ、皆が笑っている気がする。次は自分に、見送られる番が回ってくるが、時間切れになってしまうあのことこのこと、もはや佐恵にすべて託すほかはあるまい。

「なあ佐恵はん。よろしゅうたのんだえ」

重ねて言うと、佐恵は困ったように笑い、桐箱を土蔵にしまいに立ってしまった。

まったく、よくまあ長く生きたものだ。振り返れば、まさに自分の人生は、肉親みんなを見送ったあの時から本番が始まったような気がする。語る相手もいないのに、一度流れ出した追憶の時間は止まらなくなっている。みやびはふたたび、回想の海へ漂い出す。

＊

礼太郎の看病だけに突き動かされていたあの頃、みやびは四十路でもう一度赤子を抱いて母親をやり直すような心持ちだった。

どんな民間療法であろうと病に効くといわれれば手を尽くし、懸命な介護が続いた。甲斐あって、一日のうちわずかでも起き上がれる時間がふえていったのはありがたい。

近江ではどういう暮らしぶりであったか、あいかわらず彼が語ることはなかったが、宮野屋が後から伝えてよこしたところでは、店主一家の目の届かない使用人部屋で、同年代の手代たちから陰湿ないじめを受けていたらしい。寝床に氷柱を入れられたり、衣類を防火槽の水に浸されたり、布団で簀巻きにされて外へ放り出されたり。男同士特有のいたずらとすませられない悪質な嫌がらせは、精神的にも彼を圧迫しただろう。

「ほんまにすまんことやった。そいつらはとっくに暇を出しましたけどな。それにしても、坊ちゃんも、何も言うてくださらんもんやから」

礼太郎にしてみれば、自分が弱いとみなされ嫌がらせを受けているなど、誇りにかけて口にできなかったろう。努力で皆の理解を得ようとしたが、それがいじめを助長した。

「もう、ええのどす。こないして無事に帰ってきたのやから」

届けられた見舞いの品を押し返しながら、みやびは内心、次期当主ともあろう者が使用人からそんなふうに侮られてもやり返せないとは、と嘆きたくなる。自分なら絶対立ち向かったろうし、かなわないなら宮野屋に言いつけてでも自分の不快を取り除いただろう。

いや、そうか？　ふと、みやびはあの白塗りの公家女の顔を思い出した。自分は、黙って耐えた礼太郎よりはるかに劣る。針の筵の稽古に耐えかね、逃げ出したままなのだから。そうだ、イイーだ、の一つも言ってやればよかった。そう思えるようになっただけの時間が過ぎ、逃げたおかげでこうして癒やされ、正常を保っていられる。

彼女を通じて開いた販路は、皇后の東上に従う女官たちの衣装の拵えという大仕事につながり、東京で支払いもすんで、ことなきを得た。いや、それ以後も何くれとなく注文が入り、東京詰めの番頭が得意先として引き継いでいる。高い月謝と言われたものの、確実にその月謝は数倍の利益となって戻っていた。

あのまま貸し倒れとなっている払いはなんとも悔しいし、稽古仲間たちに誤解されたままでいるのも歯がゆいことだ。しかし、つきあいを絶てばもうそれきり、狭い自分の世界ながらも穏やかな入江の内で暮らしていける。むろん、夫の義市が、取引のある足袋屋の福屋に、妻から聞いたみやびの評を真に受け揶揄(やゆ)されたことは知ってはいるが。

こんな自分に比べれば、ひたすら耐えて逃げなかった礼太郎の方が、よほど〝がが〟だ。

あんたはえらい子ぉや、みやびは、そうつぶやきながら礼太郎の口に粥(かゆ)を運ぶ。そうしていると、幼い頃にもどったようで、みやびも若い母の気分になれるのだ。

振り返れば、店を手伝いつつの子育てはあっというまに過ぎ、下に智次郎ができてからは、毎日慌ただしくて心に余裕もなかった。あの時できなかった子供との時間を今やり直しているのだと思えば、看病が楽しくてならない。

そうして半年もすると、養生の甲斐あって、家の中を歩き回ったり、近くなら散歩もできるようになった。

「よかったよかった。なあ、あんさん、有馬(ありま)に湯治にでも行かせたらどないどっしゃろ」

張り詰めていた日々にほっと気が抜け、みやびは自分もついて行こうとのどかに提案した。しかしこれにも義市はうなずかず、

「いや、まだ動かしたらあかん。もっとようなったら城崎に長逗留したらええ」

無表情に退ける。たしかに油断は禁物、まだ安心してはいけないと気を引き締めた。

ちょうどその頃にも、また京都博覧会が開催されていた。

第一回目の成功により、二回目以降は京都府の官民合同の行事となり、会場も、広大な御所と仙洞御所、それに大宮御所まで借りて行われるようになっていた。大勢の人を呼び込むには、それくらいの規模でなければ意味がないのだ。その分ふくらんでいく費用は、創始者の三豪商だけでなく、市民にも割り当てられるようになっている。

「あんさん、こんな時こそ京のお役に立たなあきませんで」

こういう時こそけちらず懐の大きさを見せる好機だ。みやびは夫に提案し、夜に入っても会場が明るくなるよう、丸に「梯子高」の一文字を染め抜いた提灯を、今度は三十も寄付した。琵琶湖疎水が完成して水力発電が稼働するまではまだ街灯もない京の町に、それは明るさだけでなく情緒まで灯して好評を呼んだ。

効果はあった。高倉屋の名は京の隅々まで知れ渡り、お客は近所のおかみさん娘さんから花街の芸妓たち、遠く丹波や山城からも店を指してやってきた。

「これでますます、たかまる、ゆうてなあ。来年は増やして、百個にしまひょか」

みやびは会場までの道の両側を、ずらり、高倉屋の提灯が埋め尽くす様を思い浮かべた。

「えらいもんや。高倉屋はんが参道の提灯、ぜんぶ寄付したそうや」

「花火も、たいそうな数を打ち上げたらしいで」

人の口から口へと噂は広まり、結果として高倉屋の名も広まっていった。人は、不幸な話より豪気な話、景気のいいできごとを好むものだ。そして話は増幅されて語り継がれる。

「高倉屋はんがそんだけ出しとってんやったら、うちとこも、せなならんな」

高倉屋の快い協力は他の商人たちをも刺激し、どの店も寄付をしぶることはなかった。都を東京に持って行かれてさびれる京の現実を誰もが惜しみ、なんとかしよう、守っていこうと願うのはみな同じだったのだ。

展覧会にも、高倉屋は毎回、重厚な手仕事の刺繡の帯や打掛を出品した。

父が高倉屋を創業した時は呉服古着屋だったし、夫が引き継いでやっと太物商から絹を扱うようになったが、今はさらに出来合の商品を並べるだけでなく、高倉屋が図案の段階から口を挟んで作らせた品がふえた。他の店にはない、高倉屋だからこその洒落た逸品。

「この帯の刺繍のみごとに細かいこと、見ておくれやす。もう人間の仕事やなんて思われへん、神業どすな。なんせ職人が三月がかりで夜も昼もぶっ通しで作ったもんどす」

それはみやび自身が、ここは刺繍で、綴で、染めで、と手法まで指定して創り出した帯だった。愛着もひとしおで、どんな人に似合うか買ってほしいか、そこまで入れこんでしまうというものだ。それというのも、もの心ついた時からみやびが身近におびただしいばかりの美しい着物を見、また自身もそれを着せられて育ったことで、着物を見る目がしたたかに肥え、よき物に対する世界観がおのずと磨かれてきたからだろう。そこは義市も認めており、一朝一夕で学んで身につくはずのないみやびの感性に一歩を譲るという格好だ。

だから会場を見回りに行った時には、みやびはしぜんと、展示品を眺めている客に進んで声をかけてしまうのだ。それがどんな逸品であるかを語りたくて。

大柄なみやびはどんな着物もよく映ったから、その着こなしや身につけた柄や色に惹かれ、同じものがほしいと注文が入ることもある。その日も客との会話がよく弾んだ。

そして笑顔で振り返った時だった。みやびは、思いがけない顔にまともにぶつかる。ものほしげ、というばかりの執着で、じっと展示の品を見ている白塗りの顔。

お内蔵(くら)さんだった。

しかしみやびに気づくと我に返り、慌てて目をそらすと、すいと離れていく。後に従う連れは、稽古で一緒だった面々だ。お久しぶり、そう声をかけることもできなかった。

狭い京の町のことだ、こんなこともありうるだろう。以前も皇后の東下の際には、見送る群衆の中にお内蔵さんをみつけたことがある。この人も、目新しい物が好きなのだ。

こんな思いがけない再会に、どんより胸が重くなるのは、決して相手が嫌だからではない。その顔に取り入り、はしゃいだあの頃の愚かな自分に向き合わされるからだった。

「なんぼ高級な品か知らんけど、売っとおいやす人が香具師(やし)みたいな下品なお人ではなあ」

聞こえよがしな捨て台詞(ぜりふ)が聞こえた。昔、一緒になって薩摩(さつま)や長州のさむらいの悪口を言ったのが楽しかったように、今はみやびを嗤(わら)うことが彼女たちの楽しみらしい。

皆で揃ってのお出かけに、競うように一張羅で装(よそお)ってきた女たちの後ろ姿を見送った。

だがもうかまわなかった。この展覧会場で、女の客がどこより多く訪れるのが高倉屋だ。それは高倉屋の品が、多くの女たちの憧(あこが)れと羨望(せんぼう)を集めるすばらしいものだからだ。

欲しいんどすか？ 売ったげまっせ。ちゃんとお代を払うてくださるんやったらな。――みやびは心の中でそんな悪態をつき、連中を見送る。イイーだ、と顔だけしかめながら。

「なあ、あんさん、黙って飾っとくだけより、説明を加えたらようわかるし、売れまっせ」

もっと評判を取るには、積極的に商品の説明をしてはどうか。だが義市は一喝する。

「みっともないことすんな。商売は、聞かれる時まで黙って待っとったらええのや。ええ品は、置いておくだけで客にはわかる。また、わかる客にしか売れんでええ」

すんまへん、反射的に謝り、みやびはそっと夫の横顔を見る。たしかに夫の言うとおりだ。どんどん焼けの時の安売りとは違う。どこに出しても恥ずかしくない自慢の品なら、何の説明も不要であろう。お内蔵さんと弟子連中が、みやびの店と知りながら足を止めて眺めて行かずにいられなかったように。

折しも京は花の時期。花見小路は、ずらり満開の花が、陽を受け輝きを放っている。道ばたに花見客を見込んだ団子屋が出て賑わっていた。

連中はみやびを香具師のような、と言った。夫は幼い頃、その香具師の商売を見て育ったのだ。何の変哲もない品を、あの手この手、おもしろおかしい話術でごまかし、売りつける。そして客が家に帰って粗悪品と気づいた頃には、もう香具師の露店は撤収している、というあんばい。彼はそれを何より嫌悪した。だから一流の大店の旦那になって、黙っていても客が買いに来るような上質の品を売ると誓った。

今、みやびの思いは同じだった。もう雲の上への仲介も賄もいらない。真の雲の上人へは、よき品美しき品だけで近づこう。そしていつかお内蔵さんたちが、頭を下げて「欲しい」と言ってくるほどのすばらしい品をそろえ、高倉屋と銘がなければ値打ちが違うとまで言わせてみせよう。

桜に誓う。花はものも言わないが、これだけ美しいからその木陰にはおのずと人が集まってくる。自分も花になろう、この世でもっとも強く美しい花に。

高倉屋の品といえば皆が信用する、そんな逸品だけを揃えていく。夫婦そろってのそうした意識は、しぜん、高倉屋そのものの考えとなり、周囲にも認められていく。

そして第三回目からの博覧会では、出展品に賞を贈る選考員として義市が名を連ねることとなった。夫とは商売のやり方において微妙なずれがあるにはあったが、どんな商人になりたいかという大望は同じだった。この点において、みやびはやはり夫に敬意の目を向けるのだった。

博覧会へは、一個人の客として孝子や富美を連れて見物に出かけたこともあった。広い御所の内の大宮御所は、つい先年までは天皇のお母君がお住まいだった御殿である。皆が東京へお移りになられた今、こうして開放されて庶民が足を踏み入れられるだけでもありがたい。大きな池のある小堀遠州作の庭園は、見回すだけで気も晴れるというものだ。

「礼太郎、どこから行きまひょな。あっちでは五条坂の陶工はんが、お茶碗、作ってみせてますで。こっちは西陣織の実演販売や」

まさに京が誇るモノづくりを、実際に客の目の前で作って見せるのだから、人も集まる。

「それに、そっちは禽獣会やて。孔雀に七面鳥に、ラクダもおるそうな」

まだ幼い孝子や、富美も、おめかしさせて一緒に連れてきたから、待ちきれず吸い寄せられるように走り出す。

「これこれ、迷子になりまっせ」

子供らの後を、慌てて女中が追いかけ、つかまえる。

「まずは皆で文楽の小屋を覗くことにしまひょか」

出し物は長く禁じられてきた心中物で『桂川連理柵(かつらがわれんりのしがらみ)』。実際に京の桂川で起きた心中事件をもとに描かれたものである。

死んだのは、十四歳の呉服屋の娘と、隣家の帯屋の、父親ほど年の離れた旦那という。みやびにはこの取り合わせが妙に身近で、どうも感情移入しきれない。それでも、生命のない人形が泣いたり身もだえしたりするさまには、つい引き込まれ、涙を袖(そで)で拭(ぬぐ)った。

「えらいもんどすな、人形遣いや太夫(たゆう)の技は。ほんまに生きてるようやった」

筋書きがわからない子供たちも、人形のしぐさ、表情、舞台装置と着物の美しさから目が離せずにいた。

そんな余韻の中で、会場図を眺めていた礼太郎が、指を指した。

「お母はん、そこ、じっくり見てもよろしいか」

彼が興味を示したのは焼き物ばかりを集めた書院のあたりだ。履き物を脱いで上がるため、一般の見物客には敷居が高いが、それと目的を持ってきた客には、立派なしつらえの建物の中に飾られた品々は、いっそう価値を高め、よき品に見える。

「あ、お客はん、靴、脱いどくなはれ」

注意されているのは外国人の客で、周りの客が立ち止まって珍しそうに眺めている。この時代はまだ京都に外人は入ってはいけないことになっており、博覧会だけは特例で許されていたのだ。おかげでフロックコートに山高帽の紳士やドレスの婦人といった見慣れぬ姿も、ここだけではまれには見られた。彼らにとっても御所の内に入れるのは大きな魅力だったろう。

そして期待に違わず、展示の品は、御所に飾るのだからと出展者たちが気合いを入れて運び入れた一流の品ばかり。なるほどこれなら外国に対して示してみせる意義はある。

「礼太郎、どないや。異人さんの目にも、京の伝統工芸は宝物なんどすな」

異人に近寄る勇気はなかったが、無言のまま食い入るように壺を眺める彼らの顔には賛嘆の表情が見て取れる。

実際、何度も何度も釉薬をかけては焼き直し、完全な美をめざす無名の職人の技は、彼らが他のアジアの国では見なかった精密さなのだった。礼太郎も、繊細な七宝焼きの壺の前から動けなくなっている。それはどうやって作ったか想像もつかない精巧さの、小さな小花や蝶をちりばめた逸品だった。

「なあなあ、礼太郎、こっちも見とぉみやす。この焼き物、なんちゅうみごとな」

それは一段離れて飾られている大ぶりの香炉で、均衡のとれた造形に、びっしり細かな金彩の菊文様で埋められている。なにより、蓋の上に載った唐獅子の、今にも動きそうな躍動感。客が少なかったので、みやびはつい家の中のように声を上げ、息子を呼んだ。

「どれです」

「これや、この香炉どすがな、……」

返事があったから礼太郎と思って振り返ったのに、そこにいたのは見知らぬ男だった。

紬の茶羽織、藍染めの袴。見るからに商人風のいでたちなのに、何であろう、その威圧的な風貌は。

頬に、一寸には満たないもののそれと目立つ刀傷がある。断髪してはいるが、かつてさむらいであったことが一目で知れる居ずまいの堅さ、姿勢のよさだ。

「すんまへん、……」

みやびは何を言うよりまず謝っていた。なぜかここに自分がいること、声を上げたりすることさえもいけないことのように萎縮(いしゅく)する、そんな特別な結界が張り巡らされていた。

「かまいませんよ。どうぞ、この香炉がお気に召したのですかな」

男はそのまま手を伸ばし、飾ってあった香炉を手に取ると、みやびの前に置いた。

「おおきに」

香炉を持ち上げたとたん、あっ、と驚きの声を上げてしまった。薄い。あまりに薄い。

「これ、……」

「驚かれましたか。触れてみないと焼き物は真実がわからないものです。もっとよく触ってみて」

物腰は柔らかく、商人然と微笑(ほほえ)んでいるのに、目が笑っていない。息ができないほどに緊張するのは、この男の放つ空気のせいか、それとも香炉の完成度の高さのせいか。

触れてみないと真実のわからぬ男。みやびは、射すくめられたように動けずにいる。

礼太郎がやりとりに気づき、みやびの背後にやってきた。

男は、二人をかわるがわる眺めた後で、名乗った。

「この京薩摩を出展している五条坂の久賀錦山と申します」

焼き物の窯元だったのか。しかしそうは見えない男を、あらためてまじまじと見た。

「京薩摩……。それは、京焼きとはどう違うのですか？」

礼太郎が質問してくれたのは幸いだった。その間に、みやびは気を取り直す。

「そうですな、京で焼いておりますし、陶工や絵付けの職人は京の人間ですから、京焼きと言えなくもありません」

何度も受けた質問なのだろう、男の説明は手慣れていた。

「ですが、土は薩摩から取り寄せておりますし、よくご覧ください、釉の表面に細かいヒビのような模様が入っているでしょう。これは貫入といって他の焼き物にない薩摩焼の特徴です。何より、京焼きの名では外国に通じませんので薩摩焼としております」

京、では通じない。――みやびは、はじかれたように久賀と名乗る男を見た。

「ほんなら何どすか、薩摩焼、とすれば外国の方にもわかるんどすか」

まるで抗議するような口ぶりになった。それでも男は悠然としていた。

「そうです。幕末に薩摩藩はパリ万博に焼き物を出展しました。そしてそのみごとさは、ヨーロッパの人を魅了したのです。以来、ヨーロッパで一番有名な日本の焼き物は、薩摩焼です」

即答だった。

みやびは、雷に打たれたような思いがした。京が日本で一番と思っているのは日本人だけ、京の人間だけなのか。

「さあ、どうぞ。もっとしっかり触ってごらんください」

離れて見てもその美しさが目についた香炉であった。手近で見ると、非の打ちどころもない。精巧にできた意匠、そして磁器かと見まごうなめらかさ、染め付けも完璧で、ここまで美しいものを所有しているというだけで心がはずむだろう。

「ほしたら、なんで薩摩で作らんのどす？　なんも京で焼かんでも」

ずいぶん語気も弱くなっていた。いつのまに京の衰退はここまできていたのだろう。首都が東京に持って行かれ、美の産業も、芋侍と侮っていた南国に追い抜かれているとは。

「それが商売ですよ。西日本で外国に向けて開かれている港は神戸です。その神戸へ、薩摩で作ったものを運んでくるには、遠すぎる。船賃もかかるし途中で割れたりして損失も大きい。だが京都なら神戸港に近いし、もともと京焼きの職人たちが大勢います」

理にかなっていた。絵付けの職人にしても陶工にしても、天皇家や朝廷が東京に去った後では需要がなく、食いあぶれていたところだ。技術を活かして仕事になるなら、名前ぐらい京でなくとも、何だっていいだろう。

みやびはもう一度、香炉を見た。

美しい。何と呼ばれようと、その価値は揺るぎない。

万国を相手にするとはこういうことか。名前など何ほどの価値もない。京という王城の地にあぐらをかいていては、世界からも置いていかれてしまうのだ。

「これ、いただけますやろか」

みやびは礼太郎のために、その香炉を購入することにした。持てば紙のように軽いというのに、とろけるようにつややかな風合い。見れば見るほど精巧にできた意匠は、病室でまたとない慰めになるだろう。

「博覧会が終わりましたらお届けに上がります。御寮人さんの、お届け先は」

みやびがどこかの店の御寮人さんであることは、装いや雰囲気で、先にわかっていたのだろう。

「高倉屋どす」

名乗ると、おお、と男は反応した。同じ展覧会の会場に出展しているだけに、知らなければおかしいわけだが、男がみやびを知っていたのは別の理由のようだった。

「そうでしたか。――がが御寮人さんというのは、あなたでしたか」

また誰がその名を。――みやびは赤面した。今ほどその渾名を打ち消したいことはなかった。だが相手に「イイーだ」を食らわすには、男はあまりに居ずまいがいい。

「ほな、礼太郎、まいりまひょ」

それ以上、いたたまれなくて、息子をせかす。この男のことは、それ以上知りたくなかったし、かかわりたくなかった。どうしてだか、危険な気がするのだ。

しかし、みやびの思いに反して、彼のことは忘れ去ることはできなかった。香炉があまりにすばらしかったからである。

床の間に飾ると、それがあるだけで座敷が一気に高雅な空気に満たされる。まるで、どなたか身分の高い賓客を招き入れたかのように。

礼太郎のためにと思った品だが、もっとも気に入ったのは富美だった。礼太郎が不在であるのを確かめるとこっそり座敷に入っては、息を詰めてみつめていく。みやびは、そんな様子を何度か見かけ、さすが絵心のある者に響く作品なのだと納得した。

それにしてもあの男、頰の刀傷といい、あたりを払う気配といい、あれは、そう、きっと人を斬ったことのあるさむらいだ。そんな気がした。

そしてまた彼のことを考えている自分に気づき、みやびはそっと首を振る。売り主のことを知ったところで焼き物の値打ちには関係ないことだった。

思えばあの博覧会当時から、みやびに限らず、礼太郎、そして富美、勢田家の者が美というものを追いかけるのは、定めのようなものだったかもしれない。

こうして春は爛漫と長けていった。礼太郎は、まだ働けるまでには回復しなかったが、城崎への長逗留を繰り返し、小康状態を保っていた。

みやびも、それまで人目につかないようにと夜間に行ってきたお百度をやめ、昼間におまいりすることにした。また、夫にも、東京店へ出張するついでに善光寺へおまいりするようたのんで行かせた。すべては神仏の加護。みなの祈りが届いたのだと信じていた。

あのまま五年十年、時が穏やかにすぎたなら、みやびはどれほどか幸せだったろうと思う。

だが平穏に慣れたみやびを待っていたのは、思いも寄らぬ絶望だった。

あれは五月、神社の楓の新芽がもえたち、いたるところで若葉が揺れて、鎮守の森全体に青い嵐(あらし)が吹きあがるような錯覚をする午後だった。

おみくじを引いたら吉。これからよくなる、だんだんいい方に向いていく。そんな確信が持て、若葉がひときわまぶしい楓の枝におみくじを結んだ。

そのとき、慌てふためいて鳥居の下から駆け込んできたのは丁稚(でっち)の留吉(とめきち)だった。

「御寮人さん、御寮人さん、えらいこってす」

とっさに、みやびは、また礼太郎の体調が悪くなったのかと身構えた。

「どないしたんや」

「旦那(だん)はんが、旦那はんが——」

言うなり、咳(せ)き込んで、参道の上にしゃがみこむ留吉から、やっと事の次第を聞けるまでには、少しの時間が必要だった。

「なんやて——。あんた、もういっぺん、言うてみ」

今、留吉の口から伝えられたことを、即座には信じるわけにはいかなかった。

なぜなら彼はこう言ったのだ。旦那はんが、亡(の)うなりました、と。

頭の上で、境内の青い楓が、嵐のようにざわめき、揺れて、乱れて、みやびを押しつぶすようだった。

「うちの人が、か？　うそや——そんなん嘘(うそ)や」

そうつぶやくしかできなかった。どこでや。やっと問い返す声は掠(かす)れていたはずだ。

「有馬やそうです」

有馬。それはいったいどこのことだ？　あの温泉の有馬のことか。

すぐには状況がのみこめなかった。夫は、東京店から善光寺へ、信濃(しなの)の方へと回っているはずだ。泊まる旅館はみな決まっていて、そこに手紙や衣類や、急ぎのものを届けてある。だから、まったく方向違いの有馬だなどと、つじつまが合わない。

しかし留吉は目に涙をため、早く店におもどりくださいと、みやびを急(せ)かすのだ。

「ほんまのことなんか——？」

まぎれもない。夫は、帰ってくるまぎわの一日を、有馬に行って過ごしていたのだ。温泉でも入ろうというなら途中どこでもよかったはずだ。それに、急に行き先を変えたなら、なぜに一報、伝えてよこさなかった？

有馬は名のある温泉郷。ちゃんともてなしのできる立派な旅館がいくつもある。義市がそこへ、——我が家のある京を通り過ぎて——ゆるりと足を伸ばしていたと知ったみやびの不審は、有馬の旅館に駆けつけた時、宿の主人の好奇にあふれた目でじろじろと眺められた時から、もっと深いものへと撃ち沈められていく。

「お気の毒に、心臓麻痺(まひ)やおませんやろか」

宿の主人は心得たもので、みやびが来るまで遺体を座敷で預かってくれていた。義市を大店の当主と知っていたようで、部屋を穢した分、始末の分も、移送の分も、あれこれ合わせて支払ってもらえるとの算段だ。

「おかみさんも、お気の毒なことで」

そう言って、上目遣いにみやびを見る主人。

「旦那はんのご最期は、お連れの女の方が看取らはったのやろけど」

彼は一人ではなかったのか。しかも、女の客を、同伴していたというのか。

全身から血が引いた。誰や、それは。あたりを見回すがもう女の姿はない。当然だろう、人の亭主を奪った泥棒猫が、居直って正妻を待ち構えるわけにはいくまい。

「連れは、どんな人でしたんや」

自分ともあろう者が、夫の情婦ごときに打ちのめされるのもいまいましい。だが、訊かねばならぬ、夫の死の現場にいたその人物のことは。

しかし旅館の亭主は口の端を歪めて、みやびを見た。それは察するべきでしょう、知れば傷つくのは御寮人さんでっせ。——そう言いたげな薄笑い。憤りと、悔しさとが、胸の奥でどろどろと溶け合い、みやびの皮膚を破りそうに渦巻いていた。なぜに自分が、こんな見ず知らずの旅館の亭主に憐れまれねばならないのか。みやびは顔も上げられなかった。自分をこんな目に遭わせる夫が、心の底から憎かった。だがずたずたになっても、真実は知らねばならない。みやびが唇を噛んだときだった。

「御寮人さん、ちょっと……」

みやびの袖を引いたのは五助だった。すでに番頭に昇格し、おもに家の私的な出費をあずかる会計も担当している。今回の義市の訃報をいちはやく受け取ったのも彼だった。

座敷の外のひんやり暗い廊下の奥へと連れ出し、彼は、みやびの顔を見ることも出来ず、消え入るように小さくなって、そして低い声でこう告げた。

「旦那はんは、ここの旅館を定宿になさっておいでやったのどす」

衝撃が、みやびを貫く。

なんと、夫がここへ来たのは初めてではなかったのか。だが何をしに、有馬へ

――？

後の報告は耳に入らなかった。義市には長年囲っていた女がいたのだ、という現実をみやびが理解するには、あの寡黙で働き者の夫の印象があまりに邪魔をした。

「いえ、色事で来られとったんとは違いはります。あっちの坊が、小さい頃は体が弱

かったんを、ここへ湯治に通うて、達者になられ」

なんということ、外には子供までいたのか。

体の弱いその子を夫は気にかけ、有馬に連れ出し、元気にした。正当な跡取りである礼太郎を過酷な近江へ修行にやらせたその間に。

そういえば礼太郎を湯治に行かせようとした時、有馬ではなく城崎を勧めたのは彼だった。

夫の黙った顔、思案する顔、背を向ける横顔、覚えている限りのおもかげがまぶたをよぎった。あれはすべて、自分を裏切り、騙した男の顔だった――。

有馬の山は、青葉若葉、全山がすがすがしいまでに新しい木々の命がもえたつ五月。しかし、みやびにはそれらが、怒濤のように揺れに揺れ、渦巻き、青嵐となって自分を巻き込み地獄の底へ引きずり込む、そんな気がした。

心臓麻痺なら突然襲う異変で苦しくもだえた顔をしているのかと思ったが、義市の顔は安らかで、眠っているように見えた。

みやびより七つ年上だから、五十三歳。幼い頃からの習性で、朝は丁稚どんより早く起き、夜もまた番頭さんより遅くまで帳場にいた夫。今ようやく、働きづめの人生から解放されてたっぷり眠れるのだと思うと、憎いはずが、つい涙がこぼれるのはどうしてか。

胸の上で組み合わせる手に数珠（じゅず）を掛けてやる時、左手の甲のしみが、常より黒く傷（いた）んで見えた。それをさすってやりながら、みやびは思う。つらい目にばかり遭った少年の頃、できることなら自分も時をさかのぼり、その隣に座っていてやりたかったと、いつもいつも思っていた。そやけどあんさんが隣にいてほしかったんは、うちやあらへんかったんどすなあ。――また涙がこぼれ落ちた。今度はとめどなく。

有馬からはともかく布団で覆（おお）って戸板に載せ、大八車で京まで運んで、家から葬儀を出すことにした。みやびはその後ろから人力車に乗って伴走する。思いは千々に乱れたが、もう泣いてはいられなかった。家に帰ってからのことを考えねばならない。自分がやらなければ、誰もこのつらい役目を代わってくれる者はいないのだ。

喪主は、名だけではあったが、跡取りである礼太郎に務めさせた。

義市は町年寄りを務め、博覧会では選考方にもなるほど、京の町にも貢献しただけに、樒（しきみ）や花輪が烏丸（からすま）通りにずらりと並ぶ、それはそれは盛大な葬式になった。父の時よりいっそう多くの弔問客が集まったのは、それだけ高倉屋が大きくなっていた証（あかし）でもあったが、やはり現役の当主の死に対する驚きと同情が大きかったからであろう。

そして人々は、まだ働き盛りの義市の死を惜しみ、そこから、彼を死へといざなった原因について言及するのだった。

――働き過ぎやったんと違いまっか？

――婿養子の身で、いろいろ気苦労があったんやろて。

――がはんも、やっぱり噂の通り、きつう尻に敷いてはったんかもしれん。

――いやいや、それがあんた、わてはこんなこと耳にしましたえ。

そしていちだん声を潜め、ほんまのとこはな、……と語られる真実めいた話。それは口づてに、気の毒がっているふうでいながらよりおもしろおかしく拡大していく噂話だった。

なにしろ状況が状況である。高倉屋の婿旦那が妾の腹の上で死んだ、という噂は、だれもが否定できようもないまま京の町に広がっていった。

みやびも、そのことはすぐに悟った。そのたび、そうですねん、この人は、人の義理も誠も踏みつけて勝手なことしてでかして、罰が当たって、死んだのどす。大声でそう言いふらしてやりたかった。恩ある勢田家を恥に貶め、世間に顔向けできんようにしていった犬畜生以下の男ですねん、そう叫びたかった。

しかし寸前のところで自分を抑えた。いや、抑えねばならなかった。

そして気丈にも、あの人は働き者ゆえの過労死で、自分の気配りが足りなかったのが悪いんどす、と夫の名誉を守ることに努めた。震える拳(こぶし)を握りしめてでも。裏切られて、亡骸(なきがら)など持ち帰りたくもなかった。いっそ有馬で荼毘(だび)に付して川に捨ててやろうか、とも思った。

だができなかった、その方がずっと恥ずかしいことになる。この世に残され、生きていくのは自分なのだ。息子たちを、世間の悪評から守ってやれるのは自分にかかっている。

悔しくて、悲しくて、何もかもから逃げ出したかったが、みやびは、耐えた。ここは耐えて耐えて、なにごともなかったかのようにすべてを普通の死としてすませるのが大人のやり方、〝がが〟流だった。

　義市の妾が、枕元(まくらもと)でのお別れをさせてくれと訪ねてくるのではないかと身構えてもいたが、分を知った女らしい、姿は現さなかった。このひしめくような会葬者たちのどこかにいるのだろうか。そして陰から義市に手を合わせているのかもしれない。

　みやびは五助に言って、女のもとに三百円の金を包んで届けさせた。小さな古家なら一軒買えるだけの金だ。それだけあれば義市からの手当がなくとも暮らしていけるだろう。

しかしそれより耐えがたかったのは、大川屋の繁治がやってきた時だった。弔いと称して香典まで持参したとあっては、仏前のこと、どんな人をも拒むことはできない。

「ががはん、いや、みやびはん、このたびはえらいことやったな。今になって、後悔してはんのと違うか？　やっぱり人を見る目があらへんかった、て」

からかいにやってきたのか。人が悲しみに沈んでいるこんな場で。

きぬは死んだ。父ももういない。恨みはとっくに過去なのに、まだ用があるのか。

「どや。今からでも、その後悔、とりもどせるで」

そして子供の頃から変わらないあの卑(いや)しい笑い方でこう言うのだ。

「旦那はんに仕返しもしたいやろに、女一人では何もできんやろ。なんやったら、わいが相方になって、慰めたるで」

ヒヒヒ、という声を聞くだけで心が腐る気がした。イイーーだ。子供の頃なら、すかさずその豆狸(まめだぬき)のような顔に指をつっこみ口角を広げてやるところだった。しかし今のみやびは大人だ、御寮人さんだ。それも、夫がしでかした恥の分だけ高潔でなければならない。

すうっと深く息をした。そして言った。

「おおきに、な。――けど、ほたえるんもそこまでにしなはれや」

低い、そして胸の底深くから出された声には一種すごみがあった。繁治は一瞬、びくっと肩をふるわせた。昔、同じことを言っていきなり橋の欄干に押しつけられたことを思い出したのであろう。

「人が死んでるゆうのに、そないなことしか言えんあんたを見抜いてたんや、やっぱりうちは見る目がありましたな」

「なっ、なんやと……？」

彼に言い返せるのはそこまでだった。相手はたかが女、それも、守ってくれる旦那を亡くして丸腰の寡婦だ、そう思うのに、みやびが放つ威圧感は何だ。

「お参りいただきご苦労はん」

言うが早いか、みやびは立ち上がり、清めのために用意された塩壺を取った。

そして繁治の頭めがけて壺をさかさに振った。

「おおきに。また来とうなったらお越しやす」

男の頭に、白雪のように塩が撒かれる。

うえっ、と声を上げ、体勢を崩して後ろへのけぞる男に、もう一振り。

「何すんのや。おまえ、――承知せえへんど」

「あらら、すんまへん。穢れをお清めしよかと思ったら手が滑って」

顔まで真っ白になった男が、塩でしみる目をこすり続ける姿を、冷ややかに見下ろす。

「番頭はん、大川屋はんのお帰りや。手伝うたげなはれ」

あくまでも言葉は丁重に。繁治は番頭に差し出された手拭いで頭を拭(ふ)き拭き、悪態をつきながら帰って行く。お付きの丁稚が笑いをこらえて追いかけて行った。

「これ、市松(いちまつ)どん、かどにもっと塩、撒いとき。二度とあの男が来んように清めといて」

言葉はあくまで冷静だった。みやびにはどこにも落ち度はあるまい。だが世間は言うであろう。勢田のがが御寮人さんが、婿養子をこき使ったすえに早死にさせた。旦那はんはあないに働き者の、遊びの一つもせんようなお人やったのに。葬式の日に、幼なじみを塩を撒いて蹴(け)り出したそうや。旦那はんが外に妾を囲うてたとしても、そら小そうなってはったことやろう。ああ気の毒に。――と。

だがそれでいい。死者は美しく浄化され、生き残った者だけがその灰汁(あく)を浴びる。悪く言え。貶めよ。むしろ望むところだ。この汚れた俗世を渡るには、灰汁にまみれた方がいい。もとより自分は〝ががはん〟だった。四十六歳の寡婦となった今、何ら失う評判はない。

すべてが終わった時、みやびは真新しい義市の位牌に向かってつぶやいたものだ。

——どうや、あんさん、うちは立派に耐えましたやろ。うちが男やったら、あんさんはきっとこない言うて褒めたはずや。この大役、務めおおせて〝男〟になったな、て。

まだそのあたりを漂っているかもしれない義市の霊が、縮こまって位牌の中に逃げ込んだような錯覚をする。だが、みやびはなおも胸の中で語りやめない。

——けどな、あんさん。うちは、男以上の仕事をしましたえ。自分を殺し、他人を讃え、誰にも恥ずかしゅうないふるまいで、きっちり自分のすべきことをやりました。これで悪く言われたかて平気どす。お天道様は、ちゃんと全部、見ていてくださいますからな。

位牌が、ぴしっと背筋をただしたような。

——どないどす、これはあんさんの言う〝男〟より上ですやろ。

みやびはこの後、名実ともに、高倉屋ののれんを背負う存在となっていく。

第七章　神戸からの風

＊

「恵三、遅うならんうちに帰るんやで」

翌日、ふたたびやってきたのは恵三を連れた孝子だった。あんた、また来たんかいな、と迎えるより早く、孝子は玄関先で恵三を送り出す。

「そやかて、あの画塾へまた行きたいゆうねんもん」

あくまで家を空けてここに来る理由がほしいようだが、いいではないか、母親の家に来るのに理由などなくても。今日もあでやかな高倉屋特選会の新作小紋に目を細めた。

とはいえ、恵三は小学校になじめず、無理に行かせようとするとおなかが痛いの頭が割れるの理由をつけて行きたがらず、根負けしてずるずる休ませてしまうほどと聞いていたから、市電にせよ画塾にせよ、興味を持って家から出るというなら歓迎すべきだった。

「先日のこともあるし、挨拶に行かななりまへんなあ」

「道中、近所の人に訊いたんやけど、なんや若い先生らしいわ。幼い頃から神童ゆわれるくらい絵が上手で、お寺や名主さんにたのまれて立派な襖絵も描いてなさるそうや」

「はあ、そんなら碧龍やなんて雅号がある方が値打が出ますわな。どこの画学校、卒てはるんやろ」

「いや、まだ学生さんやて。独学やから師匠の推薦もないゆうのに奨学金付きで画学校に合格しはったと、評判らしい。百姓仕事を手伝う傍ら、そないして画塾で教えて学費に充ててはるんやろな」

才能だけでは大成しない絵の世界で、なんと腹の据わったことであろう。

「あたしも習いに行こうかしらん。一人で家におってもしょうがないし」

孝子がつぶやく。よその家に嫁に行った娘なら二度と実家の敷居はまたがない覚悟も必要だろうが、家付きの養子娘には目くじら立てる姑という存在もいないのだから、自由に伏見へ来て絵を習うのもいいことと思える。そもそも当初から孝子は嫁に出るのと同じ感覚で誠一郎には尽くしてきている。それをきまじめともけなげとも思って見てきただけに、夫の帰らぬ家にいたくないという寂しい気持ちが哀れだった。

「うちも、お母はんみたいに商才があったらなあ」

ほしがるものなら何でも与えてやりたいが、それぱかりはどうにもならぬ。

「あんたには必要あらへん。商才ゆうんは、生きていくため迫られてしぼる智恵なんや」

何もせずとも生きていけるよう願い、有能な婿を取るためだけに深窓の嬢はんとして育てたのは自分であった。それが誤りだったとは思わない。

「こないだはあんたに無駄話して、なんや昔のことばっかり思い出してしもた」

言い訳のように、話をそらす。女に商才があって、それが果たして幸せだったかどうか。

「いや、知らん話ばっかりやったから、聞けてよかったと思うわ。で、続きもあるんやろ?」

孝子は続きを聞きたいのであろうか。

「そやな。今日も佐恵さんが来てくれるそうやけど、それまで時間はありますな」

来ない場合は理由があるはずで、仁三郎はロンドン出張の報告や留守中の仕事がたくさんあって、来訪するのは明日になると知らせてきている。

「どこからが話の続きやったかいな」

苦い過去と、女の心のどろどろは、わかる、と共感されたところで、救いはない。葬る場所は、つまりは自分の胸の内だ。振り返りたいとも思わなかった夫の裏切りを、娘の孝子に話さずにすんでよかったとは思う。

「あんたのお父はんが亡くならはってからが、うちの苦労の本番やったわ」

そう、それまでの歳月は、自分が本当に一人で生きる人生という舞台に、必要な背景と登場人物をそろえてみせただけにすぎない。そんな気がする。

みやびはもう一度、自分の記憶をのぞき込む。

*

現役のまま当主を失うという大痛手に見舞われたものの、みやびはめげなかった。四十九日が明けると、率先して行ったのは、礼太郎の三代目襲名である。

ともかく店は、なにごともなかったように続けていかねばならない。そのためには、店の頂上に立つ店主というものが不在であってはならなかった。たとえ首をすげ替えただけにせよ、頂上が空白では店の者の気持ちはばらばらになる。

とはいえ、いくら実力があっても女の首では務まらない時代であった。世間が女と侮り、相手にしないからだ。この家に男児がいたことは、何よりの救いであった。

「そうでっか。高倉屋はんも、えらいことでしたな。けど、まあ、こないに立派な跡取りはんがおって、幸いどした」

「へえ、まだ未熟者ゆえ、しばらくは修行どすけど、どうぞよろしゅうお引き回しを」

義市の死因についての噂を払拭して回るかのように、みやびは、紋付き袴の正装をした礼太郎を、取引先への挨拶に連れて回った。みやび自身、五ツ紋の正装である。引き出物には、尾頭付きの鯛に白羽二重を一反、包んで配った。人は、二十五歳になった病身の礼太郎より、みやびの存在感に圧倒され、これが噂に聞く〝ががはん〟であるかと納得した。

「まあ御寮人さんがおっての限りは高倉屋はんも安泰ゆうことでんな」

痛し痒しではあるが、安泰と受け止めてもらえることこそが挨拶回りの目的だ。

しかし三軒も回ると疲れて咳の出る礼太郎に、それ以上は無理もさせられない。

「今日はこのへんで、あんたは休んどきなはれ」

何も一気に挨拶をすませる必要はない、三代目の時代はこれから始まりずっと続いていくのだから。みやびは焦らなかった。息子たちは確実に育っている、じきにすべてを任せられる日がやってくる。それがわかっていたから、間をつなぐことなど何でもなかった。

後になって知ることになるのだが、襲名を前に、兄と弟はじっくり話し合ったらしい。

「このたびは僕が三代目を継ぐけど、智次郎、おまえ、もしも僕が倒れたら、すぐその後をよろしくたのむで」

「なんや、兄ちゃん、まるで戦に行く人みたいやな」

楽天家の弟は、冗談でも聞くように笑い流したという。しかし兄の目は真剣だった。

「そうや、こんな体では、命を張って戦わな、お母はんの思いには答えられん」

弟は、兄の言っていることをすべて理解しただろう。礼太郎はまだ顔が青白く、とても商人として動き回れそうになかった。名ばかりの当主であるのは傍目にも明らかなのだ。

「ええな。僕の後は、おまえが後を継ぐんや、智次郎」

遠からず、それが現実になることは、智次郎にも理解できたはずだ。

「そやからゆうて、兄ちゃん、元気になってくれな困る」

言いながら、べそをかきそうになるのは、幼い頃から兄こそが母や一家の期待を背負ってきたからで、自分は五つも年上の兄の背後に隠れ、気ままを通すことができたのだ。

「すまん――。こんな当主では、みんな、困るやろな」

自分を責める兄の責任感の強さ。兄がいるからと、いつでも気楽に、大雑把にすませてこられた自分を思い、智次郎ははじめて不安に襲われたであろう。

「わかった。兄ちゃん、わかった。僕も気張るわ。がんばるわ」

兄弟の誓いがほどなく現実になるとは、このときはまだ誰にもわかっていなかったが、気楽な次男に覚悟をさせるにはまたとない機会となった。智次郎は、兄の襲名と同時に、もしも自分が兄のあとをとった場合はどうすると、仮想しながら学ぶことになる。言い換えれば、兄の襲名はやがて自分に訪れる襲名の予行演習のようなものだった。

もっとも、まだ二十歳の若さの智次郎は世間的にはたいした戦力にならないのである。だからその分、みやびはほとんど寝ずに商売の空白を埋めにとりかかった。これまで店を手伝い、仕入れのことも得意先のこともおおむねわかっていたことが幸いした。葬儀のために何が滞り、何を急がねばならないかが、みやびには見えた。もとより目先の雑事はあふれかえっていたが、店という大きな車輪をよどみなく回していくためにはその大もとを流していかねばならない。その判断ができる者こそ、主(あるじ)であろう。

「今日は皆に、話がおます」

これまでも店では、初代の頃から、開店前に皆を集めて主人が訓示し、皆の気持ちを激励する習慣があった。それはみやびが実質上の主人になってますます強めたいところであった。

「主人が女子(おなご)では、商売も今までと同じやり方では、でけんことが多うなります」

義市の死で、皆が不安になっているのは手に取るようにわかる。彼らだって生活がかかっているのだ。店が左前になるのは何より困る。だがそれはみやびも同じ。今ここでなんとか踏ん張らねばならないという危機感は共通のものだ。そこでまず大変革として断行したのは、掛け売りをやめることだった。

「本日よりは、高倉屋は掛け値なし、その場の現金払いの正札売りとします」

皆がどよめく。無理もない、創業以来のやり方を、ここに至って根底から変えようというのだ。しかもそれは、呉服という、決して安価でない品物を販売する業界にとっての、思い切った決断だった。客は呉服の高額さに怯(ひる)んで購買を手控えることが多く、お金がある時払い、という掛け売りならば、つい気が緩んで多めに買い物をしてくれる。それゆえ業界では昔から掛け売りが通常となっていた。

「御寮人さん、それやと、売り上げが落ちるんやおませんか」

当然、掛け売りで業績を上げてきた番頭からは反対の声が上がった。見回せば、すでに義市の時代に店の者の数は、番頭、手代、丁稚全員で二十五名になっている。

「かましまへん。掛け売りで回収できんと貸し倒しされてる額を見とぉみやす。差し引きしたら変わらへん。それやったら正札で売った方が健全な売り上げゆうことになります」

自身、お内蔵さんとの多額の掛け売りで失敗した痛い経験を持つだけに説得力があった。始めから払えない相手に大量の品を売ったところで、代金を回収できないならばそれは損失。タダで捨てたも同然であろう。それに、何度も督促に通う労力が惜しい。

「それからな、ここでいっぺん、蔵ざらえをやります」

またしても、それは何だとどよめきが起きる。

「覚えてる者もおりますやろ。どんどん焼けの時、高倉屋は蔵だけ残って、商品みんなさらえて売りに出しました」

古くからいる番頭たちが目を潤(うる)ませる。

「高倉屋がまた生まれ変わるけじめどす。みんなさらえて空にしまひょ」

それは夫の商売を、すべてなくして一新するということだ。そして新しい感覚で、次なる商品をうちだしていく。

「今後は年に一回、新作の発表会として展示会をやってはどうかと思います」

季節ごとの入替があるにせよ例年同じものを売っていたのでは、客も、売る方も飽きる。それより、博覧会のように、一挙によいものを見せて、商売にメリハリをつけることが大事であった。

「それは、言い換えたら、高倉屋の博覧会どすな?」

「博覧会やったら、ここぞという、ええ品ばっかり集めるわけどすな?」

提案すれば、たちまち答えの出る手代たちだ。彼らも新しいことに挑戦はしたいのだ。

「そうや。見本市やと言うてもかまへん。見本で注文を取って、できあがったらお届けするのや」

「そんなら一日で一年分売ってしまわななりまへんな」

その意気だ。博覧会なら、部門ごとに売り上げを競わせても楽しかろう。

「名前も考えてもらわななりまへんで。誰もが、行きたい見たいとじっとしとられんような会の名前を。たとえば、そうやな、千点会とか繚乱会とか」

「合点でございます」

誰も反論はなかった。みやびはゆっくり皆を見回す。

「すまんなあ。女やさかい、楽に商売できることだけ考えてしもて」

だがその方が効率的だと皆の顔が肯定している。主人不在のこの店をささえていこうという思いは一つ。息子たちが力をつけて店を受け継いでくれるその日まで、自分はなんとか繋いでやればいい。それが、みやびを〝ががはん〟として突き動かす原動力だった。

そんな時だった。高倉屋の店先に、暖簾をくぐって、珍しい客がやってきた。

「御寮人さん、御寮人さん、大変どす、えらいお客はんが入ってきました」

血相をかえて、みやびを呼びに来たのは手代の三太だ。

「なんですのん、まるで新撰組でも入ってきたみたいに」

幕末の頃、市中見回りと称してごろつきのような新撰組隊士が店々を覗き、酒代ほしさに刀で脅して金を巻き上げていくということはよくあった。ご一新の後の世に、もうそれはないであろうに、店の者たちは戦々恐々としている。

「しょうがないなあ。お大名であろうが天皇さんであろうが、誰が来たかて、ゆとりを持って対応するのが大店でっせ」

みやびは、そろばんを置いて、みずから応対に出ねばならなかった。

だが、暖簾の向こうを見た瞬間、さすがのみやびものけぞりそうになった。

店の中に立っていたのは、金髪を束ね髪にし、羽の付いた小さな帽子をちょこんと載せた、青い目の外国人の女だったのだ。

いやあ、あれほどびっくりしたことはめったとおまへん。

その頃の京都は、幕末に結ばれた日米修好通商条約で、外国人は開港場から十里を超えて日本の国土を踏んではいかん、とゆうきまりやったのや。そやよって、京は外国人が出歩ける範囲外やったんどす。なんせ前の天皇さんが強硬な攘夷論者で、京に異人を入れたらあかんと抵抗なさいましたさかいな。幕府も困って、天皇さんを説得できんまま、外国との条約に調印するしかなかった。そやないと、外国は武力で日本を植民地にしてしまうとこやったそうどす。

うちら庶民も、外国人ゆうたらせいぜい錦絵で見るか、博覧会の会場で遠目に眺めたくらいどす。それが、自分の店の中に、目の前に、おるのどすからな。

実はこのときも京都博覧会が開かれとって、それで外人さんも京の市内に立ち寄ることができたわけや。博覧会は、広く日本の産業を啓発し振興する目的やったから、外国の商人たちにも大いに日本の産業を見てもらおうということになったんどす。

店先には、後をついてきたに違いない子供らや、通りがかりの通行人までが、珍しそうに群がって店の中を覗きこんどりました。

うちは、間違えて桃をまるごと飲み込んだみたいに、何も言えんと固まっとりました。

すると、その異人さんの女は、うちをみつけて言うたんどす。

「コニチワ。コレクダサイ」

始めは何を言うてはるんかわからなんだ。へ？　と間の抜けた返事しかできんでいたら、何度か同じことを繰り返すんで、やっとそれが下手な日本語やとわかったわ。

「ななな、何のご用でしょう」

三回はどもったんやないでっしゃろか。そやからうちも、下手な日本語喋(しゃべ)る女やと思われたかも知れまへん。

吸い込まれそうに青い透き通った目。肌は象牙色(ぞうげいろ)で、彫りの深い顔立ち。異人さんは、その風貌(ふうぼう)だけで、気圧(けお)されてしまいますわ。

いったい、うちの店に何の用でっしゃろ。ぽけっとしてたら、向こうから言いました。

「タカクラヤ?」

そうどす、思わずうなずきました。そしたら急に安心したようににっこり笑い、

「ワタシ、Elizabeth Baker(エリザベス・ベイカー)」

えらい巻き舌の発音で、何ゆうてるんかわからへん。けど、何回か繰り返すうち、それが名前やとわかってきましたわ。エリザベス、今なら馴染(なじ)みもできたけど、単語の一つも知らん頃やったから、耳から聞こえるまま、〝襟座別(えりざべ)っさん〟、と呼ぶことになりました。そないして漢字にせんと覚えられへん妙な名前やったからどす。

それにしてもえらい勇気のある女の人どすわ、わずかな挨拶の他は、日本語を自分の国の文字に直して書いた紙だけ持って、単身、買い物に来たんやから。

十年前なら、攘夷攘夷で、血の気の多いおさむらいに斬(き)られたかもしれん。現にご一新の年、イギリス公使のパークスはんは、天皇さんにお目見えしようと京都に来はって、不逞(ふてい)のさむらいに斬られそうになったんどっせ。それだけ京は、外人さんには治安のようない土地やったというのに。

「タカクラヤ、コレクダサイ」

そんな事情も知らんと無邪気に言うて差し出すもんを見て、やっとその異人さんの来店目的がわかりました。その手にあったんは、見たことのある商品。そうや、博覧会の会場にうちの店が出品しとった刺繍入りの袱紗どす。

うちは番頭はんに袱紗の棚ごと持ってこさせましたわ。その間に、不躾とは思たけど、初めてしげしげと異人さんのドレスを見たんどす。生地は今までうちが見たことのないもんで、全体に散らされた花模様がそこだけぽっこり膨れるよう織り上げてあるんどす。

ああ、日本の生地と全然違う。そういえば父に『万国往来』をもろて以来いろいろ読んでる外国事情の本には、イギリスは世界で初めて蒸気機関ゆうもんを発明して革命的に織物を作れるようになったとありました。その苔緑色の絹の地を、触ってみたい。けど我慢しました。

そんなこと知らんと、異人さんは、

「タカクラヤ、コレウリマスカ」

なおも袱紗を指すのやけど、高倉屋、と呼び捨てにされるんがどうもあほらしい。そこで、まずは店先の上がりかまちに異人さんをすわらせ、うちをどう呼んだらええかを教えました。

「よろしおすか、うちは、御寮人さん。ゴ・リョン・サン」

何回か胸を叩いて繰り返すうちに、ちゃんとゴリョンサンと言えるようになりました。

襟座別っさん、ごりょんさん。——互いに言い合ぉて納得がいくと、目と目で笑い合いました。そないしてみたら、襟座別っさんも、目尻の小さな皺やくすんだ肌の風合いで、そう若くない、おそらくうちと同じ四十代くらいやないかと思えました。

それからドレスの膝の前に、普通のお客さんにするように一枚また一枚と袱紗を出して見せてあげました。裏千家お家元の銀杏の刺繍が入ったものや、鶴亀のめでたい柄、塩瀬や縮緬、さまざまな柄や素材のもんを、反応を見ながら並べていきましたわ。

異人さんゆうんは表情がゆたかで、オオー、とか、ウウーン、とか、すぐに声が出るから、何を思うかすぐわかる。襟座別っさんは、ほとんど全部が気に入ったみたいで、目を輝かせながら、一枚、一枚、かぶりを振ったり唸ったりして見入ってはった。

そして、何を思たか、手代はんが帯の引き出しを開けた時に見えた袋帯を指して言うのどす。

「ソレ、クダサイ」

紙に日本語訳が書いてあるんで、自信たっぷりどした。けど、それは日本の女が着物に巻く帯どっせ。異人はんには用はおませんやろ。そやのに何回も何回も繰り返すんどす。

困った人や、ともてあましてたら、今度は山高帽に顎髭(あごひげ)を生やした赤毛の異人さんが入ってきたもんやから、店の内も外もまたびっくり仰天や。なんせ背も大きいし声も大きい。襟座別っさんと交わす会話は、火が付いたみたいな早口で、何ゆうてるかわからへんし。

ところが男の異人はんには通訳の日本人がついてきてたから、だいたいのことがわかりましたわ。二人は博覧会を見に来たイギリス商人の夫婦で、先に旦那(だんな)はんの方が店の近くの薬師堂を見物に行ってる間に、奥さんの方は待ちきれんでうちとこへ来たらしい。それというのも、店先ののれんの、白く染め抜いた「丸に梯子高(はしごだか)」の印が目に入ったからやそうや。博覧会の会場では、念願かなって、うちは百個の提灯(ちょうちん)、寄付しましたんや。あの人の供養(くよう)や、と思うてな。それを、異人さんが目に留めてくれはったんや。

襟座別っさんがタカクラヤ、を連呼してはったんもそういうわけやった。何でも、展示場でうちとこの品を見て感激したんやと。ほんで、イギリスへのおみやげに買ぉて帰りたいとやって来たんやそうどす。ドイリーやコースターにするゆうて。それが初めて覚えた英単語どす。そしてなあ、やっぱりあの帯が欲しいと言うのどす。常盤(ときわ)色(いろ)の松林から鶴が群れをなして飛び立つ柄で、こんなきれいな布を見たことがない、と言わはって。

それやったらと、うちも商人魂が燃えましてな。さあ買いなはれともう一段上等の袋帯を見せたりました。オー、とてきめん気に入ったようで、

「こんな柄も、どないどっしゃろ」

「That's right!」

次々出したらよう喜ぶこと。やりとりに時間がかかるもんで、他の商売は全部停止どす。丁稚(でっち)どんにお茶まで入れさせて、一言一言、筆談も交えて、お互いがわかるまで会話を重ねたけど、相手の言うてることが理解できて、こっちの出すものに喜んでもらえたときのうれしさゆうたらおません。お互いの顔を見て笑いがはじけましたわ。どんなご大家(たいけ)のおひいさんの嫁入りの買い物よりも楽しい商売に、うちは夢中になっとった。なんや日本を背負って商売してる気がしてたし。下手なもんは売られへん、同じやったらびっくりさせるような売買にして、日本のすごさをわからせたろ、なんて考えて。

「さて、しめてなんぼ？」

最後の会計の時になって、襟座別っさんが選んだみやげの袱紗十二枚の分だけでええとゆうたった。つまり、帯はおまけや、持っていきなはれ、と。

翻訳するんに困ったやろとは思いますけど、通訳から聞いて、相手もびっくりしとりました。けどまあ、意気投合ゆうんはこのことやな。店の決定権は、今や、うちにあります。こんなとこで小さく儲(もう)けてもしょうがない。それより、こないに喜んでもらえたことがうれしいやおまへんか。

「NO, no, no, ゴリョンサン、no, no」

ところが襟座別っさんも太っ腹や。うちの示した額が明らかに安いとわかって倍のお金を出そうとする。太政官が発行した由緒(ゆいしょ)正しき日本のお札どす。けど、うちは引かへんかった。

そしたら、チップやゆうて、イギリスのお札をうちに握らせるんや。インドやら中国やら他の国では東洋人は召使い扱いされてそういう駄賃をもらうそうや。そんな事情を知らんうちは、初めて見る外国のお金が珍しゅうて、結局、もろとくことにしました。

「オオキニ、ゴリョンサン。Thank you so much.」

この売買、襟座別っさんも楽しんだようで、何度も礼をゆうて、帰って行かはった。

通訳はんの話では、神戸の商館から来たそうで、まもなく帰国なさるんやと。

異人さんらを送り出した後も店の中には興奮の余韻が残り、皆が高揚しとりました。まだ店の中をのぞき込んでる野次馬にも、なんやおおらかに対応したりしてな。

「御寮人さん、異人さんて、そない怖い人らやないんどすな」

「そらそうや。きれいなもん見たらそやとわかる、おんなじ人間なんやもの」

そうは言うたけど、なんせ、うちも初めての体験や。異人さんがそない怖い人らでないと、このときわかったばかりどした。

そして、この体験が、いよいよ高倉屋を次の舞台へ、押し上げていくのどす。

くり返し読み、また智次郎のために写本までした『万国往来』の表紙をそっと閉じる。みやびが神戸へ行こう、と決めたのは、それから数日、寝ても覚めてもエリザベス・ベイカーとのやりとりが忘れられないからだった。

開港場から遠く離れた京都では、いくら書物の中で万国を思い浮かべたところで雲をつかむような話だった。しかし神戸に行けば、少なくとも開かれた港から海の向こうをうかがい見ることはできるのではないか。思い立ったら準備は早かった。

「うち、神戸へ行ってきますで」

「こ、神戸でっか、……」

神戸というより、西側にある兵庫の町の方が古くから開け、人も多く住んでいる。高倉屋とも取引している呉服屋もあった。みやびはそこを訪ねるつもりだ。

明治十年、京都から神戸に鉄道が開通していた。新橋と横浜をつなぐ鉄道が日本で最初に作られたように、海外に直結する港への連絡は、国家事業として何より急がれたのである。

「三日後には帰るつもりや。留守の間はたのみましたえ」

番頭たちは仰天した。しかし誰も止められはしない。もはや、みやびが店の主なのだ。思えば、この日まで、みやびは床に這(は)いつくばって夫の死と汚点とを拭(ぬぐ)うことばかりに腐心してきた。だが、もう顔を上げていい。そして立ち上がって、店の将来をみつめていい。すでに夫にはたよれない、たよりたくもない。ここからは自分だけの経営を押し通すのだ。

昔、父が善光寺の帰りに東へと向かい、黒船来航後の開港場を目の当(ま)たりにして、驚きの手紙を寄越したことをまだ覚えていた。新しい文明の風は海の向こうから吹いている。もしも自分が男だったら、そして、店や家を背負う養子娘でなかったなら、すぐさま旅立ち、この目で港を見に行くのにと、熱に浮かされたように父の手紙を何度も読み返した日。

なのに京では誰もが鈍かった。長年みやこだったという意識が、自分たちこそ不変の定位置であり、世界が京に合わせるだろうと思い込んでいる。だが過去の栄光だけをよりどころに旧態依然とした商売を続けていたのでは、時代に取り残されてしまう。そうでなくとも京の町そのものが、天皇に出て行かれ、衰微の一途をたどっているというのに。

「智次郎、ようたのむで。何か火急の場合はすぐに使いを神戸へ走らせてんか。それ以外は、明日にはうちが帰るゆうてごまかしときや」

礼太郎にも智次郎にもくどいほど留守中のことをたのみ置く。そしてお供には女中のお梅と、手代の三平を連れて行くことにした。二人は当初、異人のいる港町へ行くのをいやがり、なんとかして他の誰かと交代できないものかと訴えた。

「あほ。この先あんたらが生きていく中でも、めったとない好機や。ありがたいとお思い」

諭してみせるが、どちらも、へえ、と歯切れが悪い。

だが彼らが愚鈍なのではない。京に長年住んだ者はみな同じ意識なのであった。京にさえいれば、人にも物にも恵まれ洗練された文化に包まれ高雅に暮らせる。なのに何を好んでわざわざ山家へと下る必要があろう。まして異人の闊歩する地へなんか。

――これが現実。千年の王城の地の誇りであった。

「まあ、行ったらわかるわ」

知ったふうに言ったものの、みやびも実際には何も知らない。

生まれて初めて乗る鉄道は、以前なら歩いて十時間もかかっていた大阪まで、ほんの一時間半で到達してしまう。そして大阪から神戸は日本で二番目に開通した路線だけに、すでに大勢の乗客が利用していた。いくら船を用いた海運が発達しているといっても、貨物を陸路で運べる便利さ早さは圧倒的に卓越していた。

このあたりは昔、国の中心だった浪花からは「むこうの山」と眺められたことから、宛て字で六甲山というのだが、海に平行して東西に屏風のように山が連なるために、行けども行けども山裾を走ることになる。人家など数えるほどしかない林が飽きるほど続くわけだが、変化といえば山頂から川が次々と下り落ちて、天井川の石屋川、住吉川、蘆屋川と、これまたみやびが生まれて初めて潜る川底トンネルになっているのだった。

「こんななーんもないとこ、よう住めるこっちゃ」

ついつぶやくと、三平もお梅も激しくうなずき同意した。山裾ゆえに土地も斜面になっており、雨が降れば奔放に流れる川が氾濫するのは必至で、農地や宅地には適さない。しかしこの山林が半世紀のうちに開墾され、阪神間という住宅地に変貌するとは、この時みやびたちには想像もできないことだった。

終点の神戸の駅舎は英国風レンガ造りの立派さだが、道中があまりに寂しい景色であったため、早くも京が恋しく里心がつくほどだった。だが、居留地は驚きの連続だった。

父が横浜を訪れた時は、そこは外国だ、と表現した。家のかたちも看板の文字も、すべて、見たことのないものだったからだ。そしてもちろん神戸にも洋館は建ち横文字の看板を掲げてはいたが、想像と違って、それら外国人の商館にまじり、昔ながらの虫籠窓に瓦屋根、卯建を掲げた伝統的な日本家屋の商家が軒を並べている。

「神戸は、まるきりの外国やのうて、日本人と外国人がまじり合うて一つの町を作っている、まったく新しい型の租界どす。雑居地、というんでっけどな」

つてをたよって案内をたのんだ大阪の砂糖問屋、松原屋の手代善八が説明してくれた。

幕末の条約に従い、江戸に近い横浜がいち早く開かれることになったが、天皇が承諾しない、いわゆる勅許なしの開港だっただけに、外国人の居住区は厳しく線引きされていた。そのため、外国人だけが住んで暮らしている居留地は外国そのものの様相だったのである。

だが神奈川に遅れること八年半、条約に記された五つの港のうちでも最後の方になった神戸では、居留地の造成が間に合わなかった。外国人たちはすでに横浜で日本との商売のやり方を習得しており、早く関西でも交易を始めたいのだ。また日本の側でも八年半のうちに状況は変わり、もはや外国人を特定の居留地に閉じ込めたまま交易することの不可能を悟っていた。そこで双方が、定められた区域以外でも開発を進めることとなったのだ。

「歳月ゆうんはえらいもんどす。遅れた八年のうちに、世の中が変わってしもた」

たしかに、神戸が開港してすぐ、政権も変わってしまったのだ。王政復古で、天皇を頂上に仰ぐ朝廷へと実権が移ったが、すぐその後には、首都までが変わった。その王政も、頑固に攘夷を唱えた孝明帝ではなく、若き帝（みかど）の治世へと変わっている。

「そう考えると、先の天皇さんは、京そのものやったんかもしれまへんな」

みやびはしみじみ思った。

世の中心は、開闢（かいびゃく）以来、天子がおわすところがすなわち京だ。独立国の誇りにかけて、異人に踏み入られるべきでない。なのに神戸を許せば、大阪から淀川をさかのぼって一気に外国船がやって来る。ゆえに、神戸は開港してはならぬ、そう唱え続けたのが先帝の孝明天皇であった。もちろんお姿すら見たこともないが、同じ京の空気を吸っているというありがたさが、京の民とは意識を一体化させてきた。京の町は今もあの時のままなのだ。新しい天皇の御代となって、東京にごっそり〝京〟の座を奪われても、それでも誇りだけで息づき続ける。みやびには、京の古さ頑迷さがありありと感じられた。

「そやけど高倉屋はんは呉服屋やから、洋服を着る外国人とのビジネスはおませんやろに」

善八の言葉にみやびは首をかしげる。なんだ、そのビジネス、とは。

「こらすんまへん。ビジネスゆうんは、商売すべてのことどす」

取引、売買、契約、やりとり、商売上で起きるすべてを含めた英語だそうだ。

「うちらのように外国とビジネスする砂糖屋とは違て、高倉屋はんは日本向けの商売でっしゃろ。こんな港なぞ見ても、何にもなりまへんやろに」

気の毒そうに善八は言い、お梅や三平は大きくうなずくのだが、みやびはそうは思わなかった。直接の取引はなくとも、本物を見る、現場に来る、というのはこれほどの感慨を自分にもたらしている。それに、店の者たちへの言い訳には、古くからの港町兵庫の呉服商を訪ねてくるという名目もあった。

「さてこの先、海岸に近い区域になるほど、外国商館が多うなってゆきます」

海岸に近い便利な場所から順に、イギリス商館、アメリカ商館が軒を連ね、国旗をはためかせている店先もある。どれも、みやびが見たことのない洋館で、ガラスと呼ばれるぎやまんの窓がきらきらと日を反射していた。通りにはガス灯が並び、広々と馬車どうしすれ違える道幅の道路は、歩いているだけで晴れやかになる。しかも、外人だけでなく、日本人も歩いており、誰もが互いに違和感がない。

その一角にある堂々たる建物が、新しく建った神戸税関、横浜と並ぶ規模の税関庁舎だという。

「港が開いた頃は運上所ゆうて、幕府が急場しのぎに建てたお粗末なもんやったんどすけど、今は〝帝国の大玄関番〟として恥ずかしゅうない近代建築になりましたわ」

「えらいもんや。神戸は、なんでもありの町なんどすな」

「そうどす。もともと何もない砂浜や湿地やったんでっさかい、人なんかほとんどおらん。そやから生国はどこであっても、ここに来たもんから順に神戸人なんどす」

驚くべきことだった。京の町では常に、生まれはどこか、父親は誰か、何の商売をしている人かと、その人の出自がどこに行くにもついて回る。おまけに、狭い路地を隔てて近所一帯、誰が何をしているかどこへ行くか、すべて把握しあうのが当たり前だった。

なのにここでは、そんなことを聞いていたら間に合わないような海の果ての外国になってしまう。貴族の息子であろうが詐欺師の甥であろうが、今ここ神戸にいるという以外には何の意味もないのである。

みやびはため息をついた。京の町とは大違いの、この自由さ。継ぐべき家もない、守るべき店もない、誰も自分を知らない、ががはんと呼ぶ者もない。もしもここで生きていけるなら、自分は何を商売にするだろう。

「松原屋はんの砂糖は、外国から買う商売ですねんな」

「そうどす、砂糖は南国の薩摩や琉球でしか採れまへんよって、大量に外国から仕入れるんどす」

なるほど、それを国内に向けて売るわけだ。砂糖は希少で、日本では茶道などで使う菓子も小豆や栗、芋で甘みを出すのが普通だった。外国から大量に手に入るなら引く手あまたの商品だろう。だが、外国との取引を経るとはいえ、儲けを得るのは国内からだ。

「逆に外国からお金を取る商売人はいてはらしまへんのどすか」

「へえ、いろいろおってでっせ。たとえばお茶は、ようけ売れて儲かってるみたいどす」

神戸は宇治からも遠くはない。日本茶は主にイギリスで大変な人気なのだという。

「なんせイギリスは女子（おなご）の天子さんが治めてはって、戦をするより旦那はんやお子たちと茶ぁ飲む時間を好まれるそうで」

なんとしたこと。海の向こうは想像もつかないことだらけだ。

「こっからそう遠くない村で、お茶の封入をしてますけどご覧になりますか？」

いや、それはいい。女子の天子さんなら絹も大いに好むであろう。しかしみやびは、父が横浜見聞から帰った時に絹が高値で取引されている話を聞いてはいても、自分は百姓ではないから一次産業の生産品は門外漢だと自覚していた。

では、何だ。何の品なら自分に扱える？

問いただしたところで気がついた。自分はもう本当に、神戸で外国との商売をする気でいるのかと。

「そやそや、御寮人さん、運上所の近くで神戸薩摩を外国に売ってはる商人がいます」

神戸薩摩？　――薩摩なら焼き物をさすと教わったが、港のほかには何もないこんな地のこと、それは芋煎餅の一種か何か。

「いえ、焼き物どす。薩摩焼は島津のお殿はんの御用窯やけど、幕末にパリ万博に出して以来、外国では有名で、日本の陶器ゆうたらサツマ、となっとるそうで」

啞然とした。またここでそんな話を聞こうとは。

以前、博覧会で京薩摩の香炉を買い求めたことが思い出された。

久賀。——ひさしぶりに、あの男のことを思い出した。

薩摩で焼いたものをここまで運ぶには遠すぎるとの理由で京焼きの職人たちを使ったのが京薩摩だとあの男に教わったが、さらに京では遠いとなって、こんな港のすぐそばで作ることになったのか。みやびには神戸薩摩が何であるか、すぐに理解できた。

「焼き物やったら有田や九谷や京焼きも、他にももっとありまっしゃろに」

「いえ、御寮人さん、外国人には、サツマいうんが日本陶器の代名詞になってますねん」

やはりそうなのか。有田も九谷も、外国人には有田サツマに九谷サツマ、ということになるのか。

「そないに日本陶器は売れますのんか」

「へえ。そらもう、えらい人気どす」

みやびは、世界に認められるということの重さを知った。外国で有名になれば、日本国内での伝統や位置づけなど、どんな価値もなくなる。ということは、逆に、世界で認められれば東京に負けていたって、政商の住友や三井の下にいたって、国内での位置づけなど何ほどのこともないわけだ。

風が、海岸の方から吹いてくる。その風のかなたに浮かぶ船から汽笛が上がった。みやびは、心の中にまですがすがしく風がふきこむような気がした。

そのときだった、背後から馬車のひづめの音が近づいてくる。

「御寮人さん、危ないでっせ、こちらへ」

三平に庇（かば）われて、舗道に上がってよけようとした。

が、馬車の目的地こそがこの舗道の前であったらしい。目の前で止まった。背後の建物にはイギリスの国旗がはためいている。

そして、一頭立ての馬車から長いドレスの裾（すそ）をつまんで降りてきた外国婦人は、建物の前にいるみやびを見て、声を上げた。

「Oh、ゴリョンサン！」

外国人など全部同じ顔に見えるみやびだったが、自分を知っている外国人などそういない。みやびはよくよく目をこらした。そして気づいた。

「あんた――襟座別っさん！」

奇遇な再会どす。驚きましたが、考えてみたらありうることや。上方におる外国人ゆうたら神戸に住んではるわけどすもんな。狭い神戸、そら、犬も歩けば棒に当たります。

イギリスの国旗が飾ってある背後の建物の看板には、「Smith & Baker Co., Ltd.」と書いてあるのやそうどす。そう、襟座別っさんのご主人が共同経営する店でした。うちには、巻貝の絵の商標しか覚えられまへんでしたけど。

あないに喜んでくれるんには面くらいましたが、うちもなんやうれしかった。善八はんは片言しか外語は喋れまへんけど、うちがいつまで神戸におるか、宿はどこか、伝えるぐらいはできました。襟座別っさんの大仰な身振り手振りを見たら、うちにもだいたいのことはわかります。どうやら襟座別っさんは、うちを家に招待してくれるようどす。

もちろん思案はしましたけど、あまりに熱心に誘ってくれるもんやから、だんだんうちも、こないな機会はめったにないと思い始め、馬車に乗せてもらうことにしました。

外人さんらは、初めのうちこそ居留地と定められた海岸沿いに商館を建て、仕事場と兼用でそこに住んではったそうどす。けど、そのうち手狭になって、背後の山裾を開発して個人邸を建てるようになったんやと。襟座別っさんの家も、北野村の土地を買おて建ててはった。うぐいす色の柱が目立つ洋館で、コロニアルスタイルゆうんやそうどす。

上海やら香港では家を建てるにも資材はもちろん大工も本国から喚ばなあかんかったそうやけど、日本では、すぐれた仕事をする大工の集団がいるうえ、工賃も安く、おまけにできあがりは日本の湿気の多い気候に合わせた造りで文句なし。やっぱり日本人のモノづくりは世界水準を超えてるのどすな。襟座別っさんは、その家が心底気に入って、あちこち自慢で見せてくれました。うちもこれを日本人が建てたとは信じられず、珍しい西洋式のそこかしこを感心しながら見入ったもんどす。歩いて後をついてきた三平とお梅も、控えの間の豪華な作りに、いっぺんに興味津々。

なんとゆうてもまあ、入ったとたん、部屋じゅうの壁を飾る茜色の壁紙には驚きました。太い縞模様の列の間に規則正しく描かれている花模様。何の花どっしゃろ、跳ねて飛び散る様子の華やかさゆうたら、こっちの気分もいっぺんに晴れやかになります。更紗にはこういう大胆な柄もおますけど、こんなん日本では遊郭あたりでも壁には貼りまへんやろな。

案内されるままに、ホールを抜けて螺旋階段を上がり、居間を抜けて、バルコニーへ。そこから見下ろす港までの絶景には、息を飲みましたわ。

そして次に驚いたんは、家の内に飾られた日本趣味の美術品どす。額に納められた浮世絵は、国芳に国貞、春信に広重。それに、焼き物は暖炉の上に、食卓の上に、箪笥の上にと、あちこち置いてあるのどす。どれもこれも、ええ趣味でした。

しかもそれらの下には見覚えのあるあの袱紗が敷いてあります。それを指さし、ドイリー、ドイリーと繰り返したんは、この敷物はあの時の袱紗よ、そう言うてたんでしょう。無邪気な人どす。

そして一番驚いたんは、奥の客間の長テーブルの上にずらっと広げて角から垂らしてある敷物でした。それは、あのとき襟座別っさんがほしがったあの帯を切ったもんやったんどす。常盤色の松林から中央の朝日をめがけ、鶴の群れが飛翔していく雄大な柄が、広げたことで一目瞭然。センターテーブルゆうんやと後で知りましたけど、帯がこんな使い方されるとは。

そして次にうちの視線は、その真ん中に置かれた茶道具の水差しに留まってしまいました。

赤染めの地に金彩で描かれた瑞雲、紅葉と竜田川。典型的な古典模様の間に、富士山が描かれています。華やかで、存在感のある水差しでした。ようよう見んとわからへん細かい肌理の貫入は、博覧会で礼太郎のために買ぉた京薩摩を思い出させました。けど、襟座別っさんは思いもよらず、違う名前を繰り返すのどす。

「コーベ・サツマ」

神戸薩摩。これがか、と、もう一度眺めました。けど、どこから見ても京焼きと区別はつきまへん。日本人のうちでさえこれやから、外人はんにはなおさらでしょう。するとと今度は、もっとええもん見せてあげまひょと言わんばかりに、これまた日本の漆細工の衝立が置かれた暖炉の前へとうちを引っ張って行くのどす。

「ザ・サツマ」

得意げな口ぶりは、これが本物の薩摩焼よ、とでも言いたかったんどっしゃろか。それは見たことのない美しい焼き物でした。足が三つあるから鼎ですやろな。でも腕も三つあって、蓋には礼太郎に買った香炉と同じく唐獅子が載ってる。そやけど、大きいだけに、そらもう今にもとびかかってきそうな形相の迫力どす。

善八はんが通訳してくれてわかりましたけど、ウイーン万博に出品されて大好評を博した薩摩の沈寿官窯の錦手ゆうんやそうどす。

衝立をどけると、暖炉の内にはすでに帰り支度の箱がいくつか並んどりました。生活の知恵どすな、夏場は不要となる暖炉は、こないして衝立で隠せば収納の場所になるわけや。そのうちの一つから新聞紙にくるんだのを取り出して見せてくれましたけど、それも小さな香炉でした。それがまあ、虫籠(むしかご)の形に作った遊び心にあふれる作品どす。うちはそれほどのもんを見たことがのうて、びっくりしてしもて、言葉もおまへんでした。

足には葵(あおい)の葉を染め付け、全体は白地に金彩の上品な形。それが、ほんまもんの籠のように編まれてるんやから、いったいどないして作ったもんやら。てっぺんには中をのぞき込む二匹のリスが表情豊かに載っています。可愛(かい)らしゅうて、まあ見飽きまへんん。こないに繊細なもん、薩摩から運べたとしても、今度はイギリスに運ぶんが大変でっしゃろ。

「My business.(マイビジネス)」

焼き物を掌(てのひら)に載せたまま、襟座別っさんが何度も自分の胸を叩くんは、きっとそれら焼き物が自分の商売やと伝えたかったようどす。善八はんの通訳によれば、前に日本に来た時おみやげに買って帰った日本の焼き物が大評判で、今回は本格的に仕入れにやってきたんやとか。

「おっしゃることには、神戸に一年近う滞在して、好みの柄を注文して焼かせたそうどす」

オリジナル、と繰り返しながら取り出して見せてくれる焼き物の茶碗には、富士山はもちろん、芸者やさむらいの絵が描かれたもんばっかりでした。中には大名行列が描かれた凝ったもんもあります。こんなん、国内では売っとりまへんな。

次々と見せてくれるんで、それを包んでいた新聞もほどいて積まれていきます。英字新聞やから、何が書かれてるんやらさっぱりわかりまへんけど、そのうちの一枚に、四角い枡で区切られた枠の中に、入り口の看板と同じ、Smith & Baker の文字をみつけました。いや、正確には、その文字の下の、巻貝の商標でそれと気づいたんでしたけど。

そうよ、うちの会社よ、と、今度も襟座別っさんは嬉しそうに指さします。

「It's a commercial.」

これは善八はんが通訳に悩みはったけど、宣伝、と聞いて納得しました。西洋では新聞や看板、立て札なんかであちこちに効果的に宣伝を出すんやそうどす。駅や道傍、建物の上や横のあらゆる空間を利用して、店のことを知ってもらう努力をするんやとか。日本とはだいぶ違いますなあ。けどそんなことゆうてたらこれもまた遅れてしまう。西洋は、やがてうちらがたどる未来なんやから。たしかに高倉屋でも、どんだけ良品をそろえとっても店に来てくれた人にしかわからへんのを残念に思とりました。もしかしたら高倉屋を知らんお客さんにもぴったりの品があるかもしれんのに。広く、店のことを知ってもらうゆうんは、たしかにほんまに大事なことやと感じました。

　襟座別っさんのご主人のお商売は、羊毛(ウール)という単語がわからんで苦労しましたけど、日本にない暖かい繊維やとわかりました。出身地のマンチェスターは毛織物が盛んな町やそうで、ご主人の従弟(いとこ)のスミスはんとの共同出資で輸出のお商売をされとるんやそうどす。

　そんないろんな話をしながら、襟座別っさんが西洋式のお茶を入れてもてなしてくれました。インドで採れたお茶やそうで、砂糖を入れるのどす。香ばしい小麦粉の焼き菓子も甘くて、これには善八はんも商売繁盛(はんじょう)まちがいなしと喜んどりました。おいしいものは話を弾ませますな。イギリスの天子さんはヴィクトリア女王ゆうて、これと同じお茶がお好きやそうな。お互い言葉が不自由やいうのに、いつも以上の会話が往来しました。

　そしてうちも、高倉屋が扱う呉服の種類や国内の販路について話しました。主人が亡くなって、息子が一人前になるまでうちが店をやっている、というところでは、いちばん感心してもらえましたな。なんでも、姑さんにあたるお人もロンドンで、寡婦となって一人で店を切り盛りして、襟座別っさんのご主人と弟はん、二人の兄弟を育てたそうどす。

「She is the great mother.」

たいした母よ、と讃える言葉には偽りがなく、互いに目を見てうなずいたことでした。洋の東西は違ても、土壇場では女が気ばって守りぬくゆうんは共通のようどすな。間で通訳する善八はんは大変でしたやろけど、中身の濃い時間を持てました。そしてお互いすっかりうちとけたとこで、とうとう切り出してみたんどす。

「襟座別っさん、そのお衣装やけど」

初めて見たときから気になっていたドレスの生地。うちの店で会うた時は濃い苔緑に小花の地模様のある生地やったけど、今日の枯葉色のドレスは、臙脂色と濃紺と、複数の色糸を使て、小菊のような花の茎と葉っぱの模様を全体に織り出してあるんどす。しかも花のとこだけ立体的にぽこっとふくれて浮いた感じで。

オー、とうなずいたんは、うちとこが反物を扱う店やと思い出してくれはったからで、何を思いついたか襟座別っさんは、持ち帰る荷物の箱から裁縫箱を探し出してきたんどす。長い船旅の手慰みですやろか、箱の中には針山やら糸と一緒に、小さい端

布がよう け入っとりました。後で知ったんは、西洋の婦人はしまつなことに、アップリケやらパッチワークゆうて、端布を手芸にするんやそうどす。襟座別っさんはそれを、好きなだけ取れ、ゆうてはるようどす。

「よろしいん?」

どうせ端布よ、とうなずく顔にぺこりと頭を下げて、うちは、ドレスと同じ立体模様の端布をもらいました。これもどうぞ、ともう一枚くれはったんは、壁紙と同じような大胆な更紗風の花柄で、ウイリアム・モリス、今イギリスで人気の柄やそうどす。

「御寮人さんの店で買った袱紗が、今回の掘り出し物やとゆうてはります」

それはうれしいことどした。うちはお返しに、ずっと持ってる石清水さんのお守りをあげました。赤い地に金襴で社紋の三巴を織り出した小袋は日本伝統の布どす。女どうし、ささやかな物々交換どした。

「See you someday!」

外国の言葉で言われた挨拶は、なんや、まじないのように耳に残りました。

帰りは歩いて行くのどす。待たせとった三平とお梅が、救われたようについて来ました。

西国街道まで行けば、昔ながらの日本人が住んでた区域や。ふしぎどすなあ、そのあたりには茶店もあるし、民家もある。けど、がっしりした普請に装飾のついた洋館を見た後では、それら日本の家は吹けば飛ぶように粗末に映りました。

道々、坂の上からは神戸がよう見渡せました。諏訪山のあたりは林を切り開いたばかりで、まだまだこれから家が建っていくんでしょう。そして港の先には、もくもくと蒸気を吐き上げる船が、大小、いくつも浮かんでる。遠く紀伊水道のかなたの海岸線が緑にけむっておりました。神戸はまだまだこれから拓けることでっしゃろ。次に来る時にはすっかり変わっているに違いおません。

次に来る時？――自分で考えときながら、うちははっと気がつきました。店を仕切らななら身が、そうそう何回も神戸に来られるわけがおまへんよなあ。そない思たら気持ちが定まり、うちは善八はんにこう言いました。

「そこまで外人さんに人気の神戸薩摩、見に連れていってもらいまひょか」

たちまち三平とお梅の顔が曇るんがわかりましたけど、この際、見れるもんは全部見とこう、そんな気持ちになったのどす。

そこは、川沿いの荒れ地にぽつねんと建つ作業場で、地面に取り付けた登り窯がうねうねと続いていた。海からの風があり、それを凌ぐように芝垣がめぐらされているが、おおむねは露天。人が作業する場所にはかろうじて藁葺きの屋根がかぶせてある。そして地面の色と同化したような煤けた陶工が数人、ものも言わず作業していた。

「ここの主人に声かけて来ますわ」

善八が母屋らしき建物に入っていった間に、みやびは、ぐるりを見回してみる。

そこらじゅうに積み重ねられ放置されているおびただしいばかりの素焼きは、途中で割れたり壊れたりしたものだろう。これだけの失敗の上に、わずかに割れずに残ったものが商品になる。木を組んで作った棚に並んでいる壺は、そうした運を持つものたちだろう。釉薬を掛けられ乾かしてあるらしく、どうやら完成品は中の作業場にあるらしい。そろり、無言で入ってみると、ここにもまた、土色の手ぬぐいを首に巻き付け、目だけをぎろりと凝らした陶工たちの働く姿があった。

土をこねる者、ろくろを回す者、下絵を描く者、釉薬を塗る者。誰もものも言わず、憑かれたように目の前の作業に集中している。どの作業も驚くほど丹念だったが、もっとも目を引いたのは絵付けだった。こよりほどの極細の面相筆で、髪の毛ほどの線を描いていく。その繊細で緻密なこと。わずかな揺れも許さず凝視する目の真剣さには、見ているこちらも息が詰まる。煤けた職人の顔が、なにやら神々しくも見えるほどだ。

時を忘れて見入ったが、職人が一息ついたのをしおに、みやびも目を離す。傍らの棚に、焼き上がりの小さな猪口が置いてあった。土産として求めやすい品だが、こんなものにも博覧会で見たのと同じ、金彩で菊の花がびっしり描きこまれている。目をこらしたが、薩摩焼の特徴だと教えられた貫入という表面上の細かいひびすら、見ることが出来ない。

そっと手に取った。そして驚いた。なんという軽さだ。なんという薄さだ。卵の殻にも相当しない。こんなものを、人間が作ったのか。職人たちは、これを作る間、何夜眠ったというのだろう。身を粉にするほどの彼らの努力がここに凝縮しているように思えた。

「お気にいられたんならお売りいたしましょうか」

ふいに背後から声がかかって、振り返る。善八と一緒に、背の高い男が立っていた。どこかで聞いたせりふや、そう思うまもなく、あっ、と声を上げそうになったのは、そこにいたのが、博覧会で香炉を買った陶器商、久賀錦山だったからだ。

「あんさん、京薩摩だけやのうて、ここでも……？」

久賀は慇懃に会釈をし、不敵に笑う。

「御寮人さんこそ、京都だけやなく神戸にも？」

言われてみればそのとおりだ。どれほど焼き物好きと思われたことか。

「京薩摩に神戸薩摩、ようさんの薩摩焼を見せてもろてきました」

「どこで？　ああ、ベイカー夫人のところか」

ここへ来るまでのことは善八から聞いたようだ。

「あの会社には、たくさん買ってもらいました。いやはや、富士山を描けだの芸者を描けだの、注文はひどいものでしたがね。だがそれが売れるんだから背に腹は替えられない。本国に持ち帰れば数倍の値段になって売れるんでしょう。神戸薩摩は、日本の焼き物の技術と、外国人の鑑賞眼が一緒になって作り上げた芸術品といえますかな」

こちらもどうぞ、とみやびの前に小ぶりの菓子皿がさしだされる。

「触ってみないとわからないですからね。——人も、同じでは？」

言って、久賀はみやびをみつめた。そのまなざしが何やら息苦しくて、目をそらす。

もう一度、猪口をみつめた。そしてつぶやくように、みやびは言う。

「あんさん、ただの窯元やおませんな」

初めて会った時からそう感じていた。しかし彼は不敵に笑って首を振る。

「人も陶器と同じで、いろんな側面があるものですよ」

まるで、触ってみないと本当の顔はわからないと言わんばかりの余裕の笑みだ。

後で知ることになるが、久賀に限らずこうした外国相手の陶器商人は、居留地においては各国の商館を相手にした仲買人。職人たちに向けては問屋。そして博覧会への出品を代行する出品人と、いくつもの顔を持っていた。中でも久賀は活躍が著しく、名を知られていた。京都でも神戸でもこれだけたくさんの職人を働かせて、彼自身も相当羽振りはいいのだろう。

「朝廷が東京に遷って、職人も窯元も商売あがったりだ。九谷あたりは殿様も去って、ひどいもんだと聞きましたよ。だが異人さんのおかげでこうしてみんな糊口を凌いでいける」

高い技術を持った職人たちも、時代の激流の中で生きていくのに必死なのだ。おそらく人件費というものも、相当抑えられているに違いない。それでも仕事があることは何物にも代えられず、未開の神戸に連れてこられるのもいとわなかった。そして手抜きなど一切ない緻密な作業に専念しているのであろう。

「ほんまもんの薩摩も見せてもらいました。あれは、人間業とも思えまへんな。ちっこいリスが載っていて、網の目のようになった香炉。あれが、土でできた焼き物やなんて」

ああ、と久賀が頷くのは、それも彼が売ったものだったのだろうか。

「あの窯は沈寿官といって、秀吉の朝鮮出兵のとき連れてこられた朝鮮人の陶工の末裔が作ったのですよ。白い土は、当時、朝鮮半島から彼らが持参したものしかなくて、日本で出せるのは火だけ。それで〝火計手〟と呼ばれていたのですよ」

火ばっかりで。土も技術も、日本にあるものは何一つ使えなかったのか。そういえば茶を習っていた頃、茶器も朝鮮や中国から来たものは希少なだけに高価であったと聞いた。

「ところが白い陶土が薩摩の山から採れるようになったんです。みつけた者は大手柄だ」

「それで今ではこないにみごとなもんを作れるようになったんどすな」

火ばかりだったのが、土も、技術も、追いついた。そして当初伝わったものを追い越し、独自の美的感覚をもってこれほどまでに洗練させた。

「この、変わった花は？」

さっきの猪口と違って、大きな壺に描かれているのは、菊ではない椿でもない芍薬でもない。外国の珍しい花だろうか、妙に心惹かれる。

「ろうず、……薔薇です。西洋ではいちばん人気のある花だ」

へえ、とただ感心した。rose――日本では月季花といったか。毎月のように咲くため、四季がきわだつこの国ではそれほど顧みられていないように思う。

「逆に外国では、四季に関係なく、隆盛が長く続くようにという意味で好まれるのですよ」

これもまた感心するほかはなかった。ろうず、薔薇と、口の中でつぶやいてみる。

「同じ白地の茶碗でも、花が菊から薔薇に変わるだけでまったく別の趣向になるんどすな」

「それもベイカー夫人の注文で作ったんですよ。あの人は、イギリス人の好みを知っていますからね。それを、日本の職人たちの技術で創出してみせる。どんな難しい柄でも、こいつら職人にかかれば、描けない模様はありませんからね」

みやびは唸った。いわば神戸薩摩は、西欧と日本が共同で作り出す混成物なのか。

「西洋には西洋の長い独自の文化がある。それを、そこだけ取って日本の焼き物に合わせるというのは、実は私はあまり好きじゃない。でもここまでやると新しいものになる」

たしかに小さく散らした薔薇は品があり、焼き物にうまく調和しているとみやびは思う。

「やってみなわからへんのどすな。――そのためには、井の中の蛙ではあきまへんな」

みやびはしみじみ、そう思った。ならば、美しいもののうちでも外国人が好むものを着物の技術で表現することはできないものか。それなら着物も貿易の品として通用する。

高倉屋が出展した帯や打掛。何ヶ月もかけて製作した至高の技術を尽くした品であったが、残念ながら着物は日本人にしか需要がない。皇后さんの入内の装束に、太夫の打掛。贅と美の極みに迫るどれほどのわざを有していても、そこが呉服屋の限界だった。

同様に京は、着物の大消費者であった朝廷や公家を失った上、男たちの洋装が増えたことで、職人たちの仕事が激減している。京が千年のうちに磨き上げた技術を継承するには、海外に市場を求めるしかないであろうとはわかっているのだが。

だがあれを世界へ打ち出すには。日本人の神業的な宇宙を、万国に知らしめるには。着物ではない、何か別の取り出し口があるはずだ。それは何か。何なのか。

海から吹く風に向かって問いかけはしても、答えは何一つ返ってこない。

ぐるりと回れば、神戸駅を越えた山側に、ご一新が成るやすぐさま勅令をもって創建された湊川神社の杜がある。天皇家のために尽くした楠木正成を祀ったものだ。

「天皇さんも、神戸にはお越しにならはるんやろか。京をとびこえて」

なんだか感傷的になってきた。しかし久賀は容赦なく言う。

「とびこえはしないでしょう。来られるとしたら、海からだ」

折から吹きぬける風の方へと久賀が向き直る。袂をそよがすほどの、力ある風。そう、浜に御用邸ができ、神戸沖でたびたび観艦式が催されるようになるのはこの後の歴史の必然だった。

「外国の船が出入りする港は、国防上、軍港としても重要ですからね」

事実、数年後に起きた大津事件では、国際紛争を避けるため、天皇みずからこの御用邸を拠点に神戸沖に停泊するロシア艦隊との折衝に当たられる。そんな事を知らずとも、みやびには、京を出て行かれた天皇さえもがこの地を重要視なさるという事実が重かった。残された民だけが、まだ狭い京にしがみついているように思えて。

「御寮人さんは、神戸で、何か新しい商売でも始められますか」

久賀が訊いた。めっそうもない、とすぐ打ち消したいのに、できずにいる。

わからない。何ができるか。だが風が吹くのだ。そしてさかんにみやびを挑発するのだ。

女の身で京を出て、そして神戸の海風に吹かれ、自分の世界は変わったのだ。後は、この頭で、考えるのだ。

「ががはんなのだから、きっと何かやるんだろうなあ」

おもしろそうに久賀が言う。

「なんですのん。その〝ががはん〟ゆうんは。あんさん、いったい誰からそんなつい食ってかかる。

「ああ、怒ってはだめです。もともと勝っている人が、怒って喧嘩(けんか)してはいけない」

そう言われて何かが響いた。どこかで聞いたそのせりふ。

どこだ、いつだ。そう、遠い昔、まだ子供だった頃か。

そう、大川屋の繁治をやりこめていた時、割って入ったおさむらいがいた。もともと勝っている者が喧嘩してはいけない、そう言った。女はもともと勝っている、女である母から生まれない男はいないのだから、と。

よくまあ思い出したものだ、じっと顔を見る。あのときのさむらいが、目の前にいる。断髪し姿こそ変わったが、彼に違いなかった。彼とはすでに、会っていたのだったか。

「昔、お目にかかってたんどすな。……けど、あんさんは、いったいどなたさんどす？」

さあ誰でしょうと、不敵に笑う久賀。

風がやまない。ゆるやかに吹いてはみやびの胸を騒がせ、止んだかと思うと潮の香りをたっぷりと含ませ日の光の中を駆け抜けていく。神戸は、さまざまな色が砕けて胸にささる町であった。

第八章　不平等条約

＊

気がつくと、また昼になろうとしている。孝子がはっと柱時計を見たのでわかった。

「恵三にも聞かせたい話やわ。うち、呼びに行きがてら、なんであの画集くれはったんか訊いてくる」

「ほんならちょうど丹波の栗をいただいたんがあるから持っていき」

慌ただしく立っていく孝子を送り出すと、座敷にはまた静寂がもどった。庭の片隅で、散り残った紅葉がひと葉、かさりと音を立てて落葉の上に着地する。

人生七十、古来稀なり。それならせいぜい楽しんで生きよ。——山縣が吟じた古詩がよみがえり、苦笑が洩れる。楽しむ時間はあっても、心にも体にももう力が足りない。人生とはうまくできている。常にないものだけを追いかけて、齢を重ねるだけが人生なのか。

あのときのこと——久賀が現れてからのことを、娘に聞かせないのは得策だろう。娘にとってはいつまでたっても母は母。母親の恋など、おぞましいだけだ。

みやびは縁側に座り、もうほとんど散り尽くした紅葉の枝の枯れた線を眺めた。

＊

危ない危ない。久賀に会った時、みやびの頭の中ではすぐ警鐘が鳴っていた。

あの余裕、隙(すき)のなさ。うちには鬼門や、と彼の姿が目に浮かぶたびかぶりを振った。

だいたいみやびは、気が強い分、自分より強い堂々とした男には弱いのだった。それは自覚している。死んだ夫の義市も、一緒になった当初はそうだった。ただ、めったにそういう男がいないおかげでこれまで何もなく来られたのだ。

それでも、久賀と交わす話は興味が尽きず、彼のほうでも、無知だからといってみやびを見下すことなく、淡々と質問にこたえてくれる。

いったいこの壺(つぼ)がいくらで売れるのか、お金はどっちの国の貨幣で払うのか。そして、日本のお金は、外国のお金に直したらいったいどのくらいの値打ちになるのか、など。みやびには知らないことばかりで、そもそもここに来るまでは疑問にすら思わなかったことばかりなのだ。

「運上所、ゆうんは何のためにあるんどすか」

「もう〝税関〟に改名されてますがね。港を出る品、入る品に関税をかけるためですよ」

「品物が行き来するたび、いくらか銭を取るのやったら、お役所が儲かるわけどすな」

「よくおわかりだ。なにしろ貿易で得る関税額は国家の歳入の中心をしめるんですよ」

アメリカやドイツでは国の歳入の半分以上が関税だというのには驚いた。それなら国民の税は軽くて、助かるだろう。

「でもね、日本は割合で言うとたったの三分。桁が違うんですよ」

「そんな。——なんでですん。なんで日本と外国とではそんな差がありますのん」

みやびは憤慨しながら訊いた。久賀はその様子を楽しむように穏やかに答える。

「この税率を決めるのは外国、ということになっている。日本は一律五分と定められてるんですが、外国は倍の一割をとっているんです」

そんなあほな。日本だけが雀の涙ほども入らんように仕組まれているなど、ずるい。

「せめて外国並みに、関税を一割に引き上げることができれば、醬油やら菓子やら、庶民の必需品にも政府がかけようと狙っている税金をそれでまかなえるようになるはずだ」

それはそうだ、国は財源不足だからこそ国民に重税を課す。

「それにこの関税率には、まだ他にも大きな意味があるんですよ。たとえば日本の品物にかかる関税を低くすれば外国へ安く売ることができるし、外国からの品物に高い関税をかければ売れなくて国内の産業を守ることもできるでしょう」

なるほど庶民にとっては、高い関税のかかった外国製品よりは、税金分安い国内産の方がありがたい。

「だが、その税率を決めるのは外国だ。現に、安い木綿がこの神戸港から大量に入ってきて、播磨や河内の主産業だった木綿農家は、やっていけなくてばたばたと夜逃げした。イギリス人は、植民地にしたインドで、現地人を安く働かせて安い木綿を造り、それを日本に持ってきて、ほとんど関税なしで持ち込めますからね。ぼろ儲けだな」

聞きながら、みやびは憤りでぶるぶる震えた。

「あきませんやん、イギリス製品には高い関税かけて、防御せな」

「それができたら苦労はしない。だが、日本にそれができる権利がないと、幕末に結んだ条約では、はっきり決められてしまっている」

彼の説明はわかりやすかった。なぜに幕末、あれほどさむらいたちが異なる意見でいがみあったか、尊い命を奪い合ったか。そこには、国益をかけた理由があったのだ。みやびは今にして、京に吹き荒れた風雲を理解した。

「久賀はんはなんでそんな物知りなんどす？　いったいどこのお人ですのん？　焼き物を輸出するお仕事の前は、いったい何しておいでやったんどす？」

知りたいことは無数にあった。むしろ関税のことより、彼自身についてもっと多くを知りたかった。なのに彼は、自分のことになると口を閉ざしてしまう。そんなにたくさんの質問に一度には答えられない、などとごまかして。

「さて、そろそろ夕餉の時間だ。御寮人さんも、宿にお帰りになる時間では」

もう帰れと言われているのは察したが、みやびはまだ聞きたりなかった。

「ごはんやったら、ここのおくどさんをお借りして、うちのお梅に作らせてよろしいか」

強引さでは、ががと呼ばれた名前に遜色はない。久賀は苦笑いしたが、

「それなら、牛鍋にしますかな」

幕末に横浜で始まった肉食は明治になって政府も奨励するようになり、天皇もご試

食なさったことは関西にも伝わってきている。神戸でも、外国人の要望に応じ居留地の道向かいに岸田伊之助なる者が牛肉の小売店を開いていた。

「元町は商店も洋風和風入り乱れて建ち並ぶ賑わいだが、大井という肉屋は入り口にあるから看板を見ればすぐわかるはずだ」

　久賀はすでに馴染みの客であるらしい。しかしこれにはお梅が、

「いやあ、御寮人さん、堪忍どす、うち、そんな気色わるいもん、よう触らん」

たちまち抵抗を示す。久賀にしてみれば、これを持ち出したらみやびたちが帰るだろうと見越したのかもしれない。だが、お梅の旧弊さが、かえってみやびを攻撃的にした。

「何ゆうてますのん。ここは神戸や。牛鍋、食べんでどないしますねん」

　それは自分を奮いたたせるための言葉であった。

「いただきまひょ。お代は、うちが持たせていただきますよって、お世話になります」

　大まじめにたのむと、久賀は呆れたようにみやびを見る。それでもそれ以上は拒否せず、むしろ牛鍋を食べる機会を待っていたかのように嬉しそうな顔になり、陶房で働いている一人を使いにやらせた。あとは、興奮しつつの牛鍋初体験であった。

炭を熾して、鍋を置き、その中へ赤い肉を白菜とともにほうりこむ。醤油の焦げる匂い、ぐつぐつ煮る音。はしたなくも、腹がくうと鳴って、みやびは赤面した。碗はそのへんに焼き上がった素焼きのものがごろごろしており、久賀がそれぞれ手渡してくれる。その手際のよさ。褒めると、久賀は、

「やもめ暮らしが長いのでね」

手を止めず答えた。みやびはほっこり嬉しくなる。これで彼のことが、一つわかった。

できあがった牛鍋を、お梅はどう言っても口にしなかったが、おそるおそる食べてみれば、あまりに美味しいことにみやびは驚く。

「外人さんは、こんな美味しいもん、食べてなはったんや」

「しかも栄養価が高いから、あんなに図体もでかい」

本当に久賀は何でも知っている。

「なあ久賀はん」

しげしげと、頬に刻まれた刀傷を見た。なんですか、と久賀も、みやびを見る。何が聞きたかったのだろう、何を知ろうとしたのだろう。もう、どうでもよかった。鍋の下で火がさかる。

「久賀はんは、長州のお方？」

何の根拠もなく聞いた。言葉に訛りがないのは、江戸詰めが長かったか、そして京に来ていたのは遊学のためだったか。想像ばかりで真実はわからないと思ったのに、久賀は、

「いや、薩摩です」

あっさり答える。そうか、だから焼き物に詳しかったのか。みやびは、またほっこりとうれしさをかみしめた。これで彼のことが、もう一つわかったから。

神戸には、予定通り三日間滞在して、京に帰った。

「どないぞええ収穫はございましたか」

智次郎がみやびの顔を見てほっとしたように訊いてくれたが、

「うん、なんぞええ商売はあらへんやろかと思てな」

答えはまるで上の空のようだ。気づかないのか智次郎は、気まじめに留守中の報告をする。兄の礼太郎が療養がちでまだ店にはもどれない分、すっかり彼が仕切って安泰だった。

店にも人にも変わりのないことを確かめると、みやびは「いと松」に足を運んだ。

「なあお澄はん、こういう、紋のような柄のとこだけ、ぷくっと膨れた柄、でけんやろか」

みやびはエリザベスからもらった端布(はぎれ)を見せた。

「うわー、なんですのん、これ。どないして織ったんやろ」

お澄は頭を抱え込んで端布を見た。紋のようにそこだけ立体的に膨らんで模様を織りなすから〝紋織り〟とでも名付けようか。

「天鵞絨(びろうど)……やったらできまっしゃろかなあ」

天鵞絨は、安土桃山時代にポルトガルから伝来しており、江戸時代には西陣でも帯として盛んに織られた。短い毛足で紋の面積分だけ浮き上がらせればできるかもしれない。

「輪奈(わな)ビロードと言いまして、特別な織機で輪の形に織り上げるんどす。さらに、その先端を鋭利な刃物で均等に切っていく場合もおます。けど、こないに大きい尺では、しんどおすな」

たいそう手の掛かる、繊細な手作業と思われた。その上、複雑な色や柄も出せるものか。

「輪のまま残す部分と切る部分を組み合わせたら、凝った意匠もできます。けど、……」

続きはわかった。手がかかるだけに、時間もかかり値段も張るというのだろう。もう一度、端布を前にかざしてみた。違う、天鵞絨ではない。起毛を切りそろえたのではなく一枚の布の内で凹凸が織り出されている。模様のところだけが浮き出ることで陰影ができ、光沢となっていっそう模様を立体的に見せるのだ。

それが西洋で考案された機械だけが作り出せるジャカード織りというものであるなど知らない二人は、まったく見当もつかず、しばらくの間、黙り込んだ。

「けど、作っておくなはれ。たのんますわ、お澄はん」

ようやくのことでみやびは言った。できないはずはない。西洋人にできたことが日本人にできないはずがないのだ。あとは職人魂と、彼らが奮い立つだけの手間賃を提示してやるばかりだ。だがお澄はまたしても、へえ、と歯切れが悪い。なおも端布を食い入るように見つめているのは、あるいは〝がが〟の勢いにたじろいでいるのかもしれない。

そんな二人の前を、うちひしがれたような表情で会釈（えしゃく）していく男たちがいる。職工たちであろう、なにやら言いたげにお澄を見て、出口へと通り過ぎる。当のお澄は、

「川辰（かわたつ）さん、ご苦労はんどした。また仕事がありましたら声かけまっさかい、お達者

でな」

ありきたりな挨拶を送るが、男たちは答えず、黙って引き戸を閉めた。

ふう、とお澄のため息だけがそこに残る。

「仕事をあげたいんはやまやまですけど、ちまちました刺繍の仕事はもう、あらへんのどす」

なるほど、天皇家を始め公家衆がこぞって東京へ去った今は、京都における仕事の絶対量が減ってしまった。

「加川辰三ゆうて、名工ゆうほどええ手を持ってはる親方やから、惜しいんどすけどな」

仕事がなければいくらすぐれた技術を持った手も宝の持ち腐れ。糸と針を持たせたなら神業を繰り出すその手を、土に汚し、食べていくため野良仕事に転用するばかりなのか。

「人形の糊付けの内職でも回したげまひょかと思てます。十個二十銭ほどしかならへんけど」

なんと厳しい現実であろうか。寡黙な横顔が瞼をよぎる。惜しい。あまりにも惜しいとみやびは思った。それは一朝一夕では身につけられぬ京の宝であるというのに。

そして、はたと思いついた。今までどおりの仕事がないなら、新しく求められる仕事を作ればいい。誰が求めているか。そう、それは、開かれた港の向こうから呼んでいる。

「十個二十銭どころやない、うちが十倍出しまひょ。お澄はん、親方を呼び戻しておくなはれ」

「御寮人さん、親方ら呼び返して、いったい何を作らすおつもりどす？」

お澄の不審顔に、みやびはとびきり陽気な笑顔を向けた。

「決まってます。刺繡職人に、刺繡してもらうのどす」

思いつきの素材はエリザベスがくれた。ドイリーだ。彼女は袱紗（ふくさ）や帯を代用品として持ち帰ったが、ああいう小さな小きれが喜ばれるなら、最初から敷物として彼らの好み通りに作ればいい。値段を手頃に設定すれば、外国人たちはみやげ用に十枚、二十枚と買っていくだろう。なにしろそう簡単には何度も行き来できない東洋の果ての国なのだから。

「職人さんらにとっても、十個二十銭の内職よりは断然、割がようおまっせ」

はあ、とお澄はまだ不審そうだ。しかし実際、細かい刺繡で富士山や芸者、日本の風景を描いた小きれは、外人向けの土産ものとして人気を呼ぶことになる。なにしろ細かい針目、みごとに美しい色合いは、芸術品の域であった。ドイリーとしてはもちろん、小さな額に入れて飾ったり、絵はがき代わりに使えば、この上もなく気が利いた土産になったのだ。

失業せずにすんだ職人たちは、外国人に人気と知っていっそう励み、安い賃金でも技術を惜しまず最上の品を作った。やがてこれは高倉屋の定番品になっていく。

しかし、一方ではまだ、あの紋織りについて、何の手がかりもないのだった。刺繍の小さな敷物もいいが、女性の衣服となる布なら単価も高く大きな商売になる。いつかできるはずや、みやびは確信もなくそう言い切る。そして見せてやるのだ、神戸薩摩に勝るとも劣らない、糸で織り出す美の世界を。

誰に？　誰にその布を見せる？　――意識の先には一人の男の姿があった。もしも自分の考えが実現したら、みやびは、あの久賀に、見せたいと願う。

神戸ではあの次の日も、また次の日も、毎日みやびは久賀を訪ねたのである。

彼がそれを迷惑がらなかったのは、もうみやびの気持ちに気づいていたからかもしれない。かつて夫はみやびのことをワンックはん、と子犬みたいに呼んだものだが、やはりしっぽを振って寄ってくる犬を、嫌う者はいないからだろう。

「なあ、久賀はん、うちも薩摩へ、ご一緒させてもらえんやろか」

もっとたくさんの〝サツマ〟の技を見れば、何か智恵が浮かんでくるような気がした。だから神戸だけでなく、遠い薩摩、火を噴く山のあるという風景を、この目で見たいと心底思った。つい十数年前まで、京にいる自分たちこそ最上の文化を持っていると疑わず、薩摩出身のさむらいを芋侍の何のと見下していたというのに。

だが久賀は暗い横顔を見せ、答えない。そらそうやな、薩摩は遠すぎる、そう納得した。

思えばはしたないことであった。人目も気にせず、心のままに、話を聞かせてくれと会いに行く。そんなことができたのは、そこが海に開かれた神戸であったからだ。

最後の日、みやびはもう一日滞在を延ばそうかとすら思っていた。久賀が何らか動けばたやすく落ちる果実のように、みやびの気持ちは熟していた。

しかし久賀は冷静だった。

「御寮人さんが帰らないと、お店も大変でしょう」

なぜ今そんなことを言う？　うらめしかった。だが事実であった。みやびがこんなところで浮かれているとわかれば店の者らの士気にもかかわる。大変な思いをするのは礼太郎ということになろう。みやびは、寸前で踏みとどまった。

「そうどした。うちには店がおます。忘れるとこどした」

やっと理性が打ち勝ち、いとまを告げると、今度は久賀が残念そうな顔をする。

「そうですか。帰ってしまうのか」

そんな気を持たせるような返事をして。

もう会うことはない、もう会えない。少し寂しい。いや、かなり。――ああ、そんなふうに思うなど、自分は神戸でどうにかしてしまったのか。

ほどけて浮かれた心を、京の密集した家々の風景が容赦なく打ち抜いていった。そう、ここに帰れば、みやびは誰にも知られた高倉屋御寮人さん、下手なことはできなくなる。

そうでなくとも、帰宅したみやびを待っていたのは厳しい現実だった。

帳簿を持って、大番頭の与兵衛が神妙な顔でやってきた時も、うちはまだほわんと浮かれて、まさかその数分後に崖から突き落とされることになるとは想像もせなんだ。

甘かったんやなあ。与兵衛の後ろには新しい帳簿係の由松が控えとった。

「御寮人さん、申し上げにくいんどすけど、……この帳簿、なんぼ計算し直しても、収支が合いまへんのやが」

この与兵衛には父の代から表の帳簿を、そして私的な家計の奥の帳簿は、死んだ義市の腹心ともいえる五助に任せてあったんやけど、有馬のことがあってから、どうにも五助を見るのがいまいましゅうて、うちは担当を刷新して、まだ若いけど機転のきく由松を見込んで奥の帳簿係に据えたんどす。

その由松が、引き継いだばかりの帳簿を過去にさかのぼって、何度もそろばんを入れてはみたけど、どうにも毎月百円ほどの計算が合わへんというのどす。報告を受け、大番頭の与兵衛も検算したけど同じことやったとか。

「どういうことやのん」

慌てて、うちもそろばんを入れてみました。けど、由松の言うとおりやった。毎月のようにどこかで大金が消滅したまま計算が通っとるのどす。

「五助を呼び」

あの者には、顔を見ずに済むよう外回りをさせとりました。支払い専門やさかい、口下手でもそこそこ務まるはずと考えてのことどす。事実上の降格やけど、いずれ内勤に戻してやるつもりでおりました。

「それが、今朝は店にも顔出しはらんと、まだ帰って来はれへんのどす」

もう暮れ六つやった。どんな遠方に出かけていた者も、ここをしまい時と決めて店に戻ってくる時間どす。嫌な予感が胸をよぎっていきましたわ。

「回る先はわかっているのやろ。探しにやって」

「へえ、堀川通の高田屋はんへ支払いに行かはったはずどす」

それは、長いつきあいの問屋ゆえ、節季払いにはイの一番に支払いをすませて次の取引を約す大事な相手どす。先方でも一日中五助を待ったが、ついに現れなかったため、明日の昼まで待って問い合わせようと思っていた、というのである。

「そんなあほな、……早う、五助を探して。巡査にも届けて」

うちは真っ青になって皆に命じ、店は騒然となりました。こないなこと、今までただの一度もおませんのに。高田屋はんには、急ぎ、予備の金をかき集め、うちはみずから出向いて何度も頭を下げました。どんなことがあっても信用は失うことはできまへん。

「いやいや、御寮人さん、あんたとこが逃げも隠れもするはずがない、支払いは後でもよかったんや。それより五助どん、大事なければええが」

たしかにその通りどす。五助の身が案じられました。

それぞれの持ち場の仕事を終えた後のこんな時間に、いなくなった番頭を探して駆け回らせるんは心苦しく、また、皆もしんどいことやったでひょな。まして、塩小路の草履屋に支払いに寄ったんを最後に、五助の足取りが途絶えたことがわかった時は、店じゅうがどうしようもない疲労感に沈んでしもたんも無理はおまへん。おそらく五助は竹田街道から淀、大阪へ向かい、京を出てしもたことどっしゃろ。馴れない奉公がつらくて、若い使用人が掛け取りに出かけたまま帰ってこぉへん、という話なぞ、どこの店でもままあることどす。京の町は狭いさかい、どこに逃げてもすぐに見つけ出されて連れ戻され、説教されてまた励む、そんなことも珍しゅうおません。けど幸か不幸か高倉屋ではそのような者は一人として出まへんでした。皆がどんどん焼けの苦境をともに乗り切った同志であり、小さな店から発展の坂道を駆け上がる気概に満ちておったのどす。そう信じておりました。そやのに、夫が腹心の部下ともたのんだあの五助が――。

五助の里はどこやったかいなと考えたけど、高倉屋に勤めて三十年、二親にも死に別れ、藪入りの時でさえどこにも帰らんと店に詰めておったことを思い出しました。もっと早う、所帯を持って身を固めさせてやればよかったんやなあと悔やまれました。その間、与兵衛と由松の調べも進み、不明金はもうずいぶん昔からのことやとわかってきました。合計にしたら、そらもうとんでもない額になってきます。それがようみつかりもせず今まで通ってきたもんや。死んだ義市はこのことに気づかんかったんやろか、そもそもなんで五助は使い込みなどしたんやろか。店の者に聞いても、誰も何もわかりまへん。そやけど、このままでは示しがつきまへん。女のうちが当主名代になったとたんにこの不始末では。

そんな折、また待ち望まん客がやってきました。

「御寮人さん、裏口の方から、人が訪ねておいでどす」

周りの者にわからんよう知らせてきたのは番頭の佐吉どす。

「誰やのん」

「さあ。——お名前も言わず、とにかく御寮人さんに会わせて欲しいとの一点張りで、四半時(しはんとき)も立っておられては邪魔にもなるし目立ちもするし」

「男かいな、女かいな」

「女のお方どす」

人目につかんよう、勝手口から引き入れるよう指示しました。向かい合ぉた時は、路地から西日が射(さ)す頃で、女にとっては夕餉の仕度も気になる時刻になっとりました。

そやからこそ、夕餉どころやない女の切羽詰まった思いが伝わりました。

「何の御用どっしゃろ」

うちは女を土間に立たせたまま、裾(すそ)を払って板間に座りました。女の身なりは、一目で山家の百姓やとわかりました。うちに会う一心で来た割には、うちの声に肩をすくめ、目も当てられんほど震えています。位負け、いうんでっしゃろか、気の毒なほどやった。

そやからか、意を決して上げた顔は、必死の形相をしとりました。

「御寮人さんに、こんなことを願い出るんは無体なことやと思とります。死んだ旦那はんも、望んではおられんかもしれまへん。けど、今のままでは坊ちゃんがかわいそうで」

うちは息が止まりそうになりました。いったい何の話や。あんたは誰なんや。坊ちゃん、て誰や。うちの顔はこわばっていたと思います。

「申し遅れました、うちは、亀岡から来ました平蔵の女房でおしかと申します。ご縁があって、こちらの旦那様の忘れ形見の仁三郎はんをお預かりしとります」

頭を殴られた気がしましたわ。夫の、義市の、忘れ形見。そうや、妾との間には子供がおって、何度も有馬に養生させに来とったゆうんを思い出しました。けど、子供は女もろとも、消えた。うちは五助に言うて三百円の金を渡したはずどす。その金で、女は小商でも始め、子供と一緒に暮らしているものと思とりましたんに。

「こうして御寮人さんのとこに来たんは、うちの一存どす。けど、仁三郎はんももう十一。いつまでもうちとこで養い続けて百姓にしてしもてええもんやろか、うちは坊ちゃんの将来を思うと夜も寝られず、ここに来ました」

仁三郎――。名前を持って、人格を持って、その存在が迫ってきました。

あの人の子。あの人が外で生ませた、うちに似とらん男の子。十一ゆうたら、孝子と同い年や。御代(みよ)が明治に変わった次の年の生まれどす。そんな頃から、あの人はうちを裏切っとったんか。そない思たら、忘れていたはずの怒りがふつふつとこみあげてきました。

「うちに、どないせえ、ゆうのどす」

我ながら凍り付くように冷たい声やと思いました。おしかゆう女の肩が、またびくっと震えるんがわかりました。

「いえ、そやから、どないぞ、御寮人さんのお慈悲でもって、仁三郎はんの将来を……」

「何をゆうとるのどす」

頭ごなしの一喝やった。気づかんうちに、出てしもたのどす。そやかて、何が慈悲どす、将来どす。うちに何の義理がある言いますねん。そんな、見も知らん子のこと。

「そやけど、旦那はんのお子どっせ。この高倉屋のお子どっせ」

うちは無言で女を見据えました。まだ息が静まりまへん。高倉屋は、生まれた時からうちの店どす。先代義市はただの婿養子や。それに、高倉屋には、息子は二人もおります。

「なんぼ欲しいんどす」

うちは書き付けの道具を膝前に引いて、筆を持ちました。あの三百円で足らんかったんなら、おしかの勇気に免じて今回だけは追い銭を出したろと思いました。けど、これが最後どす。それこそ、うちの息子らの将来にかかわることどすさかいな。異母兄弟やゆうて、何回もたかられるんはまっぴら御免どす。

ところがおしかは、飛び上がらんばかりに言うのどす。

「御寮人さん、お金やおません。お金なら、贅沢はできんまでも、浦風太夫がじゅうぶん届けてくれはります。そやのうて、うちは、仁三郎はんが、まっとうな男はんとして生きていけるようにしてあげたいのや」

もう一つ、頭を殴られた気がしました。妾の息子にまっとうな人生を送らせたいと望むおしかのその心根の正しさに、縁あって育てた養い子を思う情愛の深さに。けど、当の母親はどうなんや。息子は、どうなんや。

「浦風、言いましたな」

　また、おしかの肩がすくむんがわかりました。

「その名前、色町の女子(おなご)のようやな」

　おしかはもう顔を上げることもできんようどす。

「母親はどない言うとりますのや」

　日の傾いたお勝手の板間に、窓の桟から洩れ来る西日が縦縞(たてじま)を描いとりました。その影の部分から、うちとおしかの間に、ぬらっと立ち上る一人の女。ここにはおらんその女が、やたら大きな存在に見えました。

「話しとくなはれ。おしかはん。その女子のこと」

　考えてみれば、うちは臭い物に蓋(ふた)、知りとうない事実には目を背け、今日まで来ました。知れば自分がずたずたになるんがわかっとったから。憎悪(ぞうお)で、鬼女になるんがわかっとったからや。そやから避けて、なんとか人間の女の顔で来られたもんを。けど、いつまでも避けては通れんことやった。夫がこの世に次なる命を落としていったことは、消すことのできん事実となって育ってきてたのどす。

　もしもその息子が極道者で、将来、高倉屋や礼太郎らを脅(おびや)かすことになったら――。

　うちはもう一度、夫を憎みました。あの人は、えらい災いを残していってくれたもんどす。けど、それを取り除くんはうちの役目や。もう逃げられへん、目を背けられへん。うちが真実と向き合う時が来とりました。

おしかから聞き出した話は、予想以上にみやびを打ちのめした。

夫が生前、自分に隠れて愛した女は、島原中之町一文字屋抱えの太夫で、浦風太夫。

「こったいの身の上についてはうちもよう知りまへんが、七つの時に二親に死なれて、小浜（おばま）から売られてきたのやそうで、一文字屋では初めから太夫と見込んで育てなはったそうどす」

こったい、というのが太夫を表す言葉であるとは、京に住んでいる者なら知ってはいる。だが何も知らないこの山家の女は、何か勘違いをしているのではないか。

「ちょっと待ちぃな。あんた、太夫、てゆうたけど」

まさか義市の妾が島原の太夫だなど。みやびは笑う。ありえない話だ。

島原の太夫といえば五位の位をもらう者もいる高い身分であり、宮中にも出入りができる教養人。どんな客との会話にも臨機応変に応じられる頭の回転のよさは言うに及ばず、幼い禿（かむろ）の頃からあらゆる芸道を学ばされ、厳しい稽古（けいこ）にめげず精進した結果、舞や音曲、茶の湯のみならず、和歌や書にも秀（ひい）でた才能を顕（あらわ）した女だけがその地位に就ける。みやび自身、稽古に通った師匠から、どこそこのこったいの手跡は一流や、などと褒め称えられるのを聞かされてもいたし、実際に書いた和歌を見たこともあるが、文句なしのみごとさだった。

そんな太夫が義市の相手ならば、派手に京の噂になったであろうし、第一、湯水のごとくに金を使わなければ会えない相手。そんな散財があればみやびが気づかぬはずがない。

「あのなあ。うちの旦那はんは、有馬で死んだのえ」

郭の女がそうそうたやすく大門を出られるはずはないだろうし、まして有馬ほどの遠出は、みやびのような堅気の町人の女房ですら、なかなかできないことなのだ。

これまで、夫の最期がどんなであったか知りたいと思うものの、それは同時に、看取った妾がどんな女であるかを明らかにすることとなり、それゆえみやびは夫の最期を長く心に封じてきた。そして勝手に、そばにいたのはこんな女、と考えてきたのだった。

あの義市が選ぶ女なのだからきっと地味で貧乏臭い女で、おそらく祇園あたりの芸妓だろうが、苦労が身にしみついたような陰気な顔をしているのではないか。うちと違て物静かで辛抱強うてどんな献身もしてくれるような、と。

なのに、言うにこと欠いて、太夫だなどと。しかし、おしかはまだ言うのだ。

「へえ。馴染みになられたんは、こったいが、まだ天神やった頃やと聞いてます」

みやびの口元から笑いが消える。どうやら夫の相手が島原の太夫というのは本当らしい。だがそれなら、郭の太夫と商家の旦那の義市が噂にもならず長く続いたのはなぜか。まして、子をなし、里子に出して育てるなど、どうやって隠し続けられたものか。それに、登楼するのにどれだけの費用がかかるかみやびには想像もつかないが、その金を、夫はどうやって工面したのだろう。

訊きたい、尋ねたいことが喉の先までこみ上げてくる。だが、みやびは口をへの字に結んで、おしかの話を待った。

「こったいは十五で太夫に昇格なさったのやが、お一人立ちのお披露目道中は、さるお武家様がその衣装代を総抱えでお持ちになり、高倉屋はんでこしらえはったとか」

意外なことを言われて、記憶をまさぐってみる。店の売り上げについてはみやびもほぼ把握しているつもりで、そんな異色の売り先ならば家中の話題になったはずだ。おそらく、高倉屋が全部を仕切ったというのでなく、付き人である引き舟の衣装など、一部を請け負ったというところだろう。御一新前のことなら、高倉屋にはそこまでの力もなかった。

郭の女の華麗な衣装はすべて自前だ。それゆえ働けど働けど借金がかさみ、たっぷり年季の十年がかかってしまうという仕組みである。義市はそんな郭を得意先につけようと、積極的に市場開拓に出たことがあるのかも知れない。

「ほんで、お衣装の商談でお会いになるうち、お二人が同郷のご出身とわかったとか」

そういえば義市の父親は小浜の出だと言っていた。彼を婿に迎えるにあたり、たった一度きり会った父親は、雪国出身らしい寡黙な男だったことを思い出した。

二人はそんなことをきっかけに、呉服屋の外交とその顧客という以上に親しい言葉を交わすようになったのだろう。いい気なものだ。十五歳の太夫からすれば、義市など父親みたいな年ではないか。

いや、だからこそ、幼い頃に親を亡くした娘は、義市の骨太さに父親を見て惹かれたのか。みやびの頭をよぎったのは、以前、博覧会の文楽で観た『桂川連理柵』だった。あれも十四歳の堅気の娘と、親子ほど年上の帯屋の主人との心中物で、実際に起きた話だったのだ。色恋の道は、年も身分も飛び越えるほど、余人にははかりがたいものなのであろう。

買われた日から太夫となるべく仕込まれた少女が、どれくらいずばぬけて美しく賢いのか、みやびにも想像がついた。錦絵にはそうした女たちの飾り立てた姿が好んで描かれ、またよく売れるのだ。つましい日常を生きる町の女にとっても、それはうっとりする姿態であった。みやびの頭に、無骨な義市を恐れもせずに、はきはき、思いのままを注文していく若く美しい女が浮かぶ。娘ほどに年が違っても、義市の心の傾きは想像がついた。そして娘が色町の女であるなら、後のことは年齢など関係あるまい。

「その後もこったいは、襦袢一枚、腰紐一本、高倉屋さんでのうてはあかんというお気に入り具合で。子飼いの妹分の皆様にも仲介なさり、繁盛なさったご様子と聞きます」

頭に血が上りそうだった。そんなところでちまちま稼いでいたなど。襦袢一枚、腰紐一本、鼻の下を伸ばして届けに行く間抜けな男の顔が見え、心臓の血が逆流するようだ。

「そんな時、ご一新前にはようあったことどすけど、無体なおさむらいが、昼の日中からこったいを呼べとゆうて呑んで暴れて」

屯所が近かったこともあり、新撰組が島原に出入りしたのは有名な話だ。そのたび、関東の田舎出身の隊士どもが、島原の格式や風習にしびれを切らして乱暴狼藉を働いたことも、今は遠い昔話になっている。

「そういう無粋は島原では通らんそうどす。そやから、こったいはおさむらいからの呼び状を無視しなはった。すると、怒ったおさむらいが乗り込んで来なはったんどすて」

みやびは目を閉じた。ああ、そんな状況ならばあの人は、義市は、逃げもせず、臆(おく)することもなく女を庇(かば)ったことだろう。そういう男気の人であった。どんどん焼けの炎を前に、伝説の渡辺綱(わたなべのつな)のように雄々しかった姿がよみがえる。そしてそういう義市にみやびが惚(ほ)れたように、色町の女も心を傾けたのに違いなかった。

「芸は売っても体は売らんゆうのが島原の太夫どすさかい、太夫ははっきり、客をお選びになり、……」

みやびを前にして、おしかはようよう言葉を濁した。それは、太夫が他の客を却下しても義市を選んだという経過を言っているのであろう。そして子供を宿した太夫が、誰に咎(とが)められることなく産み月を迎えられたことをも伝えている。いや、彼女も商売なのだからきつい責めはあっただろう。それでも、それを超えるほどの強い意志が彼女を母親にした。

だが何をどう説明されてもみやびには、夫の情事を美化もできない、許せるはずもない。

「お子を生んだ後は、太夫もきっぱり、お商売の方に励まれて、そないに旦那はんとはお目にも掛かってはおらなんだようどす。なんせ太夫となると、一度お会いになるんにもえろうお足がかかることですし、旦那はんには世間の体面がおありやろうし。……いえ、庇うわけやおへん。男女の仲がそないに続くはずもないゆうことを言うてるだけどす。後はうちとこが、すべて察して、仁三郎はんをお守りしてまいりました」

「もうええ。もうよろし」

胸がなおもたぎるようで、みやびはそれ以上聞きたくもなかった。後は察しがついた。

生まれた子が女の子なら郭で引き取り、やがてその子も禿、遊女として育てられたはず。だが、幸か不幸かその子は男だった。郭では男の子など無用のものだ。ゆえにその子は里子に出され、母親の顔も知らずに大きくなった。それが、今日、おしかが伝える仁三郎なのだろう。

仁三郎。——よくまあ名付けたものだ。子供が生まれるたび、「信兵衛」という父の隠居名からのつながりで、礼、智、孝と、孔子の教えを引いて命名したのだったが、ちゃっかり外の子にも、我が家の子らに並んで一連の文字を授けたとは。

浦風、浦風——。遠い記憶をまさぐってみる。そうだ、たった一度、島原へ、妹のきぬを連れて太夫道中を観に行った。二人、娘時代のようにおそろいに装い、きぬにはあれが最後の外出になった。そう、あの時見た太夫の名は、たしか浦風ではなかったか。

打掛の柄は御所車。立兵庫の髷に、下唇だけ塗った紅の色。ころり、からんと、三枚歯下駄の音が響いていた。きれいやなあ、見物客の嘆息に、ただきれいなだけでない、生きた文化の継承者として、太夫も京が育てた宝であると、敬意を表さずにはいられなかったのに。あれが、あれが浦風太夫、夫と子供をもうけた女——。おのれの進む道の虚空をまるで睨むように、力に溢れたまなざしを、今、思い出す。

「有馬へは、何度もよう行ったそうやな」

自分の声が、低くどす黒く負の心を発しているのを知った。だがこれだけは訊いておきたかった。おしかは義市の死を思ったのか、そこだけ声を震わせて言った。

「いえ、有馬への湯治は、旦那はんのお心尽くしで、年に一度、坊ちゃんを連れてお行きになっとりました。坊ちゃんはそれを、どれだけ心待ちにしてはったか」

「ほな、母親とは」

鋭く食い込む質問にも、おしかは全身で受け答えする。

「はい、最期にあれが、一度きり」

温泉宿の主人の意地悪な顔を思い出した。まるで常時妾連れであったという口ぶりに、自分はまんまとひっかかっていたのだったか。

「実はこったいが長年のおつとめで体の具合を損なわれ、一文字屋はんも、やがて年季も明けるし、湯治ならばとお許しくださり、晴れて仁三郎はんともご対面されたんどす」

太夫を一日まる抱えで連れ出すのなら、それは相当な費用になるだろう。監視も兼ねてお付きの者もどこかで控えていたはずだ。五助の帳簿の近々の出金はそれであったのか。

みやびは大きく肩で息をした。

息子が十一なら、太夫も二十七、たしかに長い郭勤めで長生きの女を聞いたことはない。絢爛たる衣装に包まれ、不夜の花と咲き、極楽の蝶ともてはやされても、盛りを過ぎればはかなく散るのが定め。その生涯で、一人の男を愛し子を持ったことが、風に流され散りゆく遊女の人生のうちで、どれほど地に根ざした定かなものであったことか。

同じ女として、みやびはそれ以上その女を憎むことはできそうになかった。
有馬での時間は彼らにとって、地上に居場所を持たない三人が、幻の家族として一夜かぎり集う夢ではなかったか。自分や息子たちがそこからは疎外（そがい）されていることへの憤（いきどお）りは、また別の天秤（てんびん）の皿に載せるべきことなのだ、そう言い聞かせようとする。
夫の不慮の死にも、すべてが露見し義市や高倉屋の名を貶（おとし）めないよう、女は子を連れて消えた。子供にとっても、やっと会えても一緒には暮らせぬ母だった。ましてその母が先のない病であるなら、今生の別れという覚悟であったろう。その心構えが、せつなかった。

「こったいは、坊ちゃんを亀岡へ帰さはったその足で島原からの迎えの駕籠（かご）に乗られましたが、その三日後に吐血して、今も郭の奥座敷で寝たきりやそうどす」

郭で病に倒れた妓（おんな）は、手当もされず死を待つばかりという。もうすぐ年季が明けるその日を待たず、花は、郭の外に出られないまま散りゆくのか。頭の中で、花が散る。散ってふわふわ、流れ去るのに、それはとてもはかなく美しい。みやびはぐっと唇を嚙（か）みしめた。

「それで？　あんさんは、その子をどないしたいのどす？」

金でないとしたら、いったい何を求めて自分に会いに来たのか。

おしかは、顔を上げ、きっぱりと言った。これだけは、何日も考え続けて、日が傾こうが朝になろうが、身を賭して伝えようと決めてきたことのようだった。

「へえ。仁三郎はんを、立派な商人にしてあげてほしいのどす」

うっ、と胸を射貫かれた気がした。

かつて義市の実の父親は、卑しい自分に似合わぬ賢しい息子を、香具師のままで捨て置いてはいけないと思い、有り金をかき集めて近江屋への奉公を願った。婚礼を前に、一度きり会ったその人は、長年の路上での労働が響いてか、足を引きずり、曲がった背骨の小柄な老人だった。義市を婿に迎え、みやびにも義父となる人だったが、互いの家の格差ゆえに後々の親戚づきあいをすることはできず、まるで手切れ金のような結納金をもって、それかぎり、二度とは会わなかった人である。

いま、その義父が、ここにいる。おしかの背後で、両手をついて、そして黙って頭を垂れている。どうかたのみます、こいつの未来はあんたはんの手の中どす。――そう聞こえた声は、義父ではなく、義市の声のようにも思われた。幼い子供の将来を願う親の気持ちとは、外であれ内であれ、また貧者であれ富者であれ、普遍のものであるのだろう。

これって、どこから見てもうちが悪人ですやん。――この世で果たせぬ願いをこの手に託され、握りつぶすもかなえるのもうち次第。握りつぶすのが道理なのに、人の心の人情が、そんなことをすれば後で悔やみ続けることになろうとささやいている。

不覚にも、涙がこぼれた。

なんでうちが、うちだけがこんな不条理なこと、引き受けななりませんのん。拒否できるなら涙は出なかっただろう。夫が好き勝手した後始末を、なおも引き受けなければならないなんて不公平すぎる。だが、これが他人の話なら、そない言わんと手助けしてやりなはれ、そう助言するだけの情も慈悲もそなえたみやびなのだ。

あんさん、勝手やおませんか。――みやびは顔をしかめた。なんでうちが。

すると、耳元で、なつかしい自分の父親の声が聞こえた。

――そやかておまえは〝がが〟やんか。

町年寄りを務め、孔子の教えを学んで世のため人のためを唱えた父であった。その声はみやびの心に響いて正しい。

ただの女であれば絶対に肯うことなどしないだろう、だが自分は〝がが〟だ。小さな自分の領域だけを守っているのでは、結局誰のためにもならぬ。息子たちがより大きくなるため、そして彼らの営むこの高倉屋がもっと大きな器となるには、呑まねばならぬ、世の不条理も、何もかも。そしてそれでも笑って見下ろしていられる女が

〝がが〟なのだ。

「連れてきなはれ」

結局のところで、みやびは情に負けたのだ。ここでおしかを追い返したところで、みやびの良心はずっとじくじく腐り続けたことだろう。

「ほんまどすか」

おしかが顔を上げる。その顔が、喜びで破れたのを目の隅で認めた。

「おおきに。おおきに、御寮人さん。後生、感謝申し上げます」

そうや思た、御寮人さんなら聞いてくださると信じていた、と喜びに舞い上がるおしかの声が、どこか遠いところに聞こえた。これまで、思いあぐねて何度も何度も仁三郎を連れて店の前に来ては、みやびの姿を遠目から探っていたのだという。そして、使用人たちを笑わせながら陽気に指図していくみやびの姿に、この人ならわかってくれる、そう思ったのだと。つくづく、自分はあほや、とみやびは思った。

後は、何を話したか覚えていない。おしかは仁三郎を連れてくる日を約束し、何度も何度も頭を下げて、飛ぶようにして帰って行った。亀岡に着くのは真夜中になるだろう。彼女も、小さな自分の損得でない、他者を思い幸せを願った思案の結果がこれだったのだ。

女は損や。――おしかの後ろ姿を見送りながらみやびは思った。始めからそんな立場に置かれながら、それでも壊れず沈まず自分を律して立ち続けねばならない。まるでこの国の貿易事情みたいや。思考がそんな飛躍をしたのは、あの日、神戸で久賀から聞いた、関税の不平等を思い出したからだった。怒濤のように押し寄せる外国からの〝売り〟に対し、その税率も自分で決められず相手の押しつけるまま従わなければならない条約の定め。この国の事情は、男の論理だけがまかり通る世の中での、女の立ち位置とよく似ている。

だが、それが何だ。これしきのことでは潰されない、押し負けない。この国も自分も、守るべきものをあまた背負った〝がが〟なのだ。

いま、むしょうに久賀に会いたかった。

望まない客の訪問は、それだけでとどまらなかった。

「御寮人さん、おってどすか」

店の表から堂々と、のれんを勢いよく割って入ってきたのは、あの大川屋の繁治だった。

こないだ塩を撒いて帰したんに、懲りひんお人や、……。結界の内でそろばんを置いてみやびが顔を上げた時、繁治の後ろから小突かれるようにして入ってくる瘦せた男の姿を認めた。髪は乱れ、紙子の着物はところどころ糊もほどけ、顔も手足も汚れて垢まみれといった落ちぶれた風体。小突かれて土間に打ち据えられてうなだれたきり、目も上げない。

「あんた——五助か」

思わず声が出て、店じゅうの者の視線がその薄くなった頭に集まった。そう、まぎれもなく、それはどれだけ探してもゆくえの知れなかった五助であった。

「はあ、それや。こいつ、天王寺の市はずれにやってきて、まあ恥ずかしゅうもなく露天の古着屋を手伝いよったのや。どっかで見た顔やなと、ようよう見てたら、わいの顔見て逃げ出しよった。こら怪しいと思ってつかまえさせたらこの通りや。おたくさんでは探してはったらしいな」

「五助、あんた、……」

また五助も運の悪い、なぜこんな男にみつかったのか。みやびは言葉もなく、土間で震えるばかりの五助を見た。店の者たちは、手代はもとより、かつて五助の下で指図されていた丁稚までが、あまりの光景に言葉もない。繁治だけが鬼の首を取ったような得意顔で、みやびに迫る。

「ここの店では、番頭が辛うて逃げ出すようなひどい奉公させてはるんかいなあ」

店の内にも外にも聞こえる得意げな声だ。さすがにみやびも、何をどう返事すればいいかわからなかった。

「聞いたところでは問屋の高田屋の支払い、こいつが持ち逃げしたそうでんな。大事な客の支払いをそんな男にまかせて、あとあとこの店は大丈夫なんかいのう」

言いたい放題の繁治は、上がり框に腰をかけると、勝手にたばこ盆を引き寄せ、自分の煙管を取り出し火をつける。

しかし、それでみやびはかえって五助に対して冷静になれた。憎く嫌な奴でも、もっと嫌な奴の前では、その色合いがかすんでしまうのだ。

だいたい繁治も、何の権利があって高倉屋の店先でこんな悪態をついているのだ。いったい五助が彼にどんな迷惑をかけたというのだ。これは高倉屋の身内の問題である。

「大川屋はん。えらい世話になりまして、おおきにな。――由松、あれ、持ってきい」

目配せでわかる客への粗品のてぬぐいを手代に持ってこさせると、みやびは懐から財布を取り出し、上に二円の金を乗せて、繁治の方に差し出した。

「なんや、これは」

たちまち繁治が目を剝いた。皆が、凍り付いたようにみやびの言動をみつめている。

「ほんの気持ちどす。帰りたかったんに帰れなんだ五助を、連れてきてくださったお礼や」

五助がはっと顔を上げる。汚れた顔の中で、その目が潤んでみやびをみつめていた。みやびはいつものように背筋を伸ばし、まっすぐ繁治だけと向き合っている。

これは店の内部の問題であり、外の人間にとやかく言われることではない。番頭の不始末は自分の監督下で起きたのだから、自分が調査し始末をつけるべきだろう。

「なんやと？　おまえ、この五助が、逐電したゆうんは町じゅうの噂やぞ」

「はあ、そないな噂がたってましたんか。けど、間違いどす。無事にこないして、もどりました。いや、大川屋はんが、連れてきておくれやったさかい」

大金を横領して出奔した番頭と、その主人。これから大変な修羅場が始まると思っていた周囲の者は、毒気を抜かれた格好になった。

「こいつが、帰りたかったと言うんかい」

「そうどす。けど、懐の銭、すっかり盗まれたんでは、店に知らせるにも帰るにも、どないもしょうあらしまへん。そのうち勝手な人らがよからぬ噂も立てよるやろし。

なあ五助」

　言うと、凍り付いていた周囲の空気が一気に緩んだ。なんや、そういうことやったんか。そらそうやなと、五助を見る皆の目が変わる。五助は土間に額をついて泣き出した。

「五助、だいたい何ですのん、その汚い格好。店先にそないな風体さらすもんやない、奥へ行きなはれ。――寅三（とらぞう）、足湯の桶（おけ）、用意しておやり」

　誰にも言葉を挟ませず、みやびは大きな声で丁稚どんに命じた。

「御寮人さん、わしは、……」

　初めて五助が声を上げたが、みやびはそれをさえぎった。

「詳しい話は後や後や。身ぎれいになってからにしい。そのままでは臭うてかなわんわ」

　そして丁稚に五助を立たせて奥へ連れて行かせると、皆には、

「さ、さ。番頭はんが戻ったえ。あんたら、支障ないよう、また働いてや」

　命じると、いつもの習慣で、一同、「へえっ」と元気よく返事して散っていく。みやびもおもむろに立ち上がり、元の帳場に戻ろうとした。上がり框に、繁治だけがなおも煙管をふかしながら取り残されるかたちになる。

「おいおいおい、待てや。それはないんとちゃうか」

繁治がたばこ盆を煙管でかん、かん、と乱暴に二度こづいた。

「へえ、何かまだ御用どしたんかいな」

とぼけたふうにみやびは振り返る。とたんにカッと赤くなる繁治。

「おまえんとこの出奔した番頭を連れ戻してやったのに、この仕打ちかい」

彼の魂胆は明白だ。単に、みやびに嫌がらせを言い、騒ぎを大きくして困らせてやろうとたくらんだだけだ。小さい男だ、そんなことがおもしろいのか。

「ほな、ぶぶ漬けでもどないどす?」

茶漬けを食べていくか、とは、京では暗に、帰れ、と言うことをさす。

苦虫をかみつぶしたような繁治の顔。勝ち誇ってやろうと思ってきたのにかわされ、いまいましさに爆発寸前になっている。だがみやびとしては、筋は通してある。それを見定めて繁治はまだ何か言いたそうにしていたものの、しぶしぶ煙管をしまった。

「さ、大川屋はんのお帰りやで。ようお礼ゆうてや」

みやびは言う。

するとこれも習慣で、いちばん幼い丁稚どんが、あい――、と間の抜けた返事をした。

「塩は撒いたらあかんでえ。今日は葬式やないのやさかいな」

あの時浴びた塩の量を思い出したか、繁治が慌てて立ち上がった。

「覚えとけよ」

捨て台詞のつもりだったのだろう、繁治の悪態に、あいいー、とまた丁稚どんがのどかな返事をした。


繁治の嫌がらせなど、痛くも痒くもなかった。だいたいそんなことでこの〝がが〟が慌てると思うかと、みやびは肩を怒らせた。

とはいえ、理由は何であれ五助を連れてきてくれたことは、ありがたかった。

みやびは五助を礼太郎の部屋に呼んだ。療養の部屋なので外からの雑音もなく内の話も洩れたりしないし、何より、病人とはいえ当主の礼太郎にもこの話に関わらせたかった。

「五助、あんた、ほんまにどないやのん。そないにこの店の勤めが辛かったんか」

湯を使い、お仕着せの着物に着替えてこざっぱりした五助を前に、話を切り出すと、五助はただただひれ伏しながら、それでももう何も偽らずにすべてを話した。

奥付きの家計の帳場をはずされ、頭の切れる由松に引き継がれたからには、これまで粉飾してきた帳簿の不正が露見するのは時間の問題であろうと生きた心地なく過ごしたこと。そうなれば身の置き所はなく、逃げるしかないと判断したこと。これまで世話になった高倉屋に対し、申し開きのしようもなかったが、生き延びるためには露天商でも、これまで培った生業で食いつないでいくしかなかったこと。落ちぶれ果てて犯した罪の深さに悩んだこと。

みやびはため息をついた。

「そやけど、店の金をごまかしてたんやったら、その金がたんとありまっしゃろに」

実際、五助のなりは、あまりにみすぼらしかった。

「いいえ、御寮人さん、わしは、自分のために帳簿をごまかしたんやおまへん」

では誰のためと言うのだ。問い返そうとして、みやびははっと思い当たった。そう、島原の太夫のところに登る金は、半端な額ではない。もしかしたら、五助は義市に言われ、隠し金を作って帳簿をごまかしていたのか。

「旦那はんのため、いうんか」

声を押し殺したのは、みやび自身、荒ぶる感情を抑えるためだった。

「すんまへんっ。御寮人さん、どないぞ許しておくなはれ。わしは、わしは、……」

もだえるようにひれ伏して泣く五助を、それ以上、どうすればよかったのか。訊きたいことは山のようにある。夫は、いつどうやって島原へ行ったのか。どんな風体で、どんな表情で、そして女とどんなふうに過ごしたのか。訊けはすまい、礼太郎が控えるこの場では。

「こないなこと、言うてみたところで信用してもらえるはずもおまへんし、言えば旦那はんを貶めることにもなります。そやから、消えてなくなる他はなかったんどす」

やっと話し出したといっても嗚咽まじりの絞り出すような声だ。そこには、追い詰められた五助の苦悩が滲んでいた。

義市が生きていれば、なんとしてでも彼を庇ったことだろう。五助を守ることは自分の秘密を守ることに等しい。彼は五助に罪のすべてを背負わせるような男ではない。だが万一すべてが露見した場合のことを、何も考えてなかったのだろうか。

「旦那はんは、とうの昔にもうそろそろこのへんと見極めはって、わしにも別家を持たせ、古着屋でも営むようにと、塩小路にほどらいの店を買ぉてくれなはったんどす」

京では暖簾分けのことを別家と言う。だがそれは義市を庇って言うのではないのか。

「へええ、そうか？　その店、いつからやるつもりやったんや？」

「はい、まさか旦那はんがこないなことになるとは思いまへんよって、この春から春は円満な区切りの機会でもある。長年勤めた五助を独立させて古着屋をやらせる、と言われたなら、みやびは一分の疑いも抱かなかっただろう。そして夫の裏切りも、何も知らずに闇から闇へ、葬られたかもしれない。それが、たった一つの見込み違いのできごとにより、全部崩れた。そう、義市自身が死ぬ、という不慮のできごとのために。

五助にしても同じであった。着々と古着屋を準備して、高倉屋の帳簿もつじつまの合うものを二重に作っておけば、後は旦那はんが封印してくださる。何も問題はなかった。なのに、その旦那はんが死んでしまうなど、誰が予測しただろう。大番狂わせであった。いや、みやびは、天があらゆる悪を見逃さなかったことによる天誅とでも言いたかったが。

「その店、どないしましたんや」

「へえ、ほんのしばらくの間やと思い、わしの女房になると約束した女に任せとったんどす。こっちの帳簿をきれいに引き継がん限りはそっちを始めるわけにはいきまへんので」

……」

なるほど、几帳面な五助らしい。偽りの帳簿さえ完成したら、義市との約束通り、晴れて高倉屋を出て行ける。

「そやのにその女、わしを騙したんどす。まさか、あないにしたたかな性悪女やったとは見抜けんかった。わしがいかんのどす」

五助は唇を嚙んだ。

女は、大門前の小料理屋の飯盛女で、義市の島原通いの待ち時間に出入りするうち馴染みになった。五助を大店の番頭と知るや甘い言葉ですり寄ってきたのが、堅物の五助にはかつて経験したことのない心地よさだった。だから円満に高倉屋から暇をもらって出てくるまでの間、その古着屋に住まわせ、すべて任せたという。なのに、いつのまにか他人にそっくり売り渡し、どこかの男と一緒に逃げてしまった。

なんちゅうこと、……とつぶやきかけて、みやびは唇を結ぶ。女など縁のなかった真面目一本の男にその女の本質が見抜けなかったのも無理はない。古着屋に乗り込んだ五助は、逆に、次の店主から泥棒呼ばわりされ、ごろつきのような用心棒に袋叩きに遭わされた。二度と五助が騒がぬように叩きのめせと、女があらかじめ雇わせておいたのだ。

「ほんで、そのときの傷は、治ったんかいな」

あまりにひどい話で、それしか訊けなかった。相当な傷であったらしい。高田屋へ届けるべき金も、その連中に奪われてしまい、身一つで大阪にさまよい出てはみたものの、ろくな仕事に就けず、落ちるところまで落ちた、というのが彼のその後の顚末だった。

「あの時なぶり殺されていたら、御寮人さんや若旦那はんに、こないな恥ずかしい姿を見せんとすみましたんに。すんまへん、ほんまに、すんまへん」

みやびはそれ以上、言葉もなく、礼太郎を振り返った。五助をどうしてやればいいのだろう。気の毒ではあるが罪は罪だ。処遇を考えあぐねた。

だが若い当主はこう訊いた。

「店に、帰ってきたかったんか」

それはみやびが大川屋の手前、とっさに言ったことだった。五助は、店に帰りたいのに銭も信用もなくし帰れなかった、と。

すると五助は子供のような声を上げて泣き出した。

その泣き声が、すべてを物語っていたといえるだろう。七歳の時に親元を離れこの店に丁稚奉公に来て、ここの店より他に居場所も家族もなかった男だ。ここを出たら、世界はどれだけ冷たかったことであろう。

わかってはいた。だが、みやびは自分を裏切った夫の片棒を担いだことを、そう易々(やすやす)とは許せそうにないのである。それに、奪われた高田屋への支払い金は。

「あの金は、一生かかってもお返しします」

五助はふたたびひれ伏した。彼にはやはり、ここより他に行くところはないのだった。

とはいえ、店に戻るといっても、事情が事情だけに店の者や世間の目は厳しい。五助に対する疑念は晴れたとはいえず、どれだけ孤独に励んでも針の筵(むしろ)であろう。

その時、礼太郎が言った。

「五助、これ見てみ」

床(とこ)に飾った、あの京薩摩。みやびの尋問も五助の嗚咽も、全部聞いて吸い込んだはずなのに、なお静かで清楚(せいそ)なたたずまいで、そこにある。

「気持ちが和むやろ。和んだらな、また強うなる。おまえ、心の傷も、よう治しや」

なんと優しい言葉であろう、みやびは思った。息子は体を害して近江から帰った後、この座敷で日に日にこのもの言わぬ焼き物と語り合って心を癒(い)やしてきたのか。そしてこの美しい焼き物は、彼の焦(あせ)りや後悔といった負の気を、無言で吸い取り浄化したのだ。

五助も礼太郎の言葉に泣きながら焼き物を見た。細い金線で描かれた菊の小花の雲模様。ここしばらく次々訪れた来客によって、苛立ちささくれだった自分の心が、ふうわり和むような気持ちになった。人が作ったものでありながら、人の力を超えて美を放つものは、まこと、神や仏の領域近くに到達しうるのであろうか。ありがたくて、みやびは思わず手を合わせていた。そして次には、この焼き物の由来である久賀の顔がしぜんと浮かんだ。

不平等は、ここにもあった。自分だけがこんな気持ちでいるにもかかわらず、何も知らずにいる男。むしょうに会いたくて会いたくて、たまらずこみあげるものを抑えながら、自分だけが虐げられている、そんな気がして、寂しくてならなかった。

第九章　帯を解く夜に

夫の遺児仁三郎が、おしか夫婦に付き添われ高倉屋の店の前に立ったのは、次の年の、五月晴のさわやかな朝だった。

彼は、丸に梯子高の文字を染め抜いた柿渋の暖簾を、じっと見ていた。聞いていたとおり、十二歳というのに端正な顔の少年だった。みすぼらしいなりで現れてもらっては店の評判にもかかわることで、着物はあらかじめ、結城紬の揃えを送ってあった。亀岡からは遠いので裾をからげ脚絆を付けた旅装であったが、すでにどこやらの子息然として見える。だが近所でも店うちでも、すでに、あれは誰、と鵜の目鷹の目で見ているることは知っていた。

「亡くならはった旦那はんの外腹の息子はんやて」

「なんや、妾の子ですかいな」

「そらまた、御寮人さんも難儀なことで」

そんなふうにささやかれるのは承知の上だ。しかし彼らの言う〝妾〟が、当初みやびが思い描いたような、地味で苦労がしみついた花街の女を義市が落籍せてあった、と典型的な印象で伝わっていくなら、その方がよかった。病で姿を消したとはいえ島原で太夫を張る女とわかれば、尾鰭がついて大騒ぎになることだろう。おしかには堅く口止めをした。

「うっとこへ引き取るからには、もうこの子の出自は黙っといてもらわななりまへん。よろしいか。母親が死んでも知らせたりはせんといておくれやす」

おしかは肩を縮こまらせ顔も上げることができずにいた。みやびはもう一言、

「それが仁三郎のためどす。れっきとした商人になるためには身元を侮られてはなりまへん。この子が一人前の男になるためには、出自のことは墓まで持って行っとくなはれ」

仁三郎のため、と言えばすべて理解し恨まぬ里親であった。もとより、彼の将来を思ってここへ連れてきたのは彼女なのだ。仁三郎の身を立てるためなら、おそらく誰にも実母のことは話さないだろう。彼女には百円の金を包んで渡した。

おしかは恐縮していたが、おしかの亭主は目の色を変えて喜んだ。むろん、みやびは彼にも釘を刺した。

「もしも仁三郎の身元が世間に洩れたら、それはあんさんが喋ったということで、迷惑料をもらいに行きますさかい、その金、置いとってもろたほうがよろしいか知れまへんな」

みやびが男ならここまでは言わないだろう。だが、女だからと舐められ足下を見られるのなら今言っておいた方がいい。おしかの亭主は恐れをなして、

「めっそうもございまへん、坊ちゃんのために、死んでも口外いたしまへん」

おしかと並んで頭を畳にこすりつけた。

仁三郎と対面したのは、彼らを帰した後だった。先に一人で仏間で待たせておいたのは、おしかたちとの別れの愁嘆場を見たくないからだった。養い親への里心が残っては困る。

礼太郎とともに仏間に入っていくと、少年は礼儀正しく両手をついてお辞儀をした。

「仁三郎でございます」

そのように言えと、おしかに諭されてきたのだろうか。いや山家の女にそこまでのしつけは無理であろう。これは彼自身の礼節の発露と思われた。

「ここがどういう家か、わかってますか」

みやびが訊いた。我ながら、尖った声だと思った。少年は何も答えず、ただ頭を下

げた。

「なんでここに来たんか、知ってますんか」

それにも少年は答えなかった。何か答えれば、みやびはいちいち胸を逆撫でされただろう。子供ながらにみごとなまでの無表情だ。不安がるでなし、媚びるでなし、どんな感情もその顔には読み取れない。

「おしかはんは亀岡へ帰りましたで。あんたはもう一人っきりや」

言うとわずかに唇を噛んだ。目に涙が滲んでいるのがわかったが、話さねばならない。

「これからあんさんはこの家で、どういう身で暮らしていくか、わかっとりますんか」

「お母はん、お母はん。まだ子供や。そのへんにしとったって」

横から礼太郎が止めた。無表情を貫く少年の目からひとすじ、涙が伝い落ちる。

はっと毒気を抜かれた。彼の生い立ち、どんなことが好きで得意で苦手は何か、そんなことを聞こうと思ったのに、どうもみやびは勢いづきすぎていたのか。礼太郎は、

「智次郎を呼んでんか。それに孝子も。富美はまだ帰っとらんのやな」

あっさりと弟妹たちを引き合わせた。皆は事情もだいたいわかって、訊きたいこと

がいっぱいあったが、その場はおとなしく挨拶をした。そして後から孝子はせっつくように、

「あの子、弟なん？　今までどこにおったん？　誰に似たんや、きれいな顔の子ぉやな」

などと兄たちを質問攻めにした。礼太郎も智次郎も、父が外で作った異母弟と頭ではわかっても、母の苦悩を思うと受け入れがたかった。ことに、若い男にとっては、話題にしてはならない禁忌にも思え、厳しかった父の裏の顔を見た気がして黙り込む。仁三郎は嵩の低いおとなしい子だった。もともと人の出入りの多い賑やかな家だっただけに、一人増えてもわからない。なのに、みやびにはどうにも異物が入り込んできたような気がして落ち着かなかった。仁三郎が仏壇の義市の位牌に向かって手を合わせる背中に、そっとため息をつく。あんさん、これで気が済みましたか、と問いかけながら。

だが本当のところ、みやびはこれからどうしてよいか、わからないのであった。

その後、もう一度五助を呼んで、今度は単刀直入、夫の島原通いについて訊いてみた。当面、五助は礼太郎預かりとして蔵の番などさせて様子をみることになったのである。

島原登楼にかかった金については、一瞬くらっとするような額だけに、何度か聞き直したら、五助の方が小さく縮こまった。その金を稼ぐために店の者がどれほど汗水をたらしたか。みやびはそれだけで義市への憎しみが高まったほどだ。わしが稼いだ店の金やと義市は言うかも知れないが、彼に稼がせた場は自分の店だ。息子らに引き継ぐべきものだ。

五助は、義市が常に帯地で作った覆面をし、どこの誰とわからぬように気をつけたこと、郭(くるわ)の者にも詮索(せんさく)せぬよう各所に銭を握らせていたことなど、彼がどれほどみやびに気を配っていたかを強調したが、そんなことは当然のことだとみやびは吐き捨てたくなる。

浦風太夫という女についても質問を緩めなかった。郭で子供を産むというのは相当な根性の女であろう。普通は稼業(かぎょう)に支障をきたさないよう、さまざまな手段で堕胎すると聞いている。そのうち子を産めない体になるが、それでやっと一人前なのだとも聞いた。

「いえ、それが、こっ、た、い、は、せっかく授かった命、人の都合でどうこうするんはしのびなく、御仏(みほとけ)のご意志に従うまでと、月満ちるまで仕事もなさらず腹にお抱えになり、旦那はんも、それを哀れに思っていろいろお気をかけられたんどす」

どんな言葉も出なかったのは、郭の女としては幼すぎると呆れたからだ。だが、

「わしは旦那はんのお使いで二度ほどお目に掛かりましたが、天女のようなお方どす」

と五助が褒めた時点で、みやびは猛烈に彼女が憎くなった。

「へえー、そうどすか。あんたらはよーう女を見る目があるお人らどっさかいな」

せめてそんな皮肉でもぶつけるしかない。五助は言葉も継げず、ひれ伏してしまう。

郭の女が仕事を休んでいては借りた金子もいっそうかさみ、骨の髄まで締めつけただろう。抱え主からも、二度とこのようなことがないよう厳しく咎められたはずである。商売に徹する、ということを、彼女は身をもって教えられたに違いない。色事は長続きしなかった、とおしかは言ったが、案外、子が生まれてからの二人が切れたというのは、本当かもしれなかった。

ともかくも、そんな中で生まれて来た命、今日まで育ってきた命であった。仁三郎は、そこまでしても生かされるべき者なのか。

浦風太夫という女は平素から信心深く、観音参りを欠かさなかったという。仁三郎も、よほど御仏の加護があったらしい。おしかが、このまま百姓にするにはもったいないと言ったとおり、店に座らせておけば、数日でそれぞれの持ち場の意味を解した。

それどころか、算盤も達者で、由松と並んで珠を入れさせても後れをとらない。

「あれは、案外、拾い物でしたな、お母はん」

礼太郎が笑みを浮かべてそう言った。だが、ことはそう簡単ではない。あれが他人の丁稚預かりとでもいうなら礼太郎の言うとおり拾い物だ。だが、なにしろ彼は死んだ先代の落胤なのだ。いずれ店の継承問題にも影をさす。だからみやびは悩むのだ。

ようやく落ち着いた時間がとれるようになり、みやびは茶の湯の稽古を再開した。和歌はもうこりごりだが、何らかの稽古に通えば少しは広い世間もわかる。

ついでに富美の画学校にも立ち寄って、歳暮の品を届けてこよう、そう思い立つ。

当初預けていた画家の酒井雨龍は、富美を見込んで早々と自分の一字を採った「紅龍」という雅号までくれるほどの肩入れのしようだったが、あまりにも女癖が悪く、富美の先にいた女弟子を孕ませたと評判になった。驚いて、辞めさせる口実に思い切って画学校を受験させたら受かってしまった。女子の生徒の合格者は富美だけだった。

姪というだけで富美は家の中でも存在感が薄く、いるかいないかわからぬほどだ。そんな立場が似通っているからか、仁三郎とは最初に親しく言葉を交わすようになっている。仁三郎も、異母兄姉たちとは親しく話せるような共通の題材が見当たらなかったが、富美を相手に絵やら壺（つぼ）やら美術について尋ねるのは、ちょうど適当な会話になったようだ。

画学校は、京の美術を立て直す使命をもって創設され、三条実美（さねとみ）太政（だじょう）大臣が日本最初京都画学校と名付けた学び舎（や）である。京都御苑（ぎょえん）内の広々とした建物で、玄関口には生徒たちの作品が掛けられ、ちょっとした展覧会場になっている。そんな中に、富美の作品もあった。青磁色を背景に牡丹（ぼたん）の花を描いたもので、銀賞の札が付いており、他の作品と比べても力のある絵であるのは一目瞭然（りょうぜん）。「紅龍」の落款（らっかん）がなんとも豪気で、絵にいっそうの箔（はく）をつけている。家では、何を描いたか、楽しいかと訊いても、言葉少なにうなずくばかりなのだが、持ち帰る作品はどれも目を見はるばかりで、やっぱりこの子には絵の才能があったと嬉（うれ）しく思う。

では富美の絵を超えての金賞はどれかと探すと、やはり前の方に飾られている。大きな触角を持った伊勢海老（えび）を描いたもので、たしかに細密に描き込まれているが、目玉が不自然で、身贔屓（みびいき）だろうか、富美より巧（うま）いとは思えない。富美の絵がこちらに負けるとしたら、素材が動かぬ花で海老に比べておとなしいという点か。竹田雄山（たけだゆうざん）、雅号ではなくすでに画家のような本名は、こんな画学校に学ぶほどであるからどこか大家の子息かもしれない。

教室を覗くと、十人ばかりの画学生らがそれぞれの作品に向かい、静寂の中で筆を走らせていた。しかし、それらの中に富美の姿がないのである。

不審に思っていると、庭に面した扉を開けて入ってきたのが富美だった。絵の具が跳んで汚れた前掛けをし、日本画用の絵の具を溶く水を入れた桶を、こぼさないようそろりと捧げ持った様子は、まるでこの学校の女中である。壇上に置いて、そそくさと自分の机の前にもどるが、それに気づいた年長とおぼしき生徒が、背伸びをしながら声を出した。

「諸君、そろそろ一服しないか」

他の生徒たちも、そうだな、と答え、私語を交わしながら立ち上がる。

「おい、勢田。お茶」

命じたのは級長というところか。そして、命じられたのは富美なのである。さっき、みんなのための水を汲んで戻ったばかりで、まだ紙の上には下書きしかできてないのに。

絵皿に絵の具を溶いたばかりであるだけに、富美は残念そうにうなだれている。

「おい、返事は。お茶を入れるのは女の役目やろが」

他の生徒が富美に向かって声を荒らげる。もう一人、後ろから立ち上がった生徒が、

「なんだ、おまえ、今日一日かかってまだそれだけしか描けてないのか」

とからかった。さらに別の生徒がはやしたてる。

「何が紅龍だ、そんなことでは、次の学展への出品なんか、とうてい無理だな」

「そうだ、先生のえこひいきなしには、おまえの絵なんか選ばれんよ。なあ竹田」

呼ばれた生徒はさっきの金賞の海老の絵の生徒か。ふふん、と笑って富美を見下ろし、

「できあがったとしても、この俺様に勝とうなんて企(たくら)んだ日にゃ、また前のように天誅(てんちゅう)が下って、おまえの絵にはバッテンが記されるだろうよ」

なんと恥知らずな。それは仕上がった富美の絵をだいなしにしたのは自分だと名乗っているようなものではないか。それを誰もおかしいとも思わず、止めようともしないとは。

それでも富美は耐えてうなだれている。こんな公然たるいじめがあってよいのか、みやびは拳(こぶし)を握りしめた。玄関口に飾ってある富美の絵は、恵まれた環境で悠々と描き上げたものではなく、こんな劣悪な連中の嫌がらせの中で無事に完成させたものだったのか。

情けない男たちだ、男というだけで威張り散らすことしかできず、女の方が優れて

いるとわかれば、やれ贔屓だ色仕掛けだと、自分が劣ることを認めず女を貶めにかかる。

明治になって、女もその才能を活かして学ぶ機会ができたと喜び、こうして富美を画学校へ入れたというのに、そこは旧態依然、男の世界。それまで存在しなかった女を排除するため、これほどすさまじい嫌がらせが行われていたとは。

みやびは黙っていられなくなった。がらり、と音をたてて入り口の扉を開けると、男子生徒らの前に立ちはだかった。背が高いので、ひよっこどもには押し負けない。

「あんたら、もっと上手な絵が描けるようになってから言うこっちゃな。なんやの、そのミミズが這ぉたみたいな絵ぇは。そんなもんしか描けん暇人の方が茶ぁ入れてきなはれ」

いきなり乱入した女の暴言に、生徒たちはただびっくりして立ち尽くしている。

「よろしいか、絵の世界は、巧い者が上どす。女や男や関係あらへん。女に負けて悔しかったら、黙って、もっとましなもん描けるよう修行しなはれ」

級長格の生徒も恐れをなしてその口をぽかんとあけたきり、みやびを見上げて硬直している。富美はと見ると、やはり驚き、みやびを見上げたまま動けずにいる。

「さあ、富美、帰り仕度や。こんなとこ、あんたがおるとこやおまへん。片付けなはれ」

いじめの現場に踏み込んだのである。教師にはこの不条理を抗議するつもりでいた。そして改善されないなら、こんな学校、やめさせるまでだ。学ぶ場なら他にもある。

だが、当の富美が、動かない。

「富美、帰りまっせ」

もう一度、促した。しかし、消え入るような声で富美は言うのだ。

「伯母ちゃん。ごめん。うち、この絵を仕上げたいねん。ほんで、学展に出したいねん」

うなだれた細い背中から、冷たいままに燃え上がる炎が見える気がした。こんな場でも、黙って絵筆を動かしている。みやびは、はっと胸を突かれた思いだった。

本物の絵は、どんな逆境の中であっても精彩を放つ。描き上げられないのなら、それは絵に注ぎ込む魂が弱いから命を得ることができないのだ。富美の背中がそう言っている。

趣味の稽古の領域ではない、富美は、すでに本物の絵描きなのだった。どんな嫌がらせを受けようと中傷されようと、ただおのれの作品に邁進する芸術家の魂が備わっている。そう、かつてどんどん焼けの大火の中で、母体の衰弱により流れかけた小さな命が、皆の思いで踏みとどまって、そうして光あるこの世に産声を上げ生まれ出たように。

いつからそんな強い者になったのか。母親に会いたさにその面影ばかりを描いていた少女はもういない。描くことで見えないものを紙上に表すという、神のなすわざにもっとも近い領域に、この娘はすでに入りこんでいるのだ。みやびはすがすがしい負けを感じた。

二人の背後で、男子生徒がこそこそと出ていこうとする。みやびはもう一度言った。

「あんた、早よ済んだんやったら、茶ぁ、入れてきなはれや」

教員室で、みやびは富美の指導教師に面会した。田端という男性の画家で、みやびの訴えを親身になって聞いてくれた。

教室内での力関係は、教員が目を離すといつもああなのだという。しかし富美自身が決して負けず、大丈夫です、と言ってすばらしい作品を描き上げてくるので、黙認してしまうのだという。

「そやけど先生、うちの大事な娘があんなごんたくれに嫌がらせされて、家でもさせたことのないお茶汲みしてるやなんて。うちが見張っとくわけにもいきまへんし、先生のお力がたよりどす。もしもまた同じことがあったと知ったら、うちはあの家の親に言いに行きますで」

相手の親が華族であろうが士族であろうが怖くはなかった。弱い者いじめこそ最低で卑劣な行為であることを、彼らの息子は絵の技術などより先に学ばねばならないだろう。

「いやいや、おっしゃることは重々、承知。今後はよく目を配りますんで」

「おたのみ申します。一人の才能ある絵描きが、女やからというだけで能なしの同級生につぶされるなんて、この学校のためにもなりまへん」

言いたいことを言う女だと思っただろう、田端教師は苦笑い続きだったが、人柄のいい男であった。おかげでみやびは思っていることを余すことなく伝え、持参した品を前に差し出せた。丸に梯子高の紋の入った風呂敷(ふろしき)は、今や京の者なら知らぬ者のない店の商標だ。

「いずれうちとこも、この画学校で学んだような秀才の方に、立派な図案をお願いしようと思とります。いえ、できたら田端先生にもご指導いただきたいくらいどす」

そこからは姪の教育という話題から転じた〝ビジネス〟談である。

「いやいや、ご母堂、それはまた別の話だ。我々絵かきは、職人ではありませんから」

それまでの柔和な教師という印象がにわかに陰る。名のある画家が呉服のような日常品の下絵を描くのはまだまだ抵抗があり、一般的でない。しかしみやびにも自負はある。

「うちは、職人を見下げる風潮はようないと思とります。誰が描いたもんであれ、品評会でもちゃあんと評価されとるのやし」

「そうでしょうか？　その品評会で、名無しの職人の作ったものが入賞しましたか？」

思いがけない反論だった。みやびは返答に詰まる。たしかに高倉屋として入賞しても、そこに職人の名はない。それゆえ職人には何の栄誉もないし名も上がらない。けれどもみやびはこう言いたい。共同作業である以上、賞は皆で邁進してきた成果として分かち合う。単独で戦わなくとも、高倉屋が彼らに、腕を振るう場を用意してやれるのだから。

「実は私は、府の美術展の委員もしているのです。その中に、高倉屋さんのやり方に疑問を呈す方もおられるのですよ」

ぎくりとしたのは、先日、府の美術展の工芸部門で痛い敗退を喫したばかりだったからだ。半帖の大きさの壁掛けで、京薩摩の香炉を下絵に染めたものだ。

「なんであかんのどっしゃろ、画家でなかったら賞を取れんと言うんどっしゃろか」

田端はふっと哀れむような視線を向けた。

「いや、僕も、あそこまで頑なに否定しなくてもいいんじゃないかと思いますが、ともかく美術工芸には品格が必要だとおっしゃり、無銘の職人の作を受け付けない委員がいて」

「無銘やおません、高倉屋といううんが銘なんどす」

もう一度、田端は嗤った。

「いや、その方はね、ご婦人で一人だけ文化界を代表して委員を務めておられるんですが、どう言っていいのか、あれは、高倉屋さんそのものを否定しているのかなあ」

誰どすそれは、と言いかけて、いやな推測が頭をよぎる。文化界、女性……。

「選考委員の名は公開されているからお教えします。一條さんといえばご存じですか」

白塗りの顔の唇が、にまっと割れて笑みを洩らす。公家出身という背景、多くの門弟を抱える和歌の師匠、それはじゅうぶん文化界代表という立場になりうるわけだ。

「そんなん、審査する人の一存で落とされるんどすか」

「何しろ強硬な否定だから、誰も口を挟めない。だから意見を裏返せないんですよ」

愕然(がくぜん)とした。こんなところまで私怨(しえん)を持ち込むなど。それに、もともと不正であるのは買った物に代金を支払わないあの人の方ではないか。

ふう、とみやびは肩を落とした。ここで相手の悪口を言ったとしても泥仕合だ。

「田端先生、おおきに。ええご忠告をいただいたと思います。けど、美術ゆうんは、言葉も何も必要なく、すばらしいもんは一目で人の心をうちます。高倉屋では、そういう日本のすばらしいもんを、外国にも伝えなならんと思うてます」

力ない声であったが、その考えは変わらない。たとえ審査員が頑強に否定しようとも。

「おっしゃるとおりですよ、がが御寮人さん」

教員室の衝立(ついたて)の後ろから、声がした。次の来客がそこに控えて、みやびの用件がすむのを待っているのは知っていた。だが、ふいに姿を現したのは、久賀だったのだ。

「あんさん、……久賀はん。なんで、ここに」

「狭い京の町、絵の世界はどこかしらで繋(つな)がっているものですよ」

久賀はんに会うんは神戸以来どした。数えてみたら二年近くも前のことどす。そやのに、なんやもうそないに長い時間が過ぎた気がしませんでした。

「学校へねじこむとは、さすが〝がが〟御寮人さん」

「やめとくなはれ。ねじこんだんやおません。うちは正当なことを言うたまでどす」

まさかついでに自分までこんな不快な事実を知ることになるとは思いまへんでしたけどな。でもまあおかげで田端先生に壺を納品しに来てはった久賀はんと道連れになりました。

「田端さんは正しい人です。絵描きという職業に誇りを持っておられる。といって、何が何でも職人を否定するつもりもないのですよ。だから事情を話してくれたんでしょう」

「ありがたいとは思いましたけど、そやからゆうて、うちはどないしたらええんどす？」

選考委員にお内蔵さんがおっての限り、うっとこは絶対入選でけへんゆうことなんどす。

「どうもこうも、答えは今、ご自分でおっしゃったではないですか」

そうやった。誰がどんな屁理屈をこねようと、皆がひざまずくほどの水準の高い美を提示するだけや。

と、口で言うんは簡単どすけどな。けどまあ、久賀はんに会わんかったら落ち込むとこどした。荷物持ちについてこさせた丑松（うしまつ）は富美のために画学校に残し、ちゃんと家まで連れ帰るよう命じて、うちは茶の湯の師匠のとこまでと、久賀はんに並んで歩きました。

「そうか茶の稽古ですか。うちにも今、焼き上がったばかりの茶陶があります」

「京薩摩は置物主体やあらへんのどすか」

「外人好みは華やかすぎて茶陶に向かないが、もとの薩摩はしずかな器だ」

うちは、見てみたい、という気持ちに勝てまへんでした。いや、茶陶より、久賀はんと、一緒におりたい、話したい、そんな気持ちに勝てなんだのどす。

「一度、お越しになりますか」

二つ返事で、うちは行く、と答えました。その折の、久賀はんの嬉しそうな顔ゆうたら。――けど、人の顔は鏡やいいます。きっとうちの方が、それ以上にうれしそうな顔をしとりましたんやろ。

五条坂には、久賀はんの陶房だけやなく、えろう勢いのある窯（かま）もいくつか並んで、その賑わいゆうたら神戸のあの海辺の寂しさとは比べもんになりまへん。その一角にある久賀錦山というのが久賀はんの陶房で、そこでほんまに、焼き上がったばかりの茶陶をたんと見せてもらいました。

神戸でもそやったけど、もの言わん焼き物がずらっと棚に並んでいるさまは壮観どす。もしも焼き物がいっせいにもの言うたらどないなことになるんか、肌がざわつくような感覚がしました。それほど、一個一個には生きているような存在感があるのどす。

「触ってもよろしいか？」

「どうぞ。触れてみないと、陶器の持つ熱も水分も伝わらんでしょう」

人も同じでは？　と、今回は言わはらへんかった。軽くて華奢な手触り。なのにぽってりと、菊の花びらの一つ一つまで命が宿るような立体感。壺も、水差しも、茶碗も、菓子器も、釉薬に閉じ込められた花吹雪をまとい、この上もなく優雅で気品に満ちとりました。

その時うちが考えとったことゆうたら、〝織り〟でこんな柄が出せんやろか、そのことばっかりどした。襟座別っさんが着ていたドレスの、立体的な花模様。もしもあの生地を日本で、うちらの技術で織り出せるなら――。陶器がこないに好まれるんやから、きっと西洋の婦人方も夢中になるはずどす。

「こんな無粋なところで見ても、こいつらの本当のすばらしさは伝わらないでしょう。

どうです、この近くに、実際の茶席に名陶を選んでしつらえさせた座敷があります。牛鍋(ぎゅうなべ)とはいきませんが、仕出しでも取らせて、ゆっくり眺めていかれますか」

願ってもないことどす。茶陶ゆうんは、ふさわしい空間の中に置いてこそ真価を発揮するもんどす。うちは、久賀はんの美意識を見てみたいと思いました。

もう外は日暮れて、祇園一力の前を通ると赤いぼんぼりに灯がともり、三味線の音も聞こえてきました。なんや気分も浮かれてきます。男はんは、こういうとこに芸妓(げいぎ)はんを呼んで遊ぶんどすなあ。また夫のことが思い起こされて気分が塞(ふさ)いでいきました。そういう時は醜い顔になるのどっしゃろ。せめて今日はそうはなりとうないというのに。

「久賀はんは、島原にも、遊びに行ったりなさるんどすか」

そんな質問は唐突やったことどっしゃろねえ。久賀はんは珍しく口ごもりはった。

「それは、……今は、接待でも、行きませんな」

島原は京の中心からはずれている上、格式が高いだけに太夫一人呼ぶにも伝統的な手順があってわずらわしい。それより、こうして町なかに手頃な花街があるんなら、よほどこっちの方が使いやすい。そうした理由から島原では、老舗(しにせ)の置屋がまた一軒、灯りを消したと、久賀はんがこまごま教えてくれました。

花の郭も、今まで通りにはいかん、ゆうことどすな。待つだけで客がわんさか来る時代は終わったんどす。どんな業種も、新しい時代の求めに応じていかんと生き残れまへん。

「久賀はん、浦風ゆう太夫のことはご存じどすか」

なんでそんなことを訊いたんどっしゃろ。話の弾みゆうんはこのことどすな。取り残され寂(さび)れていく郭のうちで、もう一つの花、太夫がどないなっていくんかと考えたんどす。

ところが、久賀はんからは思いがけない答えが返りました。

「ご亭主のことですか」

「それ、なんでご存じどすん?」

今度は黙ってしまいはった。またさっきのように、狭い京の町のこと、どこかで繋がっている、とでもいうんが答えどっしゃろか。

「どんな妓(おんな)やろ、と思いまして」

妹のきぬと一緒に一度見たきりの太夫は、まさか夫の女と知らずに見送った人どす。今会えば、うちの目にはどない映るんやろか、自分を確かめてみたいと思たんどす。

それでも久賀はんは何も言うてはくれはらへん。けど、義市と太夫のことを知っているなら、それは唯一(ゆいいつ)、うちが心の澱(おり)をはき出せる人やと思いました。

「知らない方がいい、まもなく死にゆく者だ」

そうなのか、と納得するうちがおりました。まだ生きてはるんや、けど、人はいずれ死ぬんですもんな。夫の義市やったって、あんなに突然、帰らぬ人になったのやもの。

「うち、無念で、無念で、……」

美しい女やったんやろ、若い女やったんやろ。子供のため家のためがさつに動き回るうちとは、似ても似つかん、しとやかな女やったんやろ。——年食って古うなった自分は夫に価値のないものと捨ておかれ、顧みられることもなかったんやと気づいたら、なんやみじめで、胸の奥に、つん、と針で突いたみたいに悲しみがにじみ出してきました。考えてみたら今日までうちは、そのみじめさに耐えて、誰にも何も言えんと強がってばかりきたんどす。

ふいに、久賀はんが手を握ってくれはった。そして、もう一つの手で、うちの涙を拭(ぬぐ)ってくれはった。優しい手やった。そやのに、うちはとゆうたら、

「うち、泣いてなんかおらしまへん」

邪険に振り払(はろ)とりました。言うたとたん、両方の目からぼろぼろと涙がこぼれたの

に。

どうもあらへん、そう言おうと顔を上げたら、久賀はんが、つないだ方の手をぐいと引っぱりました。頭の上で川端の柳が冷たい風に揺られてそよぎ、うちはするりと久賀はんの胸に抱き取られました。その肩越に、柳の枝の間で霞(かす)む月が見えました。

「泣いていいんです。泣いていいんですよ、ががはん」

そっと頭の上で言われた言葉は、まるで呪文(じゅもん)のように、うちの心をほどいていきました。

ええーん、と子供のような声を出して、うちは久賀はんの胸で、思いっきり泣きました。

朧月夜(おぼろづきよ)であった。磨き上げた鏡のように丸い月を、恥じらうように雲がうっすら包んでいた。

いくら花街の中でも、長く柳の下で抱き合っていたら人の目につく。久賀が導いた屋敷は、二人が通り抜けてきた筋に並んだ華やかなお茶屋とは違い、一見ふつうの町屋かと思われるような路地の奥にあった。笹(ささ)が植え込んであるだけで、看板も暖簾も ないが、いかがわしいたぐいの店でない証拠に、たたずまいがきちんとしていた。

「さる西国の藩の京屋敷だったところです。今は私が買い取り、迎賓用に使っている。がはんをお連れするんに、妙な場所には行けませんからね」

大事にしてもらっている、その気遣いがうれしかった。ここ一月ばかり、自分はあまりにがんばりすぎた、出しゃばりすぎた。そのぶん、傷んで壊れて疲れきってしまったのだ。だから、久賀に抱き留められると抗いもせず、体が溶け出すように安らいでいく。

入った路地はきれいに掃き清められて水が打たれ、玄関の戸を開けると沈香が焚きしめてあった。女中頭とおぼしき年配の女が顔を出したが、久賀は自分の背中でみやびを庇い、見えないようにした。女は察して、襖を閉める。

もう、二人には暗黙の了解があった。

赤い唐紙の襖を開くと、とっぷり暮れた宵闇に沈む座敷に赤い女枕が二つ、羽二重の布団の上に並べられていた。どこに灯りがあるのだろう、かすかな灯りだけで真っ暗闇から救われている。こんな関係の二人には、ちょうどよい明るさ暗さのしつらいだった。そして同時にそれは、久賀がここに誘ったときからどういうつもりであったかを悟らせた。そんな男の心づもりを知りながら、無言でついて入る自分に驚いてもいる。

布団の上に座ると、背後で、襖が閉められる。心臓が、どくんどくんと高鳴ってい
た。久賀はどんな顔をしているのだろう。もう若くもないこんな自分を、この薄灯り
の中、ほんとうにどうにかしようというのだろうか。
だが確かめる間もなかった。久賀はためらいもなく、まっすぐみやびを抱き取った。
鼻腔を、なつかしいようなせつないような、生身の男の肌のにおいがかすめていった。
「久賀はん、うち、こんなこと、……」
しゅるっと衣擦れの音がして、反射的に久賀の手を押さえた。帯は、解いたらもう
終わりだ。自分はそういう軽い女であったのか。何より、四十路もしまいの、節度あ
る女が。
するると久賀はまっすぐみやびを見下ろし、落ち着いた穏やかな声で言う。
「みやびさん。帯は、結ぶものじゃない。解くためのものだ」
そうだろうか、久賀がそう言うならそんな気がした。
「もう、〝がが〟はおやめなさい」
自分が〝がが〟でなくなったら、何になるのだろう。みやびは目を閉じる。自分の
帯が解かれる音を、どこか深い井戸の底で解けゆく氷の音のように聞く。そうや、う
ちは軽い女なのや。この身に何も背負っていない。自分を許せば、身も心もすべてが

軽くなった。

帯の下では、夫も長い間触れずにいた肌が、熟れて火照(ほて)って熾火(おきび)のように目を覚ます。その核心のもっとも熱い部分に向かって進む久賀の熱い吐息がいとおしかった。

後は、朧月夜が見せる夢の中へ、まっすぐに落ちていった。


腕枕をした手で、みやびの鬢(びん)の後れ毛を撫(な)でる男の手。

もう何年ぶりだろう、これほど安らかな眠りから浮き上がってくることは。

目を開けると久賀の顔がある。今自分の身に起きたことにあらためて気づき、みやびは恥ずかしさに目を閉じた。もう、取り消すことのできないことが起きてしまった。

これは義市への面当(つらあ)てだったのだろうか。違う、たしかに久賀に恋していた。会いたいと思い、泣きたいと思い、そして抱いて欲しいと思った。夫を失った女にとってこれを不義とは言えないだろう。そして目覚めた今も、変わらず久賀がいとしかった。

「うち、ほんまに、茶陶のしつらいを、見るつもりで来たんどっせ」

「しかたないさ、茶陶より、もっとすてきなことがあった」

情事の後のむつみごとは甘い。いつまでも浸っていたい浅い夢のように。

しかしこんなことは続かない。みやびはそっと起き上がり、さっき久賀が魔術のように剝がしていった着物を掻き寄せる。

顔を上げると、さっきまでは気づかなかった床の間に、菊の花柄の小さな陶器の筒があった。白くかぼそい、これは京薩摩か。灯りは、その中に灯された蠟燭が、陶器を透かして光をまき散らしているのだった。よほど薄く焼かなければこんなことは不可能だろう。

「可愛らしい灯りや」

そっと手に乗せ、いとおしみたくなる、そんな小ささ。他にもある。貝合せの形をしたお香合。蓋には、やはりびっしり立体的な菊の絵柄が金彩でほどこされている。眺めていると背後から久賀がそっと顔を近づけ、

「なんだ、本当に焼き物を見たかったのか」

とからかった。

「このぽってり盛った菊の花の集まりの分厚さ。織りで、こんなん作れんやろかしらん」

ついつぶやいた。久賀が苦笑する。

「まだ、ががはんは、健在なんだな」

「もう。ががはん、ががはん、ゆうてうるさいこと」

怒ってみせる。その頬を両手で挟み、久賀はとろりと笑った。

「みやびさんのために、茶会をやろうか」

「久賀はんが？　ここで？」

そうだとうなずき、久賀は違い棚の上の花入れを指さした。

「ここには他にも本薩摩をしつらえてある。全部、ゆっくり見せたいから、茶会だ」

たしかに茶陶が見たくて来たのだが、久賀のお点前の方が、もっと見たい。

「ほんまや、うちら、叱られる。ここはそういう場所やなかったんに」

二人が順序をまちがえてしまったことを今さらながらに詫びたかった。茶会ができるほどの邸を、不埒にも激情に流され逢い引き茶屋のような使い方などしたりして。

「いや。――みやびさんとなら、そうやって過ごす場所になる」

せっかく着物を着たばかりなのに、久賀はまたみやびを抱き寄せる。

「おもしろい人だ、今までみやびさんのような人には会ったことがない」

それは褒め言葉なのか珍しがっているだけなのか。いや、わかっている、若い娘もきれいな女もいくらでもいるのに、久賀がみやびを今選ぶのは、美しいものに向かう視線が同じだからだ。そしてみやびも同様に、久賀と同じものを見たいのだ。

「大切にしたい。少しも欠けないように、壊さないように」

うれしくてまぶしくて、みやびは溺れる気分になる。自分が陶器の壺になったように、久賀に愛でられ撫でられ嘆息されることで、値打ち高きもののように思えてくる。これが長く女を張って生きてきたことへの報酬というなら、人生はどんなことをしてでも生き抜く価値はあるだろう。それがたったこの刹那だけだったとしても。

「あかん。久賀はん、うち、せっかく帯を結んだとこやのに」

抵抗はしたものの、みやびは、ふたたびの衣擦れのさざなみの中に沈む。帯は、解くためのものであった。

第十章　羽衣の女

夫の急死以来、心の晴れることなんぞ一つもあらへんかったゆうのんに、久賀はんとの朧月夜のできごとは、うちの中のすべての負の分量を差し引きしてなお余りある明るいもんを与えてくれました。

まずもって、一人の男を思ってこんなに嬉しく幸せになるやなんて、これを恋ということさえも知らずにいた今までの自分が、なんや哀れに思われました。

久賀はんといて、こんな自分がいる、そんな自分もいたんやと、今まで気づかなんだ自分の発想や考え方に驚く瞬間がふえました。そう、あれからもうちらは何度か、あの邸で逢瀬を重ねておりました。

うちは呉服屋の娘やさかい、着物にうるさいんは生まれつきで、贅沢はせんでも垢抜けた着物の柄を選んで粋な小物を合わせるんが趣味のようなもんでした。けど、久賀はんという存在ができてからは、自分の好みやなしに、いったい久賀はんはどんなんが好きやろと、あの人の好みを探るようになったんもおかしなことどすな。斬新(ざんしん)すぎて売れ残りになるような柄をすすんで着ていたのも御寮人(ごりょん)さんの務めやいうのに、このごろではこっくりとした色目や渋い柄の帯を選ぶようになりましたわ。がが、と言われて誰にも主張を譲らんうちが、久賀はんには可愛(かい)いと思われたいと考えるなんて、まこと恋の力とはおそろしいもんどす。そやからすぐに人様には変化がわかってしもて、

「御寮人さん、なんやこのごろ若返らはったな」

と言われる始末。けど、その理由が、やっぱり亭主が死んで気楽な後家はんにならはったからや、いうんは、この際、ありがたい誤解でした。

行き先を偽ったぐらいで誰が確かめに来るわけやない、けど、店の者や家族に対して、うしろめたさがないゆうたら嘘(うそ)になります。夫が死んで二年やし、義市がどんな不義を犯したにせよ、嫁はんが同等のことをして返してええという世の中ではおまへんのやさかい。久賀はんとのことがおおっぴらになるのは避けんとあきまへん。

そやから、会えへん時は焦(こ)がれて焦がれて、四六時中、いまあの人は何してはるやろと、久賀はんを思わん時はおませんでした。そして会うたら会うたで、離れたくないずっと一緒にいたいとまた焦がれるのどす。

そのくせ、久賀はんと所帯を持ちたいと考えんかったんは、おかしなこととも言えますな。やもめ暮らしとは聞きましたけど、ほんまに久賀はんに奥さんみたいな人がいてはらへんかどうかも、じかに確かめようとは思いまへんでした。いや、こんだけのお人や、お一人身のはずがあらしまへん。けど、どないでもよかった。

うちは生まれながらの養子娘。家つきで生きていくのは宿命どしたから。

どんだけ惚れたお人やゆうても、家を守るんがうちの務め。家あってこそのうちなんどす。家を捨て息子らを捨て駆けだしていくなんていうんは考えられまへんでした。

なんやたいした恋やないと見下げられまっしゃろか。

けど、京の人間は、自由勝手には生きられへん。家とともに、世間とともに生きていくんがこの町に生まれた者の定めどす。京を離れへんのやったら、長年降り積もってきたこの町の平安に従い、家族や世間を騒がすことはせんことどす。

そやからほんまは身を焦がす思いの日々やったけど、自分がせんならん役割を怠ったことはおません。別れてきたばかりやゆうのにもう会いとうて、走り出したい気持ちの時もこらえました。もちろん、ふと久賀はんの優しい手を思い出してつい微笑んでしまう、なんてことにも気をつけななりまへんでした。そやないと手代や丁稚も、なんや御寮人さん気色悪い、と不気味に思いますやろからな。

その頃になると、神戸の商館からは刺繍のドイリーの注文がひっきりなし。帰国のみやげになんぼでも数がほしいと大人気や。襟座別っさんが初めてやってきてから、やがて二年。職を失おた刺繍職人の技巧の火は、文明の風の前からなんとか守ることができたのどす。

そのために織り屋へ足を運ぶのもうちの楽しみの一つどした。とりわけ、いと松に新しい機械が入ったというんなら、見に行かんとおれまへん。

「御寮人さん、これどす。見とくなはれ、バッタン機いいます」

行くなり、お澄はんが弾むような声で言いました。ぱっと見ただけでは従来の高機と代わりばえせえへんけど、紐を引くと杼が飛ぶよう改良されとります。

「これやと、職人は皆、体が楽や言いますし、事実、三割方も能率が上がっとります」

ええことやないの、そう言うと、驚いたことにお澄はんは得意げに言うのどす。

「前に御寮人さんがおっしゃってた紋織り。あれ、ジャカード織りやないどっしゃろか」

それ何やのん、とたちまち話に食い込みました。うちが勝手な夢ばかり語るのんに当惑しとったお澄はんやけど、ちゃんと仕事として頭に留めてくれとったんどすなあ。

「博覧会で、見ましたのや。西洋の、ものごっつい機械で織るのどす」

産業振興が主目的の博覧会に、今までたいして新しい文明の機械なんか展示されたためしはなかったのやけど、回を重ね、先般行われた博覧会では、初めて西洋の進んだ織機が陳列され、京の織り屋はみな度肝を抜かれたのどす。

もちろん、うちも見ました。けど、なんやようわからんかった。怪物のように巨大で、紋を織るための型紙にはおびただしい穴が開いとって、機械を動かすごとに布と別々に吐き出されてくるのどす。もちろん目玉が飛び出るほどに高価で、官営の織殿で一台買い上げたそうや。けど、機械の操作が難しゅうて、急ぎ、その操作法を学ばせるために職人をフランスへ留学させたと聞いとります。

「それが、御寮人さん、もう使えるようになったらしいのどす」

お澄はんが弾むのも無理はおまへん。日本のそこかしこに、外国から高い給金で技師を雇い、鉱山を掘ったり川に橋を架けたり、西洋の技術が取り入れられてめまぐるしく文明は進んでいきますけど、明治も十四年を過ぎた今は、そういうお雇い外人技師の半分は国に帰されてしもてます。もう十分に日本人が学んで自力で何でもできるからどす。東洋には、そないな国は他におまへんやろ。

「使えるようになったからには、払い下げられて、うちら組合でも生産できます」

なんとうれしいことどっしゃろ。これこそ京に古くからある産業の振興どす。京も、そういう機械を取り入れて生産を増やし、もっともっと活気を出さなあきまへん。

「ほんでな、御寮人さん。この機械やと、模様はあらかじめ型紙に抜いておいて、そこに糸が通るようにしておくと、糸と糸とが交錯して見える柄になり、点や線や柄の混ざった複雑な模様が全部、刺繍のように織り込むことができるんどす」

「それや、お澄はん」

思わず叫んでしもとりました。ついに探り当てた。西洋人は特別な機械を使ってあのように複雑な紋織りを創り出しとった。その織機を使うと、少々模様が込み入ってても、大きさにかかわらず織れるんやそうな。

「作っとくなはれ。とびきりの品を。売りますで。うちが、外国に売ってみせますで」

ようやく幻が現へと近づいたんどす。うちは、このこと、誰より先に久賀はんに知らせたいと思いました。

久賀がみやびを茶事に招いてくれたのは年が明けて京の茶人たちが若水で釜を開き、おもだった人々を招いての初釜をすませた後のことだ。

あの邸に庭があり茶室があったことなど、最初はわからずにいた。なにしろ紅い唐紙の座敷にしかいなかったのだから。だが昼間にこうして入ってみると、そこは高瀬川から取り入れた泉水を持つ趣深い空間だった。

「なるほど、ここでお客はんを招いて商談なさっとるわけでっか」

「そう、陳列会場みたいなものだな。焼き物は実際のしつらいで見た方が映えますからな」

待合で汲み出しをいただく間に、他の客たちが交わす話を聞いた。すっかり葉を落とした楓の枝が線画を描き、木立には石灯籠が溶け込んで、泉水の流れもとろとろと耳に優しい。

客はみやびを入れて五人。ほかの四人は二人連れで、それぞれ商人風と官吏風。むろん、みやびが高倉屋の未亡人であることは伝わっていて、丁重な挨拶をされた。

「お名前は存じ上げとりました。うちは回漕問屋の淀屋どす。大阪への荷ならおまかせを」

「私は京都府文化局の向井と申します。いや、府の美術展では何度もお見かけしております」

なるほど久賀らしい多方面なつきあいがうかがえる。

「それにしても調所（ずしょ）はんのお招き、うれしいことや」

「私も、征之介（せいのすけ）の〝真の茶事〟と聞いて、公休をとってきたくらいですよ」

それぞれの妻が、夫の言葉に共鳴するかのように控えめにほほえみあう。

みやびも茶の湯は長く習っているものの、途中で中断したりまた後戻りして再開したりと、中途半端（はんぱ）なところに留まったままだ。それでも「真の茶事」といえば大名物（おおめいぶつ）と呼ばれる最上級の茶道具を使って行う、なかなか催すことのできない茶事とは知っている。だがそんなことより、今話に上がっている人の名前には、〝久賀〟も〝錦山〟も出てこないが。

「あのう、今お話になってはる調所征之介はん、ゆうんは、どなた……？」

皆が顔を見合わせた。そんなことも知らずに招かれてきたのか、という顔だ。

「いえ、うちとこはまだ久賀はんとはおつきあいが始まったばかりやもんで」

言い訳のように言うと、淀屋が話してくれた。

「そうどすな、高倉屋はんとこは直接にお取引もないよって、ご存じのうて当然どす。うちは回漕業やよって、調所はんのお茶碗（ちゃわん）、ようけ運ばせてもらいました。あのお方とは、ご一新前からのつきあいどす。もっとも、その頃はおさむらいやったが」

息を詰めて、みやびは淀屋と名乗る男の話に聞き入った。思えば、自分は彼のことを何一つ知らない。

久賀は、薩摩藩の財政を建て直したことで知られる調所広郷という家老の遺族なのだった。最下層の武士から家老にまで上り詰めたが、調所家はもともと茶道職であり、それで久賀も、生まれ落ちた瞬間から茶の湯を天職として育てられたのだという。

「私の方は征之介とは子供の頃から京住みどうし、親しくしておった者です。今は京都府の勧業方で禄を食んでおりますが、私も薩摩の武士でしたので。……いやはや、薩摩のお家騒動は、征之介の家を、功績に見合わぬ仕打ちで追い打った」

向井耕起という官吏は、カイゼル髭をしごきながら渋い顔をした。

広郷が藩主・島津斉興の側用人格に就いた時代、藩の負債は五百万両にもふくれあがっており、破綻状態だったという。広郷はこれを尋常でない手腕で切り抜けたばかりか、五十万両の余剰金を蓄えるまでに至り、これが倒幕のための潤沢な軍資金になっていくのである。その功績は、今では誰もが評価しているものの、当時は次期藩主の座をめぐり、斉彬と久光が覇権を競い合う時代。広郷は、主流派の斉彬に浪費癖があるとみて久光についたばかりに、実際に次期藩主となった斉彬から追い打たれるのだ。

それというのも、彼は不可能といわれた藩財政立て直しの過程で、禁制である琉球を仲介とした密貿易に手を染めていた。このことが幕府に露見すれば、罪は藩主・斉興にも及ぶ。そのため、彼は責めを一身に負い、黙秘のうちに毒をあおって自裁したのだった。

なんと壮絶な話であろうか。みやびは思わず両手で口を押さえる。

以後、調所家は斉彬により家禄と屋敷を召し上げられ、家格も下げられ、一族は薩摩にはもどれないまま離散しているという。

「もうそないなったら藩はあてにでけへんゆうことで、久賀と名を変え、京に移らはったんは親御(おやご)さんの代のことやが、不自由な境遇の中で育たはったゆうのに家芸の茶の道で身を立てはって、こないして成功なさった。それでも外国貿易ゆうんは、広郷はんゆずりどっしゃろかな」

彼に、そんな背景があったなど、とても考え及ばなかった。平和な町民でよかった、と実感するのはこういう時だ。

「一族のうちには、薩摩閥によって取り立てられて中央でご出世のお方もいるのだがな。勧めても、征之介はそれを嫌って今日までできた。むろん、ご家老の功績を知るわれらは、せめて彼に便宜を図ることで報いたいと思っている。たとえばこの邸も、払い下げになる時いちはやく耳に入れた」

「いや、そのためにこそこうして繋がり、大事にしたい茶のご縁。ありがたいことだす」

きっと淀屋も、少なからぬ恩恵にあずかっているのだろう、慇懃に頭を下げた。

「なんの、私も征之介が開く茶事のおかげで、こうして自分では知り合えん人脈をもらい、おおいにありがたく思っておる」

薩摩閥というならこの向井こそ、維新における藩の功績によって今日の地位と権力を得たのであろう。維新とはやはり、さむらいたちの天地を覆すほどの革命だったのだ。

そしてそのおかげで自分は久賀にめぐりあえた。みやびはそのことの方を喜びたい。

「茶は、利休さんの時代から、こうして身分地位に関係なく人を集わせ心を通わせる場だ。征之介も、あれでずいぶん人と情報を掌握しているはず」

たしかに、あの博識、どこで繋がっているか知れない人と人、久賀は計り知れない男だ。

「けどあのお方の過去なら、お家の悲劇もさることながら、幕末の武勇伝もたんとある」

淀屋が言うと、にやり、カイゼル髭をたわませて向井も笑う。

「そうそう、島原でも、太夫の道中仕度をまる抱えして名をとどろかせた」

こほん、と向井の妻がわざとらしく咳払いする。

「いやいや、あの男は、どんな時代であっても生き抜く男だということよ」

笑いが起きた。だが、みやびの心は波立った。それは何だ。何のことだ。島原、太夫、道中仕度、――そう言ったか。何かが繋がる、何かが解ける。

訊こうとしたら、迎付の木が鳴った。皆は立ち上がり、亭主の迎えを受けるのだ。

「ようこそお越しくださいました」

袴姿の久賀は、別人のように堂々と見えた。もともと茶席こそが彼がいちばん馴染んだ場であるからだろう。袴さばきも足の運びも気品があって美しい。けれど、皆の後に続いて席入りしても、みやびは、床の掛物も真の花や花入れも目に入らないほどだった。久賀だけを見た。そしてそれが不審とならず許されるのが茶席の亭主だ。

真の炭点前が終わり、席を改めるための中立ちの退出でも、みやびはいつもと違って、黙って皆の話に耳をそばだてていた。

「さすがの飾りものでしたな。掛け物は花園天皇のご宸翰とか」

「それより、あの唐物のみごとさは」

お点前の後では、誰もがそれを褒めそやす声ばかりで、もう、みやびが知りたい久賀自身の話題にはならないのが残念だった。

たしかに、非の打ちどころのないしつらいであった。矢筈板（うすいた）には唐金（からかね）の花入れに結び柳に水仙が入れられ、真塗（しんぬり）の台子（だいす）に唐銅（からかね）の皆具（かいぐ）。久賀が一つ一つ選んだのだ。

そもそも茶道は、初めて日本に中国から伝わってきた時、当然ながら、道具はすべて唐物だった。だが海を渡って買い入れねば手に入らない唐物はとても貴重で、当時の人は、国産の焼き物や竹などで代用した。唐物と和物の道具がまじっていたが、そのうちだんだん和物だけのしつらいになっていった。みやびは自分に出された茶碗の内側の、美しい緑の円をみつめながら、ひとつの文化がたどった長い変容の時間に思いをはせたものだ。

思えば、日本の文化はたいていがそうだった。焼き物もそうなら、帯の織りの技術もそう。唐物一点張りが、しだいに和物でいいものができてくると、それが磨かれ高められて、日本固有のすぐれた工芸になった。

みやびはそれを、今度は逆に、唐物を超え外国へ売り出そうと考えるのだ。久賀は、そのはるかな循環を、もう一度みやびに確認させるため、真の台子を選んだのだろうか。

「しかし征之介も、この先どうするんだろうな。地位も名誉もいらんと言うが、今のままでは薩摩の土を踏むこともできない。このまま焼き物商人で終わるのかな」

待合に置かれた煙草盆（たばこぼん）を使いながら向井が言った。

煙草の煙が木々の緑の中に立ち上り、そして消えていくのをぼんやり見ながら、不運な久賀の家運を思う。以前、神戸薩摩に感動し、本物が見たいから薩摩へ連れて行ってくれと言った時、答えなかった久賀だった。当然だった、彼はそこには帰れないのだ。

故郷に帰れぬ寂しさは、京しか知らないみやびの想像を超える。だが、彼の冷たい陰ある横顔の理由が、少しわかった気がした。

だからあえて、彼をよく知る男たちには言いたかった。

「ええんちゃいます? もうおさむらいの時代やおまへん。今は、〝ビジネス〟の時代やもの」

付け焼き刃の外国語で言うと、皆が呆（あき）れたようにみやびを見た。そして向井がにこやかに口を開いた。

「御寮人さん、それは最強の、前向きなご意見だな。征之介も、おおいにたのもしかろう」

いけない、また〝がが〟を出してしまったか。みやびはぺこりと頭を下げた。

彼らには言えないが、みやびが彼を今のままでいいと肯定する理由は、なにより、自分のためだった。これでいい、そうでないと、自分の居場所がなくなる。勝手な言い分だが。

後入りの席では、床は利休を描いた掛物で、前には、ときわ木、香炉、燭台の三つ具足が飾られていた。その利休に、まき茶を供え、皆で祈って、真の真台子のお点前が始まる。

みやびは久賀の手を、背を、横顔を、食い入るようにみつめていた。どこにも隙のない、そして無駄もよどみもない、完璧な手前であった。以前、久賀のことを、人を斬ったことがある男だと直感した。だがそれは間違いだった。斬るも、活かすも、その手さばきは同じ種類の真摯さを帯びる。そしてみやびは、やっぱり久賀が放つ緊張感を、たまらなく好きや、そう思うのだった。

茶事が終わって、皆と一緒に送り出されたが、みやびはくるりと町を一周してから、ふたたび邸を訪ねていった。

久賀には後片付けもあるだろうが、どうしても訊きたいことがある。

すると、みやびの再訪を予期していたのか、久賀はさっきと同じように出迎えをした。

「これはががさん。ようこそおいでくださいました」

慇懃な挨拶は、ふざけているようにも思えたが、逢い引きのために来たのではない、みやびも、お茶時のように丁寧にお辞儀をした。

「久賀はん。おおきにな。――お礼をきちんと言いとうて」

「なんの。どちらもきっと、みやびさんが知っておいて損のない人物だ。特に向井は、府の美術展にも顔が利く」

そういう思惑もあったかと今気づく。だがみやびはしみじみと伝えたかった。今日の日の感謝を、あのひとときの感謝を。彼は自分で自分のことを語るより、皆に映る自分をみやびに見せようとしたのではないか、そう思えたからだ。おかげで今は彼の背負ったものすべてがわかる。そして荒波続きのその人生を、自分が寄り添い和ませてやる方法もわかる。

けれども慇懃なのはここまで、みやびは真実を知らねばならなかった。ががは訊く。

「久賀はん、教えてほしいのどす。会うた時から久賀はんはうちのこと〝がが〟と呼ばはった。そして、うちの亭主が島原の太夫とわけありやったこともご存じやった」

あなたは誰なのだ。みやびは、自分が解いた帯と同様、彼が封印している過去を解かねばならない。

日が陰り、木立をさやさやと風が過ぎる。泉水の流れが優しくせせらぐ。庭の踏み石に立ったまま、みやびは動かず、縁側に座った久賀をじっと見た。

「まあお上がりなさい」

不動のまま、久賀が言った。だが、みやびはゆっくり首を振った。これは、あの紅い唐紙の部屋で交わす話ではない。

その強い意志にあふれたまなざしに、久賀は諦めたように袴の膝を手で整えた。

「そうです、前から知っていた」

後の話は、泉水の水の音や槙の枝葉をそよがす風の音のように、みやびが知らないうちに尽きず流れていたできごとだった。

「昔、藩に功績のあった家老一統の後裔として京で秘かに支援を受けて育った私は、茶道者としてそれなりに成功し、おかげで島原にも出入りし、まだ幼さの残る一人の天神の一人立ちを援助したことがある」

それが、浦風太夫だった。茶を通じて、二人には共通の話も弾んだ。義市はちょうどその頃、販路を広げようとの真面目な思いで島原へ足を踏み入れ、浦風と出会った。いわば、恋敵として、久賀は高倉屋の名を刻んだのだ。

「しかし、子まで成した仲に割り込む無粋は私にはなかった。そして、高倉屋さんにも、ががで知られた賢妻があれば、浦風太夫を落籍(ひか)せることもできない。こったいはそのまま年季を勤め上げ、さあめでたく自由の身となって、人生を取り戻すべき時だったが……」

そういうことだったのか。吹いては止まり、止まってはまたそよぐ風のように、枝に咲き残った一輪の花をめぐる人の思いははかない。そして、花は病んで、散り落ちるのか。

「そうやってお互いのことを知ってはったんなら、世間の皆も知ってたんどすか」

自分だけが何も知らずにいたというなら、その歳月はあまりに無念だ。

「いいや、高倉屋さんは厳重に身元を隠しておられた。とはいえ郭(くるわ)は女の世界だ、二人の男を競わせておもしろがろうとする妓(おんな)もいるからな。我ら当人たちだけは知っていたさ」

義市が名を隠し通したことだけが自分への愛のようにも思われ、力が抜ける。

「先月、浦風が死んだ時、知らせようかとも思った。だが、あなたには関係のないことだ」

そうか、亡(な)くなったのか。もう、義市も、浦風太夫も、いないのか。亀岡から出てきた里親のおしかに、母親が死んでも知らせるなと言い放った自分の冷たい声がよみがえった。店で、懸命に仕事を覚えている仁三郎の顔が浮かんで、ずん、と胸が苦しかった。

風はぱったり、止(や)んでいる。それでも、水は、休むことなく流れていた。楽しいのか、悲しいのか、どちらにも響く一心な早さで、絶えることなく流れ続ける。

生々流転(るてん)、これがみやびが生きる世界であった。死んだ者は罪だけ遺(のこ)して何も語らず、残った者たちは止まることなく流れ続けなければならない。みやびは踏み石の上に立ち尽くし、両の袖(そで)を揺らしていく風の中に義市を感じ、浦風太夫を感じていた。

第十一章　ロンドンに問う

＊

どれだけ時間がたったというのか、恵三を呼びに行ったまま、孝子もまだ帰ってこない。恵三のお絵描きが長引くのはともかく、孝子は画塾で何を話し込んでいるのだろうか。柱時計がとうに正午を過ぎているのを確かめた時、お邪魔します、と部屋の外で声がする。

「まあ、誰や思たら、誠一郎はん、……」

あとの言葉が続かない。

「このたびはえらい賑わいやったそうで、お疲れさんでございます」

仕立てのいい三つ揃いの洋服の膝を折って座敷の外に正座し、丁寧に挨拶をする娘婿。

「まあまあ、東京に出張中やなかったんどすか？」

痛いところを突かれたように、誠一郎が眉をしかめる。

「はい、急ぎ、もどってまいりました」

正直な男だ。これでは秘密を持っても何もかもまるわかりではないか。おそらく、孝子にもその秘密が知れ、それがみやびにも伝わるのではないかと恐れて飛んできたのだろう。

「東京店の方はどないどす？　あれからも宮内省にはご用命いただいてますんか」

仏壇を振り返り、みやびはしみじみ、天皇ご着用の御料羽二重を受注した時の感激を思い起こす。今日の発展はさぞご先祖さんも喜んでくれていることであろう。

「はい、お義母はんのおかげを持ちまして、各省官からも次々注文をいただいとります」

いや、自分など何の働きもしていない。したとすれば、ただ長い年月をひたむきに、まことをこめた商いだけをしてきた結果の〝信用〟を、彼らに贈ることができたぐらいだ。それを宝として活かすか、どぶに捨てて貶めるかは彼ら次第だ。

「孝子は出かけてますえ。恵ちゃんが、えろう画塾が気に入ったみたいでな」

古稀を生きた自分は、彼と違って、けっして心中を表に出したりすることはない。

たとえ、ずっと家に閉じこもって学校にも行かない子供に手を焼きながら夫の帰りを待つ娘を不憫と思っていても、彼女を泣かせた誠一郎を責めたりするつもりはなかった。

「あんたも行って、見てきたらどないどす？　実はうちも行きたいのやけど」

はい、となおも縮こまる紳士。すでに高倉屋は呉服屋の枠を超え、そうやって経営にかかわる中枢の男たちが洋装で活躍する組織になっている。そして婿養子の彼にとっては、夫婦の危機は、そのまま彼の職の危機、人生の危機となる。しかし彼が飛んできて話し合うべきは、自分とではなく、彼が傷つけてしまった孝子とであろう、とみやびは思う。

「なあ、誠一郎はん。あんな喜ぶ恵ちゃんを見たら、きっと気がかりも吹っ飛びますえ」

お手並み拝見といこう。この危機を彼がどう乗り越えるか。いかに近代的な経営法を身につけても、自分の家族をまとめられずに未来の高倉屋をまとめられるはずもないのだ。

「そうですね。おっしゃるとおりです。では、後で、三人そろってご挨拶し直します」

丁寧に頭を下げて、立って行く背広の背中を見送った。

過てば則ち改むるに憚ることなかれ。——父が暗誦していた孔子の教えだ。過ちに気づいたなら、すぐさま改めること、それが人間の基本だ。隠したりごまかしたり言い訳ばかりでいることこそみっともない。そうですやんな、お父はん。そう仏壇に呼びかける。

今日は千客万来、午後には佐恵もやってくるだろう。店に出張報告を済ませたなら仁三郎も。きっと仏壇の中の人々が、会いたくて呼んだものかもしれない。

「そんなら、もうちょっと待ちまひょか」

みやびは縁側に腰をおろした。いましばらくは、追憶の時間が許されるらしい。暖かい日でよかった。散り尽くした紅葉を、もう一度眺める。

＊

その夏も秋も、心にしみる風景やった。

見慣れた京の緩やかな山並み、沈んでいく夕日やお寺の鐘の音、どれを見ても美しくていとおしくて、立ち止まってじっと浸っていたい、そんな気持ちにさせられた。やっぱりそれが恋というもんの力でっしゃろな。自分の心の鏡が研ぎ澄まされて、何を見ても感じやすくなってるんがわかりました。

けど、浮かれてばかりおったんやありまへん。あいかわらず、うちの周りではいろんなことが起きとりましたから。

うれしいできごとは、例のジャカード織機で、ついに京でも、紋織りができるようになったということどした。いと松も、他の古くからの帯屋と合同でこの機械を取り入れるということどす。うちは、智次郎を伴って、ほんなら指定の柄で織ってもらおうと見本市にも足を運びました。次の博覧会に出品したいと思うたのどす。

「どないです、御寮人さん。京に機械が来て二年。京でこれを動かせるようになりました」

弾むように言うお澄はんと、ほんますごいことやと手を握りあいました。

「約束どおり、作ってくれたら外国へ、洋服の生地やゆうてじゃんじゃん売ってきまっせ」

問題は、図案でした。礼太郎が言うには、菊ではどうも日本人向き。百合や、牡丹や芍薬のような花の方が外人好みとちゃうか、と。たしかに、襟座別っさんのドレスを思い出したら、大柄な外人さんらには菊はぱっとしまへんな。とゆうて、牡丹やろか、百合やろか。なんや決め手に欠けました。何か頭の中でひっかかる花はおますの

やけど、それが何やったか思い出せへん。まあ見本やし、三つとも柄にしようという
ことになったんどす。

　この頃、従業員の数は三十人。それに息子らは、美術の才を療養の日々に研ぎ澄ませてきた礼太郎に、現場のたたき上げの智次郎。跡取りが長男のほかにもおる、ゆうんは心強いことどした。けど、頭が痛いんは、途中参加の外腹の子ぉでした。そう、仁三郎や。

　なまじ、うちには心を開かん子やから扱いにくい。その日も、手に芍薬の紅い花を抱えるようにして縁側を歩いていくんを見ました。その先は仏間。きっと図案の見本になったままほっとかれてる花を惜しんで、死んだ父親の仏前に供えよ、思ったんどっしゃろな。しばらくたって、仁三郎は一本だけ花を持って出てきました。それを持って、どこへ行くんやろと、そっと座敷を出て覗いてみたら――。

「富美ちゃん、見て、この花」

　奥の座敷で、仁三郎の弾んだ声が聞こえました。

「どないや、絵の題材にするにはぴったりやろ」

　するとめったに喋らん富美の声も聞こえてきました。

「きれいやなあ、仁ちゃん。けど、こんなきれいなお花、お父はんにお供えしておあ

げ」

「もう供えてきた。お父はんの分と富美ちゃんの分、もろうてきてん」

「そうやったん。おおきにな」

声しか聞こえへんゆうのに、なんや楽しそうに笑う仁三郎の顔が見えました。それに、富美。あの子はこんな明るい声で喋る子やったんどっしゃろか。

うちはジャカードの図案を決める時の、店の中の話し合いを思い出しました。仁三郎は、表だっては声を発する子やおません。けど、水を向ければ要所要所でこっちの頭に残ることを言う。うちがずっと考えてる宣伝のことでも、誰も思いつかんことを言うたんどす。

その日、京都博覧会や、祇園の都をどりに提供したぼんぼり提灯みたいに、さりげのうてよう目に付く宣伝法はないやろか、そんなことを皆に訊いたんどす。うちらがなんぼ良品をそろえても、店に来てくれはるお客さんしかわからへん。広い世間の、高倉屋を知らんお客さんにも、ぴったりな品があるかもしれんのに。うちはそのことが残念やった。そやから、店の名前を広く誰にでも知ってもらうにはどないしたらええか、ずっと考えとりました。

そしたら仁三郎がおずおず手ぇ挙げるやおまへんか。言わせてみたら、京の中での宣伝もええけど、汽車も通ったことやし、駅や郊外の田んぼに「たかまる印」の案山子(かかし)を立てたらどうやろ、と。

これには皆、大いに沸きました。それはやりすぎやとか、あんまりはしたないことはできんとか、結局、採決にはいたりまへんでしたけどな。

けど、うちは、なかなかええ発案やと思た。神戸へ行った時に汽車の窓から見た、あのなーんにもない車窓の景色を思い出したからどす。汽車に乗っている時間は長いのに、何も見るものはなく客は退屈しとります。そんな時、窓の外の田んぼに、宣伝でもかまへん、何か立ってたら、ぜったい目に刻まれます。いつかそれをやるつもりでした。

一方で仁三郎には問題もおました。昨日もあの子が、たまたま他に人がおらんので、古くからのご贔屓(ひいき)さんの応対したそうや。そしたら、あんた誰やと胡散臭(うさんくさ)そうに見られ、買わんと帰っていったんやと。馴染(なじ)みの客は、うちや智次郎や、この家の人間としゃべるんも楽しみにして来ますさかいな。途中から突然現れた息子には、心を開けんかったのやろ。

そうや、なんもあの子が悪いんとちゃうのどす。真面目(まじめ)に働いても愛想よう対応しても、相手の見る目が、妾(てかけ)の子のくせに、という侮(あなど)りから出とる限り、どないもでけへん。

うちはそのたび、複雑な気持ちになるんどす。一方では、ほれみとぉみ、妾の子はなんぼがんばってもそこまでや、という気持ち。そしてもう一方は、そんな出自で判断されるあの子を不憫に思う気持ち。そして死んだあの人を、なんちゅう罪作りなことをしたんやと、また責めとうなるのどす。あきまへんなあ、うちの器ができてへん。

座敷は、その後、声も聞こえん静かさになりました。けど、仁三郎は出て来おへん。いったい、富美と二人、何をしとるんや。気になって、うちは隣りの部屋にそっと入っていきました。

けど、二人は何かしてたわけやない。富美は畳の上に常時置いてるラシャ敷きの上に画仙紙を広げ、仁三郎が捧げ持った芍薬の花を描き始めとるのでした。

「富美ちゃんは、なんで花の絵ばっかり描くん?」

「そうやねえ、お母はんのことを思い出そうとしたらしぜんと花が浮かぶんよ」

「この花、富美ちゃんのお母はんやったんか」

うちも初めて知りました。たしかにきぬは花や。すぐ散ってしまう花に、似てました。

二人の会話は、まるで仲のええ姉弟のようやった。聞き耳たてたんは、完全にうちの邪心どした。けど、この立ち聞きでいちばんぎくっとしたんは、富美のこんな質問でした。

「仁ちゃんのお母はんは、花で言うたらどんな花？　覚えてる？」

それは兄たちが絶対に聞けない質問どした。そやかて、仁三郎の母親は――。

「わからん。一回しか会うたことない。なんや恥ずかしゅうて、よう顔見んかったんや」

「そう。……でもな、きっといろんな花を見てたら思い出せるわ」

ずくん、と胸が詰まりました。これは、二人は、母親のおらん者どうし、木陰に花のおもかげを探すように寄り添うておるんでひょか。なんや二人が哀れで、いとおしゅうて。

「探しとくわ。いちばんよう似た花、探しとく。……富美ちゃんの花も、探しとくな」

「おおきにな。あはは、先に探してもろとったら、いつはぐれても思い出せるしな」

富美が笑とる。――うちはどうにも居心地が悪うて、礼太郎の部屋に逃げ込みました。

「どないかなさいましたか。お母はん、この頃お元気そうやけど」

あほ言いなさんな。このところまた容態が悪うなって、床に伏せったままの礼太郎にまで、久賀はんが与えてくれる生気を見抜かれたようで、恥ずかしゅうなります。

「親をからかうもんやおまへん。それよりなあ、あんた、仁三郎のことやけど」

うちはあの子をどないしたもんか、もうわからなんだ。そして、つい深い考えもなく、

「あの子、近江へ奉公見習いにでも出したろかしらん」

つぶやいてしもた。うちにも兄弟姉らにも似てへんあの子を見んですむ、ただそれだけの安直な考えで。そしたら礼太郎がうちの方へ寝返りうって、言いました。

「お母はん、あいつは十三、僕でも十七で、非力やったのに」

長兄として、いくら外腹の弟でも庇う優しさが礼太郎らしいと思いました。

「いや、小さいからこそ大目に見られて切り抜けられるんちゃうやろか」

深い思慮もなかったゆうのに、言葉にしたとたん現実的になってくる近江行き。この店に居場所がないからとゆうて近江にやるのは、まるでほかすようなもんやろか。自分の子ぉの時はあないに反対しときながら、妾の子にはひどい仕打ちをすると思われるやろか。

けど、礼太郎の時は、あれだけうちが反対したのに、頑として送り出したんは義市

どす。あの人が生きていたら、誰より仁三郎を近江に送りたいんとちゃいますやろか。うちは、自分の中の正義と悪との間で、行ってはもどりもどってはまた行き、答えが出ずに揺れとりました。結局、あの子を見るたび揺れるんは、うちがまだ心にけりをつけてへんからやと考え至りました。

こんな時、うちに決心を促してくれるんは、いつものように久賀はんと会うた後に点ててもろた一服のお茶を味わう時のことどす。

「久賀はん、うちの店の顧問になってもらわれしまへんやろか」

何を藪から棒に、という顔をしはったけど、久賀はんだけやない、先だっての茶会で引き合わされた淀屋はんや府の役人の向井はんにも名を連ねてもらうつもりどす。店にとっても自分にとってもそうすることは大きな意義がおます。

「ほんで早速どすねんけど、うち、もういっぺん神戸に行きたいんどす」

いつもどおりの性急さ、強引さ。ががの一心な目でのたのみにも、久賀はんはすぐには反応しはらへん。しゅんしゅんと沸く釜の音。そこへ柄杓を速やかに置く手の落ち着いたさま。見ているだけで、うちは心が落ち着き、頭の中が整理されていくんどす。

「神戸で、何をするつもりです」

物見遊山や久賀はんと一緒におりたいからとゆう理由やないんはわかってはったやろ。

「〝ビジネス〟どす」

うちはきっぱり言いました。そのためには、久賀はんの人脈が必要なんどす。

「外国人はんの商館に、うちを紹介してほしいのどす」

襟座別っさんはもう帰国してしもたやろし、外国との取引なんて、雲をつかむようなもんどす。けど、久賀はんは、実際に外国の商館と取引の実績がある。今回は店の表の仕事として、智次郎を前に立てて行くつもりどす。

けど、久賀はんの反応はそっけないもんやった。

「いや、難しいね。外国人は紹介だの信用だのは頓着しない。きっとその場限りで流してしまう。なにしろ目先のビジネスに益があるかないかだけが、彼らの基準だから」

へえ、とうちは鼻白みました。個人と個人なら、襟座別っさんともあんなにわかりあえたのに、ビジネスとなると、お国柄は違うもんなのどっしゃろか。

「当たり前でしょう、あいつらはハゲタカですよ。それを忘れてはいかん。ハゲタカが東洋にやってきて、インドを、中国を、どのようにしたか、心に刻んでおくことだ」

それは厳しい忠告でした。うちの甘さを打ち砕くように久賀はんは言いました。

「この国がかろうじて独立を保ち、死の商人どもから阿片(あへん)を持ち込まれぬよう防いでいるのは誰です？　政府ではない、役人でもない、港の水際(みずぎわ)でせめぎあう商人なんですよ」

長年そのハゲタカを相手に渡り合い、こうして生き残ってきた人やから言えた忠告でした。港で商売するということは、そんな気構えがいるということでもあります。

そういえば先日、いと松を訪ねた時、織り元が何人も集まって神妙な顔で相談ごとしてはった。お澄はんによれば、せっかく京でも西洋の機械を使(つこ)て質の高いジャカード織りができるようになったゆうんに、外国へ売ろうとすると高い関税をかけられ売れへんうえ、逆に向こうから関税なしに安い織物が入ってくるんで太刀打ちできん、という話や。高価な機械を買い入れた今となっては、輸出関税の自主権は死活問題どす。組合で、揃って政府へ関税自主権回復の要望書を出そうと、差し迫った相談やそうな。たしかに、外国が絶対損せえへんよう弱者をむさぼる仕組みになっとるんは、やっぱりハゲタカのすることどすな。

「だが、突破口はある」

久賀はんが、うちを横目で眺めて、なんやニヤッと笑いました。それはなんどす、うちは前のめりになって訊きました。何をたくらんでるんやろ、この人にも、うちのがが移ったんかもしれまへん。

二度目の神戸だった。

町は、あのときよりも拡大していた。エリザベスの家から帰るとき通った諏訪山や北野は、林が切り開かれ、造成されたところや、すでに洋館が建っているところもあり、大変な勢いで開発が進んでいることがわかった。

「大量に木を切り出すもんやから、おかげで六甲山は禿(は)げ山。大雨がきたら一発ですよ」

早々と神戸に進出してきて、外人相手の洋装店を開いた前田甚八(まえだじんぱち)が言う。雑居地にあたる鯉川(こいかわ)筋の路面にある間口一間の小さな店だが、日本人の仕立屋はここしかいないとあって大繁盛(だいはんじょう)だ。日本人は代金が安いというのに仕事が緻密(ちみつ)で、人気なのである。

「こないだの雨ん時も、生田川があふれて、ついそこまでぐちゃぐちゃのぬかるみだ。川の付け替えがされなければもっとひどかったろうさ」

口調の訛(なま)りは関東のようだ。今の神戸は全国から人が集まり人口も増加の一途だった。

「さあ、奥様、仕上がりましたよ、いかがです」

店の奥にある舶来物の鏡が全身を映し出した。今回みやびは〝顧問〟となった久賀に言われてドレスを作ったのだった。今日はそれができあがり、今、身につけたところだ。なのに、みやびの視線をとらえたのは、生まれて初めての自分自身の洋装ではなく、別のものだった。

「これ、……舶来どすか？　こぉんな大きい鏡があったら、そらよろしいなあ」

鬱金色(うこんいろ)の華やかなドレスを着た自分自身の姿よりも、みやびの関心は、それを映し出しているこの大きな鏡の方なのである。呉服屋の店頭にも、これはぜひ必要だ。

「おお。よかね、みやびさん」

珍しく久賀から飛び出す薩摩弁に、我に返った。フロックコート姿の久賀は、なかなかに洋装もこなれ、日本人離れした感があった。だがその隣にいる智次郎は、首が短くがっしりした体型には初めての洋服があまりに似合わず、不機嫌になっている。

「お母はん、呉服屋の若旦那(わかだんな)がこれでは、国辱もんや」

まあまあそない言わんと。息子にはなだめて褒めてやれるのに自分はどうだ、お世辞にも似合うとは言えない。黒髪の髷(まげ)、寸胴(ずんどう)だったウエストをきつく縛って、革靴も窮屈で、羽つきのつば広帽子をかぶるとクラクラした。

「久賀はん、うちらのこんな姿、京の人に見られたらどない言われまっしゃろ」

「大丈夫、京の蛙は、ここまで跳ねては来ない」

たしかにそうだが、こんな姿をしないと外国人のふところにはもぐりこめないのか。

「何度も言ったでしょう、着物で行けばただ珍しい異教徒の民としてしか見られない。ビジネスをするなら同じ土俵に上がることですよ」

そうであった、ドレスなんてと怯むみやびを、久賀は何度も激励した。そして外国は夫婦同伴が基本であるからエスコートは息子どのでないと、と教えられ、これから智次郎と二人で繰り出そうというのは居留地三十七番地にあるカトリックの教会だ。ミサ後に催される昼餐会に出席できるよう、久賀が渡りをつけてくれたのである。

ドレスの生地は、悲願の国産紋織り。いと松のお澄が寝る時間も惜しんで職人たちを叱咤してできあがった。今回の博覧会にも出品したが、各所から絶賛された品である。とはいえ布のままでは良さも何も伝わらないし話も広がらない。小さく切り取った見本よりも、実際に仕立て、誰かが着てこそ具体化されるというものだ。久賀の提案はまったく正しい。もっとも、自分がそれを着て歩くはめになるとは思わなかったが、背に腹は代えられない。

唐突に、みやびはつい先日の、外腹の仁三郎を近江へ送り出した日のことを思い出した。

礼太郎、智次郎と並んで、仁三郎を呼び、近江へ行くよう告げた時、やはり衝撃を受けていた。そこはどこですか、何をするのですかとためらっていた。けれど彼に選択の余地はない。暗い顔をした彼を、富美が励ます。大丈夫や、男になって、帰っておいで、と。

里親に高倉屋に連れられてきてからの日々、仁三郎にいちばん近しかったのは富美だ。当然、出発の日も、富美は皆と一緒に駅まで送った。ずっと無言でいた仁三郎だが、汽車が出るまぎわ、富美に、近江で花を見つけてくる、一番の花を持って帰ると約束した。そうしないと、自分の居場所を見失いそうで、たまらなかったのだろう。

みやびは、あえて駅へは行かなかった。すでに礼太郎が近江での暮らしについて細かく話していたし、宮野屋までは智次郎がつきそっていくのである。継母の自分が前面に出れば、世間はまたあれこれとよろしからぬことを噂（うわさ）するであろう。

それより仁三郎には特別なはなむけを用意していた。汽車が大津を過ぎて、車窓が単調な田園風景に変わった時、彼は見るであろう、その中に立つ巨大な帆布の広告塔を。

「いつでも正札　高倉屋　品よし・柄よし・値打ちよし」

文句は、皆の智恵をとりまとめた。帆布に大きく墨書された文字は嫌でも目に入る。西洋ではどんなところでもコマーシャルをする、と教えたのはエリザベスだったが、案山子でも立てたらと提案したのは仁三郎だった。そこから思いついて作ったのがこれだ。これほど大々的な看板は、おそらく日本にはまだないだろう。

これを披露するのに、仁三郎の旅立ちの日以外は考えられない。彼の汽車が田園地帯にさしかかる時、先に行かせた丁稚どんや手代たちが、いっせいに手を振り声を上げ、帆布を揺らして彼を励ますだろう。行ってらっしゃい、たんと学んでお帰りやす、と。

昔、近江はおろか、江戸にも、はるか蝦夷地にも、広く日本じゅうを巡っていった商人たちの廻船に見立てた広告塔である。汽車が離れていくまで見えているはずだ。仁三郎はみやびが生んだ子ではないが、高倉屋の可能性を秘めた息子であることはまぎれもない。

そのはなむけを窓から見ながら、きっとあの子は誓うはず。強くなろう、大きくなろう、と。礼太郎は不運にも体を損ねたが、日陰の子として耐えて鍛えた彼ならば、きっと大成できる。みやびは、今ようやっと、自分が母という小さな井戸から飛び出せた気がする。

だから神戸では、自分がやる。やらねばならぬ。

煉瓦作りの教会が十字架を白くきわだたせ建っているのが見えてきていた。

父も母もあんなに熱心な真宗信徒であったのに、まさか自分が、耶蘇教の門をくぐるとは。

「お母はん、どないします、引き返すんなら今どっせ」

智次郎にもまだ逡巡があるのだろう。不安げにみやびを振り返る。

「ああ、あんた。この期に及んで何ゆうてますんや」

ええい、思案は無用。大きく息を吸い込み、みやびは気負って仕立屋の扉口を踏み出した。

「ほな、久賀顧問、行ってまいります」

ため息をつき、智次郎が山高帽を取って挨拶をする。

最初の一歩。みやびはドレスの内側で革靴の足を内八文字に動かしてみる。そうか、太夫たちのあの歩みは、これから自分が向き合うビジネスへの決意の一歩一歩であったか。

女のビジネスは、もうこの道中から始まっている。

外国人と対等な商売を望むなら同じ土俵の上で。そう忠告してくれた久賀は正しかった。

教会の昼餐会では、日本の女がやって来るというだけで彼らの好奇心をかきたてていたが、みごとな洋装、それも光沢のある大きな花柄の上等の絹で仕立てたドレスは、一目で出席者のご婦人方の心を射止めた。

——日本製なんですって？　ありえない。

一人はそのようにただ驚き、また別な一人は、

——いいえ、日本人は勤勉で、多くを求めず高品質を創り出す技術者集団よ。

そんなふうに褒め称える。皆が、みやびの周りを取り囲み、無礼なほどにしげしげと眺め、あるいはドレスを実際に触って生地を確かめる。

——この模様の、花は何？　ピオニー？

教会付きの日本人の男に通訳されたが、単語がわからない。芍薬は、大柄で外人さん受けするんやないか、という理由で見本の一つとして選ばれただけだ。

——薔薇はないの？　好きな柄は選べるの？

言われて、みやびは気がついた。ろうず、久賀の神戸薩摩の壺に絵付けされていた

花、薔薇。西洋ではいちばん人気があると言っていた。実際、エリザベスの家の壁を埋めていたのも全部薔薇の壁紙だった。皆で何の花にするか議論した時なぜ思い出さなかったのだろう。

ありますꓹ 薔薇の柄も選べます、とハッタリ半分、慌てて伝えた。

そうして、ついに、一軒の商社の妻が乗り気で言った。

――夫に話してみるわ。商館の方に、あなた、来てよ。

そうなったならこっちのものだ。おおきに、サンキュー、を繰り返した。

後はなごやかな昼餐会だった。出されたのは簡単にスコーンとお茶だったが、エリザベスの家で経験ずみだったから、かろうじて優雅さに欠けるふるまいはせずにすんだ。

智次郎は一言も口をきかず隣で座っていただけだったが、飲食物にもいっさい手を出さない堅物ぶりがかえって受けて、女たちから口々に賛辞をもらった。

「いや、お母はん、僕、限界や、もう堪忍」

智次郎は窮屈なネクタイに音を上げ、宿に帰ると洋服を脱ぎ散らした。この後からは商売専門の通訳も雇っていることで、やりやすくなるからとなだめたがどうにも動かず、後はみやびが一人で行くしかなくなった。今は、機を逃すべきではない。

考えてみれば智次郎は、当主の兄の代理として、京の店を一歩も動かずにきた男だ。昔ながらの旦那の典型といってよい。今回の神戸が初めての修行も同然なのである。『万国往来』の本を何度も読ませてはいたものの、しょせん書物の中の知識にすぎない。とはいえ、そんな男がやがてはロンドンに出て世界との貿易に目覚めていくのだから、やはり体験とは大きな意味があるといえよう。

海岸通りの「アーレンス商会」はミシンの絵を商標にした、間口の大きな洋館だった。主人は赤毛ののっぽで、火のない暖炉にもたれた姿はアジア人を見下す態度が前面に出ていた。まして女が訪ねてきたので、芸者と間違え、この女はいくらだ、などと通訳に尋ねるほどの横柄さだ。

「うちは日本を代表してビジネスで来たのどす」

言っていることはそのまま通訳してもらい、みやびは商館のカウンターの上に、生地を三種、広げてみせた。もうさっきのように女どうし、着ているドレスを見せてはしゃぐような空気ではない。これがどんな等級の絹を何匁使って織られたか、数字はみやびの得意分野だ。さらに、中国や海外の絹との比較で、どれほど日本の職人が丹念に作っているか、その丈夫さも説明した。最後は値段だ。よそと比べてみなはれ、これだけのもんがこんな値段でおまへんやろと、押しこむような談判になった。久賀からは、アピールと言って、売り込んだ者勝ちであると教えられていたからだ。

さすがに赤毛の主人は驚いていた。それまで日本で見た日本の女で、ここまで専門的に語る者には会ったことがなかったのだろう。打ち広げられた布を裏返したり巻き取ったり、顎をこすりながら何度も何度も眺めている。みやびも、強気を言ってもなにしろ初めての商談、最初からそう簡単にうまくいくとは考えていない。何度も足を運ぶつもりでいた。

——この柄はたしかに西洋人好みだが、どうやって考えたんだ？

通訳から聞いて、みやびは、自分たちがちゃんと西洋人の好みを探求し理解すべく努めていることをアピールしようと考えた。そこで、胸を張ってこう言った。

「神戸にも商館を出してはるスミス・ベイカーはんの奥方、襟座別っさんに学びました。ろうず、薔薇の柄でも織ってみせます」

誇大表現ではあるが嘘ではない。みやびが紋織りに賭けた夢は、エリザベスのドレスの生地への注目から始まり、ここまで来たのだ。

すると通訳からSmith & Bakerと聞いた瞬間、彼の態度が一変した。

——あなたはエリザベスと知り合いなのか？

「襟座別っさん、どすか？　そら、もう」

みやびの話す言葉のうち、通じたのは〝襟座別っさん〟だけだったのに、赤毛の主人はここだけは通訳を介さずみやびに向かい、感激したように早口で喋り始めた。何が起きたか、何を言っているのか、みやびにはさっぱりわからない。

「その、エリザベスさんは、どうやらこの社長の義姉はんらしいどっせ。ロンドンで日本から持ち帰ったすばらしい焼き物を売ってはるそうで、その美的感覚を絶賛してはります」

通訳が伝える間も、赤毛の主は目を輝かせ、うれしそうに喋り続ける。エリザベスは、特注で久賀に焼かせた日本趣味の焼き物を販売するかたわら、京都の呉服屋で袱紗と帯を買った時のエピソードを随筆に著し、教会の機関誌にも書いたのだという。

「そのお方が、日本で友人ができて、美しい敷物をくれた、と随筆に書いていたと」

ああ、あの袱紗と帯。みやびは赤毛の主に、ドイリー、と言ってにっこり笑ってみせた。

──あなたがゴリョンサンか？

驚いた。とまどいながらイエス、と英語で返事した。彼女の日本滞在記がそこまでロンドンで広く浸透し感銘を与えているとは。

ということは、エリザベスの姑で、寡婦になって女手一つでエリザベスの夫とその弟を育てた偉大な母というのはあなたの母か、そう伝えたら、赤毛の主は感極まってみやびに握手を求めた。どんな女性蔑視の男でも、自分の母親だけには尊敬の念を失わないものだ。

久賀は外国人には義理など通用しないと言ったが、エリザベスの縁が、どうやら新しい輪を広げてくれたようだ。

この日、京の高倉屋とロンドンのアーレンス商会とのあいだに、紋織物購入の契約が成立した。

外国商社との初めての取引は、みやびが望んだとおりの船出を果たした。

京では織り元が複数集まって合同の織物会社を組織し、いと松のお澄も男名前のまま参画した。天皇不在の京都は、今や、高品質の紋織物を大量に生産する工業地になっていた。

そのため、もっと大量生産ができるよう、織物の機械を水力発電の動力で動かそうと、琵琶湖からはるばると京に水を引くという、神をも畏れず大地の仕組みを作り替える近代工事が計画されていく。

その一方で、伝統の織物も守られていた。まだまだ画家たちの誇りは高かったが、当代を担(にな)う画家たちが高倉屋のために下絵を引き受けてくれ、洗練された図案が次々と商品化され話題を呼んだ。

そんな彼らに、みやびは何らかの形で報いたいとも思っていた。職人仕事、と片付けられない一大芸術作品を描いてもらいたかったのだ。そして思いがけなく、ひらめいた。

手がかりは、やはり神戸にあった。神戸の異人館こそ日本がやがてたどる未来、文明化を果たした欧米の暮らしそのものだからだ。

「なあ、お澄はん。あんたとこで、もっと幅の広い布を織ることはできまへんやろか」

いと松を訪れた時、みやびが作業に見入って時を過ごすのはいつものことだが、こんな質問をしてくる時は何かまた突拍子もないことを言い出すに決まっている。お澄は身構えながら、どれだけの幅です、と訊き返した。さっきからみやびがうろうろ、工場の戸や襖(ふすま)に行っては自分の着物の袂(たもと)を当てているのには気がついていたのだ。いったい、何の幅を調べていたのだか。

「そうどすな、この、戸口の半分よりちょっと大きいほど」

ということは半間以上ということか。お澄は大きく肩で息をした。着物の幅は一尺と決まっている。相撲取りのような大きな身幅の人でも、皆と同じ幅の布を継いで仕立てるのが常識だ。

「いったい神戸には、どないな大男の外国人がいてはるゆうのどっしゃろ」

ため息をつきながら言うお澄を振り返り、みやびはおかしそうに言った。

「ちゃいますがな。人に着せるためやおません。家に、飾るのどす」

日々人間が着て使用する消耗品ではない。置いて、眺めて、宝ともなる鑑賞品。しかも欧米ではそれが必需品でもある。それは何だ、と問うお澄の目に、みやびは力強くうなずき答えた。

「それはな、衝立(ついたて)どす」

初めて神戸のエリザベスの家に招かれた時、外国人が衝立を愛用する様子を目の当(ま)たりにした。単に部屋の装飾のためではない。外国の家には必ず暖炉があり、季節はずれの夏場にはそこを隠す必要があるからだ。しかし同じ用いるなら誰だって美しいものの方がよかろう。

「一尺の布を三枚つないでたんではちまちました構図しか描けまへん。けど、もとからそんだけの幅の布があれば、大作がゆうゆう描けますやろ。父子(おやこ)代々、その家に残るような芸術品が」

技術はある。長年、美しい打掛や着物を彩ってきた染めや刺繍の名工の技。それに何より、日本には美しい四季がある。暖炉を使わない夏場、涼やかな山川の風景画がそこを飾るなら、彼らは各部屋に欲しがるはずだ。

できない、と思っていたものがいつか実現できることをお澄は知っている。みやびをみつめ返した時、この提案はほぼ実現していた。いと松は機械に改良をほどこしこれまでにない大幅の布を織り上げることを実現した。その幅いっぱいに、画家たちは文字通り枠にとらわれない大作を下絵に描く。それを職人たちが友禅で染め、刺繍をほどこすのだ。来る日も来る日も小きればかりに向き合っていた刺繍師たちは、ひさびさの大物を前に武者震いした。

「この腕の使いどころ、皇后さんのお召し物に刺繍したんが最後やったと思とりましたんに」

親方の川辰は賃金のことなど訊きもせず引き受け、惜しみなくその超絶的な技巧を奮った。

ここに、日本を代表する高級輸出品が誕生した。まずは京都博覧会に出品した作品を、アーレンス商会など多くの外国商人たちが買い求め、海を渡っていくのである。

高倉屋では、店とは離れた柳馬場に家を買い、デザインの考案に専心する図案室を立ち上げた。いずれ美術部として充実させ、孝子に婿を取って責任者にしたいと考えてのことである。

　もちろん、同時並行で、海外との取引部門も成長していた。これも店とは別に、あの焼け残った蔵の跡地に貿易部として独立させ、仁三郎の帰還を待つつもりであった。そしてそれら二部門を統括しつつ、従来通りの国内販売を担うのが智次郎であった。病身とはいえ礼太郎がいるかぎり、あくまで名代という立場であったが、世間ではもう、彼が当主の義市であることには異存はなかったのである。

「なあなあ、久賀はん、聞いて聞いて。すこしばかりお会いできん間に、えらいことがありましてん。うちとこに、インドの王様の来臨を賜ったのどっせ」

　イギリスとの取引がその後も順調だったため、宗主国であるイギリスからの影響であろうか、京都博覧会を訪れた藩王（ラージャ）の来臨の申し入れには店中が仰天した。

「南の国やと聞いてたから、もっとお色が黒いんか思たら、大きな澄んだ目の、立派なお方で、肩掛けにする金糸の紋織りをお買い上げくださいましたわ」

　賑やかに喋ってはいけない茶席だが、久賀と二人きりだと、やはりはしゃいでしまう。

「考えてみたら、布はどこの国でも必需品や。そやし、誰やったって美しい布がほしい。そういう意味では、うちとこはまだ、世界中に市場がある、っちゅうことですな」

イスラムの王や砂漠の首長、バチカンの法王にしても、世界にはまだまだ羽衣をまとう雲の上人はいる。浮き立つように喋り続けるみやびに、久賀は静かに二杯目を出した。

「何もかも、思い通りだな、ががはん」

褒められるのは嬉しかった。だが久賀の方でも引き続き万博での入賞を果たしている。南蛮屏風の写しを絵にした大皿で、入港する帆船や黒い馬に乗ったポルトガル人、宣教師、日本の大名の姿などが細かく描き込まれた図は、同じヨーロッパ人から見ても時代を超えた異国趣味に満ちあふれているのだろう。その繊細な職人技は衰えることがない。

「うちとこの話ばっかりでごめんやっしゃ。久賀はんも、ますます勢いづいてはる」

出展するたび高い評価を得られる日本の焼き物ではあるが、紋織りはやっと世界水準に追いついたばかり。まだ西洋人を驚かす域にまでは到達していない。

「うちとこも、いずれ万博には出展したい、思てます。それは、うちの悲願どす」

それにひきかえ海外のサツマ人気は冷めることなく続いていた。

折しもイギリスではヴィクトリア女王時代に始まったアフタヌーンティーの習慣が、

産業革命で裕福になった市民層にも浸透していき、空前の茶陶器ブームが到来していた。久賀の工房でも、西洋人好みの金の縁取りを活かし、さかんにティーカップを作り始めている。次に出品するのは、華やかな神戸薩摩のティーセットらしい。

「さすが、戦よりお茶を好む女王はんどすな。お茶飲むんにはきれいなお茶碗もいりますもんな」

久賀に有利なことは自分もうれしい。

「だがな、……やはり、何か違うのだ」

久賀は満足していなかった。アフタヌーンティーに使う日常食器にするには、金彩は扱いが難しいし、日本が得意とする細かな装飾も、過剰になりすぎると扱いによっては欠けたり、飾りごとすっぽり取れたり、本来の美しさを損なってしまう。

「本薩摩はもともと過剰な装飾をそぎ落とした素朴な茶陶なのに、外国を意識した京薩摩や神戸薩摩は、違うものになってしまった。このままではいかんのだ、このままでは」

積み上げられた皿の図案の大名行列の構図は、人間が数十人も、目も鼻も細部に至るまで省略することなく描かれている。奴が振る毛槍の一本一本の毛の乱れ、さむらいの裃の小さな紋や陣笠の紐に至るまで。これほど完成された微細な世界を描きだすなど、他のどこの国の者にもできはすまい。だからみやびは、そんなことおませんやろ、と慰めたが、久賀の焦り(あせ)は違うところに根ざしていた。

「政府の糞(くそ)役人が、外国からの輸入品には関税をかける力がないもんだから輸出する日本製品に別な税をかけると言い出してる。そんなことされたらますます貿易は頭打ちだ」

税収不足に悩む政府からすれば儲(もう)かっているところからしぼりとろうと安直な考えを起こすのもわかるが、それでは国内産業の未来はない。なぜにもっと不平等条約の改正が前進しないのか、歯ぎしりするような久賀の悔しさが痛いほどわかった。

「わかっているんだ、だからこそもっと突き抜けた品物を作ればいいのだ、そうすれば、税を上げられようが何を邪魔されようが、誰にもとやかく言わせない」

はらわたの底から絞り出すような久賀の執念。海のかなたの国を相手に、日本が誇れる技術でもって戦ってきた男の咆吼(ほうこう)だった。

だが現実は彼の焦りのまま、あれほど隆盛をきわめ笑いが止まらなかったサツマの輸出は、この後明治も十六年を過ぎる頃から、だんだん下火になっていってしまうのだ。

久賀にとっては、自分のせいではない敗因が揃いすぎていた。西洋の各地に高度な技術を持った窯ができ、王立窯として保護されていったことも、競合相手ができたという意味においては大打撃だったであろう。何より、久賀錦山を真似た日本製の粗悪品がどんどん流出していったことで、輸出額は頭打ちになっていた。

「栄枯盛衰、高々と盛り上がった波もいつかは引く。人を夢中にさせた焼き物も、いつかは飽きられる日が来るのは知っていた」

「そんな、久賀はんらしゅうない、……」

なんとか励ましたい、寄り添いたいと思うものの、みやびにはどんな言葉もなかった。

「いいんだ、これはわたしの戦いだ。みやびさんにはみやびさんの戦いを戦ってほしい」

何を言っても、目下の敵と真剣勝負で向き合う男の、火を噴くような厳しい背中に近づくこともできそうにない。これは誰も関与できない久賀ただ一人の戦いなのだ。

そして久賀の言うとおり、自分にも店があり、やるべき仕事がある。たまに会えても久賀はだんだん無口になり、一緒にいても以前のように楽しそうではなくなっていた。

陶房を覗いたとき、こんなのでは駄目だ、と荒れて、棚に並んだ素焼きの壺を片っ端から叩き壊す鬼気迫る姿を見てしまったことがある。みやびはどうしていいかわからず、入っていくこともできなかった。陶房の引き戸が、無言で、入ってはいけない領域を示していた。人生をともにしない男と女に、いずれ訪れる境界線。ただ立ち尽くしていた。

そんな状態が続き、会えない日がふえた。文を届けても返事はないし、茶の稽古、と偽った約束もとだえていた。

ある日、抑えきれずにみやびは陶房を訪ねて行った。顔を見るだけでいい、そう思った。

ところがそこには路地の前からもう大勢の人足がいて、中から次々と荷物を運び出していくのである。南蛮屏風の写し、台子に茶卓。茶碗や水差しの入った桐箱も、わさわさと運び出され、路上の大八車に積まれていく。

いったいどうしたのだ、どこへ持って行くのだ？

もしかしたら久賀のこと、急に何かの展示に使うのだろうか。だが、人足たちを指図する役人風の男から返った答えは、予想もしない非情なものだった。

「差し押さえだ。久賀錦山は、先月をもって破産したのでな」

頭を殴られたような気がした。まさか、久賀が、そんな。

「イギリス人に、売った品の代金を不払いされたらしい。船が暴風雨に遭おて積み荷の焼き物がほとんど壊れ、相手は払う義務はないとつっぱねる一方やったそうや」

「そんなん……久賀さんの落ち度やあらしまへんやん。買おたもんは払てもらわんと」

かつてのお内蔵さんの不払いを思い出し、苦い思いがこみあげる。だが、泣き寝入りしたみやびとは違って、久賀は正式に訴え出たそうだ。しかし――。

「無駄なことや。外国人との諍いは、外国人の法律で裁かれることになっとるのやから」

愕然とした。不平等条約。こんなところでそれが立ちはだかるとは。

久賀の訴えを受けたイギリス領事は、裁判権をもって自国の民を守った。当然であろう。

だからといって、日本で起きたことは日本人が裁くと言いたくても、ほんの十六年前まで諸藩に分かれちょんまげに刀を差していた日本には、まだ憲法はもちろん、統一的な法律が何一つないのだ。久賀はどれだけ無念であったろうか。欧米列強国との対等な国交をかなえるために、日本という若い国の近代化が、今ほど待たれることはない。

だが——、どうして久賀は何も言ってくれなかったのだ、これから彼はどうなるのだ。

「さあな。居所がわかれば、債鬼が追いかけていくだろうよ。運良く地の果てにでも逃げ切ることを祈ってやるんですな」

へなへなと腰から力が抜け、へたりこみそうになる。

脳裏を、久賀との会話がよぎっていく。みやびが、礼太郎の病状のことや、智次郎の洋装が似合わぬことをぼやいたこと。仁三郎や孝子や富美の身の振り方について、さんざん愚痴をこぼしたこと。その都度、彼は羨(うらや)むようにこう言った。

——悩んで気を揉(も)む〝子〟があることは、みやびさん、あなたの何よりの強みだ。私には、何もない。ま、あったところで、故郷にも帰れぬ根無し草には宝の持ち腐れだが。

最後の会話ではいつになく弱々しい言い方が気になった。だがそれも後の祭り。まさかこんなことに直面していたとは、夢にも思わなかった。陶房がこの様子では、屋敷の方はとっくに処分されただろう。

気がつくと、役人と数人の職人たちが揉み合っている。土に汚れた粗末な身なり。

腰の手拭いにまで陶土がついて、昼夜を問わず働き通した果ての姿だ。聞けば、自分たちはどうなる、まだ賃金も払ってもらっていない、せめて壺をいくつかもらいたいと、口々に訴えているのである。むろん、役人は取り合わない。押し返し蹴散らされて、また騒ぐ。

「あんさんら、これ、足しにしとくなはれ」

見るに見かねて、みやびは自分の財布をそのまま渡した。彼らがどれほど久賀に貢献したかは知っている。世界が驚いた日本の技巧は、彼ら名もなき職人の汗の成果なのだ。

「一銭でも取り立てようと血眼の時に、お布施とは。奇特なお人や」

親戚でもない女の介入に、職人も役人も驚いていたが、何とでも言えばいい。みやびはこうしてはいられなかった。まず府庁へ、久賀の旧友である向井を訪ねてみることだ。イギリス人との交渉は無理にしても、今差し押さえにかかっている日本の商人たちなら、府の役人である彼にはなんとかできる。せめて差し押さえを先延ばしにはできるだろう。

だが受付であえなく追い返された。向井は、二ヶ月前に東京へ異動になっていたのだ。

おそらく向井は薩摩の藩閥の力にたより、今よりよき地位を得たのであろう。そういう抜け目のなさのある男だった。久賀にもそんな小狡さがあればよかったのに。いや、誰におもねることもなく自分の力だけで行くのが久賀だった。みやびが惹かれた男なのだ。

今回の府の美術展でもまたお内蔵さんに妨害されるとわかっていたが、みやびは向井をたよらなかった。そのお礼や今後の付け届けがきっと増す一方になると思ったからだ。もうそういう方法は懲りている。そしてそれは正しかったと今、思った。時勢で動く権力など、いつまでもたよれる縁ではなかったのだ。

気を取り直し、今度は四条河原町にある回漕問屋の淀屋に向かってみる。彼は久賀の逃走経路について、必ず何か知っているはずだ。

だがそこも無駄足だった。あの堂々たる淀屋の暖簾は、どこにも見当たらなかった。高瀬川に面した乗り込み口にも、あれほど賑やかに客や人足や荷物の山が出入りしていたのに、今は見る影もない。いったい、何がどうなってしまったのか。

「おや。こらまあ珍しいお人がおいでやこと」

呆然と立ち尽くすみやびに、そう言って声をかけてきたのは、あの大川屋の繁治だった。肩で風を切るように、がらんどうの店の中へと入っていく。またこんな時に現れるとは、よくよく厭(いや)みな男だと思った。

「ふうん、あんた淀屋はんと知り合いやったんどっか。そうでっか。そういえば大阪にも出張所をお持ちやそうで、京からは舟を使えば心斎橋まで一本やもんな」

人の家のことをやたらよく知っているものだ。後に、高倉屋が大阪の呉服屋を買い取って、この川筋から難波(なんば)へと進出することになる未来は、もちろんまだ二人とも知らない。

「あのな、ここにはもう居てはらへんで。なあ、かつては京の商売人の荷はぜんぶ淀屋にたのまな運べん、とまで言われ、たいそうな羽振りやったが、鉄道が通ってからはさっぱりで、とうとう京の出張所は閉店や。川沿いのええ場所やよって、うちとこが買い取ることになりましたんや」

なんということ。ここにも、時代の波が襲ってきたか。うちの番頭たちはこんなことを知っているのか。いや、この時期の高倉屋は淀屋に依頼する大阪への荷の量も知れていたから、まだここまでとは思っていないのかも知れない。

「ががはん、あんたもえらい勢いのようやけど、気をつけなはれや」

何をからかわれようと、もう言い返す言葉もない。どんどん焼けの時も、夫に裏切られた時も、この男の勝ち誇った顔にどれだけ悔しい思いをしたことだろう。だが今はおっぴらに口にもできない情人の没落を前に、何も返すべき啖呵はない。久賀は、いったいどこへ消えてしまったのだろう。

高倉屋の顧問でもあるため、店からも久賀を探してもらったが、何の手がかりもない。眠れぬ夜が続いた。雨戸が風に鳴っただけでも、久賀が夜陰にまぎれて忍んできたかと庭を確かめてみたり、鳥が鳴く声を聞いても久賀の合図ではないかと起き上がったり。

しかし久賀がそんなことをするわけがないのであった。人目を忍んで闇を窺うなどということが、もっとも似合わぬまっすぐな男だ。人斬りの嵐が吹き荒れた幕末の京でも、彼は悠々と茶を点て、会話しながら攘夷派の懐柔に努めたであろう。そして、彼の点前の、あの気品ある手さばきを思い出せば、恋しくてたまらなくなる。

それ以上寝付けぬ夜は、ただ泣いた。恋しいからではない、会いたいからではない。久賀がひそやかに姿を消す時、自分のことを何も思い浮かべてはくれなかったのか、そのことが寂しくて、泣いた。

もしも久賀が破産する前に、みやびに泣き言を言ったり相談してきたとしたらどうしたであろう。考える。全力でささえ、力になったと、まず思う。だがどうだろう、もしも自分に出せる範囲の額でない場合は。

そう、その時は、おそらく、何もできなかったのではないか、そのように認めざるをえない。

自分は家付きの娘、この高倉屋のため生きる定めであった。しかも息子らは立派に育って、夫の代より広く大きく発展しようとしている。そんな時に、情に負け色に負けて、すべてをかなぐり捨てることなどできるであろうか。

今、思い知る。できなかったであろう。できたとしたら、それは身の破滅を意味する。

破滅はできない、みやびには背負うもの、守るものが多すぎる。

久賀はおそらくそのことがよくわかっていたのだ。もとより、女にすがる人間ではない。

みやびは胸が詰まった。そういう意味では、久賀は、ビジネスにおいてあれほど先が見える新しい男であったが、根本のところでは古い古い日本のさむらいであったのだ、と。

男と女が、惹かれて求めて抱き合って。それは同じ力加減の時こそ輝いて進む。だがどちらか一方が弱ったりまた強すぎたり、均衡を失った時、それはもう恋として成り立たない、そう思った。久賀はやっぱり、何もかもよくわかっていたのだろう。

みやびさんにはみやびさんの戦いを戦ってほしい。久賀が自分に言った最後の言葉が、何度も何度も胸の中で反響した。

あれから、みやびが彼の噂を聞くことはない。

だがきっと、名を変え仕事を変えて、今もどこかで生きていてくれると信じていた。あの幕末の激動を生き抜いて、成功した男なのだから。もしかしたら、帰りたくて焦がれ続けた鹿児島の、桜島の噴煙を眺めながら土でもひねり、好みの茶碗を焼いているのではないか。そう思うことに決めた。久賀と出会えたことは、みやびの宝であったから。

会いたい気持ちが静まらんまま、険しい顔して暮らしてたうちを、皆は気伏せりか女の上がりかと、黙ってやりすごしてくれました。しかたおまへん、気づいたらうちは、もう五十一という年になっとりました。へたに慰めてもらうよりは年のせいにしてもろた方がええ。慰められたら泣いてしまいましたやろ。ほんま、あの頃のうちは、生きる気力をなくしてしまい、とても〝がが〟なんて言える様子やなかったのどす。

そんな時にもう一つ、しばらく立ち直られへんほど打ちのめされる事件が起きてしもたんどす。

妹のきぬから預かった大事な大事な掌の中の花、富美のことどす。あの子は画学校の学展で堂々、金賞を取るほどになり、頭角を現してきとりました。それこそすぐにでも高倉屋の図案室に入れて、女流画家の下絵作品、ゆうて売り出したいほどやったけど、本人が自由に描きたいとゆうんで、好きにさせとったんどす。富美は十人並みよりよほどきれいな娘に育っとりましたけど、高嶺の花には虫もつく。あほぼんのくせにずっと片思いしとった同級の男子生徒がおりましてな。月とすっぽん、富美は鼻にもかけんけど。

そんな情けない男と、なんぼ気ばっても富美を追い越せんで嫉むばかりの級長と。情けない者どうし、利害が一致したわけや。ある日、画学校の同窓展のあった日に富美を待ち伏せした。迂闊やった、いつも爺やを付けとったのに、その日に限って爺やが怪我して、代わりの迎えが遅れたんや。いや、悔やんでもしょうがない、あいつらはそういう隙をずっと狙っとったのやから。

女は、乱暴されても文句も言えん。卑劣な男を糾弾したら、逆に女に落ち度があったかのように嘲られ、好奇の目で見られて、二度も三度も傷つけられるのが落ちや。こんなこと、仁三郎に知らせたら、きっと相手を殺しに行きますやろ。そうでなくても智次郎とうちと、学校へねじこんで行きましたんに。

けど学校も、こんな不祥事、世間に出しとうない。しかもとうに卒業した者の起こしたことや。始めから男子生徒の味方どす。相手はそのことがわかって、さらに卑怯(ひきょう)やった。自分で傷つけといて、富美を嫁にもろたろ、言うのどす。傷もんの分、持参金付きで、やと。あほかいな、塩撒(しおま)いてお断りや、そう思た。

けど、なんと残酷なことや、富美は子供を身ごもってしもた。そのままいけばその子も富美も、つらい日陰の人生しかない。どのみち、このことが噂にでもなれば、富美は嫁には行けまへん。まして妾腹(しょうふく)の仁三郎と一緒にしたんでは、いっそう負荷が大きいだけや。卑劣な男のことやし、どんな嘘八百、言いふらすか知れまへんしな。

それくらいやったら、そんなけだものみたいな男でも、好いて大事にしてくれるならと、しぶしぶ嫁に出すことにしたのどす。腹が目立つ前にと、慌ただしいほどの結婚どした。

年が明け、松の内がすんですぐの嫁入りの日は雨やった。おきぬに約束したとおり、どんどん焼けの業火(ごうか)も免れたあの白無垢(しろむく)の衣装を富美に着せました。事件以来、食も細って痩(や)せてしもた富美やけど、抜けるように白い肌が衣装に映えて、そらまあどんだけきれいやったことか。

けど、うちは見てしもた。家を出る時、人形のようなあの子の頬に、堰(せき)の切れた小川のように、とめどもなく涙が伝い落ちるんを。

はっとしました。うちはとんでもない間違いをしたんやないやろか。富美のため生まれてくる子のためと言いながら、ほんまは自分らの体面を保ちたいだけやないのかと。

そやのにあの子は、伯母さま長々お世話になりましたと、両手をついて挨拶していくのどす。どうかお体大切にと、頭を下げるそばから抱きしめとうなりました。

不憫な子ぉや。憐れな子ぉや。うちらの体面保つために、あの子は何もかも辛抱する覚悟でおったんでしょう。もっと幸せになるため生まれてきたはずやのに、なんでこないな涙を流さなならん。何のために、おきぬはあの不幸などんどん焼けを生き残り、弱り果てた体を賭けてこの子に命を授けたんどっしゃろか。

うちにできることゆうたら、富美が嫁ぎ先で暮らしよいよう、折につけ気遣いの品を届けることぐらいやった。もっとも、先方の姑さんからは、もう構わんといておくれやすと、きつい引導を渡されましたけど。ただあの子が幸せであるよう、それだけを願て、うちはまた観音さんへのお参りを始めました。

うちの人生は上へ上へ、日の射す方へ、無理な背伸びしてでも伸び上がっていくんが特徴どしたんに、久賀はんのことも重なってなんや気力も衰え、しぼんでしもたような、そんな気がしました。人生は花咲く時ばっかりやあらへんゆうことどっしゃろな。自分のことなら、ががが、と押し切れるけど、姪（めい）や子供の人生となると、どうにも自由がきかんということどす。

そやのに、高倉屋は躍進を続け、今までの店では狭（せも）うて、隣家を買い足し買い足し、元の四倍の大きさになっとりました。えらいもんどす、うちがおらんでも、店をささえる力はしっかり育ってはったんどす。

　思えば智次郎も仁三郎も、とうにうちより経験を積み、新しい発想で課題を乗り越えようとしとりました。うちはただ、生きて店に存在して、ががはんが承知しとってんやったらそれでええ、と言うてくれはる世間様に答えればよかったわけどす。

　そして、なんとゆうても図案室のめざましいような成長が、期待以上の花どした。

　ここは着物や帯のデザインを担う部署で、社員扱いで画家を抱え、下絵を描いてもらうようになっとったんどす。画学校の田端はんは乗り気やなかったけど、画家とゆうたら描いた絵を一枚また一枚と売ることでしか食ってはいけまへんのに、高倉屋に認められれば生活が保証され、自分の描いた図案の帯が娘たちの流行となるのどすさかい、絵だけを描いているのとはまた違う達成感になるのと違いますやろか。

　おかげで大判の刺繍作品は外国人に大評判どす。単品で壁掛けにもなるし表装すれば衝立になる。画家はまさに絵のために技巧を尽くし、刺繍職人は一針一針、魂を注ぐ。どちらも、それで名を挙げようとかお金を儲けようとかいう欲得はないのどす。あるのはひたすら最高のものを作ろうという情熱だけ。それは古来、この国の人間が神様に喜んでもらえる佳き物を作り続けてきた長い歴史の成果でっしゃろな。最上ゆうんは見果てぬもんどす。きりがおまへん。

うちらも、さらにええもんを、と望んで、そうして、天鵞絨友禅に行き着くんどす。天鵞絨友禅、なあ。まさに奇跡の布どすな。京にはどえらい人がおるもんや。染めと織りと刺繍と、持てる技巧全部を使て、一枚の同じ布の上でいっぺんにやってしまうんやから。

たとえば古刹を描いた風景画。友禅染で絵画のように社殿のたたずまいを表現した作品どす。それだけでもじゅうぶん見応えはあるのに、樹齢何百年という檜の部分だけ、天鵞絨で織ったんを毛足を切って立体的にし、常緑の葉の茂りに光沢感や色彩の奥行きを出してある。さらに拝殿の鈴や狛犬の目なんかは刺繍で引き立たせてな。ようまあそんな手間暇かけて、なんもそこまでせんでも、というもんどす。けど、それが芸術や、まるで西洋の油彩画そのものや。

「どなたはんが、こんなもんを……」

あまりのみごとさに、初めて見た時はそれしか言えまへん。なんせ天鵞絨の部分は、輪奈(パイル)を切って毛足の柔らかさを出したもの、切らずに残して生地の味わいを出したものと、それぞれ表現したいものに合わせて考え尽くされた手法やゆうんが窺えました。お澄はんに、同じ西陣の西岡宗太郎はんという織り元が作ったんやと教えてもろた時は、すっ飛んでいかずにおれまへんでしたわ。

うちは、会(お)うたその場で、できあがりの作品をみんな買い、さらに注文をかけました。

「御寮人さん、それはありがたいことやけど、いったいそんなぎょうさん……」

品のええ初老の旦那はんゆう風体の西岡はんは、きっとうちが頭のおかしい女や思たかもしれまへんな。けど、うちは真剣や。いぶかる西岡はんにだめ押ししました。

「旦那(だん)はん、ええもん作っとくなはれ。なんぼ高(たこ)うてもええ。うちがおたくの品物、皆、売ってきまっさかい。そのかわり、よろしおすな、ええもんだけ作っとくなはれ、ええもんだけ」

こうして、天鵞絨友禅は世界に出て行くのどす。へえ、売るんは商人の仕事。売るからには胸張って自慢できるみごとな品を売りたいもんどす。すでに、いと松以外でも広幅の布は織れるようになってます。そやから画家は思うままに筆を振るえばええのどす。

それだけに、画家の方から入りたがる人も増え、しぜん、レベルも高くなっていきました。そして高倉屋におったといえば画家にも箔(はく)のつく経歴にまでなったんどす。

応募してきた画家の中に、竹田雄山、なんや見覚えのある名前を見た時は即座に落としたろかと思いました。そう、画学校で富美を陥(おとしい)れた級長どす。よぉまあ出てこれたもんや。けど、審査はうちがやるんやない、専門家に頼んで選んでもろとります。黙って見とったらあえなく失格。絵の魂ともいえる写生力が乏しいゆう理由やった。ふふん、絵は正直どすな、根性が穢(きたな)い者(もん)にはそれなりの絵ぇしか描けませんのやろ。

選ばれた絵描きたちは自負も向上心も高く、府の美術展には連続で金賞入選を果たしております。今もあの白塗りのお内蔵さんが審査員をなさってるようやけど、高倉屋の水準の高さと知名度は、どない理屈をこねても選から落とすなどできんまでになっとりますんや。もしもお会いすることがあったら、こない言うてみたいもんどす。どないどす、無銘の職人の集まりでも「高倉屋」という実力ある集団が〝銘〟になりましたやろ、て。

とはいうものの、うちは正直、勝ち誇った気にはなれまへんかったのや。

久賀はんを失のぉた時、あの人がうちの中の〝がが〟を全部、持っていってしもた。

遺（のこ）されたうちは抜け殻や。そやから、今まで高く望んだことも、深く憎んだことも、何もかも、どうでもようなってしもたんどす。

人生ゆうんは、自分でここまで、と決めて終わらせられへんのんは酷どすな。うちはほんま、もうあの時に、終わってしもてもよかったのに。

ところが、人の命の終わりの時を人が勝手に考えるもんやないゆうことを思い知らされます。天は人間なんかの計り知れんところで、もっと遠大な運命を用意しとるものどす。

まさか五十を過ぎて、今ひとたびの命の炎が燃え上がるとは、予想だにしまへんでした。

その日うちは、たまたま点検をと差し出された図案室の書類を手にしたんどす。すると、士気高い作業場で、一人、困った絵描きがいてはった。

「なんどすのん、この人、昨日も一昨日（おととい）も欠勤かいな」

「いや、ちゃんと欠勤届は出してはります」

別に、うちが見る必要もない出勤簿やったけど、開けば×ばっかりなんは目に付きます。いつ仕事してなはるんや、と文句も出ますわな。番頭はんに提出された手紙を読むと、文字もきれいし、仕事をせんならんという責任もわきまえてはる。いったいどういう人や、と確かめたら、富美を最初に習いに行かせた美人画の大家、酒井雨龍先生の紹介やった。女癖の悪い師匠やったけど、腕は確かで、考え方も、画家は額縁に納めるための絵だけを描くんやなく、生きた工芸品にも大いに描くべしと、何人もの弟子を紹介してくれてはる。その中で、いちばん優秀な絵描きはん、それが今泉翠鳳(いまいずみすいほう)はんやった。

「今日は珍しゅう、……いや、ちゃんと出勤扱いで、祇園で写生してはります」

作業場のこともみんな息子らにまかせてあって、うちが口出しするんもかたちだけのことやったけど、なんでやろ、こっそり覗きに行ったろ、なんていう気を起こしたんは。

どうせ「先生、先生」とおだてられて酒をふるまわれ芸妓(げいぎ)を挙げて遊ぶだけのことやろと思とりました。そしたら挨拶だけして帰るつもりどした。きっとうちが出てくるだけで態度も改まるんちゃうやろか、そんなぐらいにしか思てまへんでしたのや。

担当の番頭はんらがうちの顔見て慌てるんをシッと黙らせ、翠鳳はんのおる座敷の次の間へ滑り込んでいきました。そしたら予想外に、音曲なんぞ聞こえもせえへん。

そっと襖を開けて覗いたら、ほんまに絵を描いてはる画家の背中が見えました。その向こうには、だらりの帯の舞妓(まいこ)が一人。扇を持って、立たされとります。

畳に広げたラシャ敷の上に画仙紙を置き、画家は無言で筆を滑らせとりました。それを、店の者が二人、寄り添うように見守っておるのどす。

ようまあそんな中で描けるもんや。家では富美が、人に見られとったら描けへんゆうて、機を織る鶴みたいにして部屋に籠もって描くのを知っとったから、驚きました。

そして、気づいたんどす。筆を運ぶ手先の、静かながらもきびきびと力強いこと。

ああ、久賀はんのお点前と同じや。――そう思いました。

お正客以下何人もの客人が息を詰めて一挙手一投足を見守る中で自分の世界を動かしていく。誰が見ていようと、彼自身の摂理で時を回していくのは、おんなじやった。

懐かしいものを見た気になって、うちは動けへんかったんどす。長い時間やったんやろか、やがて画家が筆を置き、一座の空気がほどけました。舞妓がすねたように、

「せんせ、堪忍。もうこれでやめてもかましまへんか」

「ああ、かまへんで。もうでけた」

おおらかな声で解放してやるんが合図になって座が緩みます。そして、うちを、振り返ったんどす。

うりざね顔に、切れ長の目。決して女好きのする顔とは言い難いのに、一回見たら

忘れられへん印象の強さがありました。息子らほどに若いゆうのに、なんどっしゃろ、その目にあふれた輝きは。なんや、あらゆるもんに挑戦的とゆうたらええんか……。そしてその視線はたちまちうちをとらえ、うちに対する好奇心を隠しもせんと明るく笑うんどした。

「ごらんになりますか？」

うちが誰なんか、もう把握している顔でした。うちは、とまどいました。そうどす、うちは年を重ねて、難しい立場になっとりました。もう昔のように思たままを面に出したらあかんのどす。うちの答え一つ、表情一つで、若い世代はそれが評価と思って喜んだり落ちこんだりするようになっとるのどすさかい。

ほんでも、そんな気遣いは不要のものどした。その絵を見た時、うちははっと胸をわしづかみにされた気がしました。

柳の向こうに透けて見える朧月夜。下にたたずむ後ろ姿のだらり帯の舞妓。誰を待っとるんどっしゃろ、扇をそっと顔に傾けて。絵の中から、物語がこぼれ奔るような。

うちには、柳の向こう、絵に描かれてへん空白の中に、あの日そっと寄り添ったうちら二人が見える気がしました。二人はこれからお邸の赤い唐紙の部屋に行くんどす。

舞妓は、そんなん知らんと、なまめく春の朧月夜に、自分自身の恋を待っとるのどっしゃろか。

うちがあまりに長い間、なんも言わんと絵だけを見てるんで、番頭はんらが、ではそろそろ、と断ってきました。うちは夢から覚めたみたいに、そやな、とうなずくと、合図の手が叩かれます。襖が開いて、どっと芸妓たちがなだれこみ、華やかな声があふれました。番頭はんらは、ねぎらいの場を用意しとったんどすな。

「どないどす、御寮人さん、今泉せんせの絵で、今度の新聞広告、出そ思てますのやけど」

新聞は大阪や東京に限らずあらゆる都市で発刊されて、外国人はこないにぎょうさんの国民が新聞を読む国は他にない、と驚いたそうや。それを使（つこ）て、広告の枠を出すんが近頃の大店（おおだな）の風習でした。そら一目でこれだけ見る者の心を摑（つか）む絵や、多くの人が新聞から目が離せんようになりまっしゃろ。けど、そんなん、芸術家が許しますやろか。

「御寮人さん、お気遣いなく。僕は、なんぼでも描きますよって」

あっけらかんとしたお声。若いのに、あり余る才能に恵まれたその画家には、何のこだわりも束縛もあらへんのどす。ただ美しいものに惹かれ、それを描く。その作品が気に入ってもらえるならばあとはどう飾ろうと使い方は見る人の勝手、そない言うんどした。

「そうどすな。せんせやったら、なんぼ描いてもすり減ったりはしはらへん」

うちの目を、そらすことなく見つめ返すまっすぐな目。うちの中に、その目が、なんやわからん、震えるような力を吹き込んでくるようやった。

みつめあったまま、うちの中でだんだん固まってくるもんがありました。この才能を、世に出さなあかん。そない思たのどす。

「せんせ。一枚、注文してもよろしおすか。描いて欲しい絵がおます」

うちの真剣な声に、せんせは一瞬まぶしそうに目を細め、首をこくっと傾げはりました。

うちはその無心の顔に、こう言いました。

「外国人をあっと言わしまひょいな」

外国人、て……。居並ぶ番頭たちが不審そうに身を乗り出すんがわかりました。

久賀はんが一度は果たした夢。日本の焼き物の緻密な技に、外国人はあっとゆうた。それは夢やったから、永遠には続かへんのは当たり前。けど、人がおる限り、夢は何度でも見たらええやおませんか。そして、このせんせにはそれができる。

「万国博や。来年ロンドンで開かれる万国発明品博覧会に出す絵を描いてもらいたいんどす」

皆が唖然としたんも無理はおまへん。ヨーロッパでは工農や漁業など分野を限った万国博覧会が毎年のように開催され、輸入超過に頭を悩ます日本政府はこれを利用しなんとか販路拡大、海外に日本のもんを売りつけて輸出をふやそうと力を入れてはりましたが、ここに来て一般国民にも出品を奨励しはるようになったんどす。――そんならうちとこも出しまひょやないの。そう意気込むうちがひっさげて行くんがこの絵ぇなんどす。ロンドンに、いや、西欧に、うちら京都の美の真価を問おう、ゆうのどす。

そやな、あまりに大きい話どすな。けど、うちは言うた。せんせの絵は、昔でゆうたらお城の襖を飾れるほどの立派な絵や。けど、時代が悪い。今はお城は幽霊しか住まへんそうや。それなら海を渡って、生きた外国人の、貴族王族のお屋敷に飾ってもらいまひょ。外国では冬場以外は使わへん暖炉隠しにこういう大きな絵を欲しがってはるんどす。そして、いと松はんが、今までにない幅広の布を織れるようになっとります。人が集まる博覧会で、せいぜい便利なもんやなと感心させたらええのどす。できます。うちが、やります。このせんせの絵を、これが日本やゆうて、世界へ示してみせるんどす。

せんせはどない思わはったんどっしゃろか。じっとうちをみつめてはったけど、急

に笑って、

「あはは。僕に、そんな絵が描けますやろかな」

と、筆を片付け始めました。何か気に障ったんどっしゃろか。番頭はんらが慌てます。芸妓たちもそわそわや。そして、せんせは、うちをまっすぐ見据えて立ち上がりはった。

「御寮人さん、僕は絵描きどす。絵を描くだけどす。後のことは、どこに出そうが……」

おそらくせんせは、自由に描かせろ、目的を押しつけるな、そう言いたかったんちゃいますやろか。けどうちは最後まで言わせせんかった。同じように立ち上がって、言いました。

「高倉屋に渡す絵は、ぼんやり描かれても困ります。目的ものう漫然と描く絵やったら布団の下にでも敷いときなはれ。西洋の王宮にこれを、と思て描いた絵だけ、見せとくなはれ」

そう、才能に溺れ、おだてられ続ければ刀も鈍る。高い目標を定めてこそ、刀はさらに研ぎ澄まされて、飛ぶ虫をも触れれば斬るまでになるのどす。

その後は、まるでにらみ合いみたいなもんどした。

どっちが勝ったか。そらもちろん、年の功で、うちに決まってます。せんせは、まるでうちから逃げるように座敷を出ていかはった。番頭はんが後を追い、残った番頭はんは、おろおろとうちに駆け寄る。けど、大丈夫、あのせんせは、描いてくる。うちは妙な自信に震えて、祇園の座敷に立ってました。

だがその後の翠鳳はまたしても欠勤続きとなった。番頭が心配して家にたびたび様子を見に行ったりもしたが、数日間も留守では、もはや京にいるのかさえもわからなかった。

「お母はん。翠鳳せんせ、どないしてはるんやろ。ちゃんと食べてはるやろか」

智次郎の曇った顔を見れば、せっかく高倉屋のために手にした才能をみすみす失ったようにも思え、みやびが余計なことをしたせいだ、そう責められているような気がした。

だが、翠鳳は帰ってきた。

それはあの祇園の座敷を出て行ってから二ヶ月も後、京の社寺を華やかに彩った桜が散り敷く頃だった。

みやびは手代に呼ばれ、柳馬場の図案室へ慌てて駆けつけた。自分が無体なことを言ったことに腹をたてての出奔だったなら謝ろう。そして二度と息子たちの運営に余計な口は出さずにおこう。そう決めていた。

ところが部屋の内では全員が立ってわさわさ言っている。大の男らの背中に塞がれて、何をそう騒いでいるのかもわからず、みやびは部屋の外でおろおろした。

「ああ、これは御寮人さん。今泉先生がもどられまして、……」

図案室の責任者がみやびに気づいて駆け寄ると、室員たちが場所を譲ってくれた。その瞬間、あっ、と度肝を抜かれた。皆が立ってざわめくその先には、一枚の絵が掛けられていたのだ。

横長の紙いっぱいに横たわる、麗々とした富士を描いた大胆な構図。

富士ならこれまで数え切れない画匠たちが題材とし、それこそ数え切れない名画があるというのに、あえて挑んだその心意気が、絵の隅々から匂い立つ。かの北斎の富嶽三十六景のごとく大胆でいながら、色合いの柔和さ、上品さは、翠鳳ならではのものだった。

夜明けすぎ、朝日が全世界を照らし始める寸前であろうか、富士は、鈍い黄金色に染まった宙を背景に、複雑な光の陰影を放ちながら尾根尾根の襞を引く。そして雲を突き抜け悠然とそびえるのだ。

その頂上に冠した雪の白さの神々しいこと。地べたにうごめく庶民からは決して望み得ないその視界、画家は一瞬、神の視点に立ったのであろうか。

品もある、格調もある、賛嘆すべき絵だった。天才とはこういう人を言うのだと思った。

ただ心を奪われ言葉もないみやびに、一人の男が歩み寄ってきた。髪も髭も伸び放題。日に焼けた顔は野良仕事を何日も手がけた男のようで、絵筆を持つ人とはとても思えなかった。だが、その男こそが、これを描いた画家なのだった、翠鳳だった。

「御寮人さん、ただ今もどりましてございます」

身なりは旅に汚れてみすぼらしかったが、その目には生気があふれていた。絵を完成させたという達成感に満ちていながら驕り高ぶる様子はみじんもなく、ただすがすがしい。

「お見かけせえへんなと思てたら、せんせ、富士を描きに行ってなはったんかいな」

皮肉を込めた挨拶だったが、翠鳳は意外に素直に、勝手してすんまへん、と頭を下げた。

「東海道の岩淵から富士山を見てましたら、描かんとおれんようになりまして」

多くの画人に描き尽くされた富士。その中で、自分だけの視点、自分だけの表現を求め、行き着くのは簡単なことではなかったであろう。みやびが、西洋人を驚かす絵、と課題を出したのだから、今までのように自由にはいかなかったはずだ。だが、できた。完成した。

「ご苦労はんどしたな。……せんせ、やりなはったな」

みやびは、感極まって、それ以上の言葉を言えなかった。翠鳳がうなずき、ただうなずいて、そして目をそらした。いかな天才画家も、西洋に出すという大命題を前に、悩み、彷徨（ほうこう）したであろうことが思い知らされた。けれども彼は確かに一皮むけて帰ってきた。

みやびは高らかにこう言った。

「これが高倉屋の、今泉翠鳳の、ジャポニズムどす」

その場にいる全員がどよめいた。その中心には、絵があった。富士があった。次はこの絵を下絵にして、織物に仕上げ、眺められる工芸美術にする。朝日に浮き出る山の尾根を天鵞絨友禅で立体的に織り出し、刺繍で黄金色の朝日を輝かせるのだ。できるはずだ、名工たちは自分の腕がどこまで高みに達するかだけを望んで研鑽（けんさん）しているのだから。

翠鳳へのねぎらいや褒賞（ほうしょう）は智次郎にまかせ、みやびはすぐさま下絵をお澄に見せに走った。

「御寮人さん、また無理難題を持ってきはりましたなあ」

お澄は図面を睨んだまま唸っていた。こんな細密な色を、線を、果たして糸の織りで表現できるのか、という顔だった。みやびは言った。

「今まで全部できたやないの」

機械すらない時代でも、やってきた、やりとげてきた。今は、どんな複雑な機械も、欧米人に遅れをとらず使いこなせる。文明を追い風にすれば、何を怯むことがあろうか。

「そやけどこれは、そないすぐにはできる仕事やおまへんで」

「かましまへん。ロンドンに間に合わんでも、博覧会ならこれから何度でもありまっしゃろ。何ヶ月、いや何年かかってもええ。この絵で西洋に勝負を賭けるのや」

西洋で認められるということは、国内においても最高の評価となる。富国強兵策で国家が教育に力を入れる今、全国に作られた小学校には講堂があり、その緞帳や引き幕という需要もできた。皇居においては外国の賓客をもてなす部屋のカーテンや壁紙に一流の品をという要望もある。世界に認められることは、ほんの始まりに過ぎないのだ。

みやびの本気を確かめるように、お澄はじっと目の中を探り、そしてうなずいた。

「ほなやりまひょ。京の織り元の、全力を注いで織りまひょ」

これは京の伝統の誇りにかけて外国へ持って行く品だった。どれだけ時間がかかろうと、これ以上のものは作れないという最高の品でなければならない。

「たのんだで」

はい、と返事は目と目を見ての、うなずきあいだ。きっとできる、そう確信した。

そうは言ってもこの博覧会にまにあうならばと願う気持ちは抑えられず、みやびは思いつくと何度も、いと松へ足を運んだ。

決して広いとは言えない工房に十人ちかい職人がひしめき、裁縫台に向かっている。その小さな面積の上で、目もくらむような美の世界が無限に創り出されて行くのである。刺繡の作業、染めの作業、そして天鵞絨友禅の輪奈（パイル）を切っていく細かい作業。一心不乱の時間はまたたくうちに過ぎていく。年が明ければ、博覧会まではあと五ヶ月。店では初荷の賑わいに続き、盛大に初売りが行われていたが、そんな商家の暦に流されることなく、黙々と作業に没頭する職人たちの姿があった。

外国人が自由に日本国内を歩けるようになるのはまだ先だが、たびたび開催された京都博覧会の隆盛に伴い、神戸や横浜の商館から訪れる外国人の数は増えていた。東山三条付近にそれら外国人を泊める宿が点在するようになっていたのは、お上も外貨獲得のためと目を瞑った結果であろう。やがて明治二十三年には御池に外国人専用の京都ホテルが堂々と開業することになるほどだ。四条烏丸に東店を出したばかりの高倉屋は、そうした外国人の散策路に入るため、一日に十人ちかい欧米の婦人が訪れることもあった。精巧なのに手頃な価格の小きれは日本みやげとしておもしろいほど売れた。

エリザベスが初めて店にやってきてから足かけ七年。京の街も大きく変わった。しかし京の工芸技術はなんとか受け継がれてきたのである。

そのようにして、いと松へ足を運ぶのが習慣になり始めた頃、ある夕方の帰り道に、いつからいたのか、着流し姿の翠鳳がみやびを待っていた。

「せんせやあらしまへんの。どないなさったん」

声をかけると、難しい顔をして立っていた翠鳳が、とたんに顔を輝かせ腕組みを解く。

「御寮人さん、……」

しかし始めから後の言葉は用意していなかったのであろう、困ったように空を見上げる。暮れなずむ宵、ぽつりと肌を打つ雨のしずく。

「おやまあ、ほんまに雨や。お澄はんゆうたら、うちに傘、持っていき、ゆうたけど」

もう一本借りてこようとしたら、翠鳳は首を振り、

「僕はちょっとそこまでと思て出かけてきただけでっさかい」

言い訳にしては下手すぎるせりふで、逃げ出していこうとする。

「待っとくれやす。せんせ、ほな、うちを店まで送っとくれやす」

驚いてはいたが、みやびが開いた赤い女物の蛇の目を見ると、翠鳳は素直にそばまでもどってきて、そして傘を手に取った。

「おおきに」

言うと自分までうれしくなる言葉。自分に傘をさしかける翠鳳の腕に、そっと寄り添う。そうしなければ、濡れてしまう、二人とも。

「いえ、僕の方こそ、すんません」

こんな状況になったことにいらだっているのか、怒ったようなその瞳。

もう一度、おおきに、と言ってその目を見た。なぜここにいるか、何をしようというのか、訊く必要はなかった。彼も気になったのであろう、自分の描いた絵のことが。

「もうだいぶでき上がってまっせ。そら大変な仕事やったけど。なんせあれだけの絵なんやから」

言うと、ほっとほころぶ彼の顔。

「そやけど完全にできあがるまで、せんせは見たらあきまへんで。きっと文句を言いとうなる」

「いや、手放した絵は、もう一人歩きしてるんやから、僕はかまいまへん」

ちゃんと自分の分がわかっている。そのことが好ましい。

「そらもう、仕上がったら、日本の織りの技術に世界は度肝を抜かれるはずどす」

息子ほども若い男とこうして一つの傘に入って京の宵を行く時間。にわか雨に、人は走ってそばを行きすぎるが、もしも誰かに振り返られても、御寮人さんと図案室の画家なら誰も不審にも思わないだろう。隠れなくていい、その晴れやかさが、みやびには快かった。

「実は僕、なんやちょっと燃え尽きたみたいな思いがあって、次の絵が描けんのです」

「知ってまっせ。ここんとこ出勤の〝〇〟が続いてますもん」

「そらあんまりや。出勤してるゆうんは働いてるとゆうことやないですか」

「あはは。せんせの場合はちゃいますやろ。籠の中に飼われて描けるはずがない」

言うと、翠鳳はむっとしたように押し黙った。最初からみやびは思っていた。たとえ飢えても自由な魂でいてこそ芸術は発露する。なのに衣食足りていい絵が描けるだろうか。事実、翠鳳は、おのれの画題を問うさすらいの旅で、あれほどの富士を描き上げてきた。

得心することがあったのか、翠鳳はさからわなかった。そしてこんなことを訊く。

「御寮人さんは、なんで万博に出そ、と思たんどすか」

あまりに彼が素直だから、つい、するすると話してしまう。母のように、友のように。

「そない遠い昔の話やあらへんのどすけどな。外国相手に、人の力を限りなく超えた絶品を作ってみせたお人がありましたんや。そらもうみごとな焼き物どした」

今も目に浮かぶサツマのきらきらしさに軽やかさ、そして洗練の極み。触ってみなさいと微笑んだ久賀のすらりとした手指ともども、今も鮮烈に覚えていた。

「世界が日本の技巧に驚いたんどっせ。そら痛快やった。けど、この国が負わされた不平等なきまりのせいで、正しい価値では商いにならんかったんどす」

自分は仇を取りたいのではない。彼の志は自分と同じだ、海を挟んで商いをする多くの日本人たちも同じであろう。いつかは誰もが正しく等しく欧米とやりとりすべきなのだ。

「僕なんかにはおよびもつかない視野のお話です、とても大きい、……」

赤い傘に、さわさわと当たる雨の音。彼とは話したいことが山ほどあった。そして彼も、聞いてほしいことが海のようにあるのであろう。少しずつ話そう。すべて話そう。彼の問いに答えるには、みやびが生きた時間の軸をすべてさかのぼらなければならないが。

「いろんなことがあったんどす。せんせがまだ子供やった時分にも、うちは、ががが、ゆうて突っ走ってきたんどっさかい」

彼は笑わない。こうして彼と出会うまでに、みやびが積み上げてきた歴史、走りすぎてきた時間に対し、ただ敬意のまなざしを向け、耳を傾ける。

「すごいことや思います。なんせ高倉屋を動かすお方やねんから」

「いいえ、たいしたことおへん。まだまだ万国にはすごいもんがおます」

美しさや若さで評価するのではなく、自分が重ねた人知れぬ努力、そして犠牲を、〝すごいこと〟と讃(たた)えてくれる視線が嬉しかった。それはそのまま彼への好意となっていく。

「万国、か——。そこには、まだ見ぬ世界が開けとるんやな」

歩き始めた時には自信のなさを表していた顔が、今は、次の興味に輝き始めている。若さとは、刻々と移ろう空模様のようだ。かつて自分もこうであったのだろうか。

「せんせには、万国を眺めおろす心の目がおますもんなあ」

多くを見てほしい。全部見てほしい。きっとその中に、彼の最高の画題がある。

雨がいつまでも降っていてほしかった。道がどこまでも続いてほしかった。互いに競い合うように質問し、先を急ぐように喋り合ったけれど、まだまだ足りない。

だが、もうすぐそこは烏丸松原、丸に梯子高の提灯が見える。増築に次ぐ増築で巨大に広がる店が見えた。

「ほな、僕はここで」

「せんせ、また欠勤続きでよろしいさかい、びっくりするような絵を見せとくれやす」

言うと、翠鳳はきりりと唇を結び、

「そうですね、また欠勤が続くと思います。旅に出るかもしれまへんので」

ぺこり、お辞儀をして去って行く。

みやびは雨の宵に消えていく翠鳳の後ろ姿をいつまでも見ていたかった。これは恋か。いや、恋であるはずがない。年で言えば三十一の彼からは二十二も年上、母親の年になるみやびなのだ。惚(ほ)れたのは彼の絵、才能に違いない。いや、何であっても、またしばらく会えなくなる翠鳳を思うとせつないような、この気持ちはどうしてだろう。

翠鳳が、『俄雨(にわかあめ)』と題した一枚の絵を仕上げたのはそれからまもないことだった。赤い蛇の目の傘に隠れて、困ったように空を見上げる人妻の姿。番頭たちは口々に言った。

「せんせ、新境地どすな。なんともあだっぽい絵やおませんか」

それが春の蔵ざらえの広告を飾る絵になると言って、番頭から下刷りを見せられた時、みやびは思わず顔をほころばせた。彼を見守っていこう。これが恋であってもなくても、自分と過ごす時間が何かしら彼の絵に刺激をもたらすならば、惜しみなくあずけよう、与えよう。若い女では果たしえない、年を重ねた女だからこそできることはそれだ。

いずれ彼はその名の通り、自分などが独占できない鳳(おおとり)となって日本の画壇の上に羽ばたくであろう。多くの女が彼を愛すであろうし、数え切れない国民が彼の絵に夢中になるはずだ。だから彼は、いつか手放してやるべき存在だった。それでも、今、彼が自分の傘の内を必要とするなら、みやびはいつまでも雨から庇ってやりたいと思うのだった。

そうして明治十八年、ついに高倉屋はロンドン万国発明品博覧会に初出品を果たす。朝焼けの富士を下絵にして、熟練の職人たちが夜を日に継いで絹タペストリーに織り上げた大作は、ほぼ一年を費やし、間に合ったのだった。

ロンドンでは、日本の出品にお客さんが押し寄せたそうどす。まずはその精巧さで見る人を釘付け（くぎづ）にした〝村田銃〟。うちとこからはこれまでにない幅の塩瀬（しおぜ）に文繍（ぶんしゅう）をほどこした「新規染繍画（しんきせんしゅうが）」。堂々の発明品どす。ああ、うちも行きたかったなあ。残念ながら入賞を逃したんは、やっぱりうちの、ががの一押しがなかったせいかもしれまへん。翌年、京都博覧会では同じ作品が一等賞となったんどっさかいな。ほんでも、やっぱり西洋人に理解させるんは何かが違うんどっしゃろか。久賀はんの最後の苦悩、最後の壁が、うちの前にも立ちはだかっとりました。何度、久賀はんがここにいてくれたならと思たか知れまへん。あの人の力強い提案と、自信たっぷりな笑顔とを思い出したら、あれこれ懐かしゅうて懐かしゅうて。

あきまへんな、女はつまるとこ、誰かをたよってしまう。

けど、それでええんちゃいますやろか。いと松のお澄はんも、やっと弟はんが育ってきて、長年の男装をやめて女らしい身なりに改めたら、てきめん、婿になって支えてくれるええお方ができ、商売もますます安泰どす。

なんぼ女が一人でがが、と踏ん張っても、しょせん一人では何ほどのこともできまへん。それより誰かと、力と知恵を合わせて一つの仕事を果たす方が、実りはなんぼか大きいのどす。そう、お父はんがようゆうてはった『古事記』の中の、日本の国作りの大仕事にも、男と女、ふた柱の神さんが力を合わせんことにはできひんかったように。イギリスがあないに強大なんも、ヴィクトリア女王がご夫君や臣下ともども、たのもしい男はんらにささえられてはるからに違いおません。

「御寮人さん、入賞できひんかったんは、僕の何が足りひんかったんやろか」

かわいそうに、翠鳳せんせが、しょぼくれてそうつぶやいたことがおます。

「せんせ、堪忍。うちがあかんのや」

そこは正直、謝りました。作品はすべての技巧の集大成、そこに足らんもんなぞあらしまへん。三年後、バルセロナで開催された万博にも、せんせの描いた二見ヶ浦の絵を下絵にし、織り元の総力を挙げて天鵞絨友禅の壁掛けにしました。それは居並ぶヨーロッパの工芸品と堂々と渡り合い、みごとに銀牌を持ち帰るのどす。ただ、銀牌は銀牌でしたが——売れまへんでしたのや。

「それはなあ、つけた値段を聞いたら納得しはりますやろ。なんぼや思いはる？」

せんせは、見当もつかんゆう顔でうちを見ました。うちはぺろっと舌を出し、

「五百五十円。——でっせ」

国のお役人がもらいはる月給で計ったらほぼ一年分ほど、ゆうたらわかりますやろか。そんな目えが飛び出るような値段、いったい誰が買いまっしゃろか。せんせも呆れたようにうちを見ました。そう、高すぎて、買い手がつかんかったんどす。

「ヨーロッパの金持ちもたいしたことあらへん。高倉屋の作品をよう買わんのやさかい」

うちは笑い飛ばしました。けど、根拠もなしに値段を高うしたんやあらしまへんで。五百五十円の内には、ほんまは日本が受け取るべき不平等な関税の分も入れさせてもろただけや。言うならこれは先に斃れた商人たちの弔い合戦。日本の商人としての意地やった。

けどなあ、せんせはそれでも険しい顔どす。作者にしてみたら、売れてこそ高倉屋に損をさせへんかったという安堵がおますからやろか。

「ええんどす。安かろう悪かろうではあかん。日本の品は、質に応じて値段も最高レ

ベルやいうことを示したらええのどす」

やっと日本にも、大日本帝国憲法というんができて発布されました。西洋が何百年もかかって、失敗を繰り返しながら作り上げてきた近代国家の背骨たる証(あかし)を、わずか二十二年で自分のものにしたこの国は、やっぱりたいした国とちゃいますやろか。いずれ、皆が苦しめられた不平等な条約も、ぱりっと解決する日が来るに違いおまへん。

そやから今度は絶対、うちが行って、ががと押しまくろうと思いました。そうや、これから開催されるすべての博覧会に出品し、ますます世界を魅了しまひょやないの。そのうち、うっとこだけでパビリオンを出すほどに。

せんせにはまだまだ描いてもらわななりまへん。そばから智次郎も言いました。

「そやそや。わしらは東洋一の文化国や、誇りは金には換えられまへん」

しょげていた男らも笑いを取り戻しました。その意気その意気。

現にこの後、博覧会を見た西洋の貴族や要人からは個別に注文が入ってきました。あの人らは狩がお好きやよって、何匹もの猟犬を引き連れた狐(きつね)狩りの図や、獰猛(どうもう)な豹(ひょう)が鷹(たか)を捕らえた絵なんてゆうんが大人気どした。慈悲深い神仏と暮らす日本人には好ましゅうない絵柄でも、たのまれたからにはうちらに描けん絵はおまへん。図柄は西洋人の注文に応じて描き、しなやかな豹や虎(とら)の毛並みの艶(つや)や、鳥の羽のひとすじまで、まるで生きているみたいに刺繍で表現するんどすわ。日本の技術を使て創り出す西洋文明。できあがりのみごとさに、イギリス人もアメリカ人もため息をつくばかりやったんどっせ。

一昨年のパリ万博ではこの高倉屋に、天皇陛下じきじきに出品製作の御下命をいただきましてな。せんせの下絵で「波に千鳥」を天鵞絨友禅に仕上げたんどすけど、サラ・ベルナールゆう女優はんがお買い上げになり、高倉屋は西洋でいっぺんに有名になりました。国内からも、これから西洋へ進出しようという神戸の造船王、松方幸次郎さんから、イギリスの商工関係の大臣に贈る、大きな洋犬の絵柄のタペストリーをご依頼いただいてます。優れた工芸美術は、黙っとっても国際親善の大役を果たしてくれるんどすなあ。

ぼんやりしてる暇なんかありますかいな。言うと、せんせも、やっと笑いました。

うちはせんせを西洋に学ばせに出すつもりどした。二年になるか三年になるか。その間に、うちは年をとってしまい、せんせはもっと力をつけていきます。その時が別れになるんは知っとりましたけど、独占するだけが愛やない、誰もがほれぼれする男に育ててやるんも一つどす。そう、死んだ父の言葉を借りるなら、うちはせんせを男にしたいんどす。事実、せんせは後の国際万博で日本代表として「月」のお題に従い、凍えるように孤独なヴェネチアの月を描かはって、洋の東西を問わぬ美の感動を与え、賞賛を浴びはるのどす。生きてそれを見届けられたんは、それも長生きのご褒美(ほうび)に違いおまへんな。

男は、他にも、うちの周りにおりました。その年には礼太郎を長年の名目だけの三代目から解放してやりました。長いこと、女のうちが出られん代わりの表看板となってくれて、ご苦労はんと、心からねぎらいました。そして同時に、万年代理やった智次郎を四代目としました。名実ともに店をまかせられる男の当主の誕生どす。京都の店はどんどん拡張し、大阪と東京にも同じような規模で支店を出しました。合わせて、念願の貿易部を設立し、仁三郎を責任者に据えました。

そういえばシカゴ万博の時は、世界各国の女性の芸術を表彰しようと「女性館」ができましてな。日本にも出品の要請があり、高倉屋としては、うちの名前で刺繍作品を出し、これが表彰されるのどす。たしかに、直接に針を動かしたわけやのうても、女の力なしでは何も生まれんかったんどすもんな。世界中に最大の領土を持つ大英帝国の女王には及びまへんけど、女もなかなかやりますやろ？　うちが開いた世界への扉は、着実に、次々、新しい担い手を飛び立たせてくれたのどす。

「この先、どないします？　ががはんは、まだまだ上にめざす目標がおますのやろ」

そう訊く声は、もうここにはおらん父や夫の声やったんどっしゃろか。

そうどすなあ、長い間の、うちの悲願。それも、叶てしまいましたんやさかい。そう、それから十年もたたんうちに、高倉屋図案室は美術部と改まり、皇室御用達として、皇居の壁を飾る太物の依頼を賜ったのどす。

これこそ、御所を出て行かれる皇后さんを見送ったあの日から、うちが見上げ続けた、はるかな雲の上の虹。叶うはずもあるまいと知りつつ願い続けた夢どした。

「この先どすか？　さあ、どないしまひょな」

うちは答えを探します。虹の上に立っても、見上げればお日ぃさんはまだ上にある。

「そやな、ほしたら地上にもどりまひょ。高倉屋に行きさえすれば何でもある、皆様のために百の品をそろえている、そんな、どえらい商売、やりまひょか」

どんどん焼けに遭ぉた苦しい時期、きばって蔵出しをした高倉屋の周りに、いろんな品物を売りに、あちこちから人が集まった日のことがよみがえります。うちの思い描く店が百貨店ゆうもんやということも、この時はまだ知らんゆうのになあ。

古来稀なる長生きの人生、蝶や蜻蛉もええのやけど、うちは、できることなら、それらを眺めていられる花でおりたいもんどす。さて、何の花でおりまひょかいな。

第十二章　月季花（げっきか）

＊

静かな時が流れていた。みやびは大きくため息をついた。

もう、こんな話を誰かに聞かせることもない。ぼんやりそう考えた時、にわかに玄関先が賑（にぎ）やかになった。どうやら孝子たちが帰ってきたようだ。

「お母はん、すんまへん、恵三が、絵ぇ描いてましたんや」

だから案じたことではない、恵三を真ん中に、孝子と誠一郎、三人家族がそろって手をつないで。思いがけず父親が来たことで舞い上がった恵三は、両親の手の間にぶら下がってふざけるが、その恵三を叱（しか）る孝子の声も、かすかに興奮して甲高い。

よろしおしたな、みやびは笑みを洩（も）らした。まあそう簡単にすぐ元の鞘（さや）とはいくまいが、子は鎹（かすがい）で、恵三の存在が二人に歩み寄りをもたらすであろうことは上々だった。

「恵三、先に、ちゃんと手ぇ洗てきぃ。あなた、見てやって、先にご飯いただいて」

「よし、父さんと、行こう」

誠一郎が言えば、はしゃぎ声を上げる恵三だが、ふと母親の顔色を窺いながら訊いた。

「ご飯食べたら、あれをお祖母はんに見せてええ？」

なにやらみやびに隠しごとがあるらしい。はいはい、ご飯の後や、と孝子が追い払う。

「なんですのん、恵三はうちに、何かええもんくれるんかいな」

な・い・しょ、と恵三はいたずらっぽい笑顔を残し、父親に手を引かれ食堂に消えた。

「楽しい画塾のようやな。よほどええ先生なんやな」

あえて誠一郎のことは訊かずにおいた。訊いたところでまだ十分な話し合いが持たれたわけでなし、孝子も照れくさいだけだろう。なのに孝子はいつにない真剣な顔で向き直る。

「お母はん、こないだ聞いた、富美ちゃんのことやけど」

「はあ。どないしましたのや」

自分の昔話に、またつきあってくれるというのか。そういえばこの長い追憶で、唯一(ゆいいつ)、自分でもまだ整理しきれていないのが富美だった。微笑(ほほえ)むみやびに、孝子はなおも言う。

「話して。富美ちゃんのこと、うち、よう知らされてへんねん」

それはそうだ、何よりつらい記憶であったから、孝子には、富美が嫁に行った時点で話を閉じたままだ。思い起こす。不憫(ふびん)な妹の忘れ形見。だがもう胸にしまっておくこともないだろう。むしろ、聞いてほしい、そうすることがきっと供養(くよう)になるはずだった。

「仁三郎が修行奉公を終えて近江から帰ってきた時のこと、覚えてへんか」

見込んだとおり、彼は我慢強く、いろんなことを学んで帰ってきた。預け先の宮野屋も、礼太郎のことがあるため、今度はよくよく気をつけて見守ってくれたこともある。三年と言っていたのが先方で見込まれ四年になった。十八といえば、もう立派な若者だった。

体つきは死んだ義市に似てがっしりとした背格好。そして顔は、島原で最高位の太夫(たゆう)やった母親の容貌(ようぼう)をそっくり受け継ぎ、人も振り向くいい男になって帰ってきた。花を一枝、手に持って。

富美に約束した花だった。一度きりしか会えなかった母をしのばせ、そして富美をも思い出させる花。それを近江で探して持って帰るというのが、彼のささえであっただろう。

ところが、家には、もう富美はいなかった。

富美嬢(とう)はんは嫁に行かはった。――番頭から聞かされた時、仁三郎は花をばさりと落とした。

なんで知らせてくれへんかった、と初めてみやびは彼に怖い顔をして責められた。

だが、なぜ知らせられよう、みやびにも不本意な嫁入りであったものを。

富美は仁三郎より四つも年上だったが、もしも二人の気持ちが固いなら、添わせてやってもいいとは考えていた。その方がみやびにも、継子(ままこ)の仁三郎とは絆(きずな)も深くなる。

だがあんな事件が起こってしまえば、ほかにどんな道があったろうと今も思う。

「それで？　富美ちゃんはその後どないやったん」

答えるのもつらかった。あれはうちの間違いやった、そう気づくのは遅すぎた。富美はお嬢さん育ちが抜けないまま嫁ぎ先の姑(しゅうとめ)にいびられ続け、二十(はたち)の若さで死んだのだ。

「産後の肥立ちが悪いままやったそうや。それでも絵筆を持たせてもらうと生き返るのに、姑さんにはわがまま病やと言われて絵の道具を取り上げられてしもたそうや」

庭の花だけ見ながら寝たきりとなり、どうやら医者にも診せてもらえなかったらしい、とまでは言えなかった。どれだけ悔やんでも、もう富美は帰らないのだ。無念であった。きぬにあれほど約束したのだ、きっとこの子は幸せにしたるからな、と。

「連れもどしたるべきやった。うちはおきぬに申し訳のうて、婚家で疫病神のようにひっそり葬られた富美のこと、おきぬの命日には一緒に弔うとるのどす」

話し終えた時、みやびは声を詰まらせ、嗚咽した。

「仁三郎は、その後、魂が抜けたようになった。僕は富美ちゃんがどないになっても受け止めたのに、そう言われた時には、うちは、……詫びるほかに、何ができましたやろ」

孝子も泣いていた。

「それで仁ちゃん、いまだに結婚もせんと一人でおるんか」

智次郎が佐恵と結婚したのは言うまでもなく、病身だった礼太郎でさえ良薬が開発されて回復した後、しかるべき家から妻を娶って子も生まれている。仁三郎だけ、みやびがいくら縁談を薦めても、店や商売を理由に受け付けないのは、無言の抵抗のようで、身を切られる気がした。

「富美ちゃんが生んだ子供は、どないしてはるん？」

訊かれても、みやびは首を振るしかない。女の子と知らされ、きぬの墓前に喜び勇んで報告をした。そしていちばん豪華な産着を届けたものの、その後、富美の密葬の晩に縁が切れた家だった。幸せに育ったならいいが、こちらがどうこう言える筋合いでもなかった。

「富美ちゃんの嫁いだ家は、今どないしてはるん」

当時は、息子を画学校にやるほどの余裕がある蠟燭問屋だった。しかし文明開化で世の中が変わり、庶民の家にランプや電灯が点るようになった現在、もう元の場所に家はない。

——伝語す、風光、共に流転して、暫時相い賞して相い違うこと莫かれ、と。

花も鳥も蜻蛉も、そして人も、力いっぱい生きて去り、時が流した変化は、こうして古来稀なる年まで生きた者だけが見届ける。誰も永遠にはその盛りの時期を享受しつづけることはできないのだ。だから孝子、同じ一生、くよくよ悩まず美しいものだけを見て、あんたは誠一郎はんを信じて幸せにおなり。富美の分も、仁三郎の分も。

そう言いたいのだが、きっと孝子は説教臭い、と顔をそむけることだろう。

しかし孝子は涙を拭うと、ゆっくり目を上げて、みやびを見た。

「お母はん、その時——仁ちゃんが近江からもどった時、持ち帰った花は何？」

ふっと、針穴を突くように何か真実を射止められた気がし、みやびは孝子をみつめた。

孝子はうなずき、膝横（ひざよこ）に置いた風呂敷（ふろしき）の包みを解いた。そこには、あの画集がある。

『月季花』、薔薇（ばら）の別名を題とした絵が。

碧龍、なぜ思い出さなかったのだろう、富美の雅号は紅龍だったことに。

「お祖母はん、お母はん、もう入ってもええのん？」

父親に連れられた恵三の、機嫌のよすぎる声が飛び込んでくる。孝子が笑顔で振り返る。

「入っておいで。それ、持って」

やっと待ちかねた許可をもらい、恵三が足をもつれんばかりにして入ってくる。その腕に、こぼれるばかりの薔薇の花。小さいが、しっとり深い紅を、切りたての枝葉に包まれて十ほども咲かす。少年らしいがさつさで、恵三はそれをみやびの腕に押し渡した。

「まあまあ、どないしたん、こないにぎょうさん」

「先生のおうちは畑でお花も作ってはって、こんな小洒落（こじゃれ）た花を植えてはるんや。赤ちゃんの時に亡くならはったお母はんが、お花が好きやったそうで。先生はもらい子で、この花の株とともに伏見へ連れて来られたんやて。生まれたお家が、時代の波で没落なさって」

何かがつながる。何かが動く。

「お母はん、恵三が気に入ったんで、うち、絵を、習わしにやらそと思ってます」

さっきの予感は、なお大きく膨らんでいた。

「その先生ゆうんは、……」

「へえ。女のお師匠さんどっせ。若い、画学生の」

ではここへ来た女中さんが本人だったということか。尋ねる言葉が喉でもつれる。

「二回目ゆうのに気づかんかったわ。子供にまぎれて、先生はどこです、と訊いて初めてわかったんや。そこからはうちの人がいろいろ聞き出してくれはった」

言いながら、孝子は隣に座る誠一郎を見上げた。

「いえ、僕は、恵三が習いに行くんやったら詳しゅう知っておいた方がいいと思って」

そうして夫婦で聞き出した素性であった。

「亡くならはったお母はんも画学校卒の絵かきやったそうや。最期まで、絵筆を与えてくれた人に感謝して逝かはったそうや。大きくなったら読むようにと娘に宛てた手紙があって、そこに碧龍という雅号が遺されてたんやて。それを読んで、先生は、いつかお母はんに代わってお礼がしたいと思たはったそうや」

泣いてばかりいた少女が、絵筆を握らせたとたん無心に絵を描き始めた日のことが、まるで昨日のように思い起こされた。そして脳裏を、どんどん焼けの火にも遭わず富美を着飾らせた白無垢の衣装が翻った。富美が残した小さな命は、自分たちが知るよしもない環境で、はかなく死んだ富美の絵筆を引き継いだのか。その名で、絵筆で、しっかり母の思いを受け継いだのか。

はらり、はらり、大粒の涙がみやびの頰を伝い落ちた。それを拭いもせずに花を見ている。ががと呼ばれた女が、ただ涙の落ちるままにまかせながら。

「あ、痛、……」

涙を止めさせたのは花だった。薔薇の枝には棘があり、それがみやびの指先を刺したのだ。

「どないもないか、お祖母はん」

恵三が父親の膝から跳ね上がって、心配そうにのぞき込む。

「へえ、どないもあらへんで。恵三、あんた、その花を、玄関に、活けてくれんか」

もうすぐ仁三郎がやってくるだろう。彼がみつけた一番きれいな花。あの時の薔薇はむなしく散ったが、同じ想いで富美もこの花を選び、娘に託した。そして今また別なところでたくましく咲いた花がある。

古来稀なる道を生き、そしてまた巡り来る、えにしの花。今、みやびには、あの歌の下の句がみごとに完結するように思われた。季節がいくつ移ろうとも、そのつど咲かす新しい花。自分がいなくなっても、残る地面にその花は咲く。

峨々として　古来まれなる道を生き　また願わくは　薔薇になるらん——

「恵三、この祖母はんも、画塾についていってええか？　先生に、お会いしたいんや」

うん、と喜びに溢れ父親の膝に甘える少年の顔は、同じ少年でも、昔、亀岡から引き取られてきた外腹の少年の顔の中には一度も見たことのない明るさがあった。

花は花のあるがままに、鳥は鳥の、蜻蛉は蜻蛉のあるがままに。自分が撓めた少年の人生を、まだ取り戻す時間はあった。

「ぼく、この花、一番好きや。そやかて、一番きれいやもん」

偽りなく言うこの少年が、長じて近代化した百貨店へと成長した高倉屋の社長に就き、包装紙にこの花のデザインを取り入れることになる頃、もちろんみやびはこの世にいない。

「そないにお気に入ったんなら、いっぺんここにもお招きしまひょかな」

そうだ、笑ってこう迎えよう。ががが山荘へようこそ、と。

生々流転、人が織りなす時間の糸を惹くように、みやびはゆっくり座を立った。

主要参考文献

『江戸奉公人の心得帖』油井宏子（新潮社　二〇〇七年）
『昭憲皇太后からたどる近代』小平美香（ぺりかん社　二〇一四年）
『古文書が語る髙島屋の歴史 vol. 1～12』高井多佳子編（髙島屋史料館　二〇一二～一六年）
『日本美術と髙島屋』名都美術館編（名都美術館　二〇一六年）
『京都遊廓見聞録』田中泰彦編（京を語る会　一九九三年）
『吉原・島原』小野武雄（教育社　一九七八年）
『京都のくるわ　生命を更新する祭りの場』田口章子編（新典社　二〇一二年）
『SATSUMA』村田理如監修（清水三年坂美術館　二〇一五年）
『明治の刺繍絵画　名品集』村田理如・松原史（淡交社　二〇一四年）
『織機と裂地の歴史』川島織物文化館編（川島織物文化館　一九九五年）
『明治文化史　第十一巻』開国百年記念文化事業会編（洋々社　一九五五年）
『国際博覧会歴史事典』平野繁臣（内山工房　一九九九年）
『明治デザインの誕生』東京国立博物館編（国書刊行会　一九九七年）

絢爛(けんらん)豪華な一代絵巻

久坂部　羊

二〇二〇年一月吉日、某所で開かれた新年会で、玉岡かおるさんにお目にかかり、あらかじめ打診を受けていた解説をダメ押しされた。「ほんまに私でええの？　玉岡さんの過去の秘密、知ってるんやけど」と言うと、急に不安な顔になっていた。何、大した秘密ではない。

今をさかのぼること二十年。「西鉄高速バス乗っ取り事件」や「岡山金属バット母親殺害事件」が発生し、いずれも犯人が十七歳だったことから、朝日新聞大阪版の夕刊に、「17歳のころ」という特集が組まれた。関西の著名人五十七人が、自らの十七歳をコラムで振り返るというものだが、玉岡かおるさんもその中の一人で、私は特集をまとめた単行本（『17歳のころ』二〇〇二年ブレーンセンター刊）で、そのコラムを読んだ。

少女時代、玉岡さんはキレたりムカついたりしながら、自立の道をさぐっていたらしい。コラムには当時の写真が掲載されていて、ショートカットにセーラー服、犬のぬいぐるみを顔の横に捧げて、現在からは想像もつかないほどあどけない表情で微笑む少女が写っていた。それはアルバムの中でいちばんかわいらしく写っていた写真だそうで、当時つきあっていた彼氏から『別れた時にしっかり返してもらったらしい』とある。

玉岡かおるさんの名前は存じていたが、その内面に触れたのはこのコラムが最初で、五十七人の寄稿者の中でダントツに強烈な印象だった。好きな相手に渡した写真でも、別れるときにはきっちり返してもらう。関西風に失礼を承知で言うと、えらいハッキリした女（いや、少女）だけれど、そこには首尾一貫した個性というか、スジが通っている。

本作『花になるらん』の主人公、勢田みやびも、作者の分身であるかのように、芯の強い、進取の気性に富んだ、明るく積極性な女性である。

副題に「明治おんな繁盛記」とあるように、時代は幕末から明治。舞台は京都で、父親が興した古着屋を、みやびが夫とともに呉服屋に発展させ、さらには夫の死後、外国相手の取り引きから、オリジナルの天鵞絨友禅をロンドンの万国博覧会に出品するまでに店を育て上げる絢爛豪華な一代絵巻である。

みやびの大店（おおだな）「高倉屋」は、丸に梯子（はしご）高（だか）の商標が示すとおり髙島屋がモデルで、登場人物も実在のモデルと重なるところが多い。作者の名作『お家さん』『天涯の船』などの主人公が実名であるのに対し、本作のみやびが仮名で描かれるのは、前者に比べて直接の資料が少ないからかもしれない。その分、作者の想像力は自由に羽ばたき、物語に小説ならではのドラマ性をもたらしている。

まずはみやびの渾名（あだな）、「ががはん」。父親がみやびの漢字を「雅楽」の「雅」と教えたのを、みやびが「〝ガガッ〟のガ」と言ったのがはじまりで、子どものころは気に入らないものの、長じて思いを実行するときなど、「ががが」と自らを鼓舞したりする。困難にめげず、危機にもひるまず、因習や世間体にもとらわれずに行動するみやびの性格を見事に表わしていて、本作の読者も度々、「さすがはががはん」と感心することだろう。

働き者の夫とともに守り立てた店が、蛤（はまぐり）御門（ごもん）の変で起こった大火「どんどん焼け」で焼失する場面では、今こそ生活に困っている人々に必要なものが何でも揃（そろ）う店をと、将来、高倉屋が百貨店に発展する予兆を感じさせる。

そのあとも、両親の死に続いて、不遇の妹きぬの死、長男礼太郎の近江（おうみ）での修行と病気、夫・二代目義市の思いもかけない急死、それによって発覚する不貞と不義の子の存在と、作者はこれでもかというほどみやびに不幸な運命を背負わせる。

みやびの商才についても、作者は順風満帆には描かない。和歌の師匠である公家の「お内蔵さん」に、さんざん贅沢品を買い上げてもらった挙げ句、支払いを踏み倒され、その上、商いに利用したとまで非難されて、みやびは己の人を見る目のなさ、甘さを痛感する。

後半では久賀錦山という謎の男性が登場し、みやびが海外と取り引きをする手助けをする。久賀には少女のときに一度顔を合わせており、京都の博覧会、神戸の焼き物作業場などで出会ううち、みやびはその博識、審美眼、立ち居振る舞いに惹かれて、やがて想いは恋情にまで高まる。その描写は瑞々しくも艶やかで、『お家さん』ほかの作品でも明らかだが、作者が歴史小説を得意としつつも、実は紛う方なき恋愛小説家であることを示している。

『久賀が何らか動けばたやすく落ちる果実のように、みやびの気持ちは熟していた』などの一文は、情景描写と相まって、読むほうがしばし立ち止まるほどの余情に満ちている。

しかし、その久賀も時代の荒波に呑まれ、あえなく破産した後、行方知れずとなる。

みやびはなんとか救いの手を差し伸べたいと思うが、店と家を捨てることも叶わず、さらには亡き妹の忘れ形見の姪、富美も不幸な結婚の後、二十歳の若さで亡くなるという悲劇に見舞われる。その一方で、病弱ながら当主を務めた長男礼太郎に代わり、次男智次郎が四代目を継ぐころには、高倉屋は天皇から直々にパリ万博に出品製作せよとの命が下るほどに繁栄する。まさに波瀾万丈。ドラマチックこの上ない激動の一代記である。

タイトルの『花になるらん』は、「落ちぶれ公家」である「お内蔵さん」に、いかに理不尽に貶められようと、「よき品美しき品」でさえあれば、黙っていても人は寄る、花はものを言わないが、その美しさだけで人を集める、自分もそのような花になろうという、みやびの思いから来ている。さらには、因縁が巡って、孫の恵三に絵を教えることになる富美の娘が、薔薇を描いた画帳をみやびの古稀の祝いに贈ったことから、えにしの花としての薔薇になるらんと、和歌に詠むことにも因んでいる。

さて、本作で作者が描きたかったことは何か。

破格の御寮人であるみやびが、封建的な時代の中で、女であることの差別や不自由さに抗い、理不尽な状況にも勇気を持って闘いを挑んだ姿、ではないように私には思える。ほかの玉岡作品にも共通することだが、作者はそのような制度や差別を糾弾するのではなく、あくまで個性的で強い女性を描きたかったのではないか。その証拠に、みやびは自分が女であることを一度も嘆かない。それどころか、ロンドン万博での成功のあとも、行方知れずとなった久賀を懐かしみ、『あきまへんな、女はつまるとこ、誰かをたよってしまう』と、卑下さえして見せる。それはみやびの自信のなせる業であり、自ら実績のある人間の余裕の表れでもあるだろう。

夫が妾の腹の上で頓死したと噂されても気丈に振る舞い、信頼していた番頭に店の金を持ち逃げされた疑いが生じたときにも取り乱すことなく、夫の遺産にもすがらず、店のやり方を改革し、蔵ざらえをして新作発表の展示会を開催する。これからの商売は外国人相手と見れば、開港したばかりの神戸に自ら赴き、西洋のよいところを吸収して、呉服屋の限界を超えようとする。

言葉の壁もものともせず、持参した反物の品質、織り方、耐久性まで強烈にアピールして、はじめは日本人を見下していた赤毛の商館主を平伏させる場面などは、思わずしてやったりと笑いたくなる痛快さだ。みやびの活躍を見れば、圧倒的な行動力の前には、時代の限界も制度の理不尽さも超えられるように思えてくる。そのみやびの活躍に、とにかくやるしかないと、励まされる読者も多いだろう。それこそが、作者が傑出した主人公を描き続ける本意ではないか。

蛇足ながら、玉岡作品には関西人に馴染みの言いまわしが頻出する。本作でも京言葉がセリフに独特の色合いを添えている。『作りまひょいな』『見とぉみなはれ』『ほな』など、関西人の私にはイントネーションが伝わり、たまらない情緒を感じさせる。また、『すけんど(p121=愛想のない人)』『ほどらい(p328=ほどほどの)』などは、寡聞にして本作ではじめて知った。「六甲山」の謂われも、『浪花からは「むこうの山」と眺められたことから』の宛て字というのも知らなかった。

高倉屋の商標である丸に梯子高の一文字が、「(商機が)高まる」のシャレであるとか、高倉屋の売る着物が「よきもの、すばらしきもの」というシャレなども、さすがに作者は関西人。本家の高島屋も使いたくなるのではと、思わずニヤリとしてしまう。さらには、みやびが「ががはん」とからかわれたときに繰り出す必殺の「イイーだ」は、もしかして、勢田家のモデルが飯田家であることにかけてあるのか。

私事ながら、堺市生まれの私には、南海本線・難波駅に直結の髙島屋大阪店は、子どものころからの馴染みだった。デパートと言えば髙島屋という中で育ち、丸に梯子高の商標も、薔薇をあしらった包装紙も、常に身近にあった。

今をときめく高島屋は、シンガポール、上海、ホーチミンにまで出店し、繁栄の一途を辿(たど)っている。みやびのモデル、飯田歌子は明治四〇年に満七十六歳で亡くなっているが、もし仮に霊魂が存在するなら、さぞかし満足の思いで安らいでいることだろう。諸行は無常であるけれど。

（令和二年二月、作家）

この作品は平成二十九年九月新潮社より刊行された。

玉岡かおる著

お家さん（上・下）

織田作之助賞受賞

日本近代の黎明期、日本一の巨大商社となった鈴木商店。そのトップに君臨し、男たちを支えた伝説の女がいた――感動大河小説。

玉岡かおる著

負けんとき（上・下）

―ヴォーリズ満喜子の種まく日々―

日本の華族令嬢とアメリカ人伝道師。数々の逆境に立ち向かい、共に負けずに闘った男女の愛に満ちた波乱の生涯を描いた感動の長編。

玉岡かおる著

天平の女帝　孝謙称徳

―皇王の遺し文―

秘められた愛、突然の死、そして遺詔の行方。その謎を追い、二度も天皇の座に就いた偉大な女帝の真の姿を描く、感動の本格歴史小説。

久坂部　羊著

ブラック・ジャックは遠かった

―阪大医学生ふらふら青春記―

大阪大学医学部。そこはアホな医学生の「青い巨塔」だった。『破裂』『無痛』等で知られる医学サスペンス旗手が描く青春エッセイ！

久坂部　羊著

芥川症

「他生門」「耳」「クモの意図」。誰もが知るあの名作が医療エンタテインメントに昇華する。ブラックに生老病死をえぐる全七篇。

北　杜　夫著

楡家の人びと（第一部～第三部）

毎日出版文化賞受賞

楡脳病院の七つの塔の下に群がる三代の大家族と、彼らを取り巻く近代日本五十年の歴史の流れ……日本人の夢と郷愁を刻んだ大作。

山崎豊子著 **暖簾（のれん）**

丁稚からたたき上げた老舗の主人吾平を中心に、親子二代〝のれん〟に全力を傾ける不屈の大阪商人の気骨と徹底した商業モラルを描く。

山崎豊子著 **ぼんち**

放蕩を重ねても帳尻の合った遊び方をするのが大阪の〝ぼんち〟。老舗の一人息子を主人公に船場商家の独特の風俗を織りまぜて描く。

山崎豊子著 **花のれん** 直木賞受賞

大阪の街中へわての花のれんを幾つも幾つも仕掛けたいのや——細腕一本でみごとな寄席を作りあげた浪花女のど根性の生涯を描く。

山崎豊子著 **華麗なる一族（上・中・下）**

大衆から預金を獲得し、裏では冷酷に産業界を支配する権力機構〈銀行〉——野望に燃える万俵大介とその一族の熾烈な人間ドラマ。

山崎豊子著 **女系家族（上・下）**

代々養子婿をとる大阪・船場の木綿問屋四代目嘉蔵の遺言をめぐってくりひろげられる遺産相続の醜い争い。欲に絡む女の正体を抉る。

山崎豊子著 **女の勲章（上・下）**

洋裁学院を拡張し、絢爛たる服飾界に君臨するデザイナー大庭式子を中心に、名声や富を求める虚栄心に翻弄される女の生き方を追究。

宮尾登美子著 きのね（上・下）

夢み、涙し、耐え、祈る……。梨園の御曹司に仕える身となった娘の、献身と忍従。健気に、そして烈しく生きた、或る女の昭和史。

宮尾登美子著 寒椿

同じ芸妓屋で修業を積み、花柳界に身を投じた四人の娘。鉄火な稼業に果敢に挑んだ彼女達の運命を、愛惜をこめて描く傑作連作集。

宮尾登美子著 櫂（かい） 太宰治賞受賞

渡世人あがりの剛直義侠の男・岩伍に嫁いだ喜和の、愛憎と忍従と秘めた情念。戦前高知の色街を背景に自らの生家を描く自伝的長編。

宮尾登美子著 朱夏

まだ日本はあるのか……？ 満州で迎えた敗戦。その苛酷無比の体験を熟成の筆で再現し、『櫂』『春燈』と連山をなす宮尾文学の最高峰。

宮尾登美子著 仁淀川

敗戦、疾病、両親との永訣。絶望の底で、二十歳の綾子に作家への予感が訪れる——。『櫂』『春燈』『朱夏』に続く魂の自伝小説。

宮尾登美子著 春燈

土佐の高知で芸妓娼妓紹介業を営む家に生まれ、複雑な家庭事情のもと、多感な少女期を送る綾子。名作『櫂』に続く渾身の自伝小説。

城山三郎著　**雄気堂々**（上・下）

一農夫の出身でありながら、近代日本最大の経済人となった渋沢栄一のダイナミックな人間形成のドラマを、維新の激動の中に描く。

城山三郎著　**男子の本懐**

〈金解禁〉を遂行した浜口雄幸と井上準之助。性格も境遇も正反対の二人の男が、いかにして一つの政策に生命を賭したかを描く長編。

城山三郎著　**落日燃ゆ**
毎日出版文化賞・吉川英治文学賞受賞

戦争防止に努めながら、A級戦犯として処刑された只一人の文官、元総理広田弘毅の生涯を、激動の昭和史と重ねつつ克明にたどる。

吉村昭著　**ふぉん・しいほるとの娘**
吉川英治文学賞受賞（上・下）

幕末の日本に最新の西洋医学を伝え神のごとく敬われたシーボルトと遊女・其扇の間に生まれたお稲の、波瀾の生涯を描く歴史大作。

吉村昭著　**ポーツマスの旗**

近代日本の分水嶺となった日露戦争とポーツマス講和会議。名利を求めず講和に生命を燃焼させた全権・小村寿太郎の姿に光をあてる。

吉村昭著　**雪の花**

江戸末期、天然痘の大流行をおさえるべく、異国から伝わったばかりの種痘を広めようと苦闘した福井の町医・笠原良策の感動の生涯。

青柳恵介著
風の男 白洲次郎

全能の占領軍司令部相手に一歩も退かなかった男。彼に魅せられた人々の証言からここに蘇える「昭和史を駆けぬけた巨人」の人間像。

青木冨貴子著
GHQと戦った女 沢田美喜

GHQと対峙し、混血孤児院エリザベス・サンダース・ホームを創設した三菱・岩崎家の娘沢田美喜。その愛と情熱と戦いの生涯！

麻生和子著
父 吉田茂

こぼした本音、口をつく愚痴、チャーミングな素顔……。最も近くで吉田茂に接した娘が「ワンマン宰相」の全てを語り明かした。

橋本 明著
美智子さまの恋文

秘蔵の文書には、初めて民間から天皇家に嫁いだ美智子さまの決意がこめられていた――。天皇のご学友によるノンフィクション。

梯 久美子著
散るぞ悲しき
―硫黄島総指揮官・栗林忠道―
大宅壮一ノンフィクション賞受賞

地獄の硫黄島で、玉砕を禁じ、生きて一人でも多くの敵を倒せと命じた指揮官の姿を、妻子に宛てた手紙41通を通して描く感涙の記録。

河盛好蔵著
藤村のパリ
読売文学賞受賞

姪との「不倫」から逃げるように渡仏した島崎藤村。その生活ぶりをつぶさに検証し、一九一〇年代のパリを蘇えらせた、情熱の一書。

新潮文庫最新刊

角幡唯介著
漂流
37日間海上を漂流し、奇跡的に生還しながらふたたび漁に出ていった漁師。その壮絶な生き様を描き尽くした超弩級ノンフィクション。

今野勉著
宮沢賢治の真実
—修羅を生きた詩人—
蓮如賞受賞
猥、嘲、凶、呪……異様な詩との出会いを機に、詩人の隠された本心に迫る。従来の賢治像を一変させる圧巻のドキュメンタリー！

本橋信宏著
東京の異界 渋谷円山町
花街として栄えたこの街は、いまなお老若男女を惹きつける。色と欲の匂いに誘われて、路地と坂の迷宮を探訪するディープ・ルポ。

廣末登著
組長の妻、はじめます。
—女ギャング亜弓姐さんの超ワル人生懺悔録—
数十人の男たちを従え、高級車の窃盗団を組織した関西裏社会〝伝説の女〟。犯罪史上稀なる女首領に暴力団研究の第一人者が迫る。

山口文憲編
やってよかった東京五輪
—オリンピック熱1964—
昭和三九年の東京を虫眼鏡で見る——『昭和天皇実録』から文士の五輪ルポ、新聞記事まで独自の視点で編んだ〈五輪スクラップ帳〉！

群ようこ著
鞄に本だけつめこんで
本さえあれば、どんな思い出だって笑えて愛おしい。安吾、川端、三島、谷崎……名作とともにあった暮らしをつづる名エッセイ。

新潮文庫最新刊

河盛好蔵著
人とつき合う法
ゲーテ、チェーホフ、ヴァレリー、ベルグソンら先賢先哲の行跡名言から、人づき合いの要諦を伝授。昭和の名著を注釈付で新装復刊。

真山仁著
オペレーションZ
破滅の道を回避する方法はたったひとつ。日本の国家予算を半減せよ！ 総理大臣と官僚たちの戦いを描いた緊迫のメガ政治ドラマ！

谷村志穂著
移植医たち
臓器移植——それは患者たちの最後の希望。情熱、野心、愛。すべてをこめて命をつなげ。三人の医師の闘いを描く本格医療小説。

一條次郎著
動物たちのまーまー
混沌と不条理の中に、世界の裏側への扉が開く。『レプリカたちの夜』で大ブレイクした唯一無二の異才による、七つの奇妙な物語。

奥野修司著
魂でもいいから、そばにいて
—3・11後の霊体験を聞く—
誰にも言えなかった。でも誰かに伝えたかった——。家族を突然失った人々に起きた奇跡を丹念に拾い集めた感動のドキュメンタリー。

葉室麟著
古都再見
人生の幕が下りる前に、見るべきものは見ておきたい。歴史作家は、古都京都に仕事場を構えた——。軽妙洒脱、千思万考の随筆68篇。

花(はな)になるらん
明治おんな繁盛記

新潮文庫　た－51－14

令和二年四月一日発行

著者　玉岡(たまおか)かおる
発行者　佐藤隆信
発行所　株式会社新潮社

郵便番号　一六二―八七一一
東京都新宿区矢来町七一
電話 編集部(〇三)三二六六―五四四〇
　　 読者係(〇三)三二六六―五一一一
https://www.shinchosha.co.jp

価格はカバーに表示してあります。

乱丁・落丁本は、ご面倒ですが小社読者係宛ご送付ください。送料小社負担にてお取替えいたします。

印刷・株式会社光邦　製本・株式会社植木製本所

ISBN978-4-10-129624-1 C0193